L'Adultera
Cecile

Könemann Verlagsgesellschaft mbH
Bonner Str. 126, D-50968 Köln

Herausgegeben von Rolf Toman
Herstellungsleiter: Detlev Schaper
Herstellungsassistenz: Nicola Leurs
Covergestaltung: Peter Feierabend
Satz und Gestaltung: Thomas Paffen, Münster
Printed in Hungary
ISBN 3-8290-0886-4

10 9 8 7 6 5 4 3 2 1

Theodor Fontane

L'Adultera
Cecile

Könemann

L’Adultera

1
Kommerzienrat van der Straaten

Der Kommerzienrat van der Straaten, Große Petristraße 4, war einer der vollgültigsten Finanziers der Hauptstadt, eine Tatsache, die dadurch wenig alteriert wurde, daß er mehr eines geschäftlichen als eines persönlichen Ansehens genoß. An der Börse galt er bedingungslos, in der Gesellschaft nur bedingungsweise. Es hatte dies, wenn man herumhorchte, seinen Grund zu sehr wesentlichem Teile darin, daß er zu wenig »draußen« gewesen war und die Gelegenheit versäumt hatte, sich einen allgemein gültigen Weltschliff oder auch nur die seiner Lebensstellung entsprechenden Allüren anzueignen. Einige neuerdings erst unternommene Reisen nach Paris und Italien, die übrigens niemals über ein paar Wochen hinaus ausgedehnt worden waren, hatten an diesem Tatbestande nichts Erhebliches ändern können und ihm jedenfalls ebenso seinen spezifisch lokalen Stempel wie seine Vorliebe für drastische Sprichwörter und heimische »geflügelte Worte« von der derberen Observanz gelassen. Er pflegte, um ihn selber mit einer seiner Lieblingswendungen einzuführen, »aus seinem Herzen keine Mördergrube zu machen«, und hatte sich, als reicher Leute Kind, von Jugend auf daran gewöhnt, alles zu tun und zu sagen, was zu tun und zu sagen er lustig war. Er haßte zweierlei: sich zu genieren und sich zu ändern. Nicht als ob er sich in der Theorie für besserungsunbedürftig gehalten hätte; keineswegs; er bestritt nur in der Praxis eine besondere Benötigung dazu. Die meisten Menschen, so hieß es dann wohl in seinen jederzeit gern gegebenen Auseinandersetzungen, seien einfach erbärmlich und so grundschlecht, daß er, verglichen mit ihnen, an einer wahren Engelgrenze stehe. Er sähe mithin nicht ein, warum er an sich arbeiten und sich Unbequemlichkeiten machen solle. Zudem könne man jeden Tag an jedem beliebigen Konventikler oder Predigtamtskandidaten erkennen, daß es *doch* zu nichts führe. Es sei eben immer die alte Geschichte, und um den

Teufel auszutreiben, werde Beelzebub zitiert. Er zog es deshalb vor, alles beim alten zu belassen. Und wenn er so gesprochen, sah er sich selbstzufrieden um und schloß behaglich und gebildet: »O rühret, rühret nicht daran«, denn er liebte das Einstreuen lyrischer Stellen, ganz besonders solcher, die seinem echt-berlinischen Hange zum bequem Gefühlvollen einen Ausdruck gaben. Daß er eben diesen Hang auch wieder ironisierte, versteht sich von selbst.

Van der Straaten, wie hiernach zu bemessen, war eine sentimental-humoristische Natur, deren Berolinismen und Cynismen nichts weiter waren als etwas wilde Schößlinge seines Unabhängigkeitsgefühls und einer immer ungetrübten Laune. Und in der Tat, es gab nichts in der Welt, zu dem er allezeit so beständig aufgelegt gewesen wäre, wie zu Bonmots und scherzhaften Repartis, ein Zug seines Wesens, der sich schon bei Vorstellungen in der Gesellschaft zu zeigen pflegte. Denn die bei diesen und ähnlichen Gelegenheiten nie ausbleibende Frage nach seinen näheren oder ferneren Beziehungen zu dem Gutzkowschen Vanderstraaten, ward er nicht müde, prompt und beinahe paragraphenweise dahin zu beantworten, daß er jede Verwandtschaft mit dem von der Bühne her so bekannt gewordenen Manasse Vanderstraaten ablehnen müsse, 1. weil er seinen Namen nicht einwortig, sondern dreiwortig schreibe, 2. weil er trotz seines Vornamens Ezechiel nicht bloß überhaupt getauft worden sei, sondern auch das nicht jedem Preußen zuteil werdende Glück gehabt habe, durch einen evangelischen Bischof, und zwar durch den alten Bischof Roß, in die christliche Gemeinschaft aufgenommen zu sein, und 3. und letztens, weil er seit längerer Zeit des Vorzugs genieße, die Honneurs seines Hauses nicht durch eine Judith, sondern durch eine Melanie machen lassen zu können, durch eine Melanie, die, zu weiterem Unterschiede, nicht seine Tochter, sondern seine »Gemahlin« sei. Und dies Wort sprach er dann mit einer gewissen Feierlichkeit, in der Scherz und Ernst geschickt zusammenklangen.

Aber der Ernst überwog, wenigstens in seinem Herzen. Und es konnte nicht anders sein, denn die junge Frau war fast noch mehr sein Stolz als sein Glück. Älteste Tochter Jean de Caparoux', eines Adligen aus der französischen Schweiz, der als Generalkonsul eine lange Reihe von Jahren in der norddeutschen Hauptstadt gelebt hatte, war sie ganz und gar als das verwöhnte Kind eines reichen und vornehmen Hauses großgezogen und in all ihren Anlagen aufs glücklichste herangebildet worden. Ihre heitere Grazie war fast noch größer als ihr Esprit, und ihre Liebenswürdigkeit noch größer als beides. Alle Vorzüge französischen Wesens erschienen in ihr vereinigt. Ob auch die Schwächen? Es verlautete nichts darüber. Ihr Vater starb früh, und statt eines gemutmaßten großen Vermögens fanden sich nur Debets über Debets. Und um diese Zeit war es denn auch, daß der zweiundvierzigjährige van der Straaten um die siebzehnjährige Melanie warb und ihre Hand erhielt. Einige Freunde beider Häuser ermangelten selbstverständlich nicht, allerhand Trübes zu prophezeien. Aber sie schienen im Unrecht bleiben zu sollen. Zehn glückliche Jahre, glücklich für beide Teile, waren seitdem vergangen, Melanie lebte wie die Prinzeß im Märchen, und van der Straaten seinerseits trug mit freudiger Ergebung seinen Necknamen »Ezel«, in den die junge Frau den langatmigen und etwas suspekten »Ezechiel« umgewandelt hatte. Nichts fehlte. Auch Kinder waren da: zwei Töchter, die jüngere des Vaters, die ältere der Mutter Ebenbild, groß und schlank und mit herabfallendem, dunklem Haar. Aber während die Augen der Mutter immer lachten, waren die der Tochter ernst und schwermütig, als sähen sie in die Zukunft.

2
L'Adultera

Die Wintermonate pflegten die van der Straatens in ihrer Stadtwohnung zuzubringen, die, trotzdem sie altmodisch war, doch an Komfort nichts vermissen ließ. Jedenfalls aber bot sie für das gesellschaftliche Treiben der Saison eine größere Bequemlichkeit, als die spreeabwärts am Nordwestrande des Tiergartens gelegene Villa.

Der erste Subskriptionsball war gewesen, vor zwei Tagen, und van der Straaten und Frau nahmen wie gewöhnlich in dem hochpaneelierten Wohn- und Arbeitszimmer des ersteren ihr gemeinschaftliches Frühstück ein. Von dem beinah unmittelbar vor ihrem Fenster aufragenden Petrikirchturme herab schlug es eben neun, und die kleine französische Stutzuhr sekundierte pünktlich, lief aber in ihrer Hast und Eile den dumpfen und langsamen Schlägen, die von draußen her laut wurden, weit voraus. Alles atmete Behagen, am meisten der Hausherr selbst, der, in einen Schaukelstuhl gelehnt und die Morgenzeitung in der Hand, abwechselnd seinen Kaffee und den Subskriptionsballbericht einschlürfte. Nur dann und wann ließ er seine Hand mit der Zeitung sinken und lachte.

»Was lachst du wieder, Ezel?« sagte Melanie, während sie mit ihrem linken Morgenschuh kokettisch hin und her klappte. »Was lachst du wieder? Ich wette die Robe, die du mir noch heute kaufen wirst, gegen dein häßliches, rotes und mir zum Tort wieder schief umgeknotetes Halstuch, daß du nichts gefunden hast als ein paar Zweideutigkeiten.«

»Er schreibt *zu* gut«, antwortete van der Straaten, ohne den hingeworfenen Fehdehandschuh aufzunehmen. »Und was mich am meisten freut, sie nimmt es alles für Ernst.«

»Wer denn?«

»Nun, wer! Die Maywald, deine Rivalin. Und nun höre. Oder lies es selbst.«

»Nein, ich mag nicht. Ich liebe nicht diese Berichte mit ausgeschnittenen Kleidern und Anfangsbuchstaben.«

»Und warum nicht? Weil du noch nicht an der Reihe warst. Ja, Lanni, er geht stolz an dir vorüber.«

»Ich würd es mir auch verbitten.«

»Verbitten! Was heißt verbitten? Ich verstehe dich nicht. Oder glaubst du vielleicht, daß gewesene Generalkonsulstöchter in vestalisch-priesterlicher Unnahbarkeit durchs Leben schreiten oder sakrosankt sind wie Botschafter und Ambassaden! Ich will dir ein Sprichwort sagen, daß ihr in Genf nicht haben werdet …«

»Und das wäre?«

»Sieht doch die Katz den Kaiser an. Und ich sage dir, Lanni, was man ansehen darf, das darf man auch beschreiben. Oder verlangst du, daß ich ihn fordern sollte? Pistolen und zehn Schritte Barriere?«

Melanie lachte. »Nein, Ezel, ich stürbe, wenn du mir totgeschossen würdest.«

»Höre, dies solltest du dir doch überlegen. Das Beste, was einer jungen Frau wie dir passieren kann, ist doch immer die Witwenschaft, oder ›le Veuvage‹, wie meine Pariser Wirtin mir einmal über das andere zu versichern pflegte. Beiläufig, meine beste Reisereminiszenz. Und dabei hättest du sie sehen sollen, die kleine, korpulente, schwarze Madame …«

»Ich sehne mich nicht danach. Ich will lieber wissen, wie alt sie war.«

»Fünfzig. Die Liebe fällt nicht immer auf ein Rosenblatt …«

»Nun, da mag es dir und ihr verziehen sein.«

Und dabei stand Melanie von ihrem hochlehnigen Stuhl auf, legte den Kanevas beiseite, an dem sie gestickt hatte, und trat an das große Mittelfenster.

Unten bewegte sich das bunte Treiben eines Markttages, dem die junge Frau gern zuzusehen pflegte. Was sie daran am meisten fesselte, waren die Gegensätze. Dicht an der Kirchentür, an einem kleinen, niedrigen Tische, saß ein Mütterchen, das ausgelassenen Honig in großen und kleinen Gläsern verkaufte, die mit ausgezacktem Papier und einem roten Wollfaden zugebunden waren. Ihr zunächst erhob sich eine Wildhändlerbude, deren sechs aufgehängte Hasen mit traurigen Gesichtern zu Melanie hinübersahen, während in Front der Bude (das erfrorene Gesicht in einer Kapuze) ein kleines Mädchen auf und ab lief und ihre Schäfchen, wie zur Weihnachtszeit, an die Vorübergehenden feilbot. Über dem Ganzen aber lag ein grauer Himmel, und ein paar Flocken federten und tanzten, und wenn sie niederfielen, wurden sie vom Luftzuge neu gefaßt und wieder in die Höhe gewirbelt.

Etwas wie Sehnsucht überkam Melanie beim Anblick dieses Flockentanzes, als müsse es schön sein, so zu steigen und zu fallen und dann wieder zu steigen, und eben wollte sie sich vom Fenster her ins Zimmer zurückwenden, um in leichtem Scherze, ganz wie sie's liebte, sich und ihre Sehnsuchtsanwandlung zu persiflieren, als sie, von der Brüderstraße her, eines jener langen und auf niedrigen Rädern gehenden Gefährte vorfahren sah, die die hauptstädtischen Bewohner Rollwagen nennen. Es konnte das Exemplar, das eben hielt, als ein Musterstück seiner Gattung gelten, denn nichts fehlte. Nach hinten zu war der zum Abladen dienende Doppelbaum in vorschriftsmäßigem rechten Winkel aufgerichtet, vorn stand der Kutscher mit Vollbart und Lederschurz, und in der Mitte lief ein kleiner Bastard von Spitz und Rattenfänger hin und her und bellte jeden an, der nur irgendwie Miene machte, sich auf fünf Schritte dem Wagen zu nähern. Er hatte kaum noch ein Recht zu diesen Äußerungen übertriebener Wachsamkeit, denn auf dem ganzen langen Wagenbrette lag nur noch ein einziges Kolli, das der Rollkutscher jetzt zwischen seine zwei Riesenhände nahm und in den Hausflur hineintrug, als ob es eine Pappschachtel wäre.

Van der Straaten hatte mittlerweile seine Lektüre beendet und war an ein unmittelbar neben dem Eckfenster stehendes Pult getreten, an dem er zu schreiben pflegte.

»Wie schön diese Leute sind«, sagte Melanie. »Und so stark. Und dieser wundervolle Bart. So denk ich mir Simson.«

»Ich nicht«, entgegnete van der Straaten trocken.

»Oder Wieland den Schmied.«

»Schon eher. Und über kurz oder lang denk ich, wird diese Sache spruchreif sein. Denn ich wette zehn gegen eins, daß ihn der ›Meister‹ in irgend etwas Zukünftigem bereits unterm Hammer hat. Oder sagen wir auf dem Amboß. Es klingt etwas vornehmer.«

»Ich muß dich bitten, Ezel ... Du weißt ...«

Aber ehe sie schließen konnte, wurde geklopft, und einer der jungen Kontoristen erschien in der Tür, um seinem Chef, unter gleichzeitiger Verbeugung gegen Melanie, einen Frachtbrief einzuhändigen, auf dem in großen Buchstaben und in italienischer Sprache vermerkt war: »Zu eigenen Händen des Empfängers.«

Van der Straaten las und war sofort wie elektrisiert. »Ah, von Salviati! ... Das ist hübsch, das ist schön ... Gleich die Kiste heraufschaffen! ... Und du bleibst, Melanie ... Hat er doch Wort gehalten ... Freut mich, freut mich wirklich. Und dich wird es auch freuen. Etwas Venezianisches, Lanni ... Du warst so gern in Venedig.«

Und während er in derartig kurzen Sätzen immer weiter perorierte, hatte er aus einem Kasten seines Arbeitstisches ein Stemmeisen herausgenommen und hantierte damit, als die Kiste hereingebracht worden war, so vertraut und so geschickt, als ob es ein Korkzieher oder irgendein anderes Werkzeug alltäglicher Benutzung gewesen wäre. Mit Leichtigkeit hob er den Deckel ab und setzte das daran angeschraubte Bild auf ein großes, staffeleiartiges Gestell, das er schon vorher aus einer der Zimmerecken ans Fenster geschoben hatte. Der junge Kommis hatte sich inzwischen wieder entfernt; van der Straaten aber, während er Melanie mit einer gewissen Feierlichkeit vor das Bild führte, sagte: »Nun, Lanni, wie findest du's? ... Ich will dir übrigens zu Hilfe kommen ... Ein Tintoretto.«

»Kopie?«

»Freilich«, stotterte van der Straaten etwas verlegen. »Originale werden nicht hergegeben. Und würden auch meine Mittel übersteigen. Dennoch dächt ich ...«

Melanie hatte mittlerweile die Hauptfiguren des Bildes mit ihrem Lorgnon gemustert und sagte jetzt: »Ah, l'Adultera! ... Jetzt erkenn ich's. Aber daß du gerade das wählen mußtest! Es ist eigentlich ein gefährliches Bild, fast so gefährlich wie der Spruch ... Wie heißt er doch?«

»Wer unter euch ohne Sünde ist ...«

»Richtig. Und ich kann mir nicht helfen, es liegt so was Ermutigendes darin. Und dieser Schelm von Tintoretto hat es auch ganz in diesem Sinne genommen. Sieh nur! ... Geweint hat sie ... Gewiß ... Aber warum? Weil man ihr immer wieder und wieder gesagt hat, wie schlecht sie sei. Und nun glaubt sie's auch, oder *will* es wenigstens glauben. Aber ihr Herz wehrt sich dagegen und kann es nicht finden ... Und daß ich dir's gestehe, sie wirkt eigentlich rührend auf mich. Es ist so viel Unschuld in ihrer Schuld ... Und alles wie vorher bestimmt.«

Melanie, während sie so sprach, war ernster geworden und von dem Bilde zurückgetreten. Nun aber fragte sie: »Hast du schon einen Platz dafür?«

»Ja, hier.« Und er wies auf eine Wandstelle neben seinem Schreibpult.«

»Ich dachte«, fuhr Melanie fort, »du würdest es in die Galerie schicken. Und offen gestanden, es wird sich an diesem Pfeiler etwas sonderbar ausnehmen. Es wird ...«

»Unterbrich dich nicht.«

»Es wird den Witz herausfordern und die Bosheit, und ich höre schon Reiff und Duquede medisieren, vielleicht auf deine Kosten und gewiß auf meine.«

Van der Straaten hatte seinen Arm auf das Pult gelehnt und lächelte.

»Du lächelst, und sonst lachst du doch, mehr als gut ist und namentlich lauter als gut ist. Es steckt etwas dahinter. Sage, was hast du gegen mich? Ich weiß recht gut, du bist nicht so harmlos, wie du dich stellst. Und ich weiß auch, daß es wunderliche Gemütlichkeiten gibt. Ich habe mal von einem russischen Fürsten gelesen, ich glaube Suboff war sein Name. Eigentlich waren es zwei, zwei Brüder. Die spielten Karten, und dann ermordeten sie den Kaiser Paul, und dann spielten sie wieder Karten. Ich glaube beinah, du könntest auch so was! Und alles mit gutem Gewissen und gutem Schlaf.«

»Also *darum* König Ezel!« lachte van der Straaten.

»O nein. Nicht darum. Als ich dich so hieß, war ich noch ein halbes Kind. Und ich kannte dich damals noch nicht. Jetzt aber kenn ich dich und weiß nur nicht, ob es etwas sehr Gutes oder etwas sehr Schlimmes ist, was in dir steckt ... Aber nun komm. Unser Kaffee ist kalt geworden.«

Und sie gab ihren Platz am Fenster auf, setzte sich wieder auf ihren hochlehnigen Stuhl und nahm Nadel und Kanevas und tat ein paar rasche Stiche. Zugleich aber ließ sie kein Auge von ihm, denn sie wollte wissen, was in seiner Seele vorging.

Und er wollt es auch nicht länger verbergen. War er doch ohnehin, aller Freundschaft unerachtet, ohne Freund und Vertrauten, und so trieb es ihn denn, angesichts dieses Bildes einmal aus sich herauszugehen.

»Ich habe dich nie mit Eifersucht gequält, Lanni.«

»Und ich habe dir nie Veranlassung dazu gegeben.«

»Nein. Aber heute rot und morgen tot. Das heißt, alles wechselt im Leben. Und sieh, als wir letzten Sommer in Venedig waren, und ich dies Bild sah, da stand es auf einmal alles deutlich vor mir. Und da war es denn auch, daß ich Salviati bat, mir das Bild kopieren zu lassen. Ich will es vor Augen haben, so als Memento mori, wie die Kapuziner, die sonst nicht mein Geschmack sind. Denn sieh, Lanni, auch in ihrer Furcht unterscheiden sich die Menschen. Da sind welche, die halten es mit dem Vogel Strauß und stecken den Kopf in den Sand und wollen nichts wissen. Aber andere haben eine Neigung, ihr Geschick immer vor sich zu sehen und sich mit ihm einzuleben. Sie wissen genau, den und den Tag sterb ich, und sie lassen sich einen Sarg machen und betrachten ihn fleißig. Und die beständige Vorstellung des Todes nimmt auch dem Tode schließlich seine Schrecken. Und sieh, Lanni, so will ich es auch machen, und das Bild soll mir dazu helfen ... Denn es ist erblich in unserm Haus ... und so gewiß dieser Zeiger ...«

»Aber Ezel«, unterbrach ihn Melanie, »was hast du nur? Ich bitte dich, wo soll das hinaus? Wenn du die Dinge so siehst, so weiß ich nicht, warum du mich nicht heut oder morgen einmauern läßt.«

»An dergleichen hab ich auch schon gedacht. Und ich bekenne, ›Melanie die Nonne‹ klänge nicht übel, und es ließe sich eine Ballade darauf machen. Aber es hilft zu nichts. Denn du glaubst gar nicht, was Liebende bei gutem Willen alles durchsetzen. Und sie haben immer guten Willen.«

»O, ich glaub es schon.«

»Nun siehst du«, lachte van der Straaten, den diese scherzhafte Wendung plötzlich wieder zu heiterer Laune stimmte. »So hör ich dich gern. Und zur Belohnung: das Bild soll nicht an den Eckpfeiler, sondern wirklich in die Galerie. Verlaß dich darauf. Und um dir nichts zu verschweigen, ich hab auch über all das so meine wechselnden und widerstreitenden Gedanken, und mitunter denk ich: ich sterbe vielleicht darüber hin. Und das wäre das beste. Zeit gewonnen, alles gewonnen. Es ist nichts Neues. Aber die trivialsten Sätze sind immer die richtigsten.«

»Dann vergiß auch nicht *den,* daß man den Teufel nicht an die Wand malen soll!«

Er nickte. »Da hast du recht. Und wir *wollen's* auch nicht, und wollen diese Stunde vergessen. Ganz und gar. Und wenn ich dich je wieder daran erinnere, so sei's im Geiste des Friedens und zum Zeichen der Versöhnung. Lache nicht. Es kommt, was kommen soll. Und wie sagtest du doch? Es sei so viel Unschuld in ihrer Schuld ...«

»... Und vorher bestimmt, sagt ich. Prädestiniert! ... Aber vorher bestimmt ist *heute*, daß wir ausfahren, und das ist die Hauptsache. Denn ich brauche die Robe viel, viel nötiger als du den Tintoretto brauchst. Und ich war eigentlich eine Törin und ein Kindskopf, daß ich alles so bitter ernsthaft genommen und dir jedes Wort geglaubt habe! Du hast das Bild haben wollen, *c'est tout.* Und nun gehab dich wohl, mein Dänenprinz, mein Träumer. Sein oder nicht sein ... Variationen von Ezechiel van der Straaten!«

Und sie stand auf und lachte und stieg die kleine durchbrochene Treppe hinauf, die, von van der Straatens Zimmer aus, in die Schlafzimmer des zweiten Stockes führte.

3
Logierbesuch

Van der Straaten, um es zu wiederholen, bewegte sich gern in dem Gegensatze von derb und gefühlvoll, überhaupt in Gegensätzen, und so war es wenig verwunderlich, daß das vor dem Tintoretto geführte Gespräch in seinem Herzen nicht allzu lange nachtönte. Freilich auch nicht in dem seiner Frau. Nur so lang es geführt worden war, war Melanie wirklich überrascht gewesen, nicht um des sentimentalen Tones willen, den sie kannte, sondern weil alles eine viel persönlichere Richtung nahm als bei früheren Gelegenheiten. Aber nun war es vorüber. Das Bild erhielt seinen Platz in der Galerie, man sah es nicht mehr, und van der Straaten, wenn er ihm zufällig begegnete, lächelte nur in beinah heiterer Resignation. Er besaß eben ganz den fatalistischen Zug der Humoristen, der sich verdoppelt, wenn sie nebenher auch noch Lebemänner sind.

Es war eine belebte Saison gewesen; aber Ostern, trotzdem es spät fiel, lag schon wieder zurück, und die Wochen waren wieder da, wo herkömmlich die Frage verhandelt zu werden pflegte: »Wann ziehen wir hinaus?«

»Bald«, sagte Melanie, die bereits die Tage zählte.

»Aber, die ›gestrengen Herren‹ waren noch nicht da.«

»Die regieren nicht lange.«

»Zugestanden«, lachte van der Straaten. »Und um so lieber, als ich nur *so* meine Hausherrschaft garantiert finde. Wenigstens mittelbar. Und immer noch besser schwach regieren als gar nicht.«

Diese Worte waren an einem der letzten Apriltage beim Frühstück gewechselt worden, und es mochte Mittag sein, als der Kommerzienrat von seinem Kontor aus die Frau Kommerzienrätin bitten ließ, mit ihrer Ausfahrt eine Viertelstunde warten zu wollen, weil er ihr zuvor eine Mitteilung zu machen habe. Melanie ließ zurücksagen, »daß sie sich freuen würde, ihn zu sehen, und rechne danach auf seine Begleitung«.

In Courtoisien dieser Art, denen übrigens auch ein gelegentlicher Revers nicht fehlte, hatten sich die van der Straatens seit Jahren eingelebt, namentlich *er*, der nach seiner eigenen Versicherung »dem adligen Hause de Caparoux einiges Ritterdienstliche schuldig zu sein glaubte« und zu diesem Ritterdienstlichen in erster Reihe Pünktlichkeit und Nichtwartenlassen zählte.

So erschien er denn auch heute, bald nach erfolgter Anmeldung, im Zimmer seiner Frau.

Dieses Zimmer entsprach in seinen räumlichen Verhältnissen ganz dem ihres Gatten, war aber um vieles heller und heiterer, einmal weil die hohe Paneelierung, aber mehr noch, weil die vielen nachgedunkelten Bilder fehlten. Statt dieser vielen war nur ein einziges da: das Porträt Melanies in ganzer Figur, ein wogendes Kornfeld im Hintergrunde und sie selber eben beschäftigt, ein paar Mohnblumen an ihren Hut zu stecken. Die Wände, wo sie frei waren, zeigten eine weiße Seidentapete, tief in den Fensternischen erhoben sich Hyazinthenestraden, und vor einer derselben, auf einem zierlichen Marmortische, stand ein blitzblankes Bauer, drin ein grauer Kakadu, der eigentliche Tyrann des Hauses, sein von der Dienerschaft gleichmäßig gehaßtes und beneidetes Dasein führte. Melanie sprach eben mit ihm, als Ezechiel in einer gewissen humoristischen Aufgeregtheit eintrat und seine Frau, nach vorgängiger respektvoller Verneigung gegen den Kakadu, bis an ihren Sofaplatz zurückführte. Dann schob er einen Fauteuil heran und setzte sich neben sie.

Die Feierlichkeit, mit der all dies geschah, machte Melanie lachen.

»Ist es doch, als ob du dich auf eine ganz besondere Beichte vorzubereiten hättest. Ich will es dir aber leicht machen. Ist es etwas Altes? Etwas aus deiner dunklen Vergangenheit …?

»Nein, Lanni, es ist etwas Gegenwärtiges.«

»Nun, da will ich doch abwarten und mich zu keinem Generalpardon hinreißen lassen. Und nun sage, was ist es?«

»Eine Bagatelle.«

»Was deine Verlegenheit bestreitet.«

»Und doch eine Bagatelle. Wir werden einen Besuch empfangen, oder vielmehr einen Gast, oder, wenn ich mich des Ausdrucks bedienen darf, einen Dauergast. Also kurz und gut, denn was hilft es, es muß heraus: einen neuen Hausgenossen.«

Melanie, die bis dahin ein Schokoladenbiskuit, das noch auf dem Teller lag, zerkrümelt hatte, legte jetzt ihren Zeigefinger auf van der Straatens Hand und sagte: »Und das nennst du eine Bagatelle? Du weißt recht gut, daß es etwas sehr Ernsthaftes ist. Ich habe nicht den Vorzug, ein Kind dieser eurer Stadt zu sein, bin aber doch lange genug in eurer exquisiten Mitte gewesen, um zu wissen, was es mit einem ›Logierbesuch‹ auf sich hat. Schon das Wort, das sich sonst nirgends findet, kann einen ängstlich machen. Und was ist ein Logierbesuch gegen eine neue Hausgenossenschaft … Ist es eine Dame?«

»Nein, ein Herr.«

»Ein Herr. Ich bitte dich, Ezel …«

»Ein Volontair, ältester Sohn eines mir befreundeten Frankfurter Hauses. War in Paris und London, selbstverständlich, und kommt eben jetzt von Newyork, um hier am Ort eine Filiale zu gründen. Vorher aber will er in unserem Hause die Sitte dieses

Landes kennenlernen, oder sag ich lieber *wieder* kennenlernen, weil er sie draußen halb vergessen hat. Es ist ein besonderer Vertrauensakt. Ich bin überdies dem Vater verpflichtet und bitte dich herzlich, mir eine Verlegenheit ersparen zu wollen. Ich denke, wir geben ihm die zwei leerstehenden Zimmer auf dem linken Korridor.«

»Und zwingen ihn also, einen Sommer lang auf die Fliesen unseres Hofes und auf Christels Geraniumtöpfe hinunterzusehen.«

»Es kann nicht die Rede davon sein, mehr zu geben als man hat. Und er selbst wird es am wenigsten erwarten. Alle Personen, die viel in der Welt umher waren, pflegen am gleichgültigsten gegen derlei Dinge zu sein. Unser Hof bietet freilich nicht viel; aber was hätt er Besseres in der Front? Ein Stück Kirchengitter mit Fliederbusch, und an den Markttagen die Hasenbude.«

»*Eh bien,* Ezel. *Faisons le jeu.* Ich hoffe, daß nichts Schlimmes dahinter lauert, keine Konspirationen, keine Pläne, die du mir verschweigst. Denn du bist eine versteckte Natur. Und wenn es deine Geheimnisse nicht stört, so möcht ich schließlich wenigstens den Namen unseres neuen Hausgenossen hören.«

»Ebenezer Rubehn …«

»Ebenezer Rubehn«, wiederholte Melanie langsam und jede Silbe betonend. »Ich bekenne dir offen, daß mir etwas Christlich-Germanisches lieber gewesen wäre. Viel lieber. Als ob wir an deinem Ezechiel nicht schon gerade genug hätten! Und nun Ebenezer. Ebenezer Rubehn! Ich bitte dich, was soll dieser *Accent grave,* diesen Ton auf der letzten Silbe? Suspekt, im höchsten Grade suspekt!«

»Du mußt wissen, er schreibt sich mit einem h.«

»Mit einem h! Du wirst doch nicht verlangen, daß ich dies h für echt und ursprünglich nehmen soll? Einschiebsel, versuchte Leugnung des Tatsächlichen, absichtliche Verschleierung, hinter der ich nichtsdestoweniger alle zwölf Söhne Jakobs stehen sehe. Und er selber als Flügelmann.«

»Und doch irrst du, Lanni. Wie stand es denn mit Rubens? Ich meine mit dem großen Peter Paul? Nun, der hatte freilich ein s. Aber was dem s recht ist, ist dem h billig. Und kurz und gut, er ist getauft. Ob durch einen Bischof, stehe dahin; ich weiß es nicht und wünsch es nicht, denn ich möcht etwas vor ihm voraus haben. Aber allen Ernstes, du tust ihm unrecht. Er ist nicht bloß christlich, er ist auch protestantisch, so gut wie du und ich. Und wenn du noch zweifelst, so lasse dich durch den Augenschein überzeugen.«

Und hierbei versuchte van der Straaten aus einem kleinen gelben Kuvert, das er schon bereithielt, eine Visitenkartenphotographie herauszunehmen. Aber Melanie litt es nicht und sagte nur in immer wachsender Heiterkeit: »Sagtest du nicht Newyork? Sagtest du nicht London? Ich war auf einen Gentleman gefaßt, auf einen Mann von Welt, und nun schickt er sein Bildnis, als ob es sich um ein Rendezvous handelte. Krugs Garten mit einer Verlobung im Hintergrund.«

»Und doch ist er unschuldig. Glaube mir. Ich wollte sicher gehen, um deinetwillen sicher gehen, und deshalb schrieb ich an den alten Goeschen, Firma Goeschen, Goldschmidt und Kompanie; diskreter alter Herr. Und daher stammt es. Ich bin schuld, nicht er, wahr und wahrhaftig, und wenn du mir das Wort gestattest, sogar ›auf Ehre‹.«

Melanie nahm das Kuvert und warf einen flüchtigen Blick auf das eingeschlossene Bild. Ihre Züge veränderten sich plötzlich, und sie sagte: »Ah, der gefällt mir. Er hat etwas Distinguiertes: Offizier in Zivil oder Gesandtschaftsattaché. Das lieb ich. Und nun gar ein Bändchen. Ist es die Ehrenlegion?«

»Nein, du kannst es näher suchen. Er stand bei den fünften Dragonern und hat für Chartres und Pouprу das Kreuz empfangen.«

»Ist das eine Schlacht von deiner Erfindung?«

»Nein. Dergleichen kommt vor, und als freie Schweizerin solltest du wissen, daß fremde Sprachen nicht immer gebührende

Rücksicht auf die verpönten Klangformen einer anderen nehmen. Ja, Lanni, ich bin mitunter besser als mein Ruf.«

»Und wann dürfen wir unseren neuen Hausfreund erwarten?«

»Hausgenossen«, verbesserte van der Straaten. »Es ist nicht nötig, ihn, mit Rücksicht auf seine militärische Charge, so Hals über Kopf avancieren zu lassen. Übrigens ist er verlobt, oder so gut wie verlobt.«

»Schade.«

»Schade? Warum?«

»Weil Verlobte meistens langweilig sind. Sind sie beisammen, so sind sie zärtlich, bedrückend zärtlich für ihre Umgebung, und sind sie getrennt, so schreiben sie sich Briefe oder bereiten sich in ihrem Gemüt darauf vor. Und der Bräutigam ist immer der schlimmere von beiden. Und will man sich gar in ihn verlieben, so heißt das nicht mehr und nicht weniger, als zwei Lebenskreise stören.«

»Zwei?«

»Ja, Bräutigam und Braut.«

»Ich hätte drei gezählt«, lachte van der Straaten. »Aber so seid ihr. Ich wette, du hast den dritten in Gnaden vergessen. Ehemänner zählen überhaupt nicht mit. Und wenn sie sich darüber wundern, so machen sie sich ridikül. Ich werde mich übrigens davor hüten, den Mohren der Weltgeschichte, das seid ihr, weiß waschen zu wollen. Apropos, kennst du das Bild ›Die Mohrenwäsche‹?«

»Ach, Ezel, du weißt ja, ich kenne keine Bilder. Und am wenigsten alte.«

»Süße Simplicitas aus dem Hause de Caparoux«, jubelte van der Straaten, der nie glücklicher war, wie wenn Melanie sich eine Blöße gab oder auch klugerweise nur so tat. »Altes Bild! Es ist nicht älter als ich.«

»Nun, dann ist es gerade alt genug.«

»Bravissimo. Sieh, so hab ich dich gern. Übermütig und

boshaft. Und nun sage, was beginnen wir, wohin gondeln wir?«

»Ich bitte dich, Ezel, nur keine Berolinismen. Du hast mir doch gestern erst …«

»Und ich halt es auch. Aber wenn mir wohl ums Herze wird, da bricht es wieder durch. Und jetzt komm, wir wollen zu Haas und uns einen Teppich ansehen … ›Gerade alt genug‹ … Vorzüglich, vorzüglich … Und nun sage, Papachen, wie heißt die schönste Frau im Land?«

»Melanie.«

»Und die liebste, die klügste, die beste Frau?«

»Melanie, Melanie.«

»Gut, gut … Und nun gehab dich wohl, du Menschenkenner!«

4
Der engere Zirkel

Die »drei gestrengen Herren« waren ganz ausnahmsweise streng gewesen, aber nicht zu Verdruß beider van der Straatens, die vielmehr nun erst wußten, daß der Winter all seine Pfeile verschossen und unweigerlich und ohne weitere Widerstandsmöglichkeit seinen Rückzug angetreten habe. Nun erst konnte man freien Herzens hinaus, hinaus ohne Sorge vor frostigen Vormittagen oder gar vor Eingeschneitwerden über Nacht. Alles freute sich auf den Umzug, auch die Kinder, am meisten aber van der Straaten, der, um ihn selber sprechen zu lassen, »unter allen vorkommenden Geburtsszenen einzig und allein der des Frühlings beizuwohnen liebte«. Vorher aber sollte noch ein kleines Abschiedsdiner stattfinden, und zwar unter ausschließlicher Heranziehung des dem Hause zunächst stehenden Kreises.

Es war das, übrigens von mehr verwandtschaftlicher als befreundeter Seite her, in erster Reihe der in der Alsenstraße wohnende Major von Gryczinski, ein noch junger Offizier mit abstehendem, englisch gekräuseltem Backenbart und klugen blauen Augen, der vor etwa drei Jahren die reizende Jacobine de Caparoux heimgeführt hatte, eine jüngere Schwester Melanies und nicht voll so schön wie diese, aber rotblond, was in den Augen einiger das Gleichgewicht zwischen beiden wiederherstellte. Gryczinski war Generalstäbler und hielt, wie jeder dieses Standes, an dem Glauben fest, daß es in der ganzen Welt nicht zwei so grundverschiedene Farben gäbe, wie das allgemeine preußische Militär-Rot und das Generalstabs-Rot. Daß er den Strebern zugehörte, war eine selbstverständliche Sache; wohl aber verdient es, in Rücksicht gegen den Ernst der Historie, schon an dieser Stelle hervorgehoben zu werden, daß er, alles Strebertums unerachtet, in allen nicht zu verlockenden Fällen ein bescheidenes Maß von Rücksichtnahme gelten ließ und den Kampf ums Dasein nicht absolut als einen Übergang über die Beresina betrachtete. Wie sein großer Chef war er ein Schweiger, unterschied sich aber von ihm durch ein beständiges, jeden Sprecher ermutigendes Lächeln, das er, alle nutzlose Parteinahme klug vermeidend, über Gerechte und Ungerechte gleichmäßig scheinen ließ.

Gryczinski, wie schon angedeutet, war mehr Verwandter als Freund des Hauses. Unter diesen letzteren konnte der Baron Duquede, Legationsrat a. D., als der angesehenste gelten. Er war über sechzig, hatte bereits unter van der Straatens Vater dem damals ausgedehnteren Kreise des Hauses angehört und durfte sich, wie um anderer Qualitäten so auch schon um seiner Jahre willen, seinem hervorstechendsten Charakterzuge, dem des Absprechens, Verkleinerns und Verneinens, ungehindert hingeben. Daß er, infolge davon, den Beinamen »Herr Negationsrat« erhalten hatte, hatte selbstverständlich seine milzsüchtige Krakeelerei nicht zu bessern vermocht. Er empörte sich eigentlich über alles, am meisten über Bismarck, von dem er seit 1866, dem Jahre seiner eigenen Dienstentlassung, unaufhörlich versicherte, »daß er überschätzt werde«. Von einer beinah gleichen Empörung war er gegen das zum Französieren geneigte Berlinertum erfüllt, das ihn, um seines »qu« willen, als einen Koloniefranzosen ansah und seinen altmärkischen Adelsnamen nach der Analogie von Admiral Duquesne auszusprechen pflegte. »Was er sich gefallen lassen könne«, hatte Melanie hingeworfen, von welchem Tag an eine stille Gegnerschaft zwischen beiden herrschte.

Dem Legationsrat an Jahren und Ansehn am nächsten stand Polizeirat Reiff, ein kleiner behäbiger Herr mit roten und glänzenden Backenknochen, auch Feinschmecker und Geschichtenerzähler, der, solange die Damen bei Tische waren, kein Wasser trüben zu können schien, im Moment ihres Verschwindens aber in Anekdoten exzellierte, wie sie, nach Zahl und Inhalt, immer nur einem Polizeirat zu Gebote stehen. Selbst van der Straaten, dessen Talente doch nach derselben Seite hin lagen, erging sich dann in lautem und mitunter selbst stürmischem Beifall oder zwinkerte seinen Tischnachbarn seine neidlose Bewunderung zu.

Diese Tischnachbarn waren in der Regel zwei Maler: der Landschaftler Arnold Gabler, ebenfalls wie Reiff und der Legationsrat ein Erbstück aus des Vaters Tagen her, und Elimar Schulze, Porträt- und Genremaler, der sich erst in den letzten Jahren angefunden hatte. Seine Zugehörigkeit zu der vorgeschilderten Tafelrunde basierte zumeist auf dem Umstande, daß er nur ein halber Maler, zur andern Hälfte aber Musiker und enthusiastischer Wagnerianer war, auf welchen »Titul« hin, wie van der Straaten sich ausdrückte, Melanie seine Aufnahme betrieben und durchgesetzt hatte. Die bei dieser Gelegenheit abgegebene Bemerkung ihres Eheherrn, »daß er gegen den Aufzunehmenden nichts einzuwenden habe, wenn er einfach übertreten und seine Zugehörigkeit zu der alleinseligmachenden Musik offen und ehrlich aussprechen wolle«, war von dem immer gutgelaunten Elimar mit der Bitte beantwortet worden, »ihm diesen Schritt erlassen zu wollen, und zwar einfach deshalb, weil doch schließlich nur das Gegenteil von dem Gewünschten dabei herauskommen würde. Denn während er jetzt als Maler allgemein für einen Musiker gehalten werde, werd er als Musiker sicherlich für einen Maler gehalten und dadurch vom Standpunkte des Herrn Kommerzienrats aus in die relativ höhere Rangstufe wieder hinaufgehoben werden.«

Diesem Verwandten- und Freundeskreise waren die zu heute sieben Uhr Geladenen entnommen. Denn van der Straaten liebte die Spät-Diners und erging sich mitunter in nicht üblen Bemerkungen über den gewaltigen Unterschied zwischen einer um vier Uhr künstlich hergestellten und einer um sieben Uhr natürlich erwachsenen Dunkelheit. Eine künstliche Vier-Uhr-Dunkelheit sei nicht besser als ein junger Wein, den man in einen Rauchfang gehängt und mit Spinnweb umwickelt habe, um ihn alt und ehrwürdig erscheinen zu lassen. Aber eine feine Zunge schmecke den jungen Wein und ein feines Nervensystem schmecke die junge Dunkelheit heraus. Bemerkungen, die, namentlich in ihrer »das feine Nervensystem« betonenden Schlußwendung, von Melanie regelmäßig mit einem allerherzlichsten Lachen begleitet wurden.

Das van der Straatensche Stadthaus – wodurch es sich neben anderem von der mit allem Komfort ausgestatteten Tiergartenvilla unterschied – hatte keinen eigentlichen Speisesaal, und die zwei großen und die vier kleinen Diners, die sich über den Winter hin verteilten, mußten in dem ersten, als Entree dienenden Zimmer der großen Gemäldegalerie gegeben werden. Es griff dieser Teil der Galerie noch aus dem rechten Seitenflügel in das Vorderhaus über und lag unmittelbar hinter Melanies Zimmer, aus dem denn auch, sobald die breiten Flügeltüren sich öffneten, der Eintritt stattfand.

Und wie gewöhnlich, so auch heute. Van der Straaten nahm den Arm seiner blonden Schwägerin, Duquede den Melanies, während die vier anderen Herren paarweise folgten, eine herkömmliche Form des Aufmarsches, bei der der Major ebenso geschickt zwischen den beiden Malern zu wechseln, als den Polizeirat zu vermeiden wußte. Denn so bereit und ergeben er war, die Geschichten Reiffs bei Tag oder Nacht über sich ergehen zu lassen, so konnt er sich doch nicht entschließen, ihm ebenbürtig den Arm zu bieten. Er stand vielmehr ganz in den Anschauungen seines Standes und bekannte sich, mit einem durch persönliches Fühlen unterstützten Nachdruck, zu dem alten Gegensatze von Militär und Polizei.

Jeder der Eintretenden war an dieser Stelle zu Haus und hatte keine Veranlassung mehr zum Staunen und Bewundern. Wer aber zum ersten Male hier eintrat, der wurde sicherlich durch eine Schönheit überrascht, die gerade darin ihren Grund hatte, daß der als Speisesaal dienende Raum kein eigentlicher Speisesaal war. Ein reichgegliederter Kronleuchter von französischer Bronze warf seine Lichter auf eine von guter italienischer Hand herrührende prächtig eingerahmte Kopie der Veronesischen »Hochzeit zu Cana«, die von Uneingeweihten auch wohl ohne weiteres für das Original genommen wurde, während daneben zwei Stilleben in fast noch größeren und reicheren Barockrahmen hingen. Es waren, von einiger vegetabilischer Zutat abgesehen, Hummer, Lachs und blaue Makrelen, über deren absolute Naturwahrheit sich van der Straaten in der ein für allemal gemünzten Bewunderungsformel ausließ, »es werd ihm, als ob er taschentuchlos über den Cöllnischen Fischmarkt gehe«.

Nach hinten zu stand das Buffet, und daneben war die Tür, die mit der im Erdgeschoß gelegenen Küche bequeme Verbindung hielt.

5
Bei Tisch

»Nehmen wir Platz«, sagte van der Straaten. »Meine Frau hat mich aller Placierungsmühen überhoben und Karten gelegt.«

Und dabei nahm er eine derselben in die Hand und ließ sein von Natur gutes und durch vieles Sehen kunstgeübtes Auge darüber hingleiten. »Ah, ah, sehr gut. Das ist Tells Geschoß. Gratuliere, Elimar. Allerliebst, allerliebst. Natürlich Amor, der schießt. Daß ihr Maler doch über diesen ewigen Schützen nicht wegkommen könnt.«

»Gegen dessen Abschaffung oder Dienstentlassung wir auch feierlich protestieren würden«, sagte die rotblonde Schwester.

Alle hatten sich inzwischen placiert, und es ergab sich, daß Melanie bei der von ihr getroffenen Anordnung vom Herkömmlichen abgewichen war. Van der Straaten saß zwischen Schwägerin und Frau, ihm gegenüber der Major, von Gabler und Elimar flankiert, an den Schmalseiten aber Polizeirat Reiff und Legationsrat Duquede.

Die Suppe war eben genommen und der im kommerzienrätlichen Hause von alter Zeit her berühmte Montefiascone gerade herumgereicht, als van der Straaten sich über den Tisch hin zu seinem Schwager wandte.

»Gryczinski, Major und Schwager«, hob er leicht und mit überlegener Vertraulichkeit an, »binnen heut und drei Monaten haben wir Krieg. Ich bitte dich, sage nicht nein, wolle mir nicht widersprechen. Ihr, die ihr's schließlich machen müßt, erfahrt es erfahrungsmäßig immer am spätesten. Im Juni haben wir die Sache wieder fertig oder wenigstens eingerührt. Es zählt jetzt zu den sogenannten berechtigten Eigentümlichkeiten preußischer Politik, allen Geheimräten, wozu, in allem was Karlsbad und Teplitz angeht, auch die Kommerzienräte gehören, ihre Brunnen- und Badekur zu verderben. Helgoland mit eingeschlossen. Ich wiederhole dir, in zwei Monaten haben wir die Sache fertig und in drei haben wir den Krieg. Irgendwas Benedettihaftes wird sich doch am Ende finden lassen, und Ems liegt unter Umständen überall in der Welt.«

Gryczinski zwirbelte mit der Linken an der breitesten Stelle seines Backenbartes und sagte: »Schwager, du stehst zu sehr unter Börsengerüchten, um nicht zu sagen unter dem Einfluß der Börsenspekulation. Ich versichere dich, es ist kein Wölkchen am Horizont, und wenn wir zurzeit wirklich einen Kriegsplan ausarbeiten, so betrifft er höchstens die hypothetische Bestimmung der Stelle, wo Rußland und England zusammenstoßen und ihre große Schlacht schlagen werden.«

Beide Damen, die von der entschiedensten Friedenspartei waren, die brünette, weil sie nicht gern das Vermögen, die blonde, weil sie nicht gern den Mann einbüßen wollte, jubelten dem Sprecher zu, während der Polizeirat, immer kleiner werdend, bemerkte: »Bitte dem Herrn Major meine gehorsamste Zustimmung aussprechen zu dürfen, und zwar von ganzem Herzen und von ganzem Gemüte.« Wobei gesagt werden muß, daß er mit Vorliebe von seinem Gemüte sprach. »Überhaupt«, fuhr er fort, »nichts falscher und irriger, als sich Seine Durchlaucht den Fürsten, einen in Wahrheit friedliebenden Mann, als einen Kanonier mit ewig brennender Lunte vorzustellen, jeden Augenblick bereit, das Kruppsche Monstregeschütz eines europäischen Krieges auf gut Glück hin abzufeuern. Ich sage, nichts falscher und irriger als das. Hazardieren ist die Lust derer, die nichts besitzen, weder Vermögen noch Ruhm. Und der Fürst besitzt beides. Ich wette, daß er nicht Lust hat, seinen hochaufgespeicherten Doppelschatz immer wieder auf die Kriegskarte zu setzen. Er gewann 1864 (nur eine Kleinigkeit), doublierte 1866 und triplierte 1870, aber er wird sich hüten, sich auf ein *six-le-va* einzulassen. Er ist ein sehr belesener Mann und kennt ohne Zweifel das Märchen vom ›Fischer un sine Fru …‹«

»… Dessen pikante Schlußwendung uns unser polizeirätlicher Freund hoffentlich nicht vorenthalten will«, bemerkte van der Straaten, in dem sich der Übermut der Tafelstimmung bereits zu regen begann.

Aber der Polizeirat, während er sich wie zur Gewährleistung jeder Sicherheit gegen die Damen hin verneigte, ließ das Märchen und seine notorische Schlußzeile fallen und sagte nur: »Wer alles gewinnen will, verliert alles. Und das Glück ist noch launenhafter als die Damen. Ja, meine Damen, als die Damen. Denn die Launenhaftigkeit, ich lebe selbst in einer glücklichen Ehe, ist das Vorrecht und der Zauber ihres Geschlechts. Der Fürst hat Glück gehabt, aber gerade weil er es gehabt hat ...«

»... Wird er sich hüten, es zu versuchen«, schloß mit ironischer Emphase der Legationsrat. »Aber, wenn er es *dennoch* täte? He? Der Fürst hat Glück gehabt, versichert uns unser Freund Reiff mit polizeirätlich unschuldiger Miene. Glück gehabt! Allerdings. Und zwar kein einfaches und gewöhnliches, sondern ein stupendes, ein nie dagewesenes Glück. Eines, das in seiner kolossalen Größe den Mann selber wegfrißt und verschlingt. Und so wenig ich geneigt bin, ihm dies Glück zu mißgönnen, ich kenne keine Mißgunst, so reizt es mich doch, einen Heroenkultus an dieses Glück geknüpft zu sehen. Er wird überschätzt, sag ich. Glauben Sie mir, er hat etwas Plagiatorisches. Es mögen sich Erklärungen finden lassen, meinetwegen auch Entschuldigungen, eines aber bleibt: er wird überschätzt. Ja, meine Freunde, den Heroenkultus haben wir, und den Götterkultus *werden* wir haben. Bildsäulen und Denkmäler sind bereits da, und die Tempel werden kommen. Und in diesem einem Tempel wird sein Bildnis sein, und Göttin Fortuna ihm zu Füßen. Aber man wird es nicht den Fortunatempel nennen, sondern den Glückstempel. Ja, den Glückstempel, denn es wird darin gespielt, und unser vorsichtiger Freund Reiff hat es mit seinem *six-le-va,* das über kurz oder lang kommen wird, besser getroffen, als er weiß. Alles Spiel und Glück, sag ich, und daneben ein unendlicher Mangel an Erleuchtung, an Gedanken und vor allem an großen schöpferischen Ideen.«

»Aber, lieber Legationsrat«, unterbrach hier van der Straaten, »es liegen doch einige Kleinigkeiten vor: Exmittierung Österreichs, Aufbau des Deutschen Reiches ...«

»... Ekrasierung Frankreichs und Dethronisierung des Papstes! Pah, van der Straaten, ich kenne die ganze Litanei. Wem aber haben wir dafür zu danken, wenn überhaupt dafür zu danken ist? Wem? Einer ihm feindlichen Partei, feindlich ihm und mir, einer Partei, der er ihren Schlachtruf genommen hat. Er hat etwas Plagiatorisches, sag ich, er hat sich die Gedanken anderer einfach angeeignet, gute und schlechte, und sie mit Hilfe reichlich vorhandener Mittel in Taten umgesetzt. Das konnte schließlich jeder, jeder von uns: Gabler, Elimar, du, ich, Reiff ...«

»Ich möchte doch bitten ...«

»In Taten umgesetzt«, wiederholte Duquede.

»Ein Umsatz- und Wechselgeschäft, das ich hasse, so lange nicht der selbsteigene Gedanke dahinter steht. Aber Taten mit gar keiner oder mit erheuchelter oder mit erborgter Idee haben etwas Rohes und Brutales, etwas Dschingiskhanartiges. Und ich wiederhole, ich hasse solche Taten. Am meisten aber hass' ich sie, wenn sie die Begriffe verwirren und die Gegensätze mengen, und wenn wir es erleben müssen, daß sich hinter den altehrwürdigen Formen unseres staatserhaltenden Prinzips, hinter der Maske des Konservatismus, ein revolutionärer Radikalismus birgt. Ich sage dir, van der Straaten, er segelt unter falscher Flagge. Und eines seiner einschlägigsten Mittel ist der beständige Flaggenwechsel. Aber ich hab ihn erkannt und weiß, was seine eigentliche Flagge ist...«

»Nennen...«

»Die schwarze.«

»Die Piratenflagge?«

»Ja. Und Sie werden dessen über kurz oder lang alle gewahr werden. Ich sage dir, van der Straaten, und Ihnen, Elimar, und Ihnen, Reiff, der Sie's morgen in Ihr schwarzes Buch eintragen können, meinetwegen, denn ich bin ein altmärkischer Edelmann und habe den Dienst dieses mir widerstrebenden Eigennützlings längst quittiert, ich sag es jedem, alt oder jung: sehen Sie sich vor. Ich warne Sie vor Täuschung, vor allem aber vor Überschätzung dieses falschen Ritters, dieses Glücks-Tempelherrn, an den die blöde Menge glaubt, weil er die Jesuiten aus dem Lande geschafft hat. Aber wie steht es damit? Die Bösen sind wir los, der Böse ist geblieben.«

Gryczinski hatte mit vornehmem Lächeln zugehört; van der Straaten indes, der, trotzdem er eigentlich ein Bismarckschwärmer war, in seiner Eigenschaft als kritiksüchtiger Berliner nichts Reizenderes kannte, als Größenniedermetzelung und Generalnivellierung, immer vorausgesetzt, daß er selber als einsam überragender Bergkegel übrigblieb, grüßte zu Duquede hinüber und rief einem der Diener zu, dem Legationsrat, der sich geopfert habe, noch einmal von der letzten Schüssel zu präsentieren.

»Eine spanische Zwiebel, Duquede. Nimm. Das ist etwas für dich. Scharf, scharf. Ich mache mir nicht viel aus Spanien, aber um zweierlei beneid ich es: um seine Zwiebeln und um seinen Murillo.«

»Überrascht mich«, sagte Gabler. »Und am meisten überrascht mich die dir entschlüpfte Murillo-, will also sagen Madonnenbewunderung.«

»Nicht entschlüpft, Arnold, nicht entschlüpft. Ich unterscheide nämlich, wie du wissen solltest, kalte und warme Madonnen. Die kalten sind mir allerdings verhaßt, aber die warmen hab ich desto lieber. *A la bonne heure,* die berauschen mich, und ich fühl es in allen Fingerspitzen, als ob es elfer Rheinwein wäre. Und zu diesen glühenden und sprühenden zähl ich all diese spanischen Immaculatas und Concepciones, wo die Mutter Gottes auf einer Mondsichel steht, und um ihr dunkles Gewand her leuchten goldene Wolken und Engelsköpfe. Ja, Reiff, dergleichen gibt es. Und so blickt sie brünstig oder sagen wir lieber inbrünstig gen Himmel, als wolle die Seele flügge werden in einem Brütofen von Heiligkeit.«

»In einem Brütofen von Heiligkeit«, wiederholte der Polizeirat, in dessen Augen es heimlich und verstohlen zu zwinkern begann. »In einem Brütofen! O, das ist magnifique, das ist herrlich, und eine Andeutung, die jeder von uns nach dem Maße seiner Erkenntnis interpretieren und weiterspinnen kann.«

Beide junge Frauen, einigermaßen überrascht, ihren sonst so zurückhaltenden Freund auf dieser Messerschneide balancieren zu sehen, trafen sich mit ihren Blicken, und Melanie, rasch erkennend, daß es sich jeden Moment um eine jener Katastrophen handeln könne, wie sie bei den kommerzienrätlichen Diners eben nicht allzu selten waren, suchte vor allem von dem heiklen Murillothema loszukommen, was bei van der Straatens Eigensinn allerdings nur durch eine geschickte Diversion geschehen konnte. Und solche gelang denn auch momentan, indem Melanie mit anscheinender Unbefangenheit bemerkte: »Van der Straaten wird mich auslachen, in Bild- und Malerfragen eine Meinung haben zu wollen. Aber ich muß ihm offen bekennen, daß ich mich, wenn seine gewagte Madonneneinteilung überhaupt akzeptiert werden soll, ohne weiteres für eine von ihm ignorierte Mittelgruppe, nämlich für die temperierten, entscheiden würde. Die Tizianischen scheinen mir diese wohltuend gemäßigte Temperatur zu haben. Ich lieb ihn überhaupt.«

»Ich auch Melanie. Brav, brav. Ich hab es immer gesagt, daß ich noch einen Kunstprofessor in dir großziehe. Nicht wahr, Arnold, ich hab es gesagt? Beschwör es. Eine Schwurbibel ist nicht da, aber wir haben Reiff, und ein Polizeirat ist immer noch ebensogut wie ein Evangelium. Du lachst, Schwager; natürlich; ihr merkt es nicht, aber wir. Übrigens hat Reiff ein leeres Glas. Und Elimar auch. Friedrich, alter Pomuchelskopf, steh nicht in Liebesgedanken. *Allons enfants.* Wo bleibt der Mouet? Flink, sag ich. Bei den Gebeinen des unsterblichen Roller, ich lieb es nicht, meinen Champagner in den letzten fünf Minuten in kümmerlicher Renommage schäumen zu sehen. Und noch dazu in diesen vermaledeiten Spitzgläsern, mit denen ich nächstens kurzen Prozeß machen werde. Das sind Rechnungsrats-, aber nicht Kommerzienratsgläser. Übrigens mit dem Tizian hast du doch unrecht. Das heißt halb. Er versteht sich auf alles mögliche, nur nicht auf Madonnen. Auf Frau Venus versteht er sich. Das ist seine Sache. Fleisch, Fleisch. Und immer lauert irgendwo der kleine, liebe Bogenschütze. Pardon, Elimar, ich bin nicht für Massen-Amors auf Tischkarten, aber für den Einzel-Amor bin ich, und ganz besonders für den des Tizianischen roten Ruhebetts mit zurückgezogener grüner Damastgardine. Ja, meine Herrschaften, da gehört er hin, und immer ist er wieder reizend, ob er ihr zu Häupten oder zu Füßen sitzt, ob er hinter dem Bett oder der Gardine hervorguckt, ob er seinen Bogen eben gespannt oder eben abgeschossen hat. Und was ist vorzuziehen? Eine feine Frage, Reiff. Ich denke mir, wenn er ihn spannt ... Und diese ruhende linke Hand mit dem ewigen Spitzentaschentuch. O, superbe. Ja, Melanie, *den* Tag will ich deine Bekehrung feiern, wo du mir zugestehst: *Suum cuique,* dem Tizian die Venus und dem Murillo die Madonna.«

»Ich fürchte, van der Straaten, da wirst du lange zu warten haben, und am längsten auf meine Murillo-Bekehrung. Denn diese gelben Dunstwolken, aus denen etwas inbrünstig Gläubiges in seelisch-sinnlicher Verzückung aufsteigt, sind mir unheimlich. Es hat die Grenze des Bezaubernden überschritten, und statt des Bezaubernden find ich etwas Behexendes darin.«

Gryczinski nickte leise der Schwägerin zu, während jetzt Elimar das Glas erhob und um Erlaubnis bat, nach dem eben gehörten Wort einer echt deutschen Frau (»Französin«, schrie van der Straaten dazwischen) auf das Wohl der schönen und liebenswürdigen Dame des Hauses anstoßen zu dürfen. Und die Gläser klangen zusammen. Aber in ihren Zusammenklang mischte sich für die schärfer Hörenden schon etwas wie Zittern und Mißakkord, und ehe noch das allgemeine Lächeln verflogen war (das des Polizeirats hielt sich am längsten), brach van der Straaten durch alle bis dahin mühsam eingehaltenen Gehege durch und debutierte mal wieder ganz als er selbst. Er sei, so hob er an, leider nicht in der Lage, der für die »Frau Kommerzienrätin« gewiß höchst wertvollen Zustimmung seines Freundes Elimar Schulze (wobei er Vor- und Zuname gleich ironisch betonte) *seinerseits* zustimmen zu können. Es gebe freilich einen Gegensatz von Bezauberung und Behexung, aber manches in der Welt gelte für Behexung, was Bezauberung, und noch mehr gelte für Bezauberung, was Behexung sei. Und er bitte sagen zu dürfen, daß er es seinerseits mit der Konsequenz halte und mit Farbe bekennen, und nicht mit heute so und morgen so. Am verdrießlichsten aber sei ihm zweierlei Maß.

Er hielt hier einen Augenblick inne und war vielleicht überhaupt gewillt, es bei diesen Allgemeinsätzen bewenden zu lassen. Aber die junge Gryczinska, die sich, nach Art aller Schwägerinnen, etwas herausnehmen durfte, sah ihn jetzt, in plötzlich wiedererwachtem Mute, keck und zuversichtlich an, und bat ihn, aus seinen Orakelsprüchen heraus und zu bestimmteren Erklärungen übergehen zu wollen.

»O gewiß, meine Gnädigste«, sagte der jetzt immer hitziger werdende van der Straaten. »O gewiß, mein geliebtes Rotblond. Ich stehe zu Befehl und will aus allen Orakulosen und Mirakulosen heraus, und will in die Trompete blasen, daß ihr aus eurer Dämmerung und meinetwegen auch aus eurer Götterdämmerung erwachen sollt, als ob die Feuerwehr vorüberführe.«

»Ah«, sagte Melanie, die jetzt auch ihrerseits alle Ruhe zu verlieren begann. »Also da hinaus soll es.«

»Ja, süßer Engel, da hinaus. Da. Ihr stellt euch stolz und gemütlich auf die Höhen aller Kunst und zieht als reine *Casta diva* am Himmel entlang, als ob ihr von Ozon und Keuschheit leben wolltet. Und *wer* ist euer Abgott? Der Ritter von Bayreuth, ein Behexer, wie es nur je einen gegeben hat. Und an diesen Tannhäuser und Venusberg-Mann setzt ihr, als ob ihr wenigstens die Voggenhuber wäret, eurer Seelen Seligkeit und singt und spielt ihn morgens, mittags und abends. Oder dreimal täglich, wie auf euren Pillenschachteln steht. Und euer Elimar immer mit. Und sein ewiger Samtrock wird ihn auch nicht retten. Nicht ihn und nicht euch. Oder wollt ihr mir das alles als himmlischen Zauber kredenzen? Ich sag euch, fauler Zauber. Und das ist es, was ich zweierlei Maß genannt habe. Den Murillo-Zauber möchtet ihr zur Hexerei stempeln, und die Wagner-Hexerei möchtet ihr in Zauber verwandeln. Ich aber sag euch, es liegt umgekehrt, und wenn es *nicht* umgekehrt liegt, so sollt ihr mir wenigstens keinen Unterschied machen. Denn es ist schließlich alles ganz egal und mit Permisson zu sagen alles Jacke ...«

Der aus der vergleichendsten Kleidersprache genommene Berolinismus, mit dem er seinen Satz abzuschließen gedachte, wurde auch wirklich gesprochen, aber er verklang in einem Getöse, das der Major durch einen geschickt kombinierten Angriff von Gläserklopfen und Stuhlrücken in Szene zu setzen gewußt hatte. Zugleich begann er: »Meine verehrten Freunde, das Wort Hexenmeister ist gefallen. Ein vorzügliches Wort! So lassen wir sie denn leben, alle diese Tannhäuser, wobei sich jeder das Seine denken mag. Ich trinke auf das Wohl der Hexenmeister. Denn alle Kunst ist Hexerei. Rechten wir nicht mit dem Wort. Was sind Worte? Schall und Rauch. Stoßen wir an. Hoch, hoch!«

Und mit einer wohlgemeinten Kraftanstrengung, in der jetzt jeder zitternde Ton fehlte, wurde zugestimmt, namentlich auch von seiten der beiden Maler, und kaum einer war da, der nicht an eine glücklich beseitigte Gefahr geglaubt hätte. Aber mit Unrecht. Van der Straaten, absolut unerzogen, konnte, vielleicht weil er dies Manko fühlte, nichts so wenig ertragen, als auf Unerzogenheiten aufmerksam gemacht zu werden: er vergaß sich dann ganz und gar, und der Dünkel des reichen Mannes, der gewohnt war zu helfen, nach allen Seiten hin zu helfen, stieg ihm dann zu Kopf und schlug in Wellen über ihm zusammen. Und so auch jetzt. Er erhob sich und sagte: »Coupierungen sind etwas Wundervolles. Keine Frage. Ich beispielsweise coupiere Coupons. Ein inferiores Geschäft, das unter Umständen nichtsdestoweniger einen Anspruch darauf gibt, gegen Wort- und Redecoupierungen gesichert zu sein, namentlich gegen solche, die reprimandieren und erziehen wollen. Ich bin erzogen.«

Er hatte mit vor Erregung zitternder Stimme gesprochen, aber mit zugekniffenem Auge fest zu dem Major hinübergesehen. Dieser, ein vollkommener Weltmann, lächelte vor sich hin, und blinkte nur leise den beiden Damen zu, daß sie sich beruhigen möchten. Dann ergriff er sein Glas ein zweites Mal, gab seinen

Zügen, ohne sich sonderlich anzustrengen, einen freundlichen Ausdruck und sagte zu van der Straaten: »Es ist so viel von Coupieren gesprochen worden; coupieren wir auch das. Ich lebe der festen Überzeugung ...«

In eben diesem Augenblicke sprang der Pfropfen von einer der im Weinkühler stehenden Flaschen, und Gryczinski, rasch den Vorteil erspähend, den er aus diesem Zwischenfall ziehen konnte, brach inmitten des Satzes ab und sagte nur, während er unter leiser Verbeugung seines Schwagers Glas füllte: »Friede sei ihr erst Geläute!«

Solchem Appell zu widerstehen war van der Straaten der letzte. »Mein lieber Gryczinski«, hob er in plötzlich erwachter Sentimentalität an, »wir verstehen uns, wir haben uns immer verstanden. Gib mir deine Hand. Lacrimae Christi, Friedrich. Rasch. Das Beste daran ist freilich der Name. Aber er hat ihn nun mal. Jeder hat nun mal das Seine, der eine dies, der andere das.«

»Allerdings«, lachte Gabler.

»Ach, Arnold, du überschätzt das. Glaube mir, der Selige hatte recht. Gold ist nur Chimäre. Und Elimar würd es mir bestätigen, wenn es nicht ein Satz aus einer überwundenen Oper wäre. Ich muß sagen, leider überwunden. Denn ich liebe Nonnen, die tanzen. Aber da kommt die Flasche. Laß nur Staub und Spinnweb. Sie muß in ihrer ganzen unabgeputzten Heiligkeit verbleiben. Lacrimae Christi. Wie das klingt!«

Und die frühere Heiterkeit kehrte wieder oder schien wenigstens wiederzukehren, und als van der Straaten fortfuhr, in wahren Ungeheuerlichkeiten über Christustränen, Erlöserblut und Versöhnungswein zu sprechen, durfte Melanie schließlich die Bemerkung wagen: »Du vergißt, Ezel, daß der Polizeirat katholisch ist.«

»Ich bitte recht sehr«, sagte Reiff, als ob er auf etwas Unerlaubtem ertappt worden wäre.

Van der Straaten aber verschwor sich hoch und teuer, daß ein vierzig Jahre lang treu geleisteter Sicherheitsdienst über alles konfessionelle Plus oder Minus hinaus entscheidend sein und vor dem Richterstuhle der Ewigkeit angerechnet werden müsse. Und als bald darauf die Gläser abermals gefüllt und geleert worden waren, rückte Melanie den Stuhl, und man erhob sich, um im Nebenzimmer den Kaffee zu nehmen.

6
Auf dem Heimwege

Die Kaffeestunde verlief ohne Zwischenfall, und es war bereits gegen zehn, als der Diener meldete, daß der Wagen vorgefahren sei. Diese Meldung galt dem Gryczinskischen Paare, das an den Dinertagen seine Heimfahrt in der ihm bei dieser Gelegenheit ein für allemal zur Verfügung gestellten kommerzienrätlichen Equipage zu machen pflegte. Mäntel und Hüte wurden gebracht, und die schöne Jacobine, Hals und Kopf in ein weißes Filettuch gehüllt, stand alsbald in der Mitte des Kreises und wartete lachend und geduldig auf die beiden Maler, denen Gryczinski noch im letzten Augenblicke die Mitfahrt angeboten hatte. Das Parlamentieren darüber wollte kein Ende nehmen, und erst als man unten am Wagenschlage stand, entschied sich's und Gabler placierte sich nunmehr ohne weiteres auf den Rücksitz, während Elimar mit einem kräftigen Turnerschwunge seinen Platz auf dem Bocke nahm, angeblich aus Rücksicht gegen die Wageninsassen, in Wahrheit aus eigener Bequemlichkeit und Neugier. Er sehnte sich nämlich nach einem Gespräche mit dem Kutscher.

Dieser, auch noch ein Erbstück aus des alten van der Straaten Zeiten her, führte den unkutscherlichen Namen Emil, der jedoch seit lange seinen Verhältnissen angepaßt und in ein plattdeutsches »Ehm« abgekürzt worden war. Mit um so größerem Recht, als er wirklich in Fritz Reuterschen Gegenden das Licht der Welt erblickt und sich bis diesen Tag neben seinem Berliner Jargon einen Rest heimatlicher Sprache konserviert hatte. Elimar, einer seiner Bevorzugten, nahm gleich im ersten Momente des Zurechtrückens ein mehrklappiges Lederfutteral heraus, steckte dem Alten eine der obenaufliegenden Zigarren zu und sagte vertraulich: »Für'n Rückweg, Ehm.«

Dieser fuhr mit der Rechten dankend an seinen Kutscherhut, und damit waren die Präliminarien geschlossen.

Als sie bald darauf bei der Normaluhr auf dem Spittelmarkte vorüberkamen und in eine der schlechtgepflasterten Seitenstraßen einbogen, hielt Elimar den ersehnten Zeitpunkt für gekommen und sagte:

»Ist denn der neue Herr schon da?«

»Der Frankfurtsche? Ne, noch nich, Herr Schulze.«

»Na, dann muß er aber doch bald ...«

»I, woll. Bald muß er. Ich denke, so nächste Woche. Un de Stuben sind ooch all tapziert. Jott, se duhn ja, wie wenn't en Prinz wär, erst der Herr un nu ooch de Jnädge. Un Christel meent, he sall man en Jüdscher sinn.«

»Aber reich. Und Offizier. Das heißt bei der Landwehr oder so.«

»Is et möglich?«

»Und er soll auch singen.«

»Ja, singen wird er woll.«

Elimar war eitel genug, an dieser letzteren Äußerung Anstoß zu nehmen, und da sich's gerade traf, daß in eben diesem Augenblicke der Wagen aus dem Wallstraßenportal auf den abendlich-stillen Opernplatz einbog, so gab er das Gespräch um so lieber auf, als er nicht wollte, daß dasselbe von den Insassen des Wagens verstanden würde.

Von seiten dieser war bis dahin kein Wort gewechselt worden, nicht aus Verstimmung, sondern nur aus Rücksicht gegen die junge Frau, die, herzlich froh über den zur Hälfte frei gebliebenen Rücksitz, ihre kleinen Füße gegen das Polsterkissen gestemmt und sich bequem in den Fond des Wagens zurückgelehnt hatte. Sie war gleich beim Einsteigen ersichtlich müde gewesen, hatte wie zur Entschuldigung etwas von Champagner und Kopfweh gesprochen, das Filettuch daher höher gezogen und ihre Augen geschlossen. Erst als sie zwischen dem Palais und dem Friedrichsmonumente hinfuhren, richtete sie sich wieder auf, weil sie jenen Allerloyalsten zugehörte, die sich schon beglückt fühlen, einen bloßen Schattenriß an dem herabgelassenen Vorhange des Eckfensters gesehen zu haben. Und wirklich, sie sah ihn und gab in ihrer reizenden, halb kindlich, halb koketten Weise der Freude darüber Ausdruck.

Ihr Geplauder hatte noch nicht geendet, als der Wagen am Brandenburger Tore hielt. Im Nu waren beide Maler, deren Weg hier abzweigte, von ihren Plätzen herunter und empfahlen sich dankend dem liebenswürdigen Paare, das nun seinerseits durch die breite Schrägallee auf das Siegesdenkmal und die dahintergelegene Alsenstraße zufuhr.

Als sie mitten auf dem von bunten Lichtern überstrahlten Platze waren, schmiegte sich die schöne junge Frau zärtlich an ihren Gatten und sagte: »War das ein Tag, Otto. Ich habe dich bewundert.«

»Es wurde mir leichter, als du denkst. Ich spiele mit ihm. Er ist ein altes Kind.«

»Und Melanie! ... Glaube mir, sie fühlt es. Und sie tut mir leid. Du lächelst so. Dir nicht?«

»Ja und nein, *ma chère.* Man hat eben nichts umsonst in der Welt. Sie hat eine Villa und eine Bildergalerie ...«

»Aus der sie sich nichts macht. Du weißt ja, wie wenig sie daran hängt ...«

»Und hat zwei reizende Kinder ...«

»Um die ich sie fast beneide.«

»Nun, siehst du«, lachte der Major. »Ein jeder hat die Kunst zu lernen, sich zu bescheiden und einzuschränken. Wär ich mein Schwager, so würd ich sagen ...«

Aber sie schloß ihm den Mund mit einem Kuß, und im nächsten Augenblicke hielt der Wagen.

Die beiden Räte, der Legations- und der Polizeirat, waren an der Ecke des Petriplatzes in eine Droschke gestiegen, um bis an das Potsdamer Tor zu fahren. Von hier aus wollten sie den Rest des Weges um der frischen Abendluft willen zu Fuß machen. In Wahrheit aber hielten sie bloß zu dem Satze, »daß man im kleinen sparen müsse, um sich im großen legitimieren zu können«, wobei leider nur zu bedauern blieb, daß ihnen die »großen Gelegenheiten« entweder nie gekommen oder regelmäßig von ihnen versäumt worden waren.

Unterwegs, so lange die Fahrt dauerte, war kein Wort gewechselt worden, und erst beim Aussteigen hatte, bei der nun nötig werdenden Division von zwei in sechs, ein Gespräch begonnen, das alle Parteien zufriedengestellt zu haben schien. Nur nicht den Kutscher. Beide Räte hüteten sich deshalb auch, sich nach dem letzteren umzusehen, vor allem Duquede, der, außerdem noch ein abgeschworener Feind aller Platzübergänge mit Eisenbahnschienen und Pferdebahngeklingel, überhaupt erst wieder in Ruhe kam, als er die schon frisch in Knospen stehende Bellevuestraße glücklich erreicht hatte.

Reiff folgte, schob sich artig und respektvoll an die linke Seite des Legationsrates und sagte plötzlich und unvermittelt:

»Es war doch wieder eine recht peinliche Geschichte heute. Finden Sie nicht? Und ehrlich gestanden, ich begreif ihn nicht. Er ist doch nun Fünfzig und darüber und sollte sich die Hörner abgelaufen haben. Aber er ist und bleibt ein Durchgänger.«

»Ja«, sagte Duquede, der einen Augenblick still stand, um Atem zu schöpfen, »etwas Durchgängerisches hat er. Aber, lieber Freund, warum soll er es nicht haben? Ich taxier ihn auf eine Million, seine Bilder ungerechnet, und ich sehe nicht ein, warum einer in seinem eigenen Haus und an seinem eigenen Tisch nicht sprechen soll, wie ihm der Schnabel gewachsen ist. Ich bekenn Ihnen offen, Reiff, ich freue mich immer, wenn er mal so zwischenfährt. Der Alte war auch so, nur viel schlimmer, und es hieß schon damals vor vierzig Jahren: ›Es sei doch ein sonderbares Haus und man könne eigentlich nicht hingehen.‹ Aber uneigentlich ging alles hin. Und so war es und so ist es geblieben.«

»Es fehlt ihm aber doch wirklich an Bildung und Erziehung.«

»Ach, ich bitte Sie, Reiff, gehen Sie mir mit Bildung und Erziehung. Das sind so zwei ganz moderne Wörter, die der ›Große Mann‹ aufgebracht haben könnte, so sehr hass' ich sie. Bildung und Erziehung. Erstlich ist es in der Regel nicht viel damit, und wenn es mal was ist, dann ist es auch noch nichts. Glauben Sie mir, es wird überschätzt. Und kommt auch nur bei uns vor. Und warum? Weil wir nichts Besseres haben. Wer gar nichts hat, der ist gebildet. Wer aber so viel hat wie van der Straaten, der braucht all die Dummheiten nicht. Er hat einen guten Verstand und einen guten Witz, und was noch mehr sagen will, einen guten Kredit. Bildung, Bildung! Es ist zum Lachen.«

»Ich weiß doch nicht, ob Sie recht haben, Duquede. Ja, wenn es geblieben wäre wie früher. Junggesellenwirtschaft. Aber nun hat er die junge Frau geheiratet, jung und schön und klug ...«

»Nu, nu, Reiff. Nur nicht extravagant. Es ist damit nicht so weit her, wie Sie glauben; sie ist ne Fremde, französische Schweiz, und an allem Fremden verkucken sich die Berliner. Das ist wie Amen in der Kirche. Sie hat so ein bißchen Genfer Chic. Aber was will das am Ende sagen! Alles, was die Genfer haben, ist doch auch bloß aus zweiter Hand. Und nun gar klug. Ich bitte Sie, was heißt klug? Er ist viel klüger! Oder glauben Sie, daß es auf ne französische Vokabel ankommt? oder auf den Erlkönig? Ich gebe zu, sie hat ein paar niedliche Manierchen und weiß sich unter Umständen ein Air zu geben. Aber es ist nicht viel dahinter, alles Firlefanz, und wird kolossal überschätzt.«

»Ich weiß doch nicht, ob Sie recht haben«, wiederholte der Polizeirat. »Und dann ist sie doch schließlich von Familie.«

Duquede lachte. »Nein, Reiff, *das* ist sie nun schließlich nicht. Und ich sag Ihnen, da haben wir den Punkt, auf den ich keinen Spaß verstehe. Caparoux. Es klingt nach was. Zugestanden. Aber was heißt es denn am Ende? Rotkapp oder Rotkäppchen? Das ist ein Märchenname, aber kein Adelsname. Ich habe mich darum gekümmert und nachgeschlagen. Und im Vertrauen, Reiff, es gibt gar keine de Caparoux.«

»Aber bedenken Sie doch den Major! Er hat alle Sorten Stolz und wird sich doch schwerlich eine Mesalliance nachsagen lassen wollen.«

»Ich kenn ihn besser. Er ist ein Streber. Oder sagen wir einfach, er ist ein Generalstäbler. Ich hasse die ganze Gesellschaft, und glauben Sie mir, Reiff, ich weiß, warum. Unsere Generalstäbler werden überschätzt, kolossal überschätzt.«

»Ich weiß doch nicht, ob Sie recht haben«, ließ sich der Polizeirat ein drittes Mal vernehmen. »Bedenken Sie bloß, was Stoffel gesagt hat. Und nachher kam es auch so. Aber ich will nur von Gryczinski sprechen. Wie liebenswürdig benahm er sich heute wieder! Wie liebenswürdig und wie vornehm.«

»Ah, bah, vornehm. Ich bilde mir auch ein, zu wissen, was vornehm ist. Und ich sag Ihnen, Reiff, Vornehmheit ist anders. Vornehm! Ein Schlaukopf ist er und weiter nichts. Oder glauben Sie, daß er die kleine Rotblondine mit den ewigen Schmachtaugen geheiratet hat, weil sie Caparoux hieß, oder meinetwegen auch de Caparoux? Er hat sie geheiratet, weil sie die Schwester ihrer Schwester ist. Du himmlischer Vater, daß ich einem Polizeirat solche Lektion halten muß.«

Der Polizeirat, dessen Schwachheiten nach der erotischen Seite hin lagen, las aus diesen andeutenden Worten ein Liebesverhältnis zwischen dem Major und Melanie heraus und sah den langen hageren Duquede von der Seite her betroffen an.

Dieser aber lachte und sagte: »Nicht *so,* Reiff, nicht *so;* Karrieremacher sind immer nur Courmacher. Nichts weiter. Es gibt heutzutage Personen (und auch *das* verdanken wir unserem großen Reichsbaumeister, der die soliden Werkleute fallen läßt oder beiseite schiebt), es gibt, sag ich, heutzutage Personen, denen alles bloß Mittel zum Zweck ist. Auch die Liebe. Und zu diesen

Personen gehört auch unser Freund, der Major. Ich hätte nicht sagen sollen, er hat die Kleine geheiratet, weil sie die Schwester ihrer Schwester ist, sondern weil sie die Schwägerin ihres Schwagers ist. Er *braucht* diesen Schwager, und ich sag Ihnen, Reiff, denn ich kenne den Ton und die Strömung oben, es gibt Weniges, was nach oben hin *so* empfiehlt wie das. Ein Schwager-Kommerzienrat ist nicht viel weniger wert als ein Schwiegervater-Kommerzienrat und rangiert wenigstens gleich dahinter. Unter allen Umständen aber sind Kommerzienräte wie konsolidierte Fonds, auf die jeden Augenblick gezogen werden kann. Es ist immer Deckung da.«

»Sie wollen also sagen …«

»Ich will gar nichts sagen, Reiff … Ich meine nur so.«

Und damit waren sie bis an die Bendlerstraße gekommen, wo beide sich trennten. Reiff ging auf die Von-der-Heydt-Brücke zu, während Duquede seinen Weg in gerader Richtung fortsetzte.

Er wohnte dicht an der Hofjägerallee, sehr hoch, aber in einem sehr vornehmen Hause.

7
Ebenezer Rubehn

Wenige Tage später hatte Melanie das Stadthaus verlassen und die Tiergartenvilla bezogen. Van der Straaten selbst machte diesen Umzug nicht mit und war, so sehr er die Villa liebte, doch immer erst vom September an andauernd draußen. Und auch das nur, weil er ein noch leidenschaftlicherer Obstzüchter als Bildersammler war. Bis dahin erschien er nur jeden dritten Tag als Gast und versicherte dabei jedem, der es hören wollte, daß dies die stundenweis ihm nachgezahlten Flitterwochen seiner Ehe seien. Melanie hütete sich wohl, zu widersprechen, war vielmehr die Liebenswürdigkeit selbst, und genoß in den zwischenliegenden

Tagen das Glück ihrer Freiheit. Und dieses Glück war um vieles größer, als man, ihrer Stellung nach, die so dominierend und so frei schien, hätte glauben sollen. Denn sie dominierte nur, weil sie sich zu zwingen verstand; aber dieses Zwanges los und ledig zu sein blieb doch ihr Wunsch, ihr beständiges, stilles Verlangen. Und das erfüllten ihr die Sommertage. Da hatte sie Ruhe vor seinen Liebesbeweisen und seinen Ungeniertheiten, nicht immer, aber doch meist, und das Bewußtsein davon gab ihr ein unendliches Wohlgefühl.

Und dieses Wohlgefühl steigerte sich noch in dem entzückenden und beinah ungestörten Stilleben, dessen sie draußen genoß. Wohl liebte sie Stadt und Gesellschaft und den Ton der großen Welt; aber wenn die Schwalben wieder zwitscherten und der Flieder wieder zu knospen begann, da zog sie's doch in die Parkeinsamkeit hinaus, die wiederum kaum eine Einsamkeit war, denn neben der Natur, deren Sprache sie wohl verstand, hatte sie Bücher und Musik und – die Kinder. Die Kinder, die sie während der Saison oft tagelang nicht sah und an deren Aufwachsen und Lernen sie draußen in der Villa den regsten Anteil nahm. Ja, sie half selber nach in den Sprachen, vor allem im Französischen, und durchblätterte mit ihnen Atlas und historische Bilderbücher. Und an alles knüpfte sie Geschichten, die sie dem Gedächtnis der Kinder einzuprägen wußte. Denn sie war gescheit und hatte die Gabe, von allem, worüber sie sprach, ein klares und anschauliches Bild zu geben.

Es waren glückliche, stille Tage.

Möglich dennoch, daß es zu stille Tage gewesen wären, wenn das tiefste Bedürfnis der Frauennatur: das Plauderbedürfnis, unbefriedigt geblieben wäre. Aber dafür war gesorgt. Wie fast alle reichen Häuser, hatten auch die van der Straatens einen Anhang ganz-alter und halb-alter Damen, die zu Weihnachten beschenkt und im Laufe des Jahres zu Kaffees und Landpartien eingeladen wurden. Es waren ihrer sieben oder acht, unter denen jedoch zwei durch eine besonders intime Stellung hervorragten, und zwar das kleine verwachsene Fräulein Friederike von Sawatzki und das stattlich hochaufgeschossene Klavier- und Singefräulein Anastasia Schmidt. Ihrer apart bevorzugten Stellung entsprach es denn auch, daß sie jeden zweiten Osterfeiertag durch van der Straaten in Person befragt wurden, ob sie sich entschließen könnten, seiner Frau während der Sommermonate draußen in der Villa Gesellschaft zu leisten, eine Frage, die jedesmal mit einer Verbeugung und einem freundlichen »Ja« beantwortet wurde. Aber doch nicht *zu* freundlich, denn man wollte nicht verraten, daß die Frage erwartet war.

Und beide Damen waren auch in diesem Jahre, wie herkömmlich, als *Dames d'honneur* installiert worden, hatten den Umzug mitgemacht und erschienen jeden Morgen auf der Veranda, um gegen neun Uhr mit den Kindern das erste und um zwölf mit Melanie das zweite Frühstück zu nehmen.

Auch heute wieder.

Es mochte schon gegen eins sein, und das Frühstück war beendet. Aber der Tisch noch nicht abgedeckt. Ein leiser Luftzug, der ging und sich verstärkte, weil alle Türen und Fenster offen standen, bewegte das rotgemusterte Tischtuch, und von dem am anderen Ende des Korridors gelegenen Musikzimmer her hörte man ein Stück der Cramerschen Klavierschule, dessen mangelhaften Takt in Ordnung zu bringen Fräulein Anastasia Schmidt sich anstrengte. »Eins, zwei; eins, zwei.« Aber niemand achtete dieser Anstrengungen, am wenigsten Melanie, die neben Fräulein Riekchen, wie man sie gewöhnlich hieß, in einem Gartenstuhle saß und dann und wann von ihrer Handarbeit aufsah, um das reizende Parkbild unmittelbar um sie her, trotzdem sie jeden kleinsten Zug darin kannte, auf sich wirken zu lassen.

Es war selbstverständlich die schönste Stelle der ganzen Anlage. Denn von hundert Gästen, die kamen, begnügten sich neunundneunzig damit, den Park von hier aus zu betrachten und zu beurteilen. Am Ende des Hauptganges, zwischen den eben ergrünenden Bäumen hin, sah man das Zittern und Flimmern des vorüberziehenden Stromes, aus der Mitte der überall eingestreuten Rasenflächen aber erhoben sich Aloën und Bosketts und Glaskugeln und Bassins. Eines der kleineren plätscherte, während auf der Einfassung des großen ein Pfauhahn saß und die Mittagsonne mit seinem Gefieder einzusaugen schien. Tauben und Perlhühner waren bis in unmittelbarer Nähe der Veranda gekommen, von der aus Riekchen ihnen eben Krumen streute.

»Du gewöhnst sie zu sehr an diesen Platz«, sagte Melanie. »Und wir werden einen Krieg mit van der Straaten haben.«

»Ich fecht ihn schon aus«, entgegnete die Kleine.

»Ja, du darfst es dir wenigstens zutrauen. Und wirklich, Riekchen, ich könnte jaloux werden, so sehr bevorzugt er dich. Ich glaube, du bist der einzige Mensch, der ihm alles sagen darf, und soviel ich weiß, ist er noch nie heftig gegen dich geworden. Ob ihm dein alter Adel imponiert? Sage mir deinen vollen Namen und Titel. Ich hör es so gern und vergess' es immer wieder.«

»Aloysia Friederike Sawat von Sawatzki, genannt Sattler von der Hölle, Stiftsanwärterin auf Kloster Himmelpfort in der Uckermark.«

»Wunderschön«, sagte Melanie. »Wenn ich doch so heißen könnte! Und du kannst es glauben, Riekchen, das ist es, was einen Eindruck auf ihn macht.«

Alles das war in herzlicher Heiterkeit gesagt und von Riekchen auch so beantwortet worden. Jetzt aber rückte diese den Stuhl näher an Melanie heran, nahm die Hand der jungen Frau und sagte: »Eigentlich sollt ich böse sein, daß du deinen Spott mit mir hast. Aber wer könnte dir böse sein?«

»Ich spotte nicht«, entgegnete Melanie. »Du mußt doch selber finden, daß er dich artiger und rücksichtsvoller behandelt als jeden andren Menschen.«

»Ja«, sagte jetzt das arme Fräulein, und ihre Stimme zitterte vor Bewegung. »Er behandelt mich gut, weil er ein gutes Herz hat, ein viel besseres, als mancher denkt und vielleicht auch als du selber denkst. Und er ist auch gar nicht so rücksichtslos. Er kann nur nicht leiden, daß man ihn stört oder herausfordert, ich meine solche, die's eigentlich nicht sollten oder dürften. Sieh, Kind, dann beherrscht er sich nicht länger, aber nicht weil er's nicht könnte, nein, weil er nicht *will.* Und er braucht es auch nicht zu wollen. Und wenn man gerecht sein will, er kann es auch nicht wollen. Denn er ist reich, und alle reichen Leute lernen die Menschen von ihrer schlechtesten Seite kennen. Alles überstürzt sich, erst in Dienstfertigkeit und hinterher in Undank. Und Undank ernten ist eine schlechte Schule für Zartheit und Liebe. Und deshalb glauben die Reichen an nichts Edles und Aufrichtiges in der Welt. Aber, das sag ich dir, und muß ich dir immer wieder sagen, dein van der Straaten ist besser, als mancher denkt und als du selber denkst.«

Es entstand eine kleine Pause, nicht ganz ohne Verlegenheit; dann nickte Melanie freundlich dem alten Fräulein zu und sagte: »Sprich nur weiter. Ich höre dich gerne so.«

»Und ich will auch«, sagte diese. »Sieh, ich habe dir schon gesagt, er behandelt mich gut, weil er ein gutes Herz hat. Aber das ist es noch nicht alles. Er ist auch so freundlich gegen mich, weil er mitleidig ist. Und mitleidig sein ist noch viel mehr als bloß gütig sein und ist eigentlich das Beste, was die Menschen haben. Er lacht *auch* immer, wenn er meinen langen Namen hört, gerade so wie du, aber ich hab es gern, ihn so lachen zu hören, denn ich höre wohl heraus, was er dabei denkt und fühlt.«

»Und was fühlt er denn?«

»Er fühlt den Gegensatz zwischen dem Anspruch meines Namens und dem, was ich bin: arm und alt und einsam, und ein bloßes Figürchen. Und wenn ich sage Figürchen, so beschönige ich noch und schmeichle noch mir selbst.«

Melanie hatte das Batisttuch ans Auge gedrückt und sagte: »Du hast recht. Du hast immer recht. Aber wo nur Anastasia bleibt, die Stunde nimmt ja gar kein Ende. Sie quält mir die Liddy viel zu sehr, und das Ende vom Lied ist, daß sie dem Kind einen Widerwillen beibringt. Und dann ist es vorbei. Denn ohne

Lieb und ohne Lust ist nichts in der Welt. Auch nicht einmal in der Musik ... Aber da kommt ja Teichgräber und will uns einen Besuch anmelden. Ich bin außer mir. Hätte viel lieber noch mit dir weiter geplaudert.«

In eben diesem Augenblicke war der alte Parkhüter, der sich vergeblich nach einem von der Hausdienerschaft umgesehen hatte, bis an die Veranda herangetreten und überreichte eine Karte.

Melanie las: »Ebenezer Rubehn (Firma Jakob Rubehn und Söhne), Leutnant in der Reserve des 5. Dragoner-Regiments ...«

»Ah, sehr willkommen ... Ich lasse bitten ...« Und während sich der Alte wieder entfernte, fuhr Melanie gegen das kleine Fräulein in übermütiger Laune fort: »Auch wieder einer. Und noch dazu aus der Reserve! Mir widerwärtig, dieser ewige Leutnant. Es gibt gar keine Menschen mehr.«

Und sehr wahrscheinlich, daß sie diese Betrachtungen fortgesetzt hätte, wenn nicht auf dem Kiesweg ein Knirschen hörbar geworden wäre, das über das rasche Näherkommen des Besuchs keinen Zweifel ließ. Und wirklich, im nächsten Augenblicke stand der Angemeldete vor der Veranda und verneigte sich gegen beide Damen.

Melanie hatte sich erhoben und war ihm einen Schritt entgegengegangen. »Ich freue mich, Sie zu sehen. Erlauben Sie mir, Sie zunächst mit meiner lieben Freundin und Hausgenossin bekannt machen zu dürfen ... Herr Ebenezer Rubehn ... Fräulein Friederike von Sawatzki!«

Ein flüchtiges Erstaunen spiegelte sich ersichtlich in Rubehns Zügen, das, wenn Melanie richtig interpretierte, mehr noch dem kleinen verwachsenen Fräulein als ihr selber galt. Ebenezer war indessen Weltmann genug, um seines Erstaunens rasch wieder Herr zu werden, und sich ein zweites Mal gegen die Freundin hin verneigend, bat er um Entschuldigung, seinen Besuch auf der Villa bis heute hinausgeschoben zu haben.

Melanie ging leicht darüber hin, ihrerseits bittend, die Gemütlichkeit dieses ländlichen Empfanges und vor allem eines unabgeräumten Frühstückstisches entschuldigen zu wollen. »*Mais à la guerre, comme à la guerre,* eine kriegerische Wendung, an die mir's im übrigen ferne liegt, ernsthafte Kriegsgespräche knüpfen zu wollen.«

»Gegen die Sie sich vielmehr unter allen Umständen gesichert haben möchten«, lachte Rubehn. »Aber fürchten Sie nichts. Ich weiß, daß sich Damen für das Kapitel Krieg nur so lange begeistern, als es Verwundete zu pflegen gibt. Von dem Augenblick an, wo der letzte Kranke das Lazarett verläßt, ist es mit dem Kriegseifer vorbei. Und wie die Frauen in allem recht haben, so auch hierin. Es ist das Traurigste von der Welt, immer wieder eine Durchschnittsheldengeschichte von zweifelhaftem Wert und noch zweifelhafterer Wahrheit hören zu müssen; aber es ist das Schönste, was es gibt, zu helfen und zu heilen.«

Melanie hatte, während er sprach, ihre Handarbeit in den Schoß gelegt und ihn fest und freundlich angesehen. »Ei, das lob ich und hör ich gern. Aber wer mit so warmer Empfindung von dem Hospitaldienst und dem Helfen und Heilen, das uns so wohl kleidet, zu sprechen versteht, der hat diese Wohltat wohl an sich selbst erfahren. Und so plaudern Sie mir denn wider Willen, nach fünf Minuten schon, Ihre Geheimnisse aus. Versuchen Sie nicht, mich zu widerlegen, Sie würden scheitern damit, und da Sie die Frauenherzen so gut zu kennen scheinen, so werden Sie natürlich auch unsere zwei stärksten Seiten kennen: unseren Eigensinn und unser Rätselraten. Wir erraten alles ...«

»Und immer richtig?«

»Nicht immer, aber meist. Und nun erzählen Sie mir, wie Sie Berlin finden, unsere gute Stadt, und unser Haus, und ob Sie das Zutrauen zu sich haben, in Ihrem Hofkerker, dem eigentlich nur noch die Gitterstäbe fehlen, nicht melancholisch zu werden. Aber wir hatten nichts Besseres. Und wo nichts ist, hat, wie das Sprichwort sagt ...«

»O, Sie beschämen mich, meine gnädigste Frau. Jetzt erst,

nach meinem Eintreffen, weiß ich, wie groß das Opfer ist, das Sie mir gebracht haben. Und ich darf füglich sagen, daß ich bei besserer Kenntnis ...«

Aber er sprach nicht aus und horchte plötzlich nach dem Hause hin, aus dem eben (die Musikstunde hatte schon vorher geschlossen) ein virtuoses und in jeder feinsten Nuancierung erkennbares Spiel bis auf die Veranda herausklang. Es war »Wotans Abschied«, und Rubehn erschien so hingerissen, daß es ihm Anstrengung kostete, sich loszumachen und das Gespräch wieder aufzunehmen. Endlich aber fand er sich zurück und sagte, während er sich abermals gegen Riekchen verneigte: »Pardon, meine Gnädigste. Hatt ich recht gehört? Fräulein von Sawatzki?«

Das Fräulein nickte.

»Mit einem jungen Offizier dieses Namens war ich einen Sommer über in Wildbad-Gastein zusammen. Unmittelbar nach dem Kriege. Ein liebenswürdiger, junger Kavalier. Vielleicht ein Anverwandter ...?«

»Ein Vetter«, sagte Fräulein Riekchen. »Es gibt nur wenige meines Namens, und wir sind alle verwandt. Ich freue mich, aus Ihrem Munde von ihm zu hören. Er wurde noch in dem Nachspiel des Krieges verwundet, fast am letzten Tage. Bei Pontarlier. Und sehr schwer. Ich habe lange nicht von ihm gehört. Hat er sich erholt?«

»Ich glaube sagen zu dürfen, vollkommen. Er tut wieder Dienst im Regiment, wovon ich mich, ganz neuerdings erst, durch einen glücklichen Zufall überzeugen konnte ... Aber, mein gnädigstes Fräulein, wir werden unser Thema fallen lassen müssen. Die gnädige Frau lächelt bereits und bewundert die Geschicklichkeit, mit der ich, unter Heranziehung Ihres Herrn Vetters, in das Kriegsabenteuer und all seine Konsequenzen einzumünden trachte. Darf ich also vorschlagen, lieber dem wundervollen Spiele zuzuhören, das ... O, wie schade; jetzt bricht es ab ...«

Er schwieg, und erst als es drinnen still blieb, fuhr er in einer ihm sonst fremden, aber in diesem Augenblicke völlig aufrichtigen Emphase fort: »O, meine gnädigste Frau, welch ein Zaubergarten, in dem Sie leben. Ein Pfau, der sich sonnt, und Tauben, so zahm und so zahllos, als wäre diese Veranda der Markusplatz oder die Insel Cypern in Person! Und dieser plätschernde Strahl, und nun gar dieses Lied ... In der Tat, wenn nicht auch der aufrichtigste Beifall unstatthaft und zudringlich sein könnte ...«

Er unterbrach sich, denn vom Korridore her waren eben Schritte hörbar geworden, und Melanie sagte mit einer halben Wendung: »Ah, Anastasia! Du kommst gerade zu guter Zeit, um den Dank und die Bewunderung unseres lieben Gastes und neuen Hausgenossen allerpersönlichst in Empfang zu nehmen. Erlauben Sie mir, daß ich Sie miteinander bekannt mache: Herr Ebenezer Rubehn, Fräulein Anastasia Schmidt ... Und hier meine Tochter Lydia«, setzte Melanie hinzu, nach dem schönen Kinde hinzeigend, das auf der Türschwelle neben dem Musikfräulein stehengeblieben war und den Fremden ernst und beinah feindselig musterte.

Rubehn bemerkte den Blick. Aber es war ein Kind, und so wandt er sich ohne weiteres gegen Anastasia, um ihr allerhand Schmeichelhaftes über ihr Spiel und die Richtung ihres Geschmackes zu sagen.

Diese verbeugte sich, während Melanie, der kein Wort entgangen war, aufs lebhafteste fortfuhr: »Ei, da dürfen wir Sie, wenn ich recht verstanden habe, wohl gar zu den Unseren zählen? Anastasia, das träfe sich gut! Sie müssen nämlich wissen, Herr Rubehn, daß wir hier in zwei Lagern stehen und daß sich das van der Straatensche Haus, das nun auch das Ihrige sein wird, in bilderschwärmende Montecchi und musikschwärmende Capuletti teilt. Ich, *tout à fait* Capulet und Julia. Doch mit untragischem Ausgang. Und ich füge zum Überfluß hinzu, daß wir, Anastasia und ich, jener kleinen Gemeinde zugehören, deren Namen und Mittelpunkt ich Ihnen nicht zu nennen brauche. Nur eines will ich auf der Stelle wissen. Und ich betrachte das als mein weibliches Neugiersrecht. Welcher seiner Arbeiten erkennen Sie den höchsten Preis zu? Worin erscheint er Ihnen am bedeutendsten oder doch am eigenartigsten?«

»In den Meistersingern.«

»Zugestanden. Und nun sind wir einig, und bei nächster Gelegenheit können wir van der Straaten und Gabler und vor allem den langen und langweiligen Legationsrat in die Luft sprengen. Den langen Duquede. O, der steigt wie ein Raketenstock. Nicht wahr, Anastasia?«

Rubehn hatte seinen Hut genommen. Aber Melanie, die durch die ganze Begegnung ungewöhnlich erfreut und angeregt war, fuhr in wachsendem Eifer fort. »Alles das sind erst Namen. Eine Woche noch oder zwei, und Sie werden unsere kleine Welt kennen gelernt haben. Ich wünsche, daß Sie die Gelegenheit dazu nicht hinausschieben. Unsere Veranda hat für heute die Repräsentation des Hauses übernehmen müssen. Erinnern Sie sich, daß wir auch einen Flügel haben, und versuchen Sie bald und oft, ob er Ihnen paßt. *Au revoir.*«

Er küßte der schönen Frau die Hand, und unter gemessener Verbeugung gegen Riekchen und Anastasia verließ er die Damen. Über Lydia sah er fort.

Aber diese nicht über ihn.

»Du siehst ihm nach«, sagte Melanie. »Hat er dir gefallen?«

»Nein.«

Alle lachten. Aber Lydia ging in das Haus zurück, und in ihrem großen Auge stand eine Träne.

8
Auf der Stralauer Wiese

Nach dem ersten Besuche Rubehns waren Wochen vergangen, und der günstige Eindruck, den er auf die Damen gemacht hatte, war im Steigen geblieben wie das Wetterglas. Jeden zweiten, dritten Tag erschien er in Gesellschaft van der Straatens, der seinerseits an der allgemeinen Vorliebe für den neuen Hausgenossen teilnahm und nie vergaß, ihm einen Platz anzubieten, wenn er selber in seinem hochrädrigen Kabriolett hinausfuhr. Ein wolkenloser Himmel stand in jenen Wochen über der Villa, drin es mehr Lachen und Plaudern, mehr Medisieren und Musizieren gab, als seit lange. Mit dem Musizieren vermochte sich van der Straaten freilich auch jetzt nicht auszusöhnen, und es fehlte nicht an Wünschen wie der, »mit von der Schiffsmannschaft des fliegenden Holländers zu sein«; aber im Grunde genommen war er mit dem »anspruchsvollen Lärm« um vieles zufriedener, als er einräumen wollte, weil der von nun an in eine neue, gesteigerte Phase tretende Wagnerkultus ihm einen unerschöpflichen Stoff für seine Lieblingsformen der Unterhaltung bot. Siegfried und Brünnhilde, Tristan und Isolde, welche dankbaren Tummelfelder! Und es konnte, wenn er in Veranlassung dieser Themata seinem Renner die Zügel schießen ließ, mitunter zweifelhaft erscheinen, ob die Musizierenden am Flügel oder er und sein Übermut die Glücklicheren waren.

Und so war Hochsommer gekommen und fast schon vorüber, als an einem wundervollen Augustnachmittage van der Straaten den Vorschlag einer Land- und Wasserpartie machte. »Rubehn ist jetzt ein rundes Vierteljahr in unserer Stadt und hat nichts gesehen, als was zwischen unserem Comptoir und dieser unserer Villa liegt. Er muß aber endlich unsere landschaftlichen Schätze, will sagen unsere Wasserflächen und Stromufer kennen lernen, erhabene Wunder der Natur, neben denen die ganze heraufgepuffte Main- und Rheinherrlichkeit verschwindet. Also Treptow und Stralow, und zwar rasch, denn in acht Tagen haben wir den Stralauer Fischzug, der an und für sich zwar ein liebliches Fest der Maien, im übrigen aber etwas derb und nicht allzu günstig für Wiesewachs und frischen Rasen ist. Und so proponier ich denn eine Fahrt auf morgen nachmittag. Angenommen?«

Ein wahrer Jubel begleitete den Schluß der Ansprache, Melanie sprang auf, um ihm einen Kuß zu geben, und Fräulein Riekchen erzählte, daß es nun gerade dreiunddreißig Jahre sei, seit sie zum letzten Male in Treptow gewesen, an einem großen Dobremontschen Feuerwerkstage – derselbe Dobremont, der nachher mit seinem ganzen Laboratorium in die Luft geflogen. »Und in die Luft geflogen warum? Weil die Leute, die mit dem Feuer spielen, immer zu sicher sind und immer die Gefahr vergessen. Ja, Melanie, du lachst. Aber, es ist so, immer die Gefahr vergessen.«

Es wurde nun gleich zu den nötigen Verabredungen geschritten, und man kam überein, am anderen Tage zu Mittag in die Stadt zu fahren, daselbst ein kleines Gabelfrühstück einzunehmen und gleich danach die Partie beginnen zu lassen: die drei Damen im Wagen, van der Straaten und Rubehn entweder zu Fuß oder zu Schiff. Alles regelte sich rasch, und nur die Frage, wer noch aufzufordern sei, schien auf kleine Schwierigkeiten stoßen zu sollen.

»Gryczinskis?« fragte van der Straaten und war zufrieden, als alles schwieg. Denn so sehr er an der rotblonden Schwägerin hing, in der er, um ihres anschmiegenden Wesens willen, ein kleines Frauenideal verehrte, so wenig lag ihm an dem Major, dessen superiore Haltung ihn bedrückte.

»Nun denn, Duquede?« fuhr van der Straaten fort und hielt das Crayon an die Lippe, mit dem er eventuell den Namen des Legationsrates notieren wollte.

»Nein«, sagte Melanie. »Duquede nicht. Und so verhaßt mir der ewige Vergleich vom ›Meltau‹ ist, so gibt es doch für Duquede keinen andern. Er würde von Stralow aus beweisen, daß Treptow, und von Treptow aus beweisen, daß Stralow überschätzt werde, und zu Feststellung dieses Satzes brauchen wir weder einen Legationsrat a. D., noch einen Altmärkischen von Adel.«

»Gut, ich bin es zufrieden«, erwiderte van der Straaten. »Aber Reiff?«

»Ja, Reiff«, hieß es erfreut. Alle drei Damen klatschten in die

Hände, und Melanie setzte hinzu: »Er ist artig und manierlich und kein Spielverderber und trägt einem die Sachen. Und dann, weil ihn alle kennen, ist es immer, als führe man unter Eskorte, und alles grüßt so verbindlich, und mitunter ist es mir schon gewesen, als ob die Brandenburger Torwache ›heraus‹ rufen müsse.«

»Ach, das ist ja nicht um des alten Reiff willen«, sagte Anastasia, die nicht gern eine Gelegenheit vorübergehen ließ, sich durch eine kleine Schmeichelei zu insinuieren. »Das ist um *deinetwillen.* Sie haben dich für eine Prinzessin gehalten.«

»Ich bitte nicht abzuschweifen«, unterbrach van der Straaten, »am wenigsten im Dienst weiblicher Eitelkeiten, die sich, nach dem Prinzipe von Zug um Zug, bis ins Ungeheuerliche steigern könnten. Ich habe Reiff notiert, und Arnold und Elimar verstehen sich von selbst. Eine Wasserfahrt ohne Gesang ist ein Unding. Dies wird selbst von mir zugestanden. Und nun frag ich, wer hat noch weitere Vorschläge zu machen? Niemand? Gut. So bleibt es bei Reiff und Arnold und Elimar, und ich werde sie per Rohrpost avertieren. Fünf Uhr. Und daß wir sie draußen bei Löbbekes erwarten.«

Am andern Tag war alles Erregung und Bewegung auf der Villa, viel, viel mehr, als ob es sich um eine Reise nach Teplitz oder Karlsbad gehandelt hätte. Natürlich, eine Fahrt nach Stralow war ja das Ungewöhnlichere. Die Kinder sollten mit, es sei Platz genug auf dem Wagen, aber Lydia war nicht zu bewegen und erklärte bestimmt, sie *wolle* nicht. Da mußte denn, wenn man keine Szene haben wollte, nachgegeben werden, und auch die jüngere Schwester blieb, da sie sich daran gewöhnt hatte, dem Beispiele der ältern in all und jedem zu folgen.

In der Stadt wurde, wie verabredet, ein Gabelfrühstück genommen, und zwar in van der Straatens Zimmer. Er wollt es so jagd- und reisemäßig wie möglich haben und war in bester Laune. Diese wurd auch nicht gestört, als in demselben Augenblicke, wo man sich gesetzt hatte, ein Absagebrief Reiffs eintraf. Der Polizeirat schrieb: »Chef eben konfidentiell mit mir gesprochen. Reise heute noch. Elf Uhr fünfzig. Eine Sache, die sich der Mitteilung entzieht. Dein Reiff. Pstscr. Ich bitte der schönen Frau die Hand zu küssen und ihr sagen zu dürfen, daß ich untröstlich bin …«

Van der Straaten fiel in einen heftigen Krampfhusten, weil er, unter dem Lesen, unklugerweise von seinem Sherry genippt hatte. Nichtsdestoweniger sprach er unter Husten und Lachen weiter und erging sich in Vorstellungen Reiffscher Großtaten. »In politischer Mission. Wundervoll. O, lieb Vaterland, kannst ruhig sein. Aber *einen* kenn ich, der noch ruhiger sein darf: er, der Unglückliche, den er sucht. Oder sag ich gleich rundweg: der Attentäter, dem er sich an die Fersen heftet. Denn um etwas Staatsstreichlich-Hochverräterisches muß es sich doch am Ende handeln, wenn man einen Mann wie Reiff allerpersönlichst in den Sattel setzt. Nicht wahr, Sattlerchen von der Hölle? Und heut abend noch! Die reine Ballade. ›Wir satteln nur um Mitternacht.‹ O, Leonore! O Reiff, Reiff.« Und er lachte konvulsivisch weiter.

Auch Arnold und Elimar, die man nach Verabredung draußen treffen wollte, wurden nicht geschont, bis endlich die Pendule vier schlug und zur Eile mahnte. Der Wagen wartete schon, und die Damen stiegen ein und nahmen ihre Plätze: Fräulein Riekchen neben Melanie, Anastasia auf den Rücksitz. Und mit ihren Fächern und Sonnenschirmen grüßend, ging es über Platz und Straßen fort, erst auf die Frankfurter Linden und zuletzt auf das Stralauer Tor zu.

Van der Straaten und Rubehn folgten eine Viertelstunde später in einer Droschke zweiter Klasse, die man »Echtheits«-halber gewählt hatte, stiegen aber unmittelbar vor der Stadt aus, um nunmehr an den Flußwiesen hin den Rest des Weges zu Fuß zu machen.

Es schlug fünf, als unsere Fußgänger das Dorf erreichten und in Mitte desselben Ehms ansichtig wurden, der mit seinem Wagen, etwas ausgebogen, zur Linken hielt und den ohnehin wohlgepflegten Trakehnern einen vollen Futtersack eben auf die Krippe gelegt hatte. Gegenüber stand ein kleines Haus, wie das Pfefferkuchenhaus im Märchen, bräunlich und appetitlich, und so niedrig, daß man bequem die Hand auf die Dachrinne legen konnte. Dieser Niedrigkeit entsprach denn auch die kaum mannshohe Tür, über der, auf einem wasserblauen Schilde, »Löbbekes Kaffeehaus« zu lesen war. In Front des Hauses aber standen drei, vier verschnittene Lindenbäume, die den Bürgersteig von dem Straßendamme trennten, auf welchem letzteren Hunderte von Sperlingen hüpften und zwitscherten und die verlorenen Körner aufpickten.

»Dies ist das Ship-Hotel von Stralow«, sagte van der Straaten im Ciceroneton und war eben willens in das Kaffeehaus einzutreten, als Ehm über den Damm kam und ihm halb dienstlich, halb vertraulich vermeldete, »daß die Damens schon vorauf seien, nach der Wiese hin. Und die Herren Malers auch. Und hätten beide schon vorher gewartet und gleich den Tritt runter gemacht und alles. Erst Herr Gabler und dann Herr Schulze. Und an der Würfelbude hätten sie Strippenballons und Gummibälle gekauft. Und auch Reifen und eine kleine Trommel und allerhand noch. Und einen Jungen hätten sie mitgenommen, der hätte die Reifen und Stöcke tragen müssen. Und Herr Elimar immer vorauf. Das heißt mit ner Harmonika.«

»Um Gottes Willen«, rief van der Straaten, »Ziehharmonika?«

»Nein, Herr Kommerzienrat. Wie ne Maultrommel.«

»Gott sei Dank! … Und nun kommen Sie, Rubehn. Und du, Ehm, du wartest nicht auf uns und läßt dir geben … Hörst du?«

Ehm hatte dabei seinen Hut abgenommen. In seinen Zügen aber war deutlich zu lesen: ich werde warten.

Am Ausgange des Dorfes lag ein prächtiger Wiesenplan und dehnte sich bis an die Kirchhofsmauer hin. In Nähe dieser hatten sich die drei Damen gelagert und plauderten mit Gabler, während Elimar einen seiner großen Gummibälle monsieurherkulesartig über Arm und Schulter laufen ließ.

Van der Straaten und Rubehn hörten schon von ferne her das Bravoklatschen und klatschten lebhaft mit. Und nun erst wurde man ihrer ansichtig, und Melanie sprang auf und warf ihrem Gatten, wie zur Begrüßung, einen der großen Bälle zu. Aber sie hatte nicht richtig gezielt, der Ball ging seitwärts und Rubehn fing ihn auf. Im nächsten Augenblicke begrüßte man sich, und die junge Frau sagte: »Sie sind geschickt. Sie wissen den Ball im Fluge zu fassen.«

»Ich wollt, es wäre das Glück.«

»Vielleicht ist es das Glück.«

Van der Straaten, der es hörte, verbat sich alle derartig intrikaten Wortspielereien, widrigenfalls er an die Braut telegraphieren oder vielleicht auch Reiff in konfidentieller Mission abschicken werde. Worauf Rubehn ihn zum hundertsten Male beschwor, endlich von der »ewigen Braut« ablassen zu wollen, die wenigstens vorläufig noch im Bereiche der Träume sei. Van der Straaten aber machte sein kluges Gesicht und versicherte, »daß er es besser wisse«.

Danach kehrte man an die Lagerstelle zurück, die sich nun rasch in einen Spielplatz verwandelte. Die Reifen, die Bälle flogen, und da die Damen ein rasches Wechseln im Spiele liebten, so ging man, innerhalb anderthalb Stunden, auch noch durch Blindekuh und Gänsedieb und »Bäumchen, Bäumchen, verwechselt euch«. Das letztere fand am meisten Gnade, besonders bei van der Straaten, dem es eine herzliche Freude war, das scharfgeschnittene Profil Riekchens mit ihren freundlichen und doch zugleich etwas stechenden Augen um die Baumstämme herumgucken zu sehen. Denn sie hatte, wie die meisten Verwachsenen, ein Eulengesicht.

Und so ging es weiter, bis die Sonne zum Rückzug mahnte. Harmonika-Schulze führte wieder und neben ihm marschierte Gabler, der das Trommelchen ganz nach Art eines Tambourins behandelte. Er schlug es mit den Knöcheln, warf es hoch und fing es wieder. Danach folgte das van der Straatensche Paar, dann

Rubehn und Fräulein Riekchen, während Anastasia träumerisch und Blumen pflückend den Nachtrab bildete. Sie hing süßen Fragen und Vorstellungen nach, denn Elimar hatte beim Blindekuh, als er sie haschte, Worte fallen lassen, die nicht mißdeutet werden konnten. Er hätte denn ein schändlicher und zweizüngiger Lügner sein müssen. Und das war er nicht ... Wer so rein und kindlich an der Tete dieses Zuges gehen und die Harmonika blasen konnte, konnte kein Verräter sein.

Und sie bückte sich wieder, um (zum wievielsten Male!) an einer Wiesenranunkel die Blätter und die Chancen ihres Glückes zu zählen.

9
Löbbekes Kaffeehaus

Vor Löbbekes Kaffeehaus hatte sich innerhalb der letzten zwei Stunden nichts verändert, mit alleiniger Ausnahme der Sperlinge, die jetzt, statt auf dem Straßendamm, in den verschnittenen Linden saßen und quirilierten. Aber niemand achtete dieser Musik, am wenigsten van der Straaten, der eben Melanies Arm in den Elimars gelegt und sich selbst an die Spitze des Zuges gesetzt hatte. »Attention!« rief er und bückte sich, um sich ohne Fährlichkeit durch das niedrige Türjoch hindurchzuzwängen.

Und alles folgte seinem Rat und Beispiel.

Drinnen waren ein paar absteigende Stufen, weil der Flur um ein Erhebliches niedriger lag als die Straße draußen, weshalb denn auch den Eintretenden eine dumpfe Kellerluft entgegenkam, von der es schwer zu sagen war, ob sie durch ihren biersäuerlichen Gehalt mehr gewann oder verlor. In der Mitte des Flurs sah man nach rechts hin eine Nische mit Herd und Rauchfang, einer kleinen Schiffsküche nicht unähnlich, während von links her ein Schanktisch um mehrere Fuß vorsprang. Dahinter ein sogenanntes »Schapp«, in dem oben Teller und Tassen und unten allerhand ausgebuchtete Likörflaschen standen. Zwischen Tisch und Schapp aber thronte die Herrin dieser Dominien, eine große, starke Blondine von Mitte dreißig, die man ohne weiteres als eine Schönheit hätte hinnehmen müssen, wenn nicht ihre Augen gewesen wären. Und doch waren es eigentlich schöne Augen, an denen in Wahrheit nichts auszusetzen war, als daß sie sich daran gewöhnt hatten, alle Männer in zwei Klassen zu teilen, in solche, denen sie zuzwinkerten: »wir treffen uns noch«, und in solche, denen sie spöttisch nachriefen: »wir kennen euch besser.« Alles aber, was in diese zwei Klassen *nicht* hineinpaßte, war nur Gegenstand für Mitleid und Achselzucken.

Es muß leider gesagt werden, daß auch van der Straaten von diesem Achselzucken betroffen wurde. Nicht seiner Jahre halber, im Gegenteil, sie wußte Jahre zu schätzen, nein, einzig und allein, weil er von alter Zeit her die Schwäche hatte, sich *à tout prix* populär machen zu wollen. Und das war der Blondine das Verächtlichste von allem.

Am Ausgange des Flurs zeigte sich eine noch niedrigere Hoftür und dahinter kam ein Garten, drin, um kümmerliche Bäume herum, ein Dutzend grüngestrichene Tische mit schrägangelehnten Stühlen von derselben Farbe standen. Rechts lief eine Kegelbahn, deren vorderstes unsichtbares Stück sehr wahrscheinlich bis an die Straße reichte. Van der Straaten wies ironischen Tons auf all diese Herrlichkeiten hin, verbreitete sich über die Vorzüge anspruchslos gebliebener Nationalitäten und stieg dann eine kleine Schrägung nieder, die, von dem Sommergarten aus, auf einen großen, am Spreeufer sich hinziehenden und nach Art eines Treibhauses angelegten Glasbalkon führte. An einer der offenen Stellen desselben rückte die Gesellschaft zwei, drei Tische zusammen und hatte nun einen schmalen, zerbrechlichen Wassersteg und links davon ein festgeankertes, aber schon dem Nachbarhause zugehöriges Floß vor sich, an das die kleinen Spreedampfer anzulegen pflegten.

Rubehn erhielt ohne weiteres den besten Platz angewiesen,

um als Fremder den Blick auf die Stadt frei zu haben, die flußabwärts im rot- und goldurchglühten Dunst eines heißen Sommertages dalag. Elimar und Gabler aber waren auf den Wassersteg hinausgetreten. Alles freute sich des Bildes und van der Straaten sagte: »Sieh, Melanie. Die Schloßkuppel. Sieht sie nicht aus wie Santa Maria Saluta?«

»Salutè«, verbesserte Melanie, mit Akzentuierung der letzten Silbe.

»Gut, gut. Also Salutè«, wiederholte van der Straaten, indem er jetzt auch seinerseits das e betonte. »Meinetwegen. Ich prätendiere nicht, der alte Sprachenkardinal zu sein, dessen Namen ich vergessen habe. *Salus salutis,* vierte Deklination, oder dritte, das genügt mir vollkommen. Und Salutà oder Salutè macht mir keinen Unterschied. Freilich, muß ich sagen, so wenig zuverlässig die lieben Italiener in allem sind, so wenig sind sie's auch in ihren Endsilben. Mal a, mal e. Aber lassen wir die Sprachstudien und studieren wir lieber die Speisekarte. Die Speisekarte, die hier natürlich von Mund zu Mund vermittelt wird, eine Tatsache, bei der ich mich jeder blonden Erinnerung entschlage. Nicht wahr, Anastasia? He?«

»Der Herr Kommerzienrat belieben zu scherzen«, antwortete Anastasia pikiert. »Ich glaube nicht, daß sich eine Speisekarte von Mund zu Mund vermitteln läßt.«

»Es käm auf einen Versuch an, und ich für meinen Teil wollte mich zu Lösung der Aufgabe verpflichten. Aber erst wenn Luna herauf ist und ihr Antlitz wieder keusch hinter Wolkenschleiern birgt. Bis dahin muß es bleiben, und bis dahin sei Friede zwischen uns. Und nun, Arnold, ernenn ich dich, in deiner Eigenschaft als Gabler, zum Erbküchenmeister und lege vertrauensvoll unser leibliches Wohl in deine Hände.«

»Was ich dankbarst akzeptiere«, bemerkte dieser, »immer vorausgesetzt, daß du mir, um mit unserem leider abwesenden Freunde Gryczinski zu sprechen, einige Direktiven erteilen willst.«

»Gerne, gerne«, sagte van der Straaten.

»Nun denn, so beginne.«

»Gut. So proponier ich Aal und Gurkensalat ... Zugestanden?«

»Ja«, stimmte der Chorus ein.

»Und danach Hühnchen und neue Kartoffeln ... Zugestanden?«

»Ja.«

»Bliebe nur noch die Frage des Getränks. Unter Umständen wichtig genug. Ich hätte der Lösung derselben, mit Unterstützung Ehms und unsres Wagenkastens, vorgreifen können, aber ich verabscheue Landpartien mit mitgeschlepptem Weinkeller. Erstens kränkt man die Leute, bei denen man doch gewissermaßen immer noch zu Gaste geht, und zweitens bleibt man in dem Kreise des Althergebrachten, aus dem man ja gerade heraus will. Wozu macht man Partien? Wozu? frag ich. Nicht um es besser zu haben, sondern um es anders zu haben, um die Sitten und Gewohnheiten anderer Menschen, und nebenher auch die Lokalspenden ihrer Dorf- und Gauschaften kennen zu lernen. Und da wir hier nicht im Lande Kanaan weilen, wo Kaleb die große Traube trug, so stimm ich für das landesübliche Produkt dieser Gegenden, für eine kühle Blonde. Kein Geld, kein Schweizer; keine Weiße, kein Stralow. Ich wette, daß selbst Gryczinski nie bessere Richtschnuren gegeben hat. Und nun geh, Arnold. Und für Anastasia einen Anisette ... Kühle Blonde! Ob wohl unsere Blondine zwischen Tisch und Schapp in diese Kategorie fällt?«

Elimar hatte mittlerweile dem Schauspiele der untergehenden Sonne zugesehen und auf dem gebrechlichen Wasserstege, nach Art eines Turners, der zum Hochsprung ansetzt, seine Knie gebogen und wieder angestrafft. Alles mechanisch und gedankenlos. Plötzlich aber, während er noch so hin und her wippte, knackte das Brett und brach, und nur der Geistesgegenwart, mit der er nach einem der Pfähle griff, mocht er es zuschreiben, daß er nicht in das gerad an dieser Dampfschiffanlegestelle sehr tiefe Wasser niederstürzte. Die Damen schrien laut auf, und Anastasia zitterte noch, als der durch sich selbst Gerettete mit einem gewissen Siegeslächeln erschien, das unter den sich jagenden Vorwürfen von »Tollkühnheit« und »Gleichgültigkeit gegen die Gefühle seiner Mitmenschen« eher wuchs als schwand.

Ein Zwischenfall wie dieser konnte sich natürlich nicht ereignen, ohne von einer Fülle von Kommentaren und Hypothesen begleitet zu werden, in denen die Wörter »wenn« und »was« die Hauptrolle spielten und endlos wiederkehrten. *Was* würde geschehen sein, wenn Elimar den Pfahl nicht rechtzeitig ergriffen hätte? *Was,* wenn er trotzdem hineingefallen, endlich *was,* wenn er nicht zufällig ein guter Schwimmer gewesen wäre?

Melanie, die längst ihr Gleichgewicht wiedergewonnen hatte, behauptete, daß van der Straaten unter allen Umständen hätte nachspringen müssen, und zwar erstens als Urheber der Partie, zweitens als resoluter Mann und drittens als Kommerzienrat, von denen, allen historischen Aufzeichnungen nach, noch keiner ertrunken wäre. Selbst bei der Sintflut nicht.

Van der Straaten liebte nichts mehr, als solche Neckereien seiner Frau, verwahrte sich aber, unter Dank für das ihm zugetraute Heldentum, gegen alle daraus zu ziehenden Konsequenzen.

Er halte weder zu der alten Firma Leander, noch zu der neuen des Kapitän Boyton, bekenne sich vielmehr, in allem was Heroismus angehe, ganz zu der Schule seines Freundes Heine, der bei jeder Gelegenheit seiner äußersten Abneigung gegen tragische Manieren einen ehrlichen und unumwundenen Ausdruck gegeben habe.

»Aber«, entgegnete Melanie, »tragische Manieren sind doch nun mal gerade *das,* was wir Frauen von euch verlangen.«

»Ah, bah! Tragische Manieren!« sagte van der Straaten. »Lustige Manieren verlangt ihr und einen jungen Fant, der euch beim Zwirnwickeln die Docke hält und auf ein Fußkissen niederkniet, darauf sonderbarerweise jedesmal ein kleines Hündchen gestickt ist. Mutmaßlich als Symbol der Treue. Und dann seufzt er, der Adorante, der betende Knabe, und macht Augen und versichert euch seiner innigsten Teilnahme. Denn ihr *müßtet* unglücklich sein. Und nun wieder Seufzen und Pause. Freilich, freilich, ihr hättet einen guten Mann (alle Männer seien gut), aber *enfin,* ein Mann müsse nicht bloß gut sein, ein Mann müsse seine Frau *verstehen.* Darauf komm es an, sonst sei die Ehe niedrig, so niedrig, mehr als niedrig. Und dann seufzt er zum drittenmal. Und wenn der Zwirn endlich abgewickelt ist, was natürlich so lange wie möglich dauert, so glaubt ihr es auch. Denn jede von euch ist wenigstens für einen indischen Prinzen oder für einen Schah von Persien geboren. Allein schon wegen der Teppiche.«

Melanie hatte während dieser echt van der Straatenschen Expektoration ihren Kopf gewiegt und erwiderte schnippisch und mit einem Anfluge von Hochmut: »Ich weiß nicht, Ezel, warum du beständig von Zwirn sprichst. Ich wickle Seide.«

Sehr wahrscheinlich, daß es dieser Bemerkung an einer spitzen Replik nicht gefehlt hätte, wenn nicht eben jetzt eine dralle, kurzärmelige Magd erschienen und auf Augenblicke hin der Gegenstand allgemeiner Aufmerksamkeit geworden wäre. Schon um des virtuosen Puffs und Knalls willen, womit sie, wie zum Debüt, ihr Tischtuch auseinanderschlug. Und sehr bald nach ihr erschienen denn auch die dampfenden Schüsseln und die hohen Weißbierstangen, und selbst der Anisette für Anastasia war nicht vergessen. Aber es waren ihrer mehrere, da sich der lebens- und gesellschaftskluge Gabler der allgemeinen Damenstellung zur Anisettefrage rechtzeitig erinnert hatte. Und in der Tat, er mußte lächeln (und van der Straaten mit ihm), als er gleich nach dem Erscheinen des Tabletts auch Riekchen nippen und ihre Eulenaugen immer größer und freundlicher werden sah.

Inzwischen war es dämmerig geworden, und mit der Dämmerung kam die Kühle. Gabler und Elimar erhoben sich, um aus dem Wagen eine Welt von Decken und Tüchern heranzuschleppen, und Melanie, nachdem sie den schwarz- und weißgestreiften Burnus umgenommen und die Kapuze kokett in die Höhe geschlagen hatte, sah reizender aus als zuvor. Eine der Seidenpuscheln hing ihr in die Stirn und bewegte sich hin und her, wenn sie sprach oder dem Gespräch der anderen lebhaft folgte. Und dieses Gespräch, das sich bis dahin medisierend um die Gryczinskis und vor allem auch um den Polizeirat und die neue katilinarische Verschwörung gedreht hatte, fing endlich an, sich näher liegenden und zugleich auch harmloseren Thematas zuzuwenden, beispielsweise, wie hell der »Wagen« am Himmel stünde.

»Fast so hell wie der große Bär«, schaltete Riekchen ein, die nicht fest in der Himmelskunde war. Und nun entsann man sich, daß dies gerade die Sternschnuppennächte waren, auf welche Mitteilung hin van der Straaten nicht nur die fallenden Sterne zu zählen anfing, sondern sich schließlich auch bis zu dem Satze steigerte, »daß alles in der Welt eigentlich nur des Fallens wegen da sei: die Sterne, die Engel, und nur die Frauen nicht«.

Melanie zuckte zusammen, aber niemand sah es, am wenigsten van der Straaten, und nachdem noch eine ganze Weile gezählt und gestritten und der Abend inzwischen immer kälter geworden war, einigte man sich dahin, daß es zur Bekämpfung dieser Polarzustände nur ein einzig erdenkbares Mittel gäbe: eine Glühweinbowle. Van der Straaten selbst machte den Vorschlag und definierte: »Glühwein ist diejenige Form des Weines, in der der Wein nichts und das Gewürznägelchen alles bedeutet«, auf welche Definition hin es gewagt und die Bestellung gemacht wurde. Und siehe da, nach verhältnismäßig kurzer Zeit schon erschien auch die blonde Wirtin in Person, um die Bowle vorsorglich inmitten des Tisches niederzusetzen.

Und nun nahm sie den Deckel ab und freute sich unter Lachen all der aufrichtig dankbaren »Achs«, womit ihre Gäste den warmen und erquicklichen Dampf einsogen. Ein reizender blonder Junge war mit ihr gekommen und hielt sich an der Schürze der Mutter fest.

»Ihrer?« fragte van der Straaten mit verbindlicher Handbewegung.

»Na, wen sonst«, antwortete die Blondine nüchtern und suchte mit Rubehn über den Tisch hin ein paar Blicke zu wechseln. Als es aber mißlang, ergriff sie die blonden Locken ihres Jungen, spielte damit und sagte: »Komm, Pauleken. Die Herrschaften sind lieber alleine.«

Elimar sah ihr betroffen nach und rieb sich die Stirn. Endlich rief er: »Gott sei Dank, nun hab ich's. Ich wußte doch, ich hatte sie schon gesehen. Irgendwo. Triumphzug des Germanicus; Thusnelda, wie sie leibt und lebt.«

»Ich kann es nicht finden«, erwiderte van der Straaten, der ein Piloty-Schwärmer war. »Und es stimmt auch nicht in Verhältnissen und Leibesumfängen, immer vorausgesetzt, daß man von solchen Dingen in Gegenwart unserer Damen sprechen darf. Aber Anastasia wird es verzeihen, und um den Hauptunterschied noch einmal zu betonen, bei Piloty gibt sich Thumelicus noch als ein Werdender, während wir ihn hier bereits an der Schürze seiner Mutter hatten. An der weißesten Schürze, die mir je vorgekommen ist. Aber sei weiß wie Schnee und weißer noch: Ach, die Verleumdung trifft dich doch.«

Diese zwei Reimzeilen waren in einer absichtlich spöttischen Singsangmanier von ihm gesprochen worden, und Rubehn, dem es mißfiel, wandte sich ab und blickte nach links hin auf den von Lichtern überblitzten Strom. Melanie sah es, und das Blut schoß ihr zu Kopf, wie nie zuvor. Ihres Gatten Art und Redeweise hatte sie, durch all die Jahre hin, viel Hunderte von Malen in Verlegenheit gebracht, auch wohl in bittere Verlegenheiten, aber dabei war es geblieben. Heute, zum ersten Male, schämte sie sich seiner.

Van der Straaten indes bemerkte nichts von dieser Verstimmung und klammerte sich nur immer fester an seinen Thusneldastoff, in der an und für sich ganz richtigen Erkenntnis, etwas Besseres für seine Spezialansprüche nicht finden zu können.

»Ich frage jeden, ob dies eine Thusnelda ist? Höher hinauf, meine Freunde. Göttin Aphrodite, die Venus dieser Gegenden,

Venus Spreavensis, frisch aus demselben Wasser gestiegen, das uns eben erst unsern teuren Elimar zu rauben trachtete. Das Wasser rauscht, das Wasser schwoll. Aus der Spree gestiegen, sag ich. Aber so mich nicht alles täuscht, haben wir hier *mehr,* meine Freunde. Wir haben hier, wenn ich richtig beobachtet, oder sagen wir, wenn ich richtig geahnt habe, eine Vermählung von Modernem und Antikem: Venus Spreavensis und Venus Kallipygos. Ein gewagtes Wort, ich räum es ein. Aber in Griechisch und Musik darf man alles sagen. Nicht wahr, Anastasia? Nicht wahr, Elimar? Außerdem entsinn ich mich, zu meiner Rechtfertigung, eines wundervollen Kallipygosepigramms ... Nein, nicht Epigramms ... Wie heißt etwas Zweizeiliges, was sich nicht reimt ...«

»Distichon.«

»Richtig. Also ich entsinne mich eines Distichons ... bah, da hab ich es vergessen ... Melanie, wie war es doch? Du sagtest es damals so gut und lachtest so herzlich. Und nun hast du's auch vergessen. Oder *willst* du's bloß vergessen haben? ... Ich bitte dich ... Ich hasse das ... Besinne dich. Es war etwas von Pfirsichpflaum, und ich sagte noch ›man fühlt ihn ordentlich‹. Und du fandst es auch und stimmtest mit ein ... Aber die Gläser sind ja leer ...«

»Und ich denke, wir lassen sie leer«, sagte Melanie scharf und wechselte die Farbe, während sie mechanisch ihren Sonnenschirm auf- und zumachte. »Ich denke, wir lassen sie leer. Es ist ohnehin Glühwein. Und wenn wir noch hinüber wollen, so wird es Zeit sein, *hohe* Zeit«, und sie betonte das Wort.

»Ich bin es zufrieden«, entgegnete van der Straaten, aber in einem Tone, der nur allzu deutlich erkennen ließ, daß seine gute Stimmung in ihr Gegenteil umzuschlagen begann. »Ich bin es zufrieden und bedauere nur, allem Anscheine nach, wieder einmal Anstoß gegeben und das adelige Haus de Caparoux in seinen höheren Aspirationen verschnupft zu haben. Es ist immer das alte Lied, das ich nicht gerne höre. *Wenn* ich es aber hören will, so lad ich mir meinen Schwager-Major zu Tische, der ist erster Kammerherr am Throne des Anstands und der Langenweile. Heute fehlt er hier, und ich hätte gern darauf verzichtet, ihn durch seine Frau Schwägerin ersetzt zu sehen. Ich hasse Prüderien und jene Prätensionen höherer Sittlichkeit, hinter denen nichts steckt. Im günstigsten Falle nichts steckt. Ich darf das sagen, und jedenfalls *will* ich es sagen, und was ich gesagt habe, das habe ich gesagt.«

Es antwortete niemand. Ein schwacher Versuch Gablers, wieder einzulenken, mißlang, und in ziemlich geschäftsmäßigem, wenn auch freilich wieder ruhiger gewordenem Tone wurden alle noch nötigen Verabredungen zur Überfahrt nach Treptow in zwei kleinen Booten getroffen; Ehm aber sollte, mit Benutzung der nächsten Brücke, die Herrschaften am anderen Ufer erwarten. Alles stimmte zu, mit Ausnahme von Fräulein Riekchen, die verlegen erklärte, »daß Bootschaukeln von klein auf ihr Tod gewesen sei«. Worauf sich van der Straaten in einem Anfalle von Ritterlichkeit erbot, mit ihr in der Glaslaube zurückbleiben und das Anlegen des nächsten, vom »Eierhäuschen« her erwarteten Dampfschiffes abpassen zu wollen.

10
Wohin treiben wir?

Es währte nicht lange, so steuerten von einer dunklen, etwas weiter flußaufwärts gelegenen Uferstelle her zwei Jollen auf das Floß zu, jede mit einer Stocklaterne vorn an Bord. In der kleineren saß derselbe Junge, der schon am Nachmittage die Reifen auf die Kirchhofswiese hinausgetragen hatte, während die größere Jolle, leer und bloß angekettet, im Fahrwasser der anderen nachschwamm. Es gab einen hübschen Anblick, und kaum daß die beiden Fahrzeuge lagen, so stiegen auch, vom Floß aus, die schon ungeduldig Wartenden ein: Rubehn und Melanie in das kleinere, die beiden Maler und Anastasia in das größere Boot, eine Verteilung, die sich wie von selber machte, weil Elimar und Gabler gute Kahnfahrer waren und jeder anderweitigen Führung entbehren konnten. Sie nahmen denn auch die Tete, und der Junge mit der kleineren Jolle folgte.

Van der Straaten sah ihnen eine Weile nach und sagte dann zu dem Fräulein: »Es ist mir ganz lieb, Riekchen, daß wir zurückgeblieben sind und auf das Dampfschiff warten müssen. Ich habe Sie schon immer fragen wollen, wie gefällt Ihnen unser neuer Hausgenosse? Sie sprechen nicht viel, und wer nicht viel spricht, der beobachtet gut.«

»O, er gefällt mir.«

»Und *mir* gefällt es, Riekchen, daß er Ihnen gefällt. Nur das ›o‹ beklag ich, denn es hebt ein gut Teil Lob wieder auf, und ›o, er gefällt mir‹ ist eigentlich nicht viel besser als ›o, er gefällt mir *nicht*‹. Sie sehen, ich lasse Sie nicht wieder los. Also, nur immer tapfer mit der Sprache heraus. Warum nur o? Woran liegt es? Wo fehlt es? Mißtrauen Sie seinen Dragonerreserveleutnantsallüren? Ist er Ihnen zu kavaliermäßig oder zu wenig? Ist er Ihnen zu laut oder zu still, zu bescheiden oder zu stolz, zu warm oder zu kalt?«

»Damit möchten Sie's getroffen haben.«

»Womit?«

»Mit dem zu kalt. Ja, er ist mir zu kalt. Als ich ihn das erstemal sah, hatt ich einen guten Eindruck, obgleich nicht voll so gut wie Anastasia. Natürlich nicht. Anastasia singt und ist exzentrisch und will einen Mann haben.«

»Will jede.«

»Ich auch?« lachte die Kleine.

»Wer weiß, Riekchen.«

»... Also, das erste war: er gefiel mir. Es war in der Veranda, gleich nach dem zweiten Frühstück; wir hatten eben die blauen Milchsatten zurückgeschoben, und es ist mir, als wär es gestern gewesen. Da kam der alte Teichgräber und brachte seine Karte. Und dann kam er selbst. Nun, er hat etwas Distinguiertes, und man sieht auf den ersten Blick, daß er die kleine Not des Lebens nicht kennen gelernt hat. Und das ist immer hübsch, und das Hübsche davon soll ihm unbenommen sein. Er hat aber auch etwas Reserviertes. Und wenn ich sage, was Reserviertes, so hab ich noch sehr wenig gesagt. Denn Reserviertsein ist gut und schicklich. Er übertreibt es aber. Anfangs glaubt ich, es sei die kleine gesellschaftliche Scheu, die jeden ziert, auch den Mann von Welt, und er werd es ablegen. Aber bald konnt ich sehen, daß es nicht Scheu war. Nein, ganz im Gegenteil. Es ist Selbstbewußtsein. Er hat etwas amerikanisch Sicheres. Und so sicher er ist, so kalt ist er auch.«

»Ja, Riekchen, er war zu lange drüben, und drüben ist nicht der Platz, um Bescheidenheit und warme Gefühle zu lernen.«

»Sie sind auch nicht zu lernen. Aber man kann sie leider *verlernen.*«

»Verlernen?« lachte van der Straaten. »Ich bitte Sie, Riekchen, er ist ja ein Frankfurter!«

Während dieses Gespräch in dem Glassalon geführt wurde, steuerten die beiden Boote der Mitte des Stromes zu. Auf dem größeren war Scherz und Lachen, aber auf dem kleineren, das folgte, schwieg alles, und Melanie beugte sich über den Rand und ließ das Wasser durch ihre Finger plätschern.

»Ist es immer nur das Wasser, dem Sie die Hand reichen, Freundin?«

»Es kühlt. Und ich hab es so heiß.«

»So legen Sie den Burnus ab ...« Und er erhob sich, um ihr behilflich zu sein.

»Nein«, sagte sie heftig und abwehrend. »Mich friert.« Und er sah nun, daß sie wirklich fröstelnd zusammenzuckte.

Und wieder fuhren sie schweigend dem andren Boote nach und horchten auf die Lieder, die von dorther herüberklangen. Erst war es *»Long, long, ago«*, und immer wenn der Refrain kam, summte Melanie die Zeile mit. Und nun lachten sie drüben, und neue Lieder wurden intoniert und ebenso rasch wieder verworfen, bis man sich endlich über eines geeinigt zu haben schien. »O säh ich auf der Heide dort.« Und wirklich, sie hielten aus und sangen alle Strophen durch. Aber Melanie sang nicht leise mehr mit, um nicht durch ein Zittern ihrer Stimme ihre Bewegung zu verraten.

Und nun waren sie mitten auf dem Strom, außer Hörweite von den Vorauffahrenden, und der Junge, der sie beide fuhr, zog mit einem Ruck die Ruder ein und legte sich bequem ins Boot nieder und ließ es treiben.

»Er sieht auch zu den Sternen auf«, sagte Rubehn.

»Und zählt, wie viele fallen«, lachte Melanie bitter. »Aber Sie dürfen mich nicht so verwundert ansehen, lieber Freund, als ob ich etwas Besonderes gesagt hätte. Das ist ja, wie Sie wissen, oder wenigstens seit *heute* wissen müssen, der Ton unsres Hauses. Ein bißchen spitz, ein bißchen zweideutig und immer unpassend. Ich befleißige mich der Ausdrucksweise meines Mannes. Aber freilich, ich bleibe hinter ihm zurück. Er ist eben unerreichbar und weiß so wundervoll alles zu treffen, was kränkt und bloßstellt und beschämt.«

»Sie dürfen sich nicht verbittern.«

»Ich verbittere mich nicht. Aber ich bin verbittert. Und weil ich es bin und es los sein möchte, deshalb sprech ich so. Van der Straaten ...«

»Ist anders als andere. Aber er liebt Sie, glaub ich ... Und er ist gut.«

»Und er ist gut«, wiederholte Melanie heftig und in beinahe krampfhafter Heiterkeit. »Alle Männer sind gut! ... Und nun fehlt nur noch der Zwirnwickel und das Fußkissen mit dem Symbol der Treue darauf, so haben wir alles wieder beisammen. O Freund, wie konnten Sie nur *das* sagen, und, um ihn zu rechtfertigen, so ganz in seinen Ton verfallen!«

»Ich würde durch jeden Ton Anstoß gegeben haben.«

»Vielleicht ... Oder sagen wir lieber gewiß. Denn es war zu viel, dieser ewige Hinweis auf Dinge, die nur unter vier Augen gehören, und das kaum. Aber er kennt kein Geheimnis, weil ihm nichts des Geheimnisses wert dünkt. Weil ihm nichts heilig ist. Und wer anders denkt, ist scheinheilig oder lächerlich. Und das vor Ihnen ...«

Er nahm ihre Hand und fühlte, daß sie fieberte.

Die Sterne aber funkelten und spiegelten sich und tanzten um sie her, und das Boot schaukelte leis und trieb im Strom, und in Melanies Herzen erklang es immer lauter: wohin treiben wir?

Und sieh, es war, als ob der Bootsjunge von derselben Frage beunruhigt worden wäre, denn er sprang plötzlich auf und sah sich um, und wahrnehmend, daß sie weit über die rechte Stelle hinaus waren, griff er jetzt mit beiden Rudern ein und warf die Jolle nach links herum, um so schnell wie möglich aus der Strömung heraus und dem andern Ufer wieder näher zu kommen. Und sieh, es gelang ihm auch, und ehe fünf Minuten um waren, erkannte man die von zahllosen Lichtern erhellten Baumgruppen des Treptower Parks, und Rubehn und Melanie hörten Anastasias Lachen auf dem vorauffahrenden Boot. Und nun schwieg das Lachen, und das Singen begann wieder. Aber es war ein andres Lied, und über das Wasser hin klang es »Rottraut, Schön-Rottraut«, erst laut und jubelnd, bis es schwermütig in die Worte verklang: »Schweig stille, mein Herze.«

»Schweig stille, mein Herze«, wiederholte Rubehn und sagte leise: »soll es?«

Melanie antwortete nicht. Das Boot aber lief ans Ufer, an dem Elimar und Arnold schon in aller Dienstbeflissenheit warteten. Und gleich darauf kam auch das Dampfschiff, und Riekchen und van der Straaten stiegen aus. Er heiter und gesprächig.

Und er nahm Melanies Arm und schien die Szene, die den Abend gestört hatte, vollkommen vergessen zu haben.

11
Zum Minister

»Wohin treiben wir?« hatte es in Melanies Herzen gefragt, und die Frage war ihr unvergessen geblieben. Aber der fieberhaften Erregung jener Stunde hatte sie sich entschlagen, und in den Tagen, die folgten, war ihr die Herrschaft über sich selbst zurückgekehrt.

Und diese Herrschaft blieb ihr auch, und sie zuckte nur einen Augenblick zusammen, als sie, nach Ablauf einer Woche, Rubehn am Gitter draußen halten und gleich darauf auf die Veranda zukommen sah. Sie ging ihm, wie gewöhnlich, einen Schritt entgegen und sagte: »Wie ich mich freue, Sie wiederzusehen! Sonst sahen wir Sie jeden dritten Tag, und Sie haben diesmal eine Woche vergehen lassen, fast eine Woche. Aber die Strafe folgt Ihnen auf dem Fuße. Sie treffen nur Anastasia und mich. Unser Riekchen, das Sie ja zu schätzen wissen (wenn auch freilich nicht genug), hat uns auf einen ganzen Monat verlassen und erzieht sieben kleine Vettern auf dem Lande. Lauter Jungen und lauter Sawatzkis, und in ihren übermütigsten Stunden auch mutmaßlich lauter Sattler von der Hölle.«

»Sagen wir lieber gewiß. Und dazu Riekchen als Präzeptor und Regente. Muß das eine Zügelführung sein!«

»O, Sie verkennen sie; sie weiß sich in Respekt zu setzen.«

»Und doch möcht ich die Verzweiflung des Gärtners über zertretene Rabatten und die des Försters über angerichteten Wildschaden nicht mit Augen sehen. Denn ein kleiner Junker schießt alles, was kreucht und fleucht. Und nun gar sieben. Aber ich vergesse, mich meines Auftrages zu entledigen. Van der Straaten ... Ihr Herr Gemahl ... bittet, ihn zu Tische *nicht* erwarten zu wollen. Er ist zum Minister befohlen, und zwar in Sachen einer Enquete. Freilich erst morgen. Aber heute hat er das Vorspiel: das Diner. Sie wissen, meine gnädigste Frau, es gibt jetzt nur noch Enqueten.«

»Es gibt nur noch Enqueten, aber es gibt keine gnädigste Frauen mehr. Wenigstens nicht hier und am wenigsten zwischen uns. Eine Gnädigste bin ich überhaupt nur bei Gryczinskis. Ich bin Ihre gute Freundin und weiter nichts. Nicht wahr?« Und sie gab ihm ihre Hand, die er nahm und küßte. »Und ich will nicht«, fuhr sie fort, »daß wir diese sechs Tage nur gelebt haben, um unsere Freundschaft um ebenso viele Wochen zurückzudatieren. Also nichts mehr von einer ›gnädigsten Frau‹.« Und dabei zwang sie sich, ihn anzusehen. Aber ihr Herz schlug, und ihre Stimme zitterte bei der Erinnerung an den Abend, der nur zu deutlich vor ihrer Seele stand.

»Ja, lieber Freund«, nahm sie nach einer kurzen Pause wieder das Wort, »ich mußte das zwischen uns klar machen. Und da wir einmal beim Klarmachen sind, so muß auch noch ein andres heraus, auch etwas Persönliches und Diffiziles. Ich muß Ihnen nämlich endlich einen Namen geben. Denn Sie haben eigentlich keinen Namen, oder wenigstens keinen, der zu brauchen wäre.«

»Ich dächte doch …« sagte Rubehn mit einem leisen Anfluge von Verlegenheit und Mißstimmung.

»Ich dächte doch«, wiederholte Melanie und lachte. »Daß doch auch die Klugen und Klügsten auf *diesen* Punkt hin immer empfindlich sind! Aber ich bitte Sie, sich aller Empfindlichkeiten entschlagen zu wollen. Sie sollen selbst entscheiden. Beantworten Sie mir auf Pflicht und Gewissen die Frage: ob Ebenezer ein Name ist? Ich meine ein Name fürs Haus, fürs Geplauder, für die Causerie, die doch nun mal unser Bestes ist! Ebenezer! O, Sie dürfen nicht so bös aussehen. Ebenezer ist ein Name für einen Hohenpriester oder für einen, der's werden will, und ich seh ihn ordentlich, wie er das Opfermesser schwingt. Und sehen Sie, davor schaudert mir. Ebenezer ist *au fond* nicht besser als Aaron. Und es ist auch nichts daraus zu machen. Aus Ezechiel habe ich mir einen Ezel glücklich kondensiert. Aber Ebenezer!«

Anastasia weidete sich an Rubehns Verlegenheit und sagte dann: »Ich wüßte schon eine Hilfe.«

»O, die weiß ich auch. Und ich könnte sogar alles in einem allgemeinen und fast nach Grammatik klingenden Satz bringen. Und dieser Satz würde sein: Um- und Rückformung des abstrusen Familiennamens Rubehn in den alten, mir immer lieb gewesenen Vornamen Ruben.«

»Und das wollt ich auch sagen«, eiferte Anastasia.

»Aber ich *hab* es gesagt.«

Und in diesem Prioritätsstreite scherzte sich Melanie mehr und mehr in den Ton alter Unbefangenheit hinein und fuhr endlich, gegen Rubehn gewendet, fort: »Und wissen Sie, lieber Freund, daß mir diese Namensgebung wirklich etwas bedeutet? Ruben, um es zu wiederholen, war mir von jeher der Sympathischste von den Zwölfen. Er hatte das Hochherzige, das sich immer bei dem Ältesten findet, einfach weil er der Älteste ist. Denken Sie nach, ob ich nicht recht habe. Die natürliche Herrscherstellung des Erstgeborenen sichert ihn vor Mesquinerie und Intrige.«

»Jeder Erstgeborene wird Ihnen für diese Verherrlichung dankbar sein müssen, und jeder Ruben erst recht. Und doch gesteh ich Ihnen offen, ich hätt unter den Zwölfen eine andere Wahl getroffen.«

»Aber gewiß keine bessere. Und ich hoff es Ihnen beweisen zu können. Über die sechs Halblegitimen ist weiter kein Wort zu verlieren; Sie nicken, sind also einverstanden. Und so nehmen wird denn, als erstes Betrachtungsobjekt, die Nestküken der Familie, die Muttersöhnchen. Es wird so viel von ihnen gemacht, aber Sie werden mir zustimmen, daß die spätere ägyptische Exzellenz nicht so ganz ohne Not in die Zisterne gesteckt worden ist. Er war einfach ein *enfant terrible.* Und nun gar der Jüngste! Verwöhnt und verzogen. Ich habe selbst ein Jüngstes und weiß etwas davon zu sagen ... Und so bleiben uns denn wirklich nur die vier alten Grognards von der Lea her. Wohl, sie haben alle vier ihre Meriten. Aber doch ist ein Unterschied. In dem Levi spukt schon der Levit, und in dem Juda das Königtum – ein Stückchen Illoyalität, das Sie mir als freier Schweizerin zugute halten müssen. Und so sehen wir uns denn vor den Rest gestellt, vor die beiden letzten, die natürlich die beiden ersten sind. *Eh bien,* ich will nicht mäkeln und feilschen und will dem Simeon lassen, was ihm zukommt. Er war ein Charakter, und als solcher wollt er dem Jungen ans Leben. Charaktere sind nie für halbe Maßregeln. Aber da trat Ruben dazwischen, *mein* Ruben, und rettete den Jungen, weil er des alten Vaters gedachte. Denn er war gefühlvoll und mitleidig und hochherzig. Und was Schwäche war, darüber sag ich nichts. Er hatte die Fehler seiner Tugenden, wie wir alle. Das war es und weiter nichts. Und deshalb Ruben und immer wieder Ruben. Und kein Appell und kein Refus. Anastasia, brich einen Tauf- und Krönungszweig ab, da von der Esche drüben. Wir können sie dann die Ruben-Esche nennen.«

Und dieses scherzhafte Geplauder würde sich mutmaßlich noch fortgesetzt haben, wenn nicht eben in diesem Augenblicke der wohlbekannte, zweirädrige Gig sichtbar geworden wäre, von dessen turmhohem Sitz herab van der Straaten über das Gitter weg mit der Peitsche salutierte. Und nun hielt das Gefährt, und der Enqueten-Kommerzienrat erschien in der Veranda, strahlend von Glück und freudiger Erregung. Er küßte Melanie die Stirn und versicherte einmal über das andere, daß er sich's nicht habe versagen wollen, die freie halbe Stunde bis zum ministeriellen Diner *au sein de sa famille* zu verbringen.

Und nun nahm er Platz und rief in das Haus hinein. »Liddi, Liddi. Rasch. Antreten. Immer flink. Und Heth auch; das Stiefkind, die Kleine, die vernachlässigt wird, weil sie mir ähnlich sieht …«

»Und von der ich eben erzählt habe, daß sie grenzenlos verwöhnt würde.«

Die Kinder waren inzwischen erschienen, und der glückliche Vater nahm ein elegantes Tütchen mit papierenem Spitzenbesatz aus der Tasche und hielt es Lydia hin. Diese nahm's und gab es an die Kleine weiter. »Da, Heth.«

»Magst du nicht?« fragte van der Straaten. »Sieh doch erst nach. Es sind ja Pralinés. Und noch dazu von Sarotti.«

Aber Lydia sah mit einem Streifblick zu Rubehn hinüber und sagte: »Tüten sind für Kinder. Ich mag nicht.«

Alles lachte, selbst Rubehn, trotzdem er wohl fühlte, daß er der Grund dieser Ablehnung war. Van der Straaten indes nahm die kleine Heth auf den Schoß und sagte: »Du bist deines Vaters Kind. Ohne Faxen und Haberei. Lydia spielt schon die de Caparoux.«

»Laß sie«, sagte Melanie.

»Ich werde sie lassen *müssen.* Und sonderbar zu sagen, ich hasse die Vornehmheitsallüren eigentlich nur für mich selbst. In meiner Familie sind sie mir ganz recht, wenigstens gelegentlich, abgesehen davon, daß sich auch für meine Person allerhand Wandlungen vorbereiten. Denn in meiner Eigenschaft als Mitglied einer Enquetenkommission hab ich die Verpflichtung höherer gesellschaftlicher Formen übernommen, und geht das so weiter, Melanie, so hältst du zwischen heut und sechs Wochen einen halben Oberzeremonienmeister in deinen Händen. In den Sechswochenschaften hat ja von Uranfang an etwas mysteriös Bedeutungsvolles geschlummert.«

»Eine Wendung, lieber van der Straaten, die mir vorläufig nur wieder zeigt, wie weitab du noch von deiner neuen Charge bist.«

»Allerdings, allerdings«, lachte van der Straaten. »Gut Ding will Weile haben, und Rom wurde nicht an einem Tage gebaut. Und nun sage mir, denn ich habe nur noch zehn Minuten, wie du diesen Nachmittag zu verbringen und unsern Freund Rubehn zu divertieren gedenkst. Verzeih die Frage. Aber ich kenne deine mitunter ängstliche Gleichgültigkeit gegen Tisch- und Tafelfreuden und berechne mir in der Eile, daß deine Bohnen und Hammelkoteletts, auch wenn die Bohnen ziepfig und die Koteletts zähe sind, nicht gut über eine halbe Stunde hinaus ausgedehnt werden können. Auch nicht unter Heranziehung eines Desserts von Erdbeeren und Stiltonkäse. Und so sorg ich mich denn um euch, und zwar um so mehr, als ihr nicht die geringste Chance habt, mich vor neun Uhr wieder hier zu sehen.«

»Ängstige dich nicht«, entgegnete Melanie. »Es ist keine Frage, daß wir dich schmerzlich entbehren werden. Du wirst uns fehlen, du *mußt* uns fehlen. Denn wer könnt uns, um nur eines zu nennen, den Hochflug deiner bilderreichen Einbildungskraft ersetzen. Kaum, daß wir ihr zu folgen verstehen. Und doch verbürg ich mich für Unterbringung dieser armen, verlorenen Stunden, die dir so viel Sorge machen. Und du sollst sogar das Programm wissen.«

»Da wär ich neugierig.«

»Erst singen wir.«

»Tristan?«

»Nein. Und Anastasia begleitet. Und dann haben wir unser Diner oder doch das, was dafür aufkommen muß. Und es wird sich schon machen. Denn immer, wenn du nicht da bist, suchen wir uns durch einen besseren Tisch und ein paar eingeschobene süße Speisen zu trösten.«

»Glaub's, glaub's. Uns?«

»Dann hab ich vor, unsern lieben Freund, den ich dir übrigens, nach einem allerjüngsten Übereinkommen, als Rubehn mit dem gestrichenen h, also schlechtweg als unsern Freund Ruben vorstelle, mit den Schätzen und Schönheiten unserer Villa bekannt zu machen. Er ist eine Legion von Malen, wenn auch immer noch nicht oft genug, unser lieber Gast gewesen und kennt trotz alledem nichts von dieser ganzen Herrlichkeit, als unser Eß- und Musikzimmer und hier draußen die Veranda mit dem kreischenden Pfau, der ihm natürlich ein Greuel ist. Aber er soll heute noch in seinem halb freireichsstädtischen und halb überseeischen Hochmute gedemütigt werden. Ich habe vor, mit deinem Obstgarten zu beginnen und dem Obstgarten das Palmenhaus und dem Palmenhause das Aquarium folgen zu lassen.«

»Ein gutes Programm, das mich nur hinsichtlich seiner letzten Nummer etwas erschreckt oder wenigstens zur Vorsicht mahnen läßt. Sie müssen nämlich wissen, Rubehn, was wir letzten Sommer in dieser erbärmlichen Glaskastensammlung, die den stolzen Namen Aquarium führt, schaudernd selbst erlebt haben. Nicht mehr und nicht weniger als einen Ausbruch, Eruption, und ich höre noch Anastasias Aufschrei und werd ihn hören bis ans Ende meiner Tage. Denken Sie sich, eine der großen Glasscheiben platzt, Ursache unbekannt, wahrscheinlich aber, weil Gryczinski seinem Füsiliersäbel eine falsche Direktive gegeben, und siehe da, ehe wir drei zählen können, steht unser ganzer Aquariumflur nicht nur handhoch unter Wasser, sondern auch alle Schrecken der Tiefe zappeln um uns her, und ein großer Hecht umschnopert Melanies Fußtaille mit absichtlichster Vernachlässigung Tante Riekchens. Offenbar also ein Kenner. Und in einem Anfalle wahnsinniger Eifersucht hab ich ihn schlachten lassen und seine Leber höchsteigenhändig verzehrt.«

Anastasia bestätigte die Zutreffendheit der Schilderung, und selbst Melanie, die seit längerer Zeit ähnlichen Exkursen ihres Gatten mit nur zu sichtlichem Widerstreben folgte, nahm heute wieder an der allgemeinen Heiterkeit teil. Sie hatte sich schon vorher in dem mit Rubehn geführten Gespräche derartig heraufgeschraubt, daß sie wie geistig trunken und beinahe gleichgültig gegen Erwägungen und Rücksichten war, die sie noch ganz vor kurzem gequält hatten. Sie sah wieder alles von der lachenden Seite, selbst das Gewagteste, und faßte, ohne sich Rechenschaft davon zu geben, den Entschluß, mit der ganzen nervösen Feinfühligkeit dieser letzten Wochen ein für allemal brechen und wieder keck und unbefangen in die Welt hineinleben zu wollen.

Van der Straaten aber, überglücklich, mit seinem Aquariumshecht einen guten Abgang gefunden zu haben, griff nach Hut und Handschuh und versprach, auf Eile dringen zu wollen, soweit sich, einem Minister gegenüber, überhaupt auf irgend etwas dringen lasse.

Das waren seine letzten Worte. Gleich darauf hörte man das

Knirschen der Räder und empfing von außen her, über das Parkgitter hin, einen absichtlich übertriebenen Feierlichkeitsgruß, in dem sich die ganze Bedeutung eines Mannes ausdrücken sollte, der zum Minister fährt. Noch dazu zum Finanzminister, der eigentlich immer ein Doppelminister ist.

12
Unter Palmen

Die Nachmittagsstunden vergingen, wie's Melanie geplant und van der Straaten gebilligt hatte. Dem anderthalbstündigen Musizieren folgte das kleine Diner, opulenter als gedacht, und die Sonne stand eben noch über den Bosketts, als man sich erhob, um draußen im »Orchard« ein zweites Dessert von den Bäumen zu pflücken.

Dieser für allerhand Obstkulturen bestimmte Teil des Parkes lief, an sonnigster Stelle, neben dem Fluß entlang und bestand aus einem anscheinend endlosen Kieswege, der nach der Spree hin offen, nach der Parkseite hin aber von Spalierwänden eingefaßt war. An diesen Spalieren, in kunstvollster Weise behandelt und jeder einzelne Zweig gehegt und gepflegt, reiften die feinsten Obstarten, während kaum minder feine Sorten an nebenherlaufenden niederen Brettergestellen, etwa nach Art großer Ananaserdbeeren, gezogen wurden.

Melanie hatte Rubehns Arm genommen, Anastasia folgte langsam und in wachsenden Abständen; Heth aber auf ihrem Veloziped begleitete die Mama, bald weit vorauf, bald dicht neben ihr, und wandte sich dann wieder, ohne die geringste Ahnung davon, daß ihre rückseitige Drapierung in ein immer komischeres und ungenierteres Fliegen und Flattern kam. Melanie, wenn Heth die Wendung machte, suchte jedesmal durch ein lebhafteres Sprechen über die kleine Verlegenheit hinwegzukommen, bis Rubehn endlich ihre Hand nahm und sagte: »Lassen wir doch das Kind. Es ist ja glücklich, beneidenswert glücklich. Und Sie sehen, Freundin, ich lache nicht einmal.«

»Sie haben recht«, entgegnete Melanie. »Torheit und nichts weiter. Unsere Scham ist unsere Schuld. Und eigentlich ist es rührend und entzückend zugleich.« Und als der kleine Wildfang in eben diesem Augenblicke wieder heranrollte, kommandierte sie selbst: »Rechts um. Und nicht zu nah an die Spree! Sehen Sie nur, wie sie hinfliegt. So lange die Welt steht, hat keine Reiterei mit so fliegenden Fahnen angegriffen.«

Unter solchem Gespräch waren sie bis an die Stelle gekommen, wo, von der Parkseite her, ein breiter, avenueartiger Weg in den langen und schmalen Spaliergang einmündete. Hier, im Zentrum der ganzen Anlage, erhoben sich denn auch, nach dem Vorbilde der berühmten englischen Gärten in Kew, ein paar hohe, glasgekuppelte Palmenhäuser, an deren eines sich ein altmodisches Treibhaus anlehnte, das, früher der Herrschaft zugehörig, inzwischen mit all seinen Blattpflanzen und Topfgewächsen in die Hände des alten Gärtners übergegangen und die Grundlage zum Betrieb eines sehr einträglichen Privatgeschäftes geworden war. Unmittelbar neben dem Treibhause hatte der Gärtner seine Wohnung, ein nur zweifenstriges und ganz von Efeu überwachsenes Häuschen, über das ein alter, schrägstehender Akazienbaum seine Zweige breitete. Zwei, drei Steinstufen führten bis in den Flur, und neben diesen Stufen stand eine Bank, deren Rücklehne von dem Efeu mit überwachsen war.

»Setzen wir uns«, sagte Melanie. »Immer vorausgesetzt, daß wir dürfen. Denn unser alter Freund hier ist nicht immer guter Laune. Nicht wahr, Kagelmann?«

Diese Worte hatten sich an einen kleinen und ziemlich häßlichen Mann gerichtet, der, wiewohl kahlköpfig (was übrigens die Sommermütze verdeckte), nichtsdestoweniger an beiden Schläfen ein paar lange, glatte Haarsträhnen hatte, die bis tief auf die Schulter niederhingen. Alles an ihm war außer Verhältnis, und so kam es, daß, seiner Kleinheit unerachtet, oder vielleicht auch um dieser willen, alles zu groß an ihm erschien: die Nase, die Ohren, die Hände. Und eigentlich auch die Augen. Aber diese sah man nur, wenn er, was öfters geschah, die ganz verblakte Hornbrille abnahm. Er war eine typische Gärtnerfigur: unfreundlich, grob und habsüchtig, vor allem auch seinem Wohltäter, dem Kommerzienrat, gegenüber, und nur wenn er die »Frau Rätin« sah, erwies er sich auffallend verbindlich und guter Laune.

So nahm er denn auch heute das scherzhaft hingeworfene »wenn wir dürfen« in bester Stimmung auf und sagte, während er mit der Rechten (in der er einen kleinen Aurikeltopf hielt) seine großschirmige Mütze nach hinten schob: »Jott, Frau Rätin, ob *Sie* dürfen! Solche Frau! Solche Frau wie Sie darf allens. Un warum? Weil Ihnen allens kleid't. Un wen alles kleid't, der darf ooch alles. Uff's Kleiden kommt's an. 's gibt welche, die sagen, die Blumen machen dumm und simplig. Aber daß es uff's Kleiden ankommt, so viel lernt man bei de Blumens.«

»Immer mein galanter Kagelmann«, lachte Melanie. »Man merkt doch den Unverheirateten, den Junggesellen. Und doch ist es unrecht, Kagelmann, daß Sie so geblieben sind. Ich meine, so ledig. Ein Mann wie Sie, so frisch und gesund, und ein so gutes Geschäft. Und reich dazu. Die Leute sagen ja, Sie hätten ein Rittergut. Aber ich will es nicht wissen, Kagelmann. Ich respektiere Geheimnisse. Nur das ist wahr, Ihr Efeuhaus ist zu klein, immer vorausgesetzt, daß Sie sich noch mal anders besinnen.«

»Ja, kleen is es man. Aber vor mir is es jroß genug, das heißt vor mir alleine. Sonst ... Aber ich bin ja nu all sechzig.«

»Sechzig. Mein Gott, sechzig. Sechzig ist ja gar kein Alter.«

»Nee«, sagte Kagelmann. »En Alter is es eijentlich noch nich. Un es jeht ooch allens noch. Un janz jut. Un es schmeckt och noch, un die Gebrüder Benekens dragen einen ooch noch. Aber viel mehr is es ooch nich. Un wen soll man denn am Ende nehmen? Sehen Se, Frau Rätin, die so for mir passen, die gefallen mir nich, un die mir gefallen, die passen wieder nich. – Ich wäre so vor dreißig oder so drum rum. Dreißig ist jut, un dreißig zu dreißig, das stimmt ooch. Aber sechzig in dreißig jeht nich. Und da sagt denn die Frau: borg ich mir einen.«

Melanie lachte.

Kagelmann aber fuhr fort: »Ach, Frau Kommerzienrätin, Sie hören so was nich, un glauben jar nich, wie die Welt is un was allens passiert. Da war hier einer drüben bei Flatows, Cohn und Flatow, großes Ledergeschäft (un sie sollen's ja von Amerika kriegen; na, mir is es jleich), und war ooch en Gärtner, un war woll so sechsundfufzig. Oder vielleicht ooch erst fünfundfufzig. Und der nahm sich ja nu so'n Madamchen, so von'n Jahrer dreißig, un war ne Wittib, un immer janz schwarz, un ne hübsche Person, un saß immer ins mittelste Zelt, Nummer 4, wo Kaiser Wilhelm steht, un wo immer die Musik is mit Klavier un Flöte. Ja, du mein Jott, was hat er gehabt? Jar nichts hat er gehabt. Un da sitzt er nu mit seine drei Würmer, und Madamchen is weg. Un mit wen is se weg? Mit'n Gelbschnabel, un hatte noch keene zwanzig uff'n Rücken, un Teichgräber sagt, er wär erst achtzehn gewesen. Un möglich is es. Aber ein fixer kleiner Kerl war es, so was Italiensches, un war doch bloß aus Rathnow. Aber een paar Oogen! Ich sag Ihnen, Frau Kommerzienrätin, wie'n Feuerwerk, un es war orntlich, als ob's man so prasselte.«

»Ja, das ist traurig für den Mann«, lachte Melanie. »Aber doch am traurigsten für die Frau. Denn wenn einer *solche* Augen hat ...«

»Un so was is jetzt alle Tage«, schloß der Alte, der auf die Zwischenbemerkung nicht geachtet hatte und wieder bei seinen Töpfen zu stellen und zu kramen anfing.

Aber Melanie ließ ihm keine Ruh. »Alle Tage?« sagte sie. »Natürlich, alle Tage. Natürlich, alles kommt vor. Aber das darf einen doch nicht abhalten. Sonst könnte ja keiner mehr heiraten, und es gäbe gar kein Leben und keine Menschen mehr. Denn ein kleiner fixer Gärtnerbursche, nu, mein Gott, der find't sich zuletzt überall.«

»Ja, Frau Kommerzienrätin, das is schon richtig. Aber mitunter find't er sich immer und mitunter find't er sich bloß manchmal. Heiraten! Nu ja, hübsch muß es ja sind, sonst dhäten es nich so viele. Aber besser is besser. Und ich denke, lieber bewahrt als beklagt.«

In diesem Augenblicke wurde von der Hauptallee her ein Einspänner sichtbar und hielt, indem er eine Biegung machte, vor der Bank, auf der Rubehn und Melanie Platz genommen hatten. Es war ein auf niedrigen Rädern gehendes Fuhrwerk, das den Geschäftsverkehr des kleinen Privattreibhauses mit der Stadt vermittelte.

Kagelmann tat ein paar Fragen an den vorn auf dem Deichselbrette sitzenden Kutscher, und nachdem er noch einen anderen Arbeiter herbeigerufen hatte, fingen alle drei an, die Palmenkübel abzuladen, die, trotzdem sie nur von mäßiger Größe waren, den Rand des Wagenkastens weit überragten und mit ihren dunklen Kronen schon von fernher den Eindruck prächtig wehender Federbüsche gemacht hatten.

Alle drei waren ein paar Minuten lang emsig bei der Arbeit; als aber schließlich alles abgeladen war, wandte sich Kagelmann wieder an seine gnädige Frau und sagte, während er die zwei größten und schönsten Palmen mit seinen Händen patschelte: »Ja, Frau Rätin, das sind nu so meine Stammhalter, so meine zwei Säulen vons Geschäft. Un immer unterwegs, wie'n Landbriefträger. Man bloß noch unterwegser. Denn der hat doch'n Sonntag oder Kirchenzeit. Aber meine Palmen nich. Un ich freue mir immer orntlich, wenn mal'n Stillstand is und ich allens mal wieder so zu sehen kriege. So wie heute. Denn mitunter seh ich meine Palmen die janze Woche nich.«

»Aber warum nicht?«

»Jott, Frau Rätin, Palme paßt immer. Un is kein Unterschied, ob Trauung oder Begräbnis. Und manche taufen auch schon mit Palme. Und wenn ich sage Palme, na so kann ich auch sagen Lorbeer oder Lebensbaum oder was wir *Thuja* nennen. Aber

Palme, versteht sich, is immer das Feinste. Un is bloß man ein Metier, das is jrade so, janz akkurat ebenso bei Leben und Sterben. Und is och immer dasselbe.«

»Ah, ich versteh«, sagte Melanie. »Der Tischler.«

»Nein, Frau Rätin, der Tischler nich. Er is woll auch immer mit dabei, das is schon richtig, aber's is doch nich immer dasselbe. Denn ein Sarg is keine Wiege nich und eine Wiege is kein Sarg nich. Und was een richtiges Himmelbett is, nu davon will ich jar nich erst reden ...«

»Aber Kagelmann, wenn es nicht der Tischler ist, wer denn?«

»Der Domchor, Frau Rätin. Der is auch immer mit dabei un is immer dasselbe. Jrade so wie bei mir. Un er hat auch so seine zwei Stammhalter, seine zwei Säulen vons Geschäft: ›'s ist bestimmt in Gottes Rat‹ oder ›Wie sie so sanft ruhn‹. Un es paßt immer un macht keinen Unterschied, ob einer abreist oder ob einer begraben wird. Un grün is grün, un is jrade so wie Lebensbaum und Palme.«

»Und doch, Kagelmann, wenn Sie nun mal heiraten und selber Hochzeit machen (aber nicht hier in Ihrem Efeuhause, das ist zu klein), dann sollen Sie doch beides haben: Gesang und Palme. Und was für Palmen! Das versprech ich Ihnen! Denn ohne Palmen und Gesang ist es nicht feierlich genug. Und aufs Feierliche kommt es an. Und dann gehen wir in das große Treibhaus, bis dicht an die Kuppel, und machen einen wundervollen Altar unter der allerschönsten Palme. Und da sollen Sie getraut werden. Und oben in der Kuppel wollen wir stehen und ein schönes Lied singen, einen Choral, ich und Fräulein Anastasia, und Herr Rubehn hier und Herr Elimar Schulze, den Sie ja auch kennen. Und dabei soll Ihnen zumute sein, als ob Sie schon im Himmel wären und hörten die Engel singen.«

»Glaub ich, Frau Rätin, glaub ich.«

»Und zu vorläufigem Dank für alle diese kommenden Herrlichkeiten sollen Sie, liebster Kagelmann, uns jetzt in das Palmenhaus führen. Denn ich weiß nicht Bescheid und kenne die

Namen nicht, und der fremde Herr hier, der ein paarmal um die Welt herumgefahren ist und die Palmen sozusagen an der Quelle studiert hat, will einmal sehen, was wir haben und nicht haben.«

Eigentlich kam alles dieses dem Alten so wenig gelegen wie möglich, weil er seine Kübel und Blumentöpfe noch vor Dunkelwerden in das kleine Treibhaus hineinschaffen wollte. Er bezwang sich aber, schob seine Mütze, wie zum Zeichen der Zustimmung, wieder nach hinten und sagte: »Frau Rätin haben bloß zu befehlen.«

Und nun gingen sie zwischen langen und niedrigen Backsteinöfen hin, den bloß mannsbreiten Mittelgang hinauf, bis an die Stelle, wo dieser Mittelgang in das große Palmenhaus einmündete. Wenige Schritte noch, und sie befanden sich wie am Eingang eines Tropenwaldes, und der mächtige Glasbau wölbte sich über ihnen. Hier standen die Prachtexemplare der van der Straatenschen Sammlung: Palmen, Drakäen, Riesenfarren, und eine Wendeltreppe schlängelte sich hinauf, erst bis in die Kuppel und dann um diese selbst herum und in einer der hohen Emporen des Langschiffes weiter.

Unterwegs war nicht gesprochen worden.

Als sie jetzt unter der hohen Wölbung hielten, entsann sich Kagelmann, etwas Wichtiges vergessen zu haben. Eigentlich aber wollt er nur zurück und sagte: »Frau Rätin wissen ja nu Bescheid und kennen die Galerie. Da wo der kleine Tisch is un die kleinen Stühle, das ist der beste Platz, un is wie ne Laube, un janz dicht. Un da sitzt ooch immer der Herr Kommerzienrat. Und keiner sieht ihn. Un das hat er am liebsten.« Und danach verabschiedete sich der Alte, wandte sich aber noch einmal um, um zu fragen, ob er das Fräulein schicken solle?

»Gewiß, Kagelmann. Wir warten.«

Und als sie nun allein waren, nahm Rubehn den Vortritt und stieg hinauf und eilte sich, als er oben war, der noch auf der Wendeltreppe stehenden Melanie die Hand zu reichen. Und nun gingen sie weiter über die kleinen klirrenden Eisenbrettchen hin, die hier als Dielen lagen, bis sie zu der von Kagelmann beschriebenen Stelle kamen, besser beschrieben, als er selber wissen mochte. Wirklich, es war eine phantastisch aus Blattkronen gebildete Laube, fest geschlossen, und überall an den Gurten und Ribben der Wölbung hin rankten sich Orchideen, die die ganze Kuppel mit ihrem Duft erfüllten. Es atmete sich wonnig, aber schwer in dieser dichten Laube; dabei war es, als ob hundert Geheimnisse sprächen, und Melanie fühlte, wie dieser berauschende Duft ihre Nerven hinschwinden machte. Sie zählte jenen von äußeren Eindrücken, von Luft und Licht abhängigen Naturen zu, die der Frische bedürfen, um selber frisch zu sein. Über ein Schneefeld hin, bei rascher Fahrt und scharfem Ost – da wär ihr der heitere Sinn, der tapfere Mut ihrer Seele wiedergekommen; aber diese weiche, schlaffe Luft machte sie selber weich und schlaff, und die Rüstung ihres Geistes lockerte sich und löste sich und fiel.

»Anastasia wird uns nicht finden.«

»Ich vermisse sie nicht.«

»Und doch will ich nach ihr rufen.«

»Ich vermisse sie nicht«, wiederholte Rubehn, und seine Stimme zitterte. »Ich vermisse nur das Lied, das sie damals sang, als wir im Boot über den Strom fuhren. Und nun rate.«

»Long, long ago …«

Er schüttelte den Kopf.

»O, säh ich auf der Heide dort …«

»Auch *das* nicht, Melanie.«

»Rottraut«, sagte sie leis.

Und nun wollte sie sich erheben. Aber er litt es nicht und kniete nieder und hielt sie fest, und sie flüsterten Worte, so heiß und so süß, wie die Luft, die sie atmeten.

Endlich aber war die Dämmerung gekommen, und breite Schatten fielen in die Kuppel. Und als alles immer noch still blieb, stiegen sie die Treppe hinab und tappten sich durch ein Gewirr von Palmen, erst bis in den Mittelgang und dann ins Freie zurück.

Draußen fanden sie Anastasia.

»Wo du nur bliebst!« fragte Melanie befangen. »Ich habe mich geängstigt um dich und mich. Ja, es ist so. Frage nur. Und nun hab ich Kopfweh.«

Anastasia nahm unter Lachen den Arm der Freundin und sagte nur: »Und du wunderst dich über Kopfweh! Man wandelt nicht ungestraft unter Palmen.«

Melanie wurde rot bis an die Schläfe. Aber die Dunkelheit half es ihr verbergen. Und so schritten sie der Villa zu, darin schon die Lichter brannten.

Alle Türen und Fenster standen auf, und von den frisch gemähten Wiesen her kam eine balsamische Luft. Anastasia setzte sich an den Flügel und sang und neckte sich mit Rubehn, der bemüht war, auf ihren Ton einzugehen. Aber Melanie sah vor sich hin und schwieg und war weit fort. Auf hoher See. Und in ihrem Herzen klang es wieder: Wohin treiben wir?!

Eine Stunde später erschien van der Straaten und rief ihnen schon vom Korridor her in Spott und guter Laune zu: »Ah, die Gemeinde der Heiligen! Ich würde fürchten, zu stören. Aber ich bringe gute Zeitung!«

Und als alles sich erhob und entweder wirklich neugierig war oder sich wenigstens das Ansehen davon gab, fuhr er in seinem Berichte fort: »Exzellenz sehr gnädig. Alles sondiert und abgemacht. Was noch aussteht, ist Form und Bagatelle. Oder Sitzung und Schreiberei. Melanie, wir haben heut einen guten Schritt vorwärts getan. Ich verrate weiter nichts. Aber das glaub ich sagen zu dürfen: von diesem Tag an datiert sich eine neue Ära des Hauses van der Straaten.«

13
Weihnachten

Die nächsten Tage, die viel Besuch brachten, stellten den unbefangenen Ton früherer Wochen anscheinend wieder her, und was von Befangenheit blieb, wurde, die Freundin abgerechnet, von niemandem bemerkt, am wenigsten von van der Straaten, der mehr denn je seinen kleinen und großen Eitelkeiten nachhing.

Und so näherte sich der Herbst, und der Park wurde schöner, je mehr sich seine Blätter färbten, bis gegen Ende September der Zeitpunkt wieder da war, der, nach altem Herkommen, dem Aufenthalt in der Villa draußen ein Ende machte.

Schon in den unmittelbar voraufgehenden Tagen war Rubehn nicht mehr erschienen, weil allernächst liegende Pflichten ihn an die Stadt gefesselt hatten. Ein jüngerer Bruder von ihm, von einem alten Prokuristen des Hauses begleitet, war zu rascher Etablierung des Zweiggeschäfts herübergekommen, und ihren gemeinschaftlichen Anstrengungen gelang es denn auch wirklich, in den ersten Oktobertagen eine Filiale des großen Frankfurter Bankhauses ins Leben zu rufen.

Van der Straaten nahm an all diesen Hergängen den größten Anteil und sah es als ein gutes Zeichen und eine Gewähr geschäftskundiger Leitung an, daß Rubehns Besuche seltener wurden und in den Novemberwochen beinahe ganz aufhörten. In der Tat erschien unser neuer »Filialchef«, wie der Kommerzienrat ihn zu nennen beliebte, nur noch an den kleinen und kleinsten Gesellschaftstagen, und hätte wohl auch an diesen am liebsten gefehlt. Denn es konnt ihm nicht entgehen und entging ihm auch wirklich nicht, daß ihm von Reiff und Duquede, ganz besonders aber von Gryczinski, mit einer vornehm ablehnenden Kühle begegnet wurde. Die schöne Jacobine suchte freilich durch halbverstohlene Freundlichkeiten alles wieder ins gleiche zu bringen und beschwor ihn, ihres Schwagers Haus doch nicht ganz zu vernachlässigen, um ihretwillen nicht und um Melanies willen nicht; aber jedesmal, wenn sie den Namen nannte, schlug sie doch verlegen die Augen nieder und brach rasch und ängstlich ab, weil ihr Gryczinski sehr bestimmte Weisungen gegeben hatte, jedwedes Gespräch mit Rubehn entweder ganz zu vermeiden, oder doch auf wenige Worte zu beschränken.

Um vieles heiterer gestalteten sich die kleinen Reunions, wenn die Gryczinskis fehlten und statt ihrer bloß die beiden Maler und Fräulein Anastasia zugegen waren. Dann wurde wieder gescherzt und gelacht, wie damals in dem Stralauer Kaffeehaus, und van der Straaten, der mittlerweile von Besuchen, sogar von häufigen Besuchen gehört hatte, die Rubehn in Anastasias Wohnung gemacht haben solle, hing in Ausnutzung dieser ihm hinterbrachten Tatsache seiner alten Neigung nach, alle dabei Beteiligten ins Komische zu ziehen und zum Gegenstande seiner Schraubereien zu machen. Er sähe nicht ein, wenigstens für seine Person nicht, warum er sich eines reinen und auf musikalischer Glaubenseinigkeit aufgebauten Verhältnisses nicht aufrichtig freuen solle; ja, die Freude darüber würd ihm einfach als Pflicht erscheinen, wenn er nicht andererseits den alten Satz wieder bewahrheitet fände, daß jedes neue Recht immer nur unter Kränkung alter Rechte geboren werden könne. Das neue Recht (wie der Fall hier läge) sei durch seinen Freund Rubehn, das alte Recht durch seinen Freund Elimar vertreten, und wenn er diesem letzteren auch gern zugestehe, daß er in vielen Stücken er selbst geblieben, ja bei Tische sogar als eine Potenzierung seiner selbst zu erachten sei, so läge doch gerade hierin die nicht wegzuleugnende Gefahr. Denn er wisse wohl, daß dieses Plus an Verzehrung einen furchtbaren Gleichschritt mit Elimars innerem verzehrenden Feuer halte. Wes Namens aber dieses Feuer sei, ob Liebe, Haß oder Eifersucht, das wisse nur *der,* der in den Abgrund sieht.

In dieser Weise zischten und platzten die reichlich umhergeworfenen van der Straatenschen Schwärmer, von deren Sprühfunken sonderbarerweise diejenigen am wenigsten berührt wurden, auf die sie berechnet waren. Es lag eben alles anders, als der kommerzienrätliche Feuerwerker annahm. Elimar, der sich auf der Stralauer Partie weit über Wunsch und Willen hinaus engagiert hatte, hatte durch Rubehns anscheinende Rivalität eine Freiheit wiedergewonnen, an der ihm viel, viel mehr als an Anastasias Liebe gelegen war, und diese selbst wiederum vergaß ihr eigenes, offenbar im Niedergange begriffenes Glück in dem Wonnegefühl, ein anderes hochinteressantes Verhältnis unter ihren Augen und ihrem Schutze heranwachsen zu sehen. Sie schwelgte mit jedem Tage mehr in der Rolle der Konfidenten, und weit über das gewöhnliche Maß hinaus mit dem alten Evahange nach dem Heimlichen und Verbotenen ausgerüstet, zählte sie diese Winterwochen nicht nur zu den angeregtesten ihres an Anregungen so reichen Lebens, sondern erfreute sich nebenher auch noch des unbeschreiblichen Vergnügens, den ihr *au fond* unbequemen und widerstrebenden van der Straaten gerade *dann* am herzlichsten belachen zu können, wenn dieser sich in seiner Sultanslaune gemüßigt fühlte, *sie* zum Gegenstand allgemeiner und natürlich auch seiner eignen Lachlust zu machen.

In der Tat, unser kommerzienrätlicher Freund hätte bei mehr Aufmerksamkeit und weniger Eigenliebe stutzig werden und über das Lächeln und den Gleichmut Anastasias den eigenen Gleichmut verlieren müssen; er gab sich aber umgekehrt einer Vertrauensseligkeit hin, für die, bei seinem sonst soupçonnösen und pessimistischen Charakter, jeder Schlüssel gefehlt haben würde, wenn er nicht unter Umständen, und auch jetzt wieder, der Mann völlig entgegengesetzter Voreingenommenheiten gewesen wäre. In seiner Scharfsicht oft übersichtig und Dinge sehend, die gar nicht da waren, übersah er ebenso oft andere, die klar zutage lagen. Er stand in der abergläubischen Furcht, in seinem Glücke von einem vernichtenden Schlage bedroht zu sein, aber nicht heut und nicht morgen, und je bestimmter und unausbleiblicher er diesen Schlag von der Zukunft erwartete, desto sicherer und sorgloser erschien ihm die Gegenwart. Und am wenigsten sah er sich von *der* Seite her gefährdet, von der aus die Gefahr so nahe lag und von jedem andern erkannt worden wäre. Doch auch hier wiederum stand er im Bann einer vorgefaßten Meinung, und zwar eines künstlich konstruierten Rubehn, der mit dem wirklichen eine ganz oberflächliche Verwandtschaft, aber in der Tat auch nur *diese* hatte. Was sah er in ihm? Nichts als ein Frankfurter Patrizierkind, eine ganz und gar auf Anstand und Hausehre gestellte Natur, die zwar in jugendliche Torheiten verfallen, aber einen Vertrauens- und Hausfriedensbruch nie und nimmer begehen könne. Zum Überflusse war er verlobt und um so verlobter, je mehr er es bestritt. Und abends beim Tee, wenn Anastasia zugegen und das Verlobungsthema mal wieder an der Reihe war, hieß es vertraulich und gutgelaunt: »Ihr Weiber hört ja das Gras wachsen und nun gar erst *das* Gras! Ich wäre doch neugierig, zu hören, an wen er sich vertan hat. Eine Vermutung hab ich und wette zehn gegen eins, an eine Freiin vom deutschen Uradel, etwa Schreck von Schreckenstein oder Sattler von der Hölle.« Und dann widersprachen beide Damen, aber doch so klug und vorsichtig, daß ihr Widerspruch, anstatt irgend etwas zu beweisen, eben nur dazu diente, van der Straaten in seiner vorgefaßten Meinung immer fester zu machen.

Und so kam Heiligabend, und im ersten Saale der Bildergalerie waren all unsre Freunde, mit Ausnahme Rubehns, um den brennenden Baum her versammelt. Elimar und Gabler hatten es sich nicht nehmen lassen, auch ihrerseits zu der reichen Bescherung beizusteuern: ein riesiges Puppenhaus, drei Stock hoch, und im Souterrain eine Waschküche mit Herd und Kessel und Rolle. Und zwar eine altmodische Rolle mit Steinkasten und Mangelholz. Und sie rollte wirklich. Und es unterlag alsbald keinem Zweifel, daß das Puppenhaus den Triumph des Abends bildete, und beide Kinder waren selig. Sogar Lydia tat ihre Vornehmheitsallüren beiseit und ließ sich von Elimar in die Luft werfen und wieder fangen. Denn er war auch Turner und Akrobat. Und selbst Melanie lachte mit und schien sich des Glücks der andern zu freuen oder es gar zu teilen. Wer aber schärfer zugesehen hätte, der hätte wohl wahrgenommen, daß sie sich bezwang, und mitunter war es, als habe sie geweint. Etwas unendlich Weiches und Wehmütiges lag in dem Ausdruck ihrer Augen, und der Polizeirat sagte zu Duquede: »Sehen Sie, Freund, ist sie nicht schöner den je?«

»Blaß und angegriffen«, sagte dieser. »Es gibt Leute, die blaß und angegriffen immer schön finden. Ich nicht. Sie wird überhaupt überschätzt, in allem, und am meisten in ihrer Schönheit.«

An den Aufbau schloß sich wie gewöhnlich ein Souper, und man endete mit einem schwedischen Punsch. Alles war heiter und guter Dinge. Melanie belebte sich wieder, gewann auch wieder frischere Farben, und als sie Riekchen und Anastasia, die bis zuletzt geblieben waren, bis an die Treppe geleitete, rief sie dem kleinen Fräulein mit ihrer freundlichen und herzgewinnenden Stimme nach: »Und sieh dich vor, Riekchen. Christel sagt mir eben, es glatteist.« Und dabei bückte sie sich über das Geländer und grüßte mit der Hand.

»O, ich falle nicht«, rief die Kleine zurück. »Kleine Leute fallen überhaupt nicht. Und am wenigsten, wenn sie vorn und hinten gut balancieren.«

Aber Melanie hörte nichts mehr von dem, was Riekchen sagte. Der Blick über das Geländer hatte sie schwindlig gemacht, und sie wäre gefallen, wenn sie nicht van der Straaten aufgefangen und in ihr Zimmer zurückgetragen hätte. Er wollte klingeln und nach dem Arzte schicken. Aber sie bat ihn, es zu lassen. Es sei nichts, oder doch nichts Ernstes, oder doch nichts, wobei der Arzt ihr helfen könne.

Und dann sagte sie, was es sei.

14
Entschluß

Erst den dritten Tag danach hatte sich Melanie hinreichend erholt, um in der Alsenstraße, wo sie seit Wochen nicht gewesen war, einen Besuch machen zu können. Vorher aber wollte sie bei der Madame Guichard, einer vor kurzem erst etablierten Französin, vorsprechen, deren Konfektions und künstliche Blumen ihr durch Anastasia gerühmt worden waren. Van der Straaten riet ihr, weil sie noch angegriffen sei, lieber den Wagen zu nehmen; aber Melanie bestand darauf, alles zu Fuß abmachen zu wollen. Und so kleidete sie sich in ihr diesjähriges Weihnachtsgeschenk, einen Nerzpelz und ein Kastorhütchen mit Straußenfeder, und war eben auf dem letzten Treppenabsatz, als ihr Rubehn begegnete, der inzwischen von ihrem Unwohlsein gehört hatte und nun kam, um nach ihrem Befinden zu fragen.

»Ah, wie gut, daß Sie kommen«, sagte Melanie. »Nun hab ich Begleitung auf meinem Gange. Van der Straaten wollte mir seinen Wagen aufzwingen, aber ich sehne mich nach Luft und Bewegung. Ach, unbeschreiblich ... Mir ist so bang und schwer ...«

Und dann unterbrach sie sich und setzte rasch hinzu: »Geben Sie mir Ihren Arm. Ich will zu meiner Schwester. Aber vorher will ich Ballblumen kaufen, und dahin sollen Sie mich begleiten. Eine halbe Stunde nur. Und dann geb ich Sie frei, ganz frei.«

»Das dürfen Sie nicht, Melanie. Das werden Sie nicht.«

»Doch.«

»Ich *will* aber nicht freigegeben sein.«

Melanie lachte. »So seid ihr. Tyrannisch und eigenmächtig auch noch in eurer Huld, auch *dann* noch, wenn ihr uns dienen wollt. Aber kommen Sie. Sie sollen mir die Blumen aussuchen helfen. Ich vertraue ganz Ihrem Geschmack. Granatblüten; nicht wahr?«

Und so gingen sie die große Petristraße hinunter und vom Platz aus durch ein Gewirr kleiner Gassen, bis sie, hart an der

Jägerstraße, das Geschäft der Madame Guichard entdeckten, einen kleinen Laden, in dessen Schaufenster ein Teil ihrer französischen Blumen ausgebreitet lag.

Und nun traten sie ein. Einige Kartons wurden ihnen gezeigt, und ehe noch viele Worte gewechselt waren, war auch schon die Wahl getroffen. In der Tat, Rubehn hatte sich für eine Granatblütengarnitur entschieden, und eine Direktrice, die mit zugegen war, versprach alles zu schicken. Melanie selbst aber gab der Französin ihre Karte. Diese versuchte den langen Titel und Namen zu bewältigen, und ein Lächeln flog erst über ihr Gesicht, als sie das *»née de Caparoux«* las. Ihre nicht hübschen Züge verklärten sich plötzlich, und es war mit einem unbeschreiblichen Ausdruck von Glück und Wehmut, daß sie sagte: *»Madame est Française! ... Ah, notre belle France.«*

Dieser kleine Zwischenfall war an Melanie nicht gleichgültig vorübergegangen, und als sie draußen ihres Freundes Arm nahm, sagte sie. »Hörten Sie's wohl? *Ah, notre belle France!* Wie das so sehnsüchtig klang. Ja, sie hat ein Heimweh. Und alle haben wir's. Aber wohin? Wonach? ... Nach unsrem Glück ... Nach unsrem Glück! Das niemand kennt und niemand sieht. Wie heißt es doch in dem Schubertschen Liede?«

»Da, wo du *nicht* bist, ist das Glück.«

»Da, wo du *nicht* bist«, wiederholte Melanie.

Rubehn war bewegt und sah ihr unwillkürlich nach den Augen. Aber er wandte sich wieder, weil er die Träne nicht sehen wollte, die darin glänzte.

Vor dem großen Platz, in den die Straße mündet, trennten sie sich. Er, für sein Teil, hätte sie gern weiter begleitet, aber sie wollt es nicht und sagte leise: »Nein, Rubehn, es war der Begleitung schon zuviel. Wir wollen die bösen Zungen nicht vor der Zeit herausfordern. Die bösen Zungen, von denen ich eigentlich kein Recht habe zu sprechen. Adieu.« Und sie wandte sich noch einmal und grüßte mit leichter Bewegung ihrer Hand.

Er sah ihr nach, und ein Gefühl von Schreck und ungeheurer

Verantwortlichkeit über ein durch ihn gestörtes Glück überkam ihn und erfüllte plötzlich sein ganzes Herz. Was soll werden? fragte er sich. Aber dann wurde der Ausdruck seiner Züge wieder milder und heitrer, und er sagte vor sich hin: »Ich bin nicht der Narr, der von Engeln spricht. Sie war keiner und ist keiner. Gewiß nicht. Aber ein freundlich Menschenbild ist sie, so freundlich, wie nur je eines über diese arme Erde gegangen ist ... Und ich liebe sie, viel, viel mehr, als ich geglaubt habe, viel, viel mehr, als ich je geglaubt hätte, daß ich lieben könnte. Mut, Melanie, nur Mut. Es werden schwere Tage kommen, und ich sehe sie schon zu deinen Häupten stehen. Aber mir ist auch, als klär es sich dahinter. O, nur Mut, Mut!«

Eine halbe Woche danach war Silvester, und auf dem kleinen Balle, den Gryczinskis gaben, war Melanie die Schönste. Jacobine trat zurück und gönnte der älteren Schwester ihre Triumphe. »Superbes Weib. Ägyptische Königstochter«, schnarrte Rittmeister von Schnabel, der wegen seiner eminenten Ulanenfigur aus der Provinz in die Residenz versetzt worden war und von dem Gryczinski zu sagen pflegte: »Der geborene Prinzessinnentänzer. Nur schade, daß es keine Prinzessinnen mehr gibt.«

Aber Schnabel war nicht der einzige Melanie-Bewunderer. In der letzten Fensternische stand eine ganze Gruppe von jungen Offizieren: Wensky von den Ohlauer kaffeebraunen Husaren, enragierter Sportsman und Steeplechase-Reiter (Oberschenkel dreimal an derselben Stelle gebrochen), neben ihm Ingenieurhauptmann Stiffelius, berühmter Rechner, mager und trocken wie seine Gleichungen, und zwischen beiden Leutnant Tigris, kleiner, kräpscher Füsilieroffizier vom Regiment Zauche-Belzig, der aus Gründen, die niemand kannte, mehrere Jahre lang der Pariser Gesandtschaft attachiert gewesen war und sich seitdem für einen Halbfranzosen, Libertin und Frauenmarder hielt. Junge Mädchen waren ihm »ridikül«. Er schob eben, trotzdem er wahre Luchsaugen hatte, sein an einem kurzen Seidenbande hängendes Pincenez zurecht und sagte: »Wensky, Sie sind ja so gut wie zu Haus hier, und eigentlich Hahn im Korbe. Wer ist denn dieser Prachtkopf mit den Granatblüten? Ich könnte schwören, sie schon gesehen zu haben. Aber wo? Halb die Herzogin von Mouchy und halb die Beauffremont. *Un teint de lys et de rose, et tout à fait distinguée.*«

»Sie treffen es gut genug, *mon cher Tigris*«, lachte Wensky, »'s ist die Schwester unserer Gryczinska, eine geborene de Caparoux.«

»Drum, drum auch. Jeder Zoll eine Französin. Ich konnte mich nicht irren. Und wie sie lacht.«

Ja, Melanie lachte wirklich. Aber wer sie die folgenden Tage gesehen hätte, der hätte die Beauté jenes Ballabends in ihr nicht wiedererkannt, am wenigsten wär er ihrem Lachen begegnet. Sie lag leidend und abgehärmt, uneins mit sich und der Welt, auf dem Sofa und las ein Buch, und wenn sie's gelesen hatte, so durchblätterte sie's wieder, um sich einigermaßen zurückzurufen, was sie gelesen. Ihre Gedanken schweiften ab. Rubehn kam, um nach ihr zu fragen, aber sie nahm ihn nicht an und grollte mit ihm, wie mit jedem. Und ihr wurde nur leichter ums Herz, wenn sie weinen konnte.

So vergingen ein paar Wochen, und als sie wieder aufstand und sprach, und wieder nach den Kindern und dem Haushalte sah, schärfer und eindringlicher als sonst, war ihr der energische Mut ihrer früheren Tage zurückgekehrt, aber nicht die Stimmung. Sie war reizbar, heftig, bitter. Und was schlimmer, auch kapriziös. Van der Straaten unternahm einen Feldzug gegen diesen vielköpfigen Feind und im einzelnen nicht ohne Glück, aber in der Hauptsache griff er fehl, und während er ihrer Reizbarkeit klugerweise mit Nachgiebigkeit begegnete, war er, ihrer Kaprice gegenüber, unklugerweise darauf aus, sie durch Zärtlichkeit besiegen zu wollen. Und das entschied über ihn und sie. Jeder Tag wurde ihr qualvoller, und die sonst so stolze und siegessichere Frau, die mit dem Manne, dessen Spielzeug sie zu sein schien und zu sein vorgab, durch viele Jahre hin immer nur ihrerseits gespielt hatte, sie schrak jetzt zusammen und geriet in ein nervöses Zittern, wenn sie von fern her seinen Schritt auf dem Korridore hörte. Was wollte er? Um was kam er? Und dann war es ihr, als müsse sie fliehen und aus dem Fenster springen. Und kam er dann wirklich und nahm ihre Hand, um sie zu küssen, so sagte sie: »Geh. Ich bitte dich. Ich bin am liebsten allein.«

Und wenn sie dann allein war, so stürzte sie fort, oft ohne Ziel, öfter noch in Anastasiens stille, zurückgelegene Wohnung, und wenn dann der Erwartete kam, dann brach alle Not ihres Herzens in bittere Tränen aus, und sie schluchzte und jammerte, daß sie dieses Lügenspiel nicht mehr ertragen könne. »Steh mir bei, hilf mir, Ruben, oder du siehst mich nicht lange mehr. Ich muß fort, fort, wenn ich nicht sterben soll vor Scham und Gram.«

Und er war mit erschüttert und sagte: »Sprich nicht so, Melanie. Sprich nicht, als ob ich nicht alles wollte, was du willst. Ich habe dein Glück gestört (*wenn* es ein Glück war), und ich will es wieder aufbauen. Überall in der Welt, *wie* du willst und *wo* du willst. Jede Stunde, jeden Tag.«

Und dann bauten sie Luftschlösser und träumten und hatten eine lachende Zukunft um sich her. Aber auch wirkliche Pläne wurden laut, und sie trennten sich unter glücklichen Tränen.

15
Die Vernezobres

Und was geplant worden war, das war Flucht. Den letzten Tag im Januar wollten sie sich an einem der Bahnhöfe treffen, in früher Morgenstunde, und dann fahren, weit, weit in die Welt hinein, nach Süden zu über die Alpen. »Ja, über die Alpen«, hatte Melanie gesagt und aufgeatmet, und es war ihr dabei gewesen, als wär erst ein neues Leben für sie gewonnen, wenn der große Wall der Berge trennend und schützend hinter ihr läge. Und auch darüber war gesprochen worden, was zu geschehen habe, wenn van der Straaten ihr Vorhaben etwa hindern wolle. »Das wird er nicht«, hatte Melanie gesagt. »Und warum nicht? Er ist nicht immer der Mann der zarten Rücksichtnahmen und liebt es mitunter, die Welt und ihr Gerede zu brüskieren.« »Und doch wird er sich's ersparen, sich und uns. Und wenn du wieder fragst, warum? Weil er mich liebt. Ich hab es ihm freilich schlecht gedankt. Ach, Ruben, Freund, was sind wir in unserem Tun und Wollen! Undank, Untreue ... mir so verhaßt! Und doch! ... ich tät es wieder, alles, alles. Und ich will es nicht anders, als es ist.«

So vergingen die Januarwochen. Und nun war es die Nacht vor dem festgesetzten Tage. Melanie hatte sich zu früher Stunde niedergelegt und ihrer alten Dienerin befohlen, sie Punkt drei zu wecken. Auf diese konnte sie sich unbedingt verlassen, trotzdem Christel ihren Dienstjahren, aber freilich auch nur diesen nach, zu jenen Erbstücken des Hauses gehörte, die sich unter Duquedes Führung in einer stillen Opposition gegen Melanie gefielen.

Und kaum, daß es drei geschlagen, so war Christel da, fand aber ihre Herrin schon auf, und konnte derselben nur noch beim Ankleiden behilflich sein. Und auch das war nicht viel, denn es zitterten ihr die Hände, und sie hatte, wie sie sich ausdrückte, »einen Flimmer vor den Augen«. Endlich aber war doch alles fertig, der feste Lederstiefel saß, und Melanie sagte: »So ist's gut, Christel. Und nun gib die Handtasche her, daß wir packen können.«

Christel holte die Tasche, die dicht am Fenster auf einer Spiegelkonsole stand, und öffnete das Schloß. »Hier das tu hinein. Ich hab alles aufgeschrieben.« Und Melanie riß, als sie dies sagte, ein Blatt aus ihrem Notizbuch und gab es der Alten. Diese hielt den Zettel neben das Licht und las und schüttelte den Kopf.

»Ach, meine gute, liebe Frau, das ist ja gar nichts ... Ach, meine liebe, gute Frau, Sie sind ja ...«

»So verwöhnt, willst du sagen. Ja, Christel, das bin ich. Aber Verwöhnung ist kein Glück. Ihr habt hier ein Sprichwort: ›wenig mit Liebe‹. Und die Leute lachen darüber. Aber über das Wahrste wird immer gelacht. Und dann, wir gehen ja nicht aus der Welt. Wir reisen bloß. Und auf Reisen heißt es: Leicht Gepäck. Und sage selbst, Christel, ich kann doch nicht mit einem Riesenkoffer aus dem Hause gehen. Da fehlte bloß noch der Schmuck und die Kassette.«

Melanie hatte, während sie so sprach, ihre Hände dicht über das halb niedergebrannte Feuer gehalten. Denn es war kalt und sie fröstelte. Jetzt setzte sie sich in einen nebenstehenden Fauteuil und sah abwechselnd in die glühenden Kohlen und dann wieder auf Christel, die das Wenige, was aufgeschrieben war, in die Tasche tat und immer leise vor sich hinsprach und weinte. Und nun war alles hinein, und sie drückte den Bügel ins Schloß und stellte die Tasche vor Melanie nieder.

So verging eine Weile. Keiner sprach. Endlich aber trat Christel von hinten her an ihre junge Herrin heran und sagte: »Jott, liebe, jnädige Frau, muß es denn ... Bleiben Sie doch. Ich bin ja bloß solche alte, dumme Person. Aber die Dummen sind oft gar nicht so dumm. Und ich sag Ihnen, meine liebe Jnädigste, Sie jlauben jar nich, woran sich der Mensch alles jewöhnen kann. Jott, der Mensch jewöhnt sich an alles. Und wenn man reich ist und hat so viel, da kann man auch viel aushalten. Un vor mir wollt ich woll einstehn. Un wie jeht es denn? Un wie leben denn die Menschen? In jedes Haus is'n Gespenst, sagen sie jetzt, un das is so ne neumodsche Redensart! Aber wahr is es. Und in manches Haus sind zweie, un rumoren, daß man's bei hellen, lichten Dage hören kann. Un so war es auch bei Vernezobres. Ich bin ja nu fufzig, und dreiundzwanzig hier. Und sieben vorher bei Vernezobres. Un war auch Kommerzienrat und alles ebenso. Das heißt, beinah.«

»Und wie war es denn?« lächelte Melanie.

»Jott, wie war es? Wie's immer is. Sie war dreißig und er war fufzig. Und sie war sehr hübsch. Drall und blond, sagten die Leute. Na, un er? Ich will jar nich sagen, was die Leute von ihm alles gesagt haben. Aber viel Jutes war es nich ... Un natürlich, da war ja denn auch ein Baumeister, das heißt eigentlich kein richtiger Baumeister, bloß einer, der immer Brücken baut vor Eisenbahnen un so, un immer mit'n Gitter un schräge Löcher, wo man durchkucken kann. Un der war ja nu da un wie'n Wiesel, un immer mit ins Konzert un nach Saatwinkel oder Pichelsberg, un immer's Jackett übern Arm, un Fächer un Sonnenschirm, un immer Erdbeeren gesucht un immer verirrt un nie da, wenn die Herrschaften wieder nach Hause wollten. Un unser Herr, der ängstigte sich, un dacht immer, es wäre was passiert. Un was die andern waren, na, die tuschelten.«

»Und trennten sie sich? Oder blieben sie zusammen? Ich meine die Vernezobres«, fragte Melanie, die mit halber Aufmerksamkeit zugehört hatte.

»Natürlich blieben sie. Mal hört ich, weil ich nebenan war, daß er sagte: ›Hulda, das geht nicht.‹ Denn sie hieß wirklich Hulda. Und er wollt ihr Vorwürfe machen. Aber da kam er ihr jrade recht. Und sie drehte den Spieß um un sagte: was er nur wolle? Sie wolle fort. Un sie liebe ihn, das heißt den andern, un ihn liebe sie *nicht.* Un sie dächte gar nicht dran, ihn zu lieben. Und es wär eijentlich bloß zum Lachen. Und so ging es weiter, und sie lachte wirklich. Und ich sag Ihnen, da wurd er wie'n Ohrwurm und sagte bloß: ›sie sollte sich's doch überlegen.‹ Un so kam es denn auch, un als Ende Mai war, da kam ja der Vernezobresche Doktor, so'n richtiger, der alles janz genau wußte, der sagte, ›sie müßte nachs Bad‹, wovon ich aber den Namen immer vergesse, weil da der Wellenschlag am stärksten ist. Un das war ja nu damals, als sie jrade die große Hängebrücke bauten, un die Leute sagten, er könnt es alles am besten ausrechnen. Un was unser Kommerzienrat war, der kam immer bloß Sonnabends. Un die Woche hatten sie frei. Un als Ende August war, oder so, da kam sie wieder un war ganz frisch un munter un hatte orntlich rote Backen, und kajolierte ihn. Und von *ihm* war gar keine Rede mehr.«

Melanie hatte, während Christel sprach, ein paar Holzscheite auf die Kohlen geworfen, so daß es wieder prasselte, und sagte: »Du meinst es gut. Aber so geht es nicht. Ich bin doch anders. Und wenn ich's nicht bin, so bild ich es mir wenigstens ein.«

»Jott«, sagte Christel, »en bißchen anders is es immer. Un sie war auch bloß von Neu-Cölln ans Wasser, un die Singuhr immer jrade gegenüber. Aber die war nich Schuld mit ›Üb immer Treu und Redlichkeit‹.«

»Ach, meine gute Christel, Treu und Redlichkeit! Danach drängt es jeden, jeden, der nicht ganz schlecht ist. Aber weißt du, man kann auch treu sein, wenn man untreu ist. Treuer als in der Treue.«

»Jott, liebe Jnädigste, sagen Se doch so was nich. Ich versteh es eigentlich nich. Un das muß ich Ihnen sagen, wenn einer so was sagt, un ich versteh es nicht, denn is es immer schlimm. Und Sie sagen, Sie sind anders. Ja, das is schon richtig, und wenn es auch nicht janz richtig is, so is es doch halb richtig. Un was die Hauptsache is, das is, meine liebe Jnädigste, die hat eijentlich das liebe, kleine Herz auf'n rechten Fleck, un is immer für helfen und geben, un immer für die armen Leute. Un was die Vernezobern war, na, die putzte sich bloß, un war immer vor'n Stehspiegel, der alles noch hübscher machte, und sah aus wie's Modejournal und war eijentlich dumm. Wie'n Haubenstock, sagten die Leute. Un war auch nich so was Vornehmes, wie meine liebe Jnädigste, un bloß aus 'ne Färberei, türkischrot. Aber, das muß ich Ihnen sagen, Ihrer is doch auch anders als der Vernezobern ihrer war, und hat sich gar nich, un red't immer frei weg, und kann keinen was abschlagen. Un zu Weihnachten immer alles doppelt.«

Melanie nickte.

»Nu, sehen Sie, meine liebe Jnädigste, das is hübsch, daß Sie mir zunicken, un wenn Sie mir immer wieder zunicken, dann kann es auch alles noch wieder werden, un wir packen alles wieder aus, un Sie legen sich ins Bett und schlafen bis an'n hellen lichten Tag. Un Klocker zwölfe bring ich Ihnen Ihren Kaffee un Ihre Schokolade, alles gleich auf *ein* Brett, un wenn ich Ihnen dann erzähle, daß wir hier gesessen und was wir alles gesprochen haben, dann is es Ihnen wie'n Traum. Denn dabei bleib ich, er is eijentlich auch ein juter Mann, ein sehr juter, un bloß ein bißchen sonderbar. Un sonderbar is nichts Schlimmes. Und ein reicher Mann wird es doch wohl am Ende dürfen! Und wenn ich reich wäre, ich wäre noch viel sonderbarer. Un daß er immer so spricht un solche Redensarten macht, als hätt er keine Bildung nich un wäre von'n Wedding oder so, ja, du himmlische Güte, warum soll er nich? warum soll er nich so reden, wenn es ihm Spaß macht? er is nu mal fürs Berlinsche. Aber is er denn nich einer? Und am Ende ...«

16
Abschied

Christel unterbrach sich und zog sich erschrocken in die Nebenstube zurück, denn van der Straaten war eingetreten. Er war noch in demselben Gesellschaftsanzug, in dem er, eine Stunde nach Mitternacht, nach Hause gekommen war, und seine überwachten Züge zeigten Aufregung und Ermattung. Von welcher Seite her er Mitteilung über Melanies Vorhaben erhalten hatte, blieb unaufgeklärt. Aus allem war nur ersichtlich, daß er sich gelobt hatte, die Dinge ruhig gehen zu lassen. Und wenn er dennoch kam, so geschah es nicht, um gewaltsam zu hindern, sondern nur, um Vorstellungen zu machen, um zu bitten. Es kam nicht der empörte Mann, sondern der liebende.

Er schob einen Fauteuil an das Feuer, ließ sich nieder, so daß er jetzt Melanie gegenüber saß, und sagte leicht und geschäftsmäßig: »Du willst fort, Melanie?«

»Ja, Ezel.«

»Warum?«

»Weil ich einen andern liebe.«

»Das ist kein Grund.«

»Doch.«

»Und ich sage dir, es geht vorüber, Lanni. Glaube mir; ich kenne die Frauen. Ihr könnt das Einerlei nicht ertragen, auch nicht das Einerlei des Glücks. Und am verhaßtesten ist euch das eigentliche, das höchste Glück, das Ruhe bedeutet. Ihr seid auf die Unruhe gestellt. Ein bißchen schlechtes Gewissen habt ihr lieber, als ein gutes, das nicht prickelt, und unter allen Sprichwörtern ist euch das vom ›besten Ruhekissen‹ am langweiligsten und am lächerlichsten. Ihr wollt gar nicht ruhen. Es soll euch immer was kribbeln und zwicken, und ihr habt den überspannt sinnlichen oder meinetwegen auch den heroischen Zug, daß ihr dem Schmerz die süße Seite abzugewinnen wißt.«

»Es ist möglich, daß du recht hast, Ezel. Aber je mehr du recht hast, je mehr rechtfertigst du mich und mein Vorhaben. Ist es wirklich, wie du sagst, so wären wir geborene Hazardeurs, und Vabanque spielen so recht eigentlich unsere Natur. Und natürlich auch die meinige.«

Er hörte sie gern in dieser Weise sprechen, es klang ihm wie aus guter alter Zeit her, und er sagte, während er den Fauteuil vertraulich näher rückte: »Laß uns nicht spießbürgerlich sein, Lanni. Sie sagen, ich wär ein Bourgeois, und es mag sein. Aber ein Spießbürger bin ich *nicht.* Und wenn ich die Dinge des Lebens nicht sehr groß und nicht sehr ideal nehme, so nehm ich sie doch auch nicht klein und eng. Ich bitte dich, übereile nichts. Meine Kurse stehen jetzt niedrig, aber sie werden wieder steigen. Ich bin nicht Geck genug, mir einzubilden, daß du schönes und liebenswürdiges Geschöpf, verwöhnt und ausgezeichnet von den Klügsten und Besten, daß du mich aus purer Neigung oder gar aus Liebesschwärmerei genommen hättest. Du hast mich genommen, weil du noch jung warst und noch keinen liebtest, und in deinem witzigen und gesunden Sinn einsehen mochtest, daß die jungen Attachés auch keine Helden und Halbgötter wären.

Und weil die Firma van der Straaten einen guten Klang hatte. Also nichts von Liebe. Aber du hast auch nichts *gegen* mich gehabt und hast mich nicht ganz alltäglich gefunden, und hast mit mir geplaudert und gelacht und gescherzt. Und dann hatten wir die Kinder, die doch schließlich reizende Kinder sind, zugestanden, *dein* Verdienst, und du hast *enfin* an die zehn Jahr in der Vorstellung und Erfahrung gelebt, daß es nicht zu den schlimmsten Dingen zählt, eine junge, bequem gebettete Frau zu sein und der Augapfel ihres Mannes, eine junge, verwöhnte Frau, die tun und lassen kann, was sie will, und als Gegenleistung nichts anderes einzusetzen braucht als ein freundliches Gesicht, wenn es ihr gerade paßt. Und sieh, Melanie, weiter will ich auch jetzt nichts, oder sag ich lieber, will ich auch in Zukunft nichts. Denn in diesem Augenblick erscheint dir auch das Wenige, was ich fordere, noch als zu viel. Aber es wird wieder anders, muß wieder anders werden. Und ich wiederhole dir, ein Minimum ist mir genug. Ich will keine Leidenschaft. Ich will nicht, daß du mich ansehen sollst, als ob ich Leone Leoni wär oder irgendein anderer großer Romanheld, dem zu Liebe die Weiber Giftbecher trinken wie Mandelmilch und lächelnd sterben, bloß um *ihn* noch einmal lächeln zu sehen. Ich bin nicht Leone Leoni, bin bloß deutsch und von holländischer Abstraktion, wodurch das Deutsche nicht besser wird, und habe die mir abstammlich zukommenden hohen Backenknochen. Ich bewege mich nicht in Illusionen, am wenigsten über meinen äußeren Menschen, und ich verlange keine Liebesgroßtaten von dir. Auch nicht einmal Entsagungen. Entsagungen machen sich zuletzt von selbst, und das sind die besten. Die besten, weil es die freiwilligen und eben deshalb auch die dauerhaften und zuverlässigen sind. Übereile nichts. Es wird sich alles wieder zurechtrücken.«

Er war aufgestanden und hatte die Lehne des Fauteuils genommen, auf der er sich jetzt hin und her wiegte. »Und nun noch eins, Lanni«, fuhr er fort, »ich bin nicht der Mann der Rücksichtsnahmen und hasse diese langweiligen ›Regards‹ auf nichts und wieder nichts. Aber dennoch sag ich dir, nimm Rücksicht auf dich *selbst.* Es ist nicht gut, immer nur an das zu denken, was die Leute sagen, aber es ist noch weniger gut, gar nicht daran zu denken. Ich hab es an mir selbst erfahren. Und nun überlege. Wenn du *jetzt* gehst … Du weißt, was ich meine. Du kannst jetzt nicht gehen; nicht *jetzt.*«

»Eben deshalb geh ich, Ezel«, antwortete sie leise. »Es soll klar zwischen uns werden. Ich habe diese schnöde Lüge satt.«

Er hatte jedes Wort begierig eingesogen, wie man in entscheidenden Momenten auch das hören will, was einem den Tod gibt. Und nun war es gesprochen. Er ließ den Stuhl wieder nieder und warf sich hinein, und einen Augenblick war es ihm, als schwänden ihm die Sinne. Aber er erholte sich rasch wieder, rieb sich Stirn und Schläfe und sagte: »Gut. Auch das. Ich will es verwinden. Laß uns miteinander reden. Auch darüber reden. Du siehst, ich leide; mehr als all mein Lebtag. Aber ich weiß auch, es ist so Lauf der Welt, und ich habe kein Recht, dir Moral zu predigen. Was liegt nicht alles hinter mir! … Es mußte so kommen, *mußte* nach dem van der Straatenschen Hausgesetz (warum sollen wir nicht auch ein Hausgesetz haben), und ich glaube fast, ich wußt es von Jugend auf.« Und nach einer Weile fuhr er fort: »Es gibt ein Sprichwort, ›Gottes Mühlen mahlen langsam‹, und sieh, als ich noch ein kleiner Junge war, hört ich's oft von unserer alten Kindermuhme, und mir wurd immer so bange dabei. Es war wohl eine Vorahnung. Nun bin ich zwischen den zwei Steinen, und mir ist, als würd ich zermahlen und zermalmt …«

Zermahlen? Er schlug mit der rechten in die linke Hand und wiederholte noch einmal und in plötzlich verändertem Tone: »Zermahlen! Es hat eigentlich etwas Komisches. Und wahrhaftig, hol die Pest alle feigen Memmen. Ich will mich nicht länger damit quälen. Und ich ärgere mich über mich selbst und meine Haberei und Tuerei. Bah, die Nachmittagsprediger der Weltgeschichte machen zuviel davon, und wir sind dumm genug und plappern es ihnen nach. Und immer mit Vergessen allereigenster

Herrlichkeit, und immer mit Vergessen, wie's war und ist und sein wird. Oder war es besser in den Tagen meines Paten Ezechiel? Oder als Adam grub und Eva spann? Ist nicht das ganze Alte Testament ein Sensationsroman? Dreidoppelte Geheimnisse von Paris! Und ich sage dir, Lanni, gemessen an *dem*, sind wir die reinen Lämmchen, weiß wie Schnee. Waisenkinder. Und so höre mich denn. Es soll niemand davon wissen, und ich will es halten, als ob es mein eigen wäre. Dein ist es ja, und das ist die Hauptsache. Denn so du's nicht übelnimmst, ich liebe dich und will dich behalten. Bleib. Es soll nichts sein. *Soll* nicht. Aber bleibe.«

Melanie war, als er zu sprechen begann, tief erschüttert gewesen, aber er selbst hatte, je weiter er kam, dieses Gefühl wieder weggesprochen. Es war eben immer dasselbe Lied. Alles, was er sagte, kam aus einem Herzen voll Gütigkeit und Nachsicht, aber die Form, in die sich diese Nachsicht kleidete, verletzte wieder. Er behandelte das, was vorgefallen, aller Erschütterung unerachtet, doch bagatellmäßig obenhin und mit einem starken Anfluge von zynischem Humor. Es war wohlgemeint, und die von ihm geliebte Frau sollte, seinem Wunsche nach, den Vorteil davon ziehn. Aber ihre vornehmere Natur sträubte sich innerlichst gegen eine solche Behandlungsweise. Das Geschehene, das wußte sie, war ihre Verurteilung vor der Welt, war ihre Demütigung, aber es war doch auch zugleich ihr Stolz, dies Einsetzen ihrer Existenz, dies rückhaltlose Bekenntnis ihrer Neigung. Und nun plötzlich sollt es *nichts* sein, oder doch nicht viel mehr als nichts, etwas ganz Alltägliches, über das sich hinwegsehen und hinweggehen lasse. Das widerstand ihr. Und sie fühlte deutlich, daß das Geschehene verzeihlicher war als seine Stellung zu dem Geschehenen. Er hatte keinen Gott und keinen Glauben, und es blieb nur das eine zu seiner Entschuldigung übrig: daß sein Wunsch, ihr goldne Brücken zu bauen, sein Verlangen nach Ausgleich um *jeden* Preis, ihn anders hatte sprechen lassen, als er in seinem Herzen dachte. Ja, so war es. Aber wenn es so war, so konnte sie dies Gnadengeschenk nicht annehmen. Jedenfalls wollte sie's nicht.

»Du meinst es gut, Ezel«, sagte sie. »Aber es kann nicht sein. Es hat eben alles seine natürliche Konsequenz, und *die*, die hier spricht, die scheidet uns. Ich weiß wohl, daß auch anderes geschieht, jeden Tag, und es ist noch keine halbe Stunde, daß mir Christel davon vorgeplaudert hat. Aber einem jeden ist das Gesetz ins Herz geschrieben, und danach fühl ich, ich muß fort. Du liebst mich, und deshalb willst du darüber hinsehen. Aber du darfst es nicht und du *kannst* es auch nicht. Denn du bist nicht jede Stunde derselbe, keiner von uns. Und keiner kann vergessen. Erinnerungen aber sind mächtig, und Fleck ist Fleck, und Schuld ist Schuld.«

Sie schwieg einen Augenblick und bog sich rechts nach dem Kamin hin, um ein paar Kohlenstückchen in die jetzt hellbrennende Flamme zu werfen. Aber plötzlich, als ob ihr ein ganz neuer Gedanke gekommen, sagte sie mit der ganzen Lebhaftigkeit ihres früheren Wesens: »Ach, Ezel, ich spreche von Schuld und wieder Schuld, und es muß beinah klingen, als sehnt ich mich danach, eine büßende Magdalena zu sein. Ich schäme mich ordentlich der großen Worte. Aber freilich, es gibt keine Lebenslagen, in denen man aus der Selbsttäuschung und dem Komödienspiele herauskäme. Wie steht es denn eigentlich? Ich will fort, nicht aus Schuld, sondern aus Stolz, und will fort, um mich vor mir selber wieder herzustellen. Ich kann das kleine Gefühl nicht länger ertragen, das an aller Lüge haftet; ich will wieder klare Verhältnisse sehen und will wieder die Augen aufschlagen können. Und das kann ich nur, wenn ich gehe, wenn ich mich von dir trenne und mich offen und vor aller Welt zu meinem Tun bekenne. Das wird ein groß Gerede geben, und die Tugendhaften und Selbstgerechten werden es mir nicht verzeihen. Aber die Welt besteht nicht aus lauter Tugendhaften und Selbstgerechten, sie besteht auch aus Menschen, die Menschliches menschlich ansehen. Und auf *die* hoff ich, *die* brauch ich. Und vor allem brauch ich mich selbst. Ich will wieder in Frieden mit mir selber leben, und wenn nicht in Frieden, so doch wenigstens ohne Zwiespalt und zweierlei Gesicht.«

Es schien, daß van der Straaten antworten wollte, aber sie litt es nicht und sagte: »Sage nicht nein. Es ist so und nicht anders. Ich will den Kopf wieder hochhalten und mich wieder fühlen lernen. Alles ist eitel Selbstgerechtigkeit. Und ich weiß auch, es wäre besser und selbstsuchtsloser, ich bezwänge mich und bliebe, freilich immer vorausgesetzt, ich könnte mit einer Einkehr bei mir selbst beginnen. Mit Einkehr und mit Reue. Aber das kann ich nicht. Ich habe nur ein ganz äußerliches Schuldbewußtsein, und wo mein Kopf sich unterwirft, da protestiert mein Herz. Ich nenn es selber ein störrisches Herz, und ich versuche keine Rechtfertigung. Aber es wird nicht anders durch mein Schelten und Schmähen. Und sieh, so hilft mir denn eines nur und reißt mich eines nur aus mir heraus: ein ganz neues Leben und in ihm *das,* was das erste vermissen ließ: Treue. Laß mich gehen. Ich will nichts beschönigen, aber das laß mich sagen: es trifft sich gut, daß das Gesetz, das uns scheidet, und mein eignes selbstisches Verlangen zusammenfallen.«

Er hatte sich erhoben, um ihre Hand zu nehmen, und sie ließ es geschehen. Als er sich aber niederbeugen und ihr die Stirn küssen wollte, wehrte sie's und schüttelte den Kopf. »Nein, Ezel, nicht so. Nichts mehr zwischen uns, was stört und verwirrt und quält und ängstigt, und immer nur erschweren und nichts mehr ändern kann ... Ich werd erwartet. Und ich will mein neues Leben nicht mit einer Unpünktlichkeit beginnen. Unpünktlich sein ist unordentlich sein. Und davor hab ich mich zu hüten. Es soll Ordnung in mein Leben kommen, Ordnung und Einheit. Und nun leb wohl und vergiß.«

Er hatte sie gewähren lassen, und sie nahm die kleine Reisetasche, die neben ihr stand, und ging. Als sie bis an die Tapetentür gekommen war, die zu der Kinderschlafstube führte, blieb sie stehen und sah sich noch einmal um. Er nahm es als ein gutes Zeichen und sagte: »Du willst die Kinder sehen!«

Es war das Wort, das sie gefürchtet hatte, das Wort, das in ihr selber sprach. Und ihre Augen wurden groß, und es flog um ihren Mund, und sie hatte nicht die Kraft, ein »Nein« zu sagen. Aber sie bezwang sich und schüttelte nur den Kopf und ging auf Tür und Flur zu.

Draußen stand Christel, ein Licht in der Hand, um ihrer Herrin das Täschchen abzunehmen und sie die beiden Treppen hinabzubegleiten. Aber Melanie wies es zurück und sagte: »Laß, Christel, ich muß nun meinen Weg allein finden.« Und auf der zweiten Treppe, die dunkel war, begann sie wirklich zu suchen und zu tappen.

»Es beginnt früh«, sagte sie.

Das Haus war schon auf, und draußen blies ein kalter Wind von der Brüderstraße her, über den Platz weg, und der Schnee federte leicht in der Luft. Sie mußte dabei des Tages denken, nun beinah jährig, wo der Rollwagen vor ihrem Hause hielt und wo die Flocken auch wirbelten wie heut und die kindische Sehnsucht über sie kam, zu steigen und zu fallen wie sie.

Und nun hielt sie sich auf die Brücke zu, die nach dem Spittelmarkt führt, und sah nichts, als den Laternenanstecker ihres Reviers, der mit seiner langen, schmalen Leiter immer vor ihr her lief, und wenn er oben stand, halb neugierig und halb pfiffig auf sie niedersah und nicht recht wußte, was er aus ihr machen sollte.

Jenseits der Brücke kam eine Droschke langsam auf sie zu. Der Kutscher schlief, und das Pferd eigentlich auch, und da nichts Besseres in Sicht war, so zupfte sie den immer noch Verschlafenen an seinem Mantel und stieg endlich ein und nannt ihm den Bahnhof. Und es war auch, als ob er sie verstanden und zugestimmt habe. Kaum aber, daß sie saß, so wandt er sich auf dem Bock um und brummelte durch das kleine Guckloch: »er sei Nachtdroschke, un janz klamm, un von Klock elwe nichts in'n Leib. Un er wolle jetzt nach Hause.« Da mußte sie sich aufs Bitten legen, bis er endlich nachgab. Und nun schlug er auf das arme Tier los, und holprig ging es die lange Straße hinunter.

Sie warf sich zurück und stemmte die Füße gegen den Rücksitz, aber die Kissen waren feucht und kalt, und das eben erlöschende Lämpchen füllte die Droschke mit einem trüben Qualm. Ihre Schläfen fühlten mehr und mehr einen Druck, und ihr wurde weh und widrig in der elenden Armeleuteluft. Endlich ließ sie die Fenster nieder und freute sich des frischen Windes, der durchzog. Und freute sich auch des erwachenden Lebens der Stadt, und jeden Bäckerjungen, der trällernd und pfeifend und seinen Korb mit Backwaren hoch auf dem Kopf, an ihr vorüberzog, hätte sie grüßen mögen. Es war doch ein heiterer Ton, an dem sich ihre Niedergedrücktheit aufrichten konnte.

Sie waren jetzt bis an die letzte Querstraße gekommen, und in fortgesetztem und immer nervöser werdendem Hinaussehen erschien es ihr, als ob alle Fuhrwerke, die denselben Weg hatten, ihr eignes, elendes Gefährt in wachsender Eil überholten. Erst einige, dann viele. Sie klopfte, rief. Aber alles umsonst. Und zuletzt war es ihr, als läg es an ihr und als versagten *ihr* die Kräfte und als sollte sie die letzte sein und käme nicht mehr mit, heute nicht und morgen nicht und nie mehr. Und ein Gefühl unendlichen Elends überkam sie. »Mut, Mut«, rief sie sich zu und raffte sich zusammen und zog ihre Füße von dem Rücksitzkissen und richtete sich auf. Und sieh, ihr wurde besser. Mit ihrer äußeren Haltung kam ihr auch die innere zurück.

Und nun endlich hielt die Droschke, und weil weder oben, noch auch vorne bei dem Kutscher etwas von Gepäckstücken sichtbar war, war auch niemand da, der sich dienstbar gezeigt und den Droschkenschlag geöffnet hätte. Sie mußt es von innen her selber tun und sah sich um und suchte. »Wenn er nicht da wäre!« Doch sie hatte nicht Zeit, es auszudenken. Im nächsten Augenblicke schon trat von einem der Auffahrtspfeiler her Rubehn an sie heran und bot ihr die Hand, um ihr beim Aussteigen behilflich zu sein. Ihr Fuß stand eben auf dem mit Stroh umwickelten Tritt, und sie lehnte den Kopf an seine Schulter und flüsterte: »Gott sei Dank! Ach, war *das* eine Stunde! Sei gut, einzig Geliebter, und lehre sie mich vergessen.«

Und er hob die geliebte Last und setzte sie nieder, und nahm ihren Arm und das Täschchen, und so schritten sie die Treppe hinauf, die zu dem Perron und dem schon haltenden Zuge führte.

17
Della Salute

»Nach Süden!« Und in kurzen, oft mehrtägig unterbrochenen Fahrten, wie sie Melanies erschütterte Gesundheit unerläßlich machte, ging es über den Brenner, bis sie gegen Ende Februar in Rom eintrafen, um daselbst das Osterfest abzuwarten und »Nachrichten aus der Heimat«. Es war ein absichtlich indifferentes Wort, das sie wählten, während es sich doch in Wahrheit um Mitteilungen handelte, die für ihr Leben entscheidend waren und die länger ausblieben als erwünscht. Aber endlich waren sie da, diese »Nachrichten aus der Heimat«, und der nächste Morgen bereits sah beide vor dem Eingang einer kleinen englischen Kapelle, deren alten Reverend sie schon vorher kennen gelernt und, durch seine Milde dazu bestimmt, ins Vertrauen gezogen hatten. Auch ein paar Freunde waren zugegen, und unmittelbar nach der kirchlichen Handlung brach man auf, um, nach monatelangem Eingeschlossensein in der Stadt, einmal außerhalb ihrer Mauern aufatmen und sich der Krokus- und Veilchenpracht in Villa d'Este freuen zu können. Und alles freute sich wirklich, am meisten aber Melanie. Sie war glücklich, unendlich glücklich. Alles, was ihr das Herz bedrückt hatte, war wie mit einem Schlage von ihr genommen, und sie lachte wieder, wie sie seit lange nicht mehr gelacht hatte, kindlich und harmlos. Ach, wem *dies* Lachen wurde, dem bleibt es, und wenn es schwand, so kehrt es wieder. Und es überdauert alle Schuld und baut uns die Brücken vorwärts und rückwärts in eine bessere Zeit.

Wohl, es war ihr so frei geworden an diesem Tag, aber sie wollt es noch freier haben, und als sie, bei Dunkelwerden, in ihre Wohnung zurückkehrte, drin die treffliche römische Wirtin außer dem hohen Kaminfeuer auch schon die dreidochtige Lampe angezündet hatte, beschloß sie, denselben Abend noch an ihre Schwester Jacobine zu schreiben, allerlei Fragen zu tun und nebenher von ihrem Glück und ihrer Reise zu plaudern.

Und sie tat es und schrieb:

»Meine liebe Jacobine. Heute war ein rechter Festestag, und was mehr ist, auch ein glücklicher Tag, und ich möchte meinem Danke so gern einen Ausdruck geben. Und da schreib ich denn. Und an wen lieber, als an Dich, Du mein geliebtes Schwesterherz. Oder willst du das Wort nicht mehr hören? Oder darfst Du nicht?

Ich schreibe Dir diese Zeilen in der Via Catena, einer kleinen Querstraße, die nach dem Tiber hinführt, und wenn ich die Straße hinuntersehe, so blinken mir, vom andern Ufer her, ein paar Lichter entgegen. Und diese Lichter kommen von der Farnesina, der berühmten Villa, drin Amor und Psyche sozusagen aus allen Fensterkappen sehen. Aber ich sollte nicht so scherzhaft über derlei Dinge sprechen, und ich könnt es auch nicht, wenn wir heute nicht in der Kapelle gewesen wären. Endlich, endlich! Und weißt Du, wer mit unter den Zeugen war? Unser Hauptmann von Brausewetter, Dein alter Tänzer von Dachrödens her. Und lieb und gut und ohne Hoffart. Und wenn man in der Acht ist, die noch schlimmer ist als das Unglück, so hat man ein Auge dafür, und das Bild, Du weißt schon, über das ich damals so viel gespottet und gescherzt habe, es will mir nicht aus dem Sinn. Immer dasselbe ›Steinige, steinige‹. Und die Stimme schweigt, die vor den Pharisäern das himmlische Wort sprach.

Aber nichts mehr davon, ich plaudre lieber.

Wir reisten in kleinen Tagereisen, und ich war anfänglich abgespannt und freudlos, und wenn ich eine Freude zeigte, so war es nur um Rubens willen. Denn er tat mir so leid. Eine weinerliche Frau! Ach, das ist das Schlimmste, was es gibt. Und gar erst auf Reisen. Und so ging es eine ganze Woche lang, bis wir in die Berge kamen. Da wurd es besser, und als wir neben dem schäumenden Inn hinfuhren und an demselben Nachmittage noch in Innsbruck ein wundervolles Quartier fanden, da fiel es von mir ab und ich konnte wieder aufatmen. Und als Ruben sah, daß mir alles so wohltat und mich erquickte, da blieb er noch den folgenden Tag und besuchte mit mir alle Kirchen und Schlösser und zuletzt auch die Kirche, wo Kaiser Max begraben liegt. Es ist derselbe von der Martinswand her, und derselbe auch, der zu Luthers Zeiten lebte. Freilich schon als ein sehr alter Herr. Und es ist auch der, den Anastasius Grün als ›Letzten Ritter‹ gefeiert hat, worin er vielleicht etwas zu weit gegangen ist. Ich glaube nämlich nicht, daß er der letzte Ritter war. Er war überhaupt zu stark und zu korpulent für einen Ritter, und ohne Dir schmeicheln zu wollen, find ich, daß Gryczinski ritterlicher ist. Sonderbarerweise fühl ich mich überhaupt eingepreußter als ich dachte, so daß mir auch das Bildnis Andreas Hofers wenig gefallen hat. Er trägt einen Tiroler Spruchgürtel um den Leib und wurde zu Mantua, wie Du vielleicht gehört haben wirst, erschossen. Manche tadeln es, daß er sich geängstigt haben soll. Ich für mein Teil habe nie begreifen können, wie man es tadeln will, nicht gern erschossen zu werden.

Und dann gingen wir über den Brenner, der ganz in Schnee lag, und es sah wundervoll aus, wie wir an derselben Bergwand, an der unser Zug emporkletterte, zwei, drei andere Züge tief unter uns sahen, so winzig und unscheinbar wie die Futterkästchen an einem Zeisigbauer. Und denselben Abend noch waren wir in Verona. Das vorige Mal, als ich dort war, hatt ich es nur passiert, jetzt aber blieben wir einen Tag, weil mir Ruben das altrömische Theater zeigen wollte, das sich hier befindet. Es war ein kalter Tag, und mich fror in dem eisigen Winde, der ging, aber ich freue mich doch, es gesehen zu haben. Wie beschreib ich es Dir nur? Du mußt Dir das Opernhaus denken, aber nicht an einem gewöhnlichen Tage, sondern an einem Subskriptionsballabend, und an der Stelle, wo die Musik ist, rundet es sich auch noch. Es ist nämlich ganz eiförmig und amphitheatralisch, und der Himmel als Dach darüber, und ich würd es alles sehr viel mehr noch genossen haben, wenn ich mich nicht hätte verleiten lassen, in einem benachbarten Restaurant ein Salamifrühstück zu nehmen, das mir um ein Erhebliches zu national war.

Die Woche darauf kamen wir nach Florenz, und wenn ich Duquede wäre, so würd ich sagen: es wird überschätzt. Es ist voller Engländer und Bilder, und mit den Bildern wird man nicht fertig. Und dann haben sie die ›Cascinen‹, etwas wie unsre Tiergarten- oder Hofjägerallee, worauf sie sehr stolz sind, und man sieht auch wirklich Fuhrwerke mit sechs und zwölf und sogar mit vierundzwanzig Pferden. Aber ich habe sie nicht gesehen und will Dich durch Zahlenangaben nicht beirren. Über den Arno führt eine Budenbrücke, nach Art des Rialto, und wenn Du von den vielen Kirchen und Klöstern absehen willst, so gilt der alte Herzogspalast als die Hauptsehenswürdigkeit der Stadt. Und am schönsten finden sie den kleinen Turm, der aus der Mitte des Palastes aufwächst, nicht viel anders als ein Schornstein mit einem Kranz und einer Galerie darum. Es soll aber sehr originell gedacht sein. Und zuletzt findet man es auch. Und in der Nähe befindet sich eine lange, schmale Gasse, die neben der Hauptstraße herläuft und in der beständig Wachteln am Spieß gebraten werden. Und alles riecht nach Fett, und dazwischen Lärm und Blumen und aufgetürmter Käse, so daß man nicht weiß, wo man bleiben und ob man sich mehr entsetzen oder freuen soll. Aber zuletzt freut man sich, und es ist eigentlich das Hübscheste, was ich auf meiner ganzen Reise gesehen habe. Natürlich Rom ausgenommen. Und nun bin ich in Rom.

Aber Herzens-Jacobine, davon kann ich Dir heute nicht schreiben, denn ich bin schon auf dem vierten Blatt, und Ruben wird ungeduldig und wirft aus seiner dunklen Ecke Konfetti nach mir, trotzdem wir den Karneval längst hinter uns haben. Und so brech ich denn ab und tue nur noch ein paar Fragen.

Freilich, jetzt, wo ich die Fragen stellen will, wollen sie mir nicht recht aus der Feder, und Du mußt sie erraten. Rätsel sind es nicht. In Deiner Antwort sei schonend, aber verschweige nichts. Ich muß das Unangenehme, das Schmerzliche tragen lernen. Es ist nicht anders. Über all das geb ich mich keinen Illusionen hin. Wer in die Mühle geht, wird weiß. Und die Welt wird schlimmere Vergleiche wählen. Ich möchte nur, daß bei meiner Verurteilung über die ›mildernden Umstände‹ nicht ganz hinweggegangen würde. Denn sieh, ich konnte nicht anders. Und ich habe nur noch den *einen* Wunsch, daß es mir vergönnt sein möchte, *dies* zu beweisen. Aber dieser Wunsch wird mir versagt bleiben, und ich werd allen Trost in meinem Glück und alles Glück in meiner Zurückgezogenheit suchen und finden müssen. Und das werd ich. Ich habe genug von dem Geräusch des Lebens gehabt, und ich sehne mich nach Einkehr und Stille. Die hab ich *hier.* Ach, wie schön ist diese Stadt, und mitunter ist es mir, als wär es wahr und als käm uns jedes Heil und jeder Trost aus Rom und nur aus Rom. Es ist ein seliges Wandeln an diesem Ort, ein Sehen und Hören als wie im Traum.

Und nun, meine süße Jacobine, lebe wohl und schreibe recht viel und recht ausführlich. Es interessiert mich alles, und ich sehne mich nach Nachricht, vor allem nach Nachricht … Aber Du weißt es ja. Nichts mehr davon. Immer die Deine.

Melanie R.«

Der Brief wurde noch denselben Abend zur Post gegeben, in dem dunklen Gefühl, daß eine rasche Beförderung auch eine rasche Antwort erzwingen könne. Aber diese Antwort blieb aus, und die darin liegende Kränkung würde sehr schmerzlich empfunden worden sein, wenn nicht Melanie wenige Tage nach Absendung des Briefes in ihre frühere Melancholie zurückverfallen wäre. Sie glaubte bestimmt, daß sie sterben werde, versuchte zu lächeln und brach doch plötzlich in einen Strom von Tränen aus. Denn sie hing am Leben und genoß inmitten ihres Schmerzes *ein* unendliches Glück: die Nähe des geliebten Mannes.

Und sie hatte wohl recht, sich dieses Glückes zu freuen. Denn alle Tugenden Rubehns zeigten sich um so heller, je trüber die Tage waren. Er kannte nur Rücksicht; keine Mißstimmung, keine Klage wurde laut, und über das Vornehme seiner Natur wurde die Zurückhaltung darin vergessen.

Und so vergingen trübe Wochen.

Ein deutscher Arzt endlich, den man zu Rate zog, erklärte, daß vor allem das Stillsitzen vermieden, dagegen umgekehrt für beständig neue Eindrücke gesorgt werden müsse. Mit anderen Worten, das, was er vorschlug, war ein beständiger Orts- und Luftwechsel. Ein solch tagtägliches Hin und Her sei freilich selber ein Übel, aber ein kleineres, und jedenfalls das einzige Mittel, der inneren Ruhelosigkeit abzuhelfen.

Und so wurden denn neue Reisepläne geschmiedet und von der Kranken apathisch angenommen.

In kurzen Etappen, unter geflissentlicher Vermeidung von Eisenbahn und großen Straßen, ging es, durch Umbrien, immer höher hinauf an der Ostküste hin, bis sich plötzlich herausstellte, daß man nur noch zehn Meilen von Venedig entfernt sei. Und siehe, da kam ihr ein tiefes und sehnsüchtiges Verlangen, ihrer Stunde dort warten zu wollen. Und sie war plötzlich wie verändert und lachte wieder und sagte: »Della Salute! Weißt du noch? ... Es heimelt mich an, es erquickt mich: das Wohl, das Heil! O, komm. Dahin wollen wir.«

Und sie gingen, und dort war es, wo die bange Stunde kam. Und einen Tag lang wußte der Zeiger nicht, wohin er sich zu stellen habe, ob auf Leben oder Tod. Als aber am Abend, von über dem Wasser her, ein wunderbares Läuten begann, und die todmatte Frau auf ihre Frage »von wo« die Antwort empfing, »von Della Salute«, da richtete sie sich auf und sagte: »Nun weiß ich, daß ich leben werde.«

18
Wieder daheim

Und ihre Hoffnung hatte sie nicht betrogen. Sie genas, und erst als die Herbsttage kamen, und das Gedeihen des Kindes und vor allem auch ihr eignes Wohlbefinden einen Aufbruch gestattete, verließen sie die Stadt, an die sie sich durch ernste und heitere Stunden aufs innigste gekettet fühlten, und gingen in die Schweiz, um in dem lieblichsten der Täler, in dem Tale »zwischen den Seen«, eine neue, vorläufige Rast zu suchen.

Und sie lebten hier glücklich-stille Wochen, und erst als ein scharfer Nordwest vom Thuner See nach dem Brienzer hinüberfuhr und den Tag darauf der Schnee so dicht fiel, daß nicht nur die Jungfrau, sondern auch jede kleinste Kuppe verschneit und vereist ins Tal herniedersah, sagte Melanie: »Nun ist es Zeit. Es kleidet nicht jeden Menschen das Alter und nicht jede Landschaft der Schnee. Der Winter ist in diesem Tale nicht zu Haus oder paßt wenigstens nicht recht hierher. Und ich möchte nun wieder *da* hin, wo man sich mit ihm eingelebt hat und ihn versteht.«

»Ich glaube gar«, lachte Rubehn, »du sehnst dich nach der Rousseau-Insel!«

»Ja«, sagte sie. »Und nach viel anderem noch. Sieh, in drei Stunden könnt ich von hier aus in Genf sein und das Haus wiedersehen, darin ich geboren wurde. Aber ich habe keine Sehnsucht danach. Es zieht mich nach dem *Norden* hin, und ich empfind ihn mehr und mehr als meine Herzensheimat. Und was auch dazwischen liegt, er muß es bleiben.«

Und an einem milden Dezembertage waren Rubehn und Melanie wieder in der Hauptstadt eingetroffen und mit ihnen die Vreni oder »das Vrenel«, eine derbe schweizerische Magd, die sie, während ihres Aufenthalts in Interlaken, zur Abwartung des Kindes angenommen hatten. Eine vorzügliche Wahl. Am Bahnhof aber waren sie von Rubehns jüngerem Bruder empfangen und in ihre Wohnung eingeführt worden: eine reizende Mansarde, dicht am Westende des Tiergartens, ebenso reich wie geschmackvoll eingerichtet, und beinah Wand an Wand mit Duquede. »Sollen wir gute Nachbarschaft mit ihm halten?« hatten sie sich im Augenblick ihres Eintretens unter gegenseitiger Heiterkeit gefragt.

Melanie war sehr glücklich über Wohnung und Einrichtung, überhaupt über alles, und gleich am andern Vormittage setzte sie sich, als sie allein war, in eine der tiefen Fensternischen und sah auf die bereiften Bäume des Parks und auf ein paar Eichkätzchen, die sich haschten und von Ast zu Ast sprangen. Wie oft hatte sie dem zugesehen, wenn sie mit Liddy und Heth durch den Tiergarten gefahren war! Es stand plötzlich alles wieder vor ihr, und sie fühlte, daß ein Schatten auf die heiteren Bilder ihrer Seele fiel.

Endlich aber zog es auch *sie* hinaus, und sie wollte die Stadt wieder sehen, die Stadt und bekannte Menschen. Aber wen? Sie konnte nur bei der Freundin, bei dem Musikfräulein, vorsprechen. Und sie tat es auch, ohne daß sie schließlich eine Freude davon gehabt hätte. Anastasia kam ihr vertraulich und beinah überheblich entgegen, und in begreiflicher Verstimmung darüber kehrte Melanie nach Hause zurück. Auch hier war nicht alles, wie es sein sollte, das Vrenel in schlechter Laune, die Zimmer überheizt, und ihre Heiterkeit kam erst wieder, als sie Rubehns Stimme draußen auf dem Vorflur hörte.

Und nun trat er ein.

Es war um die Teestunde; das Wasser brodelte schon, und sie nahm des geliebten Mannes Arm und schritt plaudernd mit ihm über den dicken, türkischen Teppich hin. Aber er litt von der Hitze, die sie mit ihrem Taschentuche vergeblich fortzufächeln bemüht war. »Und nun sind wir im Norden!« lachte er. »Und nun sage, haben wir im Süden je so was von Glut und Samum auszuhalten gehabt?«

»O doch, Ruben. Entsinnst du dich noch, als wir das erstemal nach dem Lido hinausfuhren? Ich wenigstens vergeß es nicht. All mein Lebtag hab ich mich nicht so geängstigt wie damals auf dem Schiff: erst die Schwüle, und dann der Sturm. Und dazwischen das Blitzen. Und wenn es noch ein Blitzen gewesen wäre! Aber wie feurige Laken fiel es vom Himmel. Und du warst so ruhig.«

»Das bin ich immer, Herz, oder such es wenigstens zu sein. Mit unserer Unruhe wird nichts geändert und noch weniger gebessert.«

»Ich weiß doch nicht, ob du recht hast. In unserer Angst und Sorge beten wir, auch wir, die wir's in unsern guten Tagen an uns kommen lassen. Und das versöhnt die Götter. Denn sie wollen, daß wir uns in unsrer Kleinheit und Hilfsbedürftigkeit fühlen lernen. Und haben sie nicht recht?«

»Ich weiß nur, daß *du* recht hast. Immer. Und dir zuliebe sollen auch die Götter recht haben. Bist du zufrieden damit?«

»Ja und nein. Was Liebe darin ist, ist gut, oder ich hör es wenigstens gern. Aber ...«

»Lassen wir das ›aber‹, und nehmen wir lieber unseren Tee, der uns ohnehin schon erwartet. Und er hilft auch immer und gegen alles, und wird uns auch aus dieser afrikanischen Hitze helfen. Um aber sicher zu gehen, will ich doch lieber noch das Fenster öffnen.« Und er tat's, und unter dem halb aufgezogenen Rouleau hin zog eine milde Nachtluft ein.

»Wie mild und weich«, sagte Melanie.

»Zu weich«, entgegnete Rubehn. »Und wir werden uns auf kältere Luftströme gefaßt machen müssen.«

19
Inkognito

Melanie war froh, wieder daheim zu sein.

Was sich ihr notwendig entgegenstellen mußte, das übersah sie nicht, und die Furcht, der Rubehn Ausdruck gegeben hatte, war auch ihre Furcht. Aber sie war doch andrerseits sanguinischen Gemüts genug, um der Hoffnung zu leben, sie werd es überwinden. Und warum sollte sie's nicht? Was geschehen, erschien ihr, der Gesellschaft gegenüber, so gut wie ausgeglichen; allem Schicklichen war genügt, alle Formen waren erfüllt, und so gewärtigte sie nicht einer Strenge zu begegnen, zu der die Welt in der Regel nur greift, wenn sie's zu *müssen* glaubt, vielleicht einfach in dem Bewußtsein davon, daß, wer in einem Glashause wohnt, nicht mit Steinen werfen soll.

Melanie gewärtigte keines Rigorismus. Nichtsdestoweniger stimmte sie dem Vorschlage bei, wenigstens während der nächsten Wochen noch ein Inkognito bewahren und erst von Neujahr an die nötigsten Besuche machen zu wollen.

So war es denn natürlich, daß man den Weihnachtsabend im engsten Zirkel verbrachte. Nur Anastasia, Rubehns Bruder und der alte Frankfurter Prokurist, ein versteifter und schweigsamer Junggeselle, dem sich erst beim dritten Schoppen die Zunge zu lösen pflegte, waren erschienen, um die Lichter am Christbaum brennen zu sehen. Und als sie brannten, wurd auch das Anninettchen herbeigeholt, und Melanie nahm das Kind auf den Arm und spielte mit ihm und hielt es hoch. Und das Kind schien glücklich und lachte und griff nach den Lichtern.

Und glücklich waren alle, besonders auch Rubehn, und wer ihn an diesem Abende gesehen hätte, der hätte nichts von Behagen und Gemütlichkeit an ihm vermißt. Alles Amerikanische war abgestreift.

In dem Nebenzimmer war inzwischen ein kleines Mahl serviert worden, und als einleitend erst durch Anastasia und danach auch durch den jüngern Rubehn ein paar scherzhafte Gesundheiten ausgebracht worden waren, erhob sich zuletzt auch der alte Prokurist, um »aus vollem Glas und vollem Herzen« einen Schlußtoast zu proponieren. Das beste des Lebens, das wiss' er aus eigner Erfahrung, sei das Inkognito. Alles, was sich auf den Markt oder auf die Straße stelle, das tauge nichts oder habe doch nur Alltagswert; das, was wirklich Wert habe, das ziehe sich zurück, das berge sich in Stille, das verstecke sich. Die lieblichste Blume, darüber könne kein Zweifel sein, sei das Veilchen, und die poetischste Frucht, darüber könne wiederum kein Zweifel sein, sei die Walderdbeere. Beide versteckten sich aber, beide ließen sich suchen, beide lebten sozusagen inkognito. Und somit lasse er das Inkognito leben, oder die Inkognitos, denn Singular oder Plural sei ihm durchaus gleichgültig;

Das oder die
Ein volles Glas für Melanie;
Die oder das,
Für Ebenezer ein volles Glas.

Und danach fing er an zu singen.

Erst zu später Stunde trennte man sich, und Anastasia versprach, am andern Tage zu Tisch wiederzukommen; abermals einen Tag später aber (Rubehn war eben in die Stadt gegangen) erschien das Vrenel, um in ihrem Schweizer Deutsch und zugleich in sichtlicher Erregung den Polizeirat Reiff zu melden. Und sie beruhigte sich erst wieder, als ihre junge Herrin antwortete: »Ah, sehr willkommen. Ich lasse bitten, einzutreten.«

Melanie ging dem Angemeldeten entgegen. Er war ganz unverändert: derselbe Glanz im Gesicht, derselbe schwarze Frack, dieselbe weiße Weste.

»Welche Freude, Sie wiederzusehen, lieber Reiff«, sagte Melanie und wies mit der Rechten auf einen neben ihr stehenden Fauteuil. »Sie waren immer mein guter Freund, und ich denke, Sie bleiben es.«

Reiff versicherte etwas von unveränderter Devotion und tat Fragen über Fragen. Endlich aber ließ er durch Zufall oder Absicht auch den Namen van der Straatens fallen.

Melanie blieb unbefangen und sagte nur: »Den Namen dürfen Sie nicht nennen, lieber Reiff, wenigstens jetzt nicht. Nicht, als ob er mir unfreundliche Bilder weckte. Nein, o nein. Wäre das, so dürften Sie's. Aber gerade weil mir der Name nichts Unfreundliches zurückruft, weil ich nur weiß, ihm, der ihn trägt, wehe getan zu haben, so quält und peinigt er mich. Er mahnt mich an ein Unrecht, das dadurch nicht kleiner wird, daß ich es in meinem Herzen nicht recht als Unrecht empfinde. Also nichts von ihm. Und auch nichts ...« Und sie schwieg und fuhr erst nach einer Weile fort: »Ich habe nun mein Glück, ein wirkliches Glück; *mais il faut payer pour tout et deux fois pour notre bonheur.*«

Der Polizeirat stotterte eine verlegene Zustimmung, weil er nicht recht verstanden hatte.

»Wir aber, lieber Reiff«, nahm Melanie wieder das Wort, »wir müssen einen neutralen Boden finden. Und das werden wir. Das zählt ja zu den Vorzügen der großen Stadt. Es gibt immer hundert Dinge, worüber sich plaudern läßt. Und nicht bloß um Worte zu machen, nein, auch mit dem Herzen. Nicht wahr? Und ich rechne darauf, Sie wiederzusehen.«

Und bald darauf empfahl sich Reiff, um die Droschke, darin er gekommen war, nicht allzulange warten zu lassen. Melanie aber sah ihm nach und freute sich, als er wenige Häuser entfernt dem aus der Stadt zurückkommenden Rubehn begegnete. Beide grüßten einander.

»Reiff war hier«, sagte Rubehn, als er einen Augenblick später eintrat. »Wie fandest du ihn?«

»Unverändert. Aber verlegener, als ein Polizeirat sein sollte.«

»Schlechtes Gewissen. Er hat dich aushorchen wollen.«

»Glaubst du?«

»Zweifellos. Einer ist wie der andre. Nur ihre Manieren sind verschieden. Und Reiff hat die Harmlosigkeitsallüren. Aber vor dieser Species muß man doppelt auf der Hut sein. Und so lächerlich es ist, ich kann den Gedanken nicht unterdrücken, daß wir morgen ins schwarze Buch kommen.«

»Du tust ihm unrecht. Er hat ein Attachement für mich. Oder ist es meinerseits bloß Eitelkeit und Einbildung?«

»Vielleicht. Vielleicht auch nicht. Aber diese guten Herren ... ihr bester Freund, ihr leiblicher Bruder ist nie sicher vor ihnen. Und wenn man sich darüber erstaunt oder beklagt, so heißt es ironisch und achselzuckend: ›*c'est mon métier*‹.«

Eine Woche später hatte das neue Jahr begonnen, und der Zeitpunkt war da, wo das junge Paar aus seinem Inkognito heraustreten wollte. Wenigstens Melanie. Sie war noch immer nicht bei Jacobine gewesen, und wiewohl sie sich, in Erinnerung an den unbeantwortet gebliebenen Brief, nicht viel Gutes von diesem Besuche versprechen konnte, so mußte er doch auf jede Gefahr hin gemacht werden. Sie mußte Gewißheit haben, wie sich die Gryczinskis stellen wollten.

Und so fuhr sie denn nach der Alsenstraße.

Schwereren Herzens als sonst stieg sie die mit Teppich belegte Treppe hinauf und klingelte. Und bald konnte sie hinter der Korridorglaswand ein Hin- und Herhuschen erkennen. Endlich aber wurde geöffnet.

»Ah, Emmy. Ist meine Schwester zu Haus?«

»Nein, Frau Kommerzien... Ach, wie die gnädige Frau bedauern wird! Aber Frau von Heysing waren hier und haben die gnädige Frau zu dem großen Bilde abgeholt. Ich glaube ›Die Fackeln des Nero‹.«

»Und der Herr Major?«

»Ich weiß es nicht«, sagte das Mädchen verlegen. »Er wollte fort. Aber ich will doch lieber erst ...«

»O nein, Emmy, lassen Sie's. Es ist gut so. Sagen Sie meiner Schwester, oder der gnädigen Frau, daß ich da war. Oder besser, nehmen Sie meine Karte ...«

Danach grüßte Melanie kurz und ging.

Auf der Treppe sagte sie leise vor sich hin: »Das ist *er.* Sie ist ein gutes Kind und liebt mich.« Und dann legte sie die Hand aufs Herz und lächelte: »Schweig stille, mein Herze.«

Rubehn, als er von dem Ausfall des Besuches hörte, war wenig überrascht, und noch weniger, als am andern Morgen ein Brief eintraf, dessen zierlich verschlungenes J. v. G. über die Absenderin keinen Zweifel lassen konnte. Wirklich, es waren Zeilen von Jacobine. Sie schrieb:

»Meine liebe Melanie. Wie hab ich es bedauert, daß wir uns verfehlen mußten. Und nach so langer Zeit! Und nachdem ich Deinen lieben, langen Brief unbeantwortet gelassen habe! Er war so reizend, und selbst Gryczinski, der doch so kritisch ist und alles immer auf Disposition hin ansieht, war eigentlich entzückt. Und nur an der einen Stelle nahm er Anstoß, daß alles Heil und aller Trost nach wie vor aus Rom kommen solle. Das verdroß ihn, und er meinte, daß man dergleichen auch nicht im Scherze sagen dürfe. Und meine Verteidigung ließ er nicht gelten. Die meisten Gryczinskis sind nämlich noch katholisch, und ich denke mir, daß er so streng und empfindlich ist, weil er es persönlich los sein und von sich abwälzen möchte. Denn sie sind immer noch sehr diffizil oben, und Gryczinski, wie Du weißt, ist zu klug, als daß er etwas wollen sollte, was man oben *nicht* will. Aber es ändert sich vielleicht wieder. Und ich bekenne Dir offen, *mir* wär es recht, und ich für mein Teil hätte nichts dagegen, sie sprächen erst wieder von etwas andrem. Ist es denn am Ende wirklich so wichtig und eine so brennende Frage? Und wär es nicht wegen der vielen Toten und Verwundeten, so wünscht ich mir einen neuen Krieg. (Es heißt übrigens, sie rechneten schon wieder an einem.) Und *hätten* wir den Krieg, so wären wir die ganze Frage los, und Gryczinski wäre Oberstleutnant. Denn er ist der dritte. Und ein paar von den alten Generälen, oder wenigstens von den ganz alten, werden doch wohl endlich abgehen müssen.

Aber ich schwatze von Krieg und Frieden und von Gryczinski und von mir, und vergesse ganz nach Dir und nach Deinem Befinden zu fragen. Ich bin überzeugt, daß es Dir gut geht, und daß Du mit dem Wechsel in allen wesentlichen Stücken zufrieden bist. Er ist reich und jung, und bei Deinen Lebensanschauungen, mein ich, kann es Dich nicht unglücklich machen, daß er unbetitelt ist. Und am Ende, wer jung ist, hofft auch noch. Und Frankfurt ist ja jetzt preußisch. Und da findet es sich wohl noch.

Ach, meine liebe Melanie, wie gerne wär ich selbst gekommen und hätte nach allem Großen und Kleinen gesehen, ja, auch nach allem Kleinen, und wem es eigentlich ähnlich ist. Aber er hat es mir verboten und hat auch dem Diener gesagt, ›daß wir nie zu Hause sind‹. Und Du weißt, daß ich nicht den Mut habe, ihm zu widersprechen. Ich meine wirklich zu widersprechen. Denn etwas widersprochen hab ich ihm. Aber da fuhr er mich an und sagte: ›Das unterbleibt. Ich habe nicht Lust, um solcher Allotria willen beiseite geschoben zu werden. Und sieh dich vor, Jacobine. Du bist ein entzückendes kleines Weib (er sagte wirklich so), aber ihr seid wie die Zwillinge, wie die Druväpfel, und es spukt dir auch so was im Blut. Ich bin aber nicht van der Straaten und führe keine Generositätskomödien auf. Am wenigsten auf meine Kosten.‹ Und dabei warf er mir *de haut en bas* eine Kußhand zu und ging aus dem Zimmer.

Und was tat ich? Ach, meine liebe Melanie, nichts. Ich habe nicht einmal geweint. Und nur erschrocken war ich. Denn ich fühle, daß er recht hat, und daß eine sonderbare Neugier in mir steckt. Und darin treffen es die Bibelleute, wenn sie so vieles auf unsre Neugier schieben ... Elimar, der freilich nicht mit zu den Bibelleuten gehört, sagte mal zu mir: ›Das Hübscheste sei doch das Vergleichenkönnen‹. Er meinte, glaub ich, in der Kunst. Aber die Frage beschäftigt mich seitdem, und ich glaube kaum, daß es sich auf die Kunst beschränkt. Übrigens hat Gryczinski noch in diesem Winter oder doch im Frühjahr eine kleine Generalstabsreise vor. Und dann sehe ich Dich. Und wenn er wiederkommt, so beicht ich ihm alles. Ich kann es dann. Er ist dann immer so zärtlich. Und ein Blaubart ist er überhaupt nicht. Und bis dahin Deine

Jacobine.«

Melanie ließ das Blatt fallen, und Rubehn nahm es auf. Er las nun auch und sagte: »Ja, Herz, das sind die Tage, von denen es heißt, sie gefallen uns nicht. Ach, und sie *beginnen* erst. Aber laß, laß. Es rennt sich alles tot und am ehesten *das.*«

Und er ging an den Flügel und spielte laut und mit einem Anfluge heiterer Übertreibung: »Mit meinem Mantel vor dem Sturm beschützt ich dich, beschützt ich dich.«

Und dann erhob er sich wieder und küßte sie und sagte: *»Cheer up, dear!«*

20
Lidy

»Cheer up, dear«, hatte Rubehn Melanie zugerufen, und sie wollte dem Zurufe folgen. Aber es glückte nicht, konnte nicht glücken, denn jeder neue Tag brachte neue Kränkungen. Niemand war für sie zu Haus, ihr Gruß wurde nicht erwidert, und ehe der Winter um war, wußte sie, daß man sie, nach einem stillschweigenden Übereinkommen, in den Bann getan habe. Sie war tot für die Gesellschaft, und die tiefe Niedergedrücktheit ihres Gemüts hätte sie zur Verzweiflung geführt, wenn ihr nicht Rubehn in dieser Bedrängnis zur Seite gestanden hätte. Nicht nur in herzlicher Liebe, nein, vor allem auch in jener heitren Ruhe, die sich der Umgebung entweder mitzuteilen oder wenigstens nicht ohne stillen Einfluß auf sie zu bleiben pflegt. »Ich kenne das, Melanie. Wenn es in London etwas ganz Apartes gibt, so heißt es *›it is a nine-days wonder‹*, und mit diesen neun Tagen ist das höchste Maß von Erregungsdauer ausgedrückt. Das ist in London. Hier dauert es etwas länger, weil wir etwas kleiner sind. Aber das Gesetz bleibt dasselbe. Jedes Wetter tobt sich aus. Eines Tages haben wir wieder den Regenbogen und das Fest der Versöhnung.«

»Die Gesellschaft ist unversöhnlich.«

»Im Gegenteil. Zu Gerichte sitzen ist ihr eigentlich unbequem. Sie weiß schon, warum. Und so wartet sie nur auf das Zeichen, um das große Hinrichtungsschwert wieder in die Scheide zu stecken.«

»Aber dazu muß etwas geschehen.«

»Und das wird. Es bleibt selten aus und in den milderen Fällen eigentlich nie. Wir haben einen Eindruck gemacht und müssen ehrlich bemüht sein, einen andern zu machen. Einen entgegengesetzten. Aber auf demselben Gebiete ... Du verstehst?«

Sie nickte, nahm seine Hand und sagte: »Und ich schwöre dir's, ich will. Und wo die Schuld lag, soll auch die Sühne liegen. Oder, sag ich lieber, der Ausgleich. Auch *das* ist ein Gesetz, so hoff ich. Und das schönste von allen. Es braucht nicht alles Tragödie zu sein.«

In diesem Augenblicke wurde durch den Diener eine Karte hereingegeben: »Friederike Sawat v. Sawatzki, genannt Sattler v. d. Hölle, Stiftsanwärterin auf Kloster Himmelpfort in der Uckermark.«

»O, laß uns allein, Rubehn«, bat Melanie, während sie sich erhob und der alten Dame bis auf den Vorflur entgegenging. »Ach, mein liebes Riekchen! Wie mich das freut, daß du kommst, daß du da bist. Und wie schwer es dir geworden sein muß ... Ich meine nicht bloß die drei Treppen ... Ein halbes Stiftsfräulein und jeden Sonntag in Sankt Matthäi! Aber die Frommen, wenn sie's wirklich sind, sind immer noch die Besten. Und sind gar nicht so schlimm. Und nun setze dich, mein einziges, liebes Riekchen, meine liebe, alte Freundin!«

Und während sie so sprach, war sie bemüht, ihr beim Ablegen behilflich zu sein und das Seidenmäntelchen an einen Haken zu hängen, an den die Kleine nicht heranreichen konnte.

»Meine liebe, alte Freundin«, wiederholte Melanie. »Ja, das warst du, Riekchen, das bist du gewesen. Eine rechte Freundin, die mir immer zum Guten geraten und nie zum Munde gesprochen hat. Aber es hat nicht geholfen, und ich habe nie begriffen, wie man Grundsätze haben kann oder Prinzipien, was eigentlich dasselbe meint, aber mir immer noch schwerer und unnötiger vorgekommen ist. Ich hab immer nur getan, was ich wollte, was mir gefiel, wie mir gerade zumute war. Und ich kann es auch so schrecklich nicht finden. Auch jetzt noch nicht. Aber gefährlich ist es, so viel räum ich ein, und ich will es anders zu machen suchen. Will es lernen. Ganz bestimmt. Und nun erzähle. Mir brennen hundert Fragen auf der Seele.«

Riekchen war verlegen eingetreten und auch verlegen geblieben; jetzt aber sagte sie, während sie die Augen niederschlug und dann wieder freundlich und fest auf Melanie richtete: »Habe doch mal sehen wollen ... Und ich bin auch nicht hinter seinem Rücken hier. Er weiß es und hat mir zugeredet.«

Melanie flogen die Lippen. »Ist er erbittert? Sag, ich will es hören. Aus *deinem* Munde kann ich alles hören. In den Weihnachtstagen war Reiff hier. Da mocht ich es nicht. Es ist doch ein Unterschied, *wer* spricht. Ob die Neugier oder das Herz. Sag, ist er erbittert?«

Die Kleine bewegte den Kopf hin und her und sagte: »Wie denn! Erbittert! Wär er erbittert, so wär ich nicht hier. Er war unglücklich und ist es noch. Und es zehrt und nagt an ihm. Aber seine Ruhe hat er wieder. Das heißt, so vor den Menschen. Und dabei bleibt es, denn er war dir sehr gut, Melanie, so gut er nur einem Menschen sein konnte. Und du warst sein Stolz, und er freute sich, wenn er dich sah.«

Melanie nickte.

»Sieh, Herzenskind, du hast nicht anders gekonnt, weil du das andre nicht gelernt hattest, das andre, worauf es ankommt, und weil du nicht wußtest, was der Ernst des Lebens ist. Und Anastasia sang wohl immer: ›Wer nie sein Brot mit Tränen aß‹, und

Elimar drehte dann das Blatt um. Aber singen und erleben ist ein Unterschied. Und du hast das Tränenbrot nicht gegessen, und Anastasia hat es nicht gegessen, und Elimar auch nicht. Und so kam es, daß du nur getan hast, was dir gefiel oder wie dir zumute war. Und dann bist du von den Kindern fortgegangen, von den lieben Kindern, die so hübsch und so fein sind, und hast sie nicht einmal sehen wollen. Hast dein eigen Fleisch und Blut verleugnet. Ach, mein armes, liebes Herz, das kannst du vor Gott und Menschen nicht verantworten.«

Es war, als ob die Kleine noch weiter sprechen wollte. Aber Melanie war aufgesprungen und sagte: »Nein, Riekchen, an dieser Stelle hört es auf. Hier tust du mir unrecht. Sieh, du kennst mich so gut und so lange schon, und fast war ich selber noch ein Kind, als ich ins Haus kam. Aber das eine mußt du mir lassen: ich habe nie gelogen und geheuchelt, und hab umgekehrt einen wahren Haß gehabt, mich besser zu machen, als ich bin. Und diesen Haß hab ich noch. Und so sag ich dir denn, das mit den Kindern, mit meiner süßen kleinen Heth, die wie der Vater aussieht und doch gerade so lacht und so fahrig ist wie die Frau Mama, nein, Riekchen, das mit den Kindern, *das* trifft mich nicht.«

»Und bist doch ohne Blick und ohne Abschied gegangen.«

»Ja, das bin ich, und ich weiß es wohl, manch andre hätt es nicht getan. Aber wenn man auf etwas an und für sich Trauriges stolz sein darf, so bin ich stolz darauf. Ich wollte gehn, das stand fest. Und wenn ich die Kinder sah, so konnt ich nicht gehn. Und so hatt ich denn meine Wahl zu treffen. Ich mag eine falsche Wahl getroffen haben, in den Augen der Welt hab ich es gewiß, aber es war wenigstens ein klares Spiel und offen und ehrlich. Wer aus der Ehe fortläuft und aus keinem andern Grund als aus Liebe zu einem andern Manne, der begibt sich des Rechts, nebenher auch noch die zärtliche Mutter zu spielen. Und das ist die Wahrheit. Ich bin ohne Blick und ohne Abschied gegangen, weil es mir widerstand, Unheiliges und Heiliges durcheinander zu werfen. Ich wollte keine sentimentale Verwirrung. Es steht mir nicht zu, mich meiner Tugend zu berühmen. Aber eines hab ich wenigstens, Riekchen: ich habe feine Nerven für das, was paßt und nicht paßt.«

»Und möchtest du jetzt sie sehen?«

»Heute lieber als morgen. Jeden Augenblick. Bringst du sie?«

»Nein, nein, Melanie, du bist zu rasch. Aber ich habe mir einen Plan ausgedacht. Und wenn er glückt, so laß ich wieder von mir hören. Und ich komm entweder oder ich schreibe oder Jacobine schreibt. Denn Jacobine muß uns dabei helfen. Und nun Gott befohlen, meine liebe, liebe Melanie. Laß nur die Leute. Du bist doch ein liebes Kind. Leicht, leicht, aber das Herz sitzt an der richtigen Stelle. Und nun Gott befohlen, mein Schatz.«

Und sie ging und weigerte sich, das Mäntelchen anzuziehen, weil sie gerne rasch abbrechen wollte. Aber eine Treppe tiefer blieb sie stehen und half sich mit einiger Mühe selbst in die kleinen Ärmel hinein.

Melanie war überaus glücklich über diesen Besuch, zugleich sehnsüchtig erwartungsvoll, und mitunter war es ihr, als träte das Kleine, das nebenan in der Wiege lag, neben dieser Sehnsucht zurück. Gehörte sie doch ganz zu jenen Naturen, in deren Herz eines immer den Vorrang behauptet.

Und so vergingen Wochen, und Ostern war schon nahe heran, als endlich ein Billett abgegeben wurde, dem sie's ansah, daß es ihr gute Botschaft bringe. Es war von der Schwester, und Jacobine schrieb:

»Meine liebe Melanie! Wir sind allein, und gesegnet seien die Landesvermessungen! Es sind das, wie Du vielleicht weißt, die hohen, dreibeinigen Gestelle, die man, wenn man mit der Eisenbahn fährt, überall deutlich erkennen kann und wo die Mitfahrenden im Coupé jedesmal fragen: ›mein Gott, was ist das?‹ Und es ist auch nicht zu verwundern, denn es sieht eigentlich aus wie ein Malerstuhl, nur daß der Maler sehr groß sein müßte. Noch größer und langbeiniger als Gabler. Und erst in vierzehn Tagen kommt er zurück, worauf ich mich sehr, sehr freue und eigentlich schon Sehnsucht habe. Denn er hat doch entschieden *das*, was uns Frauen gefällt. Und früher hat er Dir auch gefallen, ja, Herz, das kannst Du nicht leugnen, und ich war mitunter eifersüchtig, weil Du klüger bist als ich, und das haben sie gern. Aber weshalb ich eigentlich schreibe! Riekchen war hier und hat es mir ans Herz gelegt, und so denk ich, wir säumen keinen Augenblick länger und Du kommst morgen um die Mittagsstunde. Da werden sie hier sein und Riekchen auch. Aber wir haben nichts gesagt und sie sollen überrascht werden. Und ich bin glücklich, meine Hand zu so was Rührendem bieten zu können. Denn ich denke mir, Mutterliebe bleibt doch das Schönste ... Ach, meine liebe Melanie! ... Aber ich schweige, Gryczinskis drittes Wort ist ja, daß es im Leben darauf ankomme, seine Gefühle zu beherrschen ... Ich weiß doch nicht, ob er recht hat. Und nun lebe wohl. Immer Deine J. v. G.

Melanie war nach Empfang dieser Zeilen in einer Aufregung, die sie weder verbergen konnte noch wollte. So fand sie Rubehn und geriet in wirkliche Sorge, weil er aus Erfahrung wußte, daß solchen Überreizungen immer ein Rückschlag und solchen hochgespannten Erwartungen immer eine Enttäuschung zu folgen pflegt. Er suchte sie zu zerstreuen und abzuziehen und war endlich froh, als der andere Morgen da war.

Es war ein klarer Tag und eine milde Luft, und nur ein paar weiße Wölkchen schwammen oben im Blau. Melanie verließ das Haus noch vor der verabredeten Stunde, um ihren Weg nach der Alsenstraße hin anzutreten. Ach, wie wohl ihr diese Luft tat! Und sie blieb öfters stehen, um sie begierig einzusaugen und sich an den stillen Bildern erwachenden Lebens und einer hier und da schon knospenden Natur zu freuen. Alle Hecken zeigten einen grünen Saum, und an den geharkten Stellen, wo man das abgefallene Laub an die Seite gekehrt hatte, keimten bereits die grünen Blättchen des Gundermann, und einmal war es ihr, als schöss' eine Schwalbe mit schrillem, aber heiterem Ton an ihr vorüber. Und so passierte sie den Tiergarten in seiner ganzen Breite, bis sie zuletzt den kleinen, der Alsenstraße unmittelbar vorgelegenen Platz erreicht hatte, den sie den »Kleinen Königsplatz« nennen. Hier setzte sie sich auf eine Bank und fächelte sich mit ihrem Tuch und hörte deutlich, wie ihr das Herz schlug.

»In welche Wirrnis geraten wir, sowie wir die Straße des Hergebrachten verlassen und abweichen von Regel und Gesetz. Es nutzt uns nichts, daß wir uns selber freisprechen. Die Welt ist doch stärker als wir und besiegt uns schließlich in unserem eigenen Herzen. Ich glaubte recht zu tun, als ich ohne Blick und Abschied von meinen Kindern ging, ich wollte kein Rührspiel; entweder oder, dacht ich. Und ich glaub auch noch, daß ich recht gedacht habe. Aber, was hilft es mir? Was ist das Ende? Eine Mutter, die sich vor ihren Kindern fürchtet.«

Dies Wort richtete sie wieder auf. Ein trotziger Stolz, der neben aller Weichheit in ihrer Natur lag, regte sich wieder, und sie ging rasch auf das Gryczinskische Haus zu.

Die Portiersleute, Mann und Frau, und zwei halberwachsene Töchter mußten schon auf dem Hintertreppenwege von dem bevorstehenden Ereignisse gehört haben, denn sie hatten sich in die halbgeöffnete Souterraintür postiert und guckten einander über die Köpfe fort. Melanie sah es und sagte vor sich hin: *»A nine-days wonder!* Ich bin eine Sehenswürdigkeit geworden. Es war mir immer das Schrecklichste.«

Und nun stieg sie hinauf und klingelte. Riekchen war schon da, die Schwestern küßten sich und sagten sich Freundlichkeiten über ihr gegenseitiges Aussehen. Und alles verriet Aufregung und Freude.

Das Wohn- und Empfangszimmer, in das man jetzt eintrat, war ein großer und luftiger, aber im Verhältnis zu seiner Tiefe nur schmaler Raum, dessen zwei große Fenster (ohne Pfeiler dazwischen) einen nischenartigen Ausbau bildeten. Etwas Feierliches herrschte vor, und die roten, von beiden Seiten her halb zugezogenen Gardinen gaben ein gedämpftes, wundervolles Licht, das auf den weißen Tapeten reflektierte. Nach hinten zu, der Fensternische gegenüber, bemerkte man eine hohe Tür, die nach dem dahinter gelegenen Eßzimmer führte.

Melanie nahm auf einem kleinen Sofa neben dem Fenster Platz, die beiden andern Damen mit ihr, und Jacobine versuchte nach ihrer Art eine Plauderei. Denn sie war ohne jede tiefere Bewegung und betrachtete das Ganze vom Standpunkte einer dramatischen Matinee. Riekchen aber, die wohl wahrnahm, daß die Blicke Melanies immer nur nach der *einen* Stelle hin gerichtet waren, unterbrach endlich das Gespräch und sagte: »Laß, Binchen. Ich werde sie nun holen.«

Eine peinliche Stille trat ein, Jacobine wußte nichts mehr zu sagen und war herzlich froh, als eben jetzt vom Platze her die Musik eines vorüberziehenden Garderegiments hörbar wurde. Sie stand auf, stellte sich zwischen die Gardinen und sah nach rechts hinaus ... »es sind die Ulanen«, sagte sie. »Willst du nicht auch ...« Aber ehe sie noch ihren Satz beenden konnte, ging die große Flügeltür auf, und Riekchen, mit den beiden Kindern an der Hand, trat ein.

Die Musik draußen verklang.

Melanie hatte sich rasch erhoben und war den verwundert und beinah erschrocken dastehenden Kindern entgegengegangen. Als sie aber sah, daß Lydia einen Schritt zurücktrat, blieb auch *sie* stehen, und ein Gefühl ungeheurer Angst überkam sie. Nur mit Mühe brachte sie die Worte heraus: »Heth, mein süßer, kleiner Liebling ... Komm ... Kennst du deine Mutter nicht mehr?«

Und ihre ganze Kraft zusammennehmend, hatte sie sich bis dicht an die Türe vorbewegt und bückte sich, um Heth mit beiden Händen in die Höhe zu heben. Aber Lydia warf ihr einen Blick bitteren Hasses zu, riß das Kind am Achselbande zurück und sagte: »Wir haben keine Mutter mehr.«

Und dabei zog und zwang sie die halbwiderstrebende Kleine mit sich fort und zu der halb offen gebliebenen Tür hinaus.

Melanie war ohnmächtig zusammengesunken.

Eine halbe Stunde später hatte sie sich so weit wieder erholt, daß sie zurückfahren konnte. Jede Begleitung war von ihr abgelehnt worden. Riekchens Weisheiten und Jacobinens Albernheiten mußten ihr in ihrer Stimmung gleich unerträglich erscheinen.

Als sie fort war, sagte Jacobine zu Riekchen: »Es hat doch einen rechten Eindruck auf mich gemacht. Und Gryczinski darf gar nichts davon erfahren. Er ist ohnehin gegen Kinder. Und er würde mir doch nur sagen: ›Da siehst du, was dabei herauskommt. Undank und Unnatur.‹«

21
In der Nikolaikirche

Es schlug zwei von dem kleinen Hoftürmchen des Nachbarhauses, als Melanie wieder in ihre Wohnung eintrat. Das Herz war ihr zum Zerspringen, und sie sehnte sich nach Aussprache. Dann, das wußte sie, kamen ihr die Tränen und in den Tränen Trost.

Aber Ruben blieb heute länger aus als gewöhnlich, und zu den anderen Ängsten ihres Herzens gesellte sich auch noch das Bangen und Sorgen um den geliebten Mann. Endlich kam er; es war schon Spätnachmittag, und die drüben hinter dem kahlen Gezweig niedersteigende Sonne warf eine Fülle greller Lichter durch die kleinen Mansardenfenster. Aber es war kalt und unheimlich, und Melanie sagte, während sie dem Eintretenden entgegenging: »Du bringst soviel Kälte mit, Ruben. Ach, und ich sehne mich nach Licht und Wärme.«

»Wie du nur bist«, entgegnete Ruben in sichtlicher Zerstreutheit, während er doch seine gewöhnliche Heiterkeit zu zeigen trachtete. »Wie du nur bist! Ich sehe nichts als Licht, ein wahrer *embarras de richesse,* auf jedem Sofakissen und jeder Stuhllehne, und das Ofenblech flimmert und schimmert, als ob es Goldblech wäre. Und du sehnst dich nach Licht. Ich bitte dich, mich blendet's, und ich wollt, es wäre weniger oder wäre fort.«

»Du wirst nicht lange darauf zu warten haben.«

Er war im Zimmer auf und ab gegangen. Jetzt blieb er stehen und sagte teilnehmend: »Ich vergesse, nach der Hauptsache zu fragen. Verzeihe. Du warst bei Jacobine. Wie lief es ab? Ich fürchte, nicht gut. Ich lese so was aus deinen Augen. Und ich hatt auch eine Ahnung davon, gleich heute früh, als ich in die Stadt fuhr. Es war kein glücklicher Tag.«

»Auch für dich nicht?«

»Nicht der Rede wert. *A shadow of a shadow.*«

Er hatte sich in den zunächst stehenden Fauteuil niedergelassen und griff mechanisch nach einem Album, das auf dem Sofatische lag. Seiner oft ausgesprochenen Ansicht nach war dies die niedrigste Form aller geistigen Beschäftigung, und so durfte es nicht überraschen, daß er während des Blätterns über das Buch fortsah und wiederholentlich fragte: »Wie war es? Ich bin begierig, zu hören.«

Aber sie konnte nur zu gut erkennen, daß er *nicht* begierig war, zu hören, und so sehr es sie nach Aussprache verlangt hatte, so schwer wurd es ihr jetzt, ein Wort zu sagen, und sie verwirrte sich mehr als einmal, als sie, um ihm zu willfahren, von der tiefen Demütigung erzählte, die sie von ihrem eigenen Kinde hatte hinnehmen müssen.

Rubehn war aufgestanden und versuchte sie durch ein paar hingeworfene Worte zu beruhigen, aber es war nicht anders, wie wenn einer einen Spruch herbetet.

»Und das ist alles, was du mir zu sagen hast?« fragte sie. »Ruben, mein Einziger, soll ich auch *dich* verlieren?!« Und sie stellte sich vor ihn hin und sah ihn starr an.

»O, sprich nicht so. Verlieren! Wir können uns nicht verlieren. Nicht wahr, Melanie, wir können uns nicht verlieren?« Und hierbei wurde seine Stimme momentan inniger und weicher. »Und was die Kinder angeht«, fuhr er nach einer Weile fort, »nun, die

Kinder sind eben Kinder. Und eh sie groß sind, ist viel Wasser den Rhein hinuntergelaufen. Und dann darfst du nicht vergessen, es waren nicht gerade die glänzendsten *metteurs en scène,* die es in die Hand nahmen. Unser Riekchen ist lieb und gut, und du hast sie gern, *zu* gern vielleicht; aber auch *du* wirst nicht behaupten wollen, daß die Stiftsanwärterin auf Kloster Himmelpfort an die Pforten ewiger Weisheit geklopft habe. Jedenfalls ist ihr nicht aufgemacht worden. Und Jacobine! Pardon, sie hat etwas von einer Prinzessin, aber von einer, die die Lämmer hütet.«

»Ach, Ruben«, sagte Melanie, »du sagst so vieles durcheinander. Aber das rechte Wort sagst du nicht. Du sagst nichts, was mich aufrichten, mich vor mir selbst wieder herstellen könnte. Mein eigen Kind hat mir den Rücken gekehrt. Und daß es noch ein Kind ist, das gerade ist das Vernichtende. Das richtet mich.«

Er schüttelte den Kopf und sagte: »Du nimmst es zu schwer. Und glaubst du denn, daß Mütter und Väter außerhalb aller Kritik stehen?«

»Wenigstens außerhalb der ihrer Kinder.«

»Auch *der* nicht. Im Gegenteil, die Kinder sitzen überall zu Gericht, still und unerbittlich. Und Lydia war immer ein kleiner Großinquisitor, wenigstens genferischen Schlages, und an ihr läßt sich die Rückschlagstheorie studieren. Ihr Urahne muß mitgestimmt haben, als man Servet verbrannte. Mich hätte sie gern mit auf dem Holzstoß gesehen, soviel steht fest. Und nun, laß uns schweigen davon. Ich muß noch in die Stadt.«

»Ich bitte dich, was ist? Was gibt's?«

»Eine Konferenz. Und es wird sich nicht vermeiden lassen, daß wir nach ihrem Abschluß zusammen bleiben. Ängstige dich nicht, und vor allem, erwarte mich nicht. Ich hasse junge Frauen, die beständig am Fenster passen, ›ob er noch nicht kommt‹, und mit dem Wächter unten auf du und du stehen, nur, um immer eine Heilablieferungsgarantie zu haben. Ich perhorresziere das. Und das beste wird sein, du gehst früh zu Bett und schläfst es aus. Und wenn wir uns morgen früh wiedersehen, wirst du mir vielleicht zustimmen, daß Lydia Bescheidenheit lernen muß, und daß zehnjährige dumme Dinger, Fräulein Liddy mit eingeschlossen, nicht dazu da sind, sich zu Sittenrichterinnen ihrer eigenen Frau Mama aufzuwerfen.«

»Ach, Ruben, das sagst du nur so. Du fühlst es anders und bist zu klug und zu gerecht, als daß du nicht wissen solltest, das Kind hat recht.«

»Es mag recht haben. Aber ich auch. Und jedenfalls gibt es Ernsteres als das. Und nun Gott befohlen.«

Und er nahm seinen Hut und ging.

Melanie wachte noch, als Rubehn wieder nach Hause kam. Aber erst am andern Morgen fragte sie nach der Konferenz und bemühte sich, darüber zu scherzen. Er seinerseits antwortete in gleichem Ton und war wie gestern ersichtlich bemüht, mit Hilfe lebhaften Sprechens einen Schirm aufzurichten, hinter dem er, was eigentlich in ihm vorging, verbergen konnte.

So vergingen Tage. Seine Lebhaftigkeit wuchs, aber mit ihr auch seine Zerstreutheit, und es kam vor, daß er mehrere Male dasselbe fragte. Melanie schüttelte den Kopf und sagte: »Ich bitte dich, Ruben, wo bist du? sprich.« Aber er versicherte nur, »es sei nichts, und sie forsche, wo nichts zu forschen sei. Zerstreutheit wäre ein Erbstück in der Familie, kein gutes, aber es sei einmal da, und sie müsse sich damit einleben und daran gewöhnen.« Und dann ging er, und sie fühlte sich freier, wenn er ging. Denn das rechte Wort wurde nicht gesprochen, und *er*, der die Last ihrer Einsamkeit verringern sollte, verdoppelte sie nur durch seine Gegenwart.

Und nun war Ostern. Anastasia sprach am Ostersonntag auf eine halbe Stunde vor, aber Melanie war froh, als das Gespräch ein Ende nahm und die mehr und mehr unbequem werdende Freundin wieder ging. Und so kam auch der zweite Festtag, unfestlich und unfreundlich wie der erste, und als Rubehn über Mittag erklärte, daß er abermals eine Verabredung habe, konnte sie's in ihrer Herzensangst nicht länger ertragen, und sie beschloß, in die Kirche zu gehen und eine Predigt zu hören. Aber wohin? Sie kannte Prediger nur von Taufen und Hochzeiten her, wo sie, neben frommen und nicht frommen, manch liebes Mal bei Tisch gesessen und beim Nachhausekommen immer versichert hatte: »Geht mir doch mit eurem Pfaffenhaß. Ich habe mich mein Lebtag nicht so gut unterhalten wie heute mit Pastor Käpsel. Ist das ein reizender alter Herr! Und so humoristisch und beinahe witzig. Und schenkt einem immer ein und stößt an und trinkt selber mit, und sagt einem verbindliche Sachen. Ich begreif euch nicht. Er ist doch interessanter als Reiff oder gar Duquede.«

Aber nun eine Predigt! Es war seit ihrem Einsegnungstage, daß sie keine mehr gehört hatte.

Endlich entsann sie sich, daß ihr Christel von Abendgottesdiensten erzählt hatte. Wo doch? In der Nikolaikirche. Richtig. Es war weit, aber desto besser. Sie hatte so viel Zeit übrig, und die Bewegung in der frischen Luft war seit Wochen ihr einziges Labsal. So machte sie sich auf den Weg, und als sie die große Petristraße passierte, sah sie zu den erleuchteten Fenstern des ersten Stockes auf. Aber *ihre* Fenster waren dunkel und auch keine Blumen davor. Und sie ging rascher und sah sich um, als verfolge sie wer, und bog endlich in den Nikolaikirchhof ein.

Und nun in die Kirche selbst.

Ein paar Lichter brannten im Mittelschiff, aber Melanie ging an der Schattenseite der Pfeiler hin, bis sie der alten, reichgeschmückten Kanzel gerad gegenüber war. Hier waren Bänke gestellt, nur drei oder vier, und auf den Bänken saßen Waisenhauskinder, lauter Mädchen in blauen Kleidern und weißen Brusttüchern, und dazwischen alte Frauen, das graue Haar unter einer schwarzen Kopfbinde versteckt, und die meisten einen Stock in Händen oder eine Krücke neben sich.

Melanie setzte sich auf die letzte Bank und sah, wie die kleinen Mädchen kicherten und sich anstießen und immer nach ihr hinsahen und nicht begreifen konnten, daß eine so feine Dame zu solchem Gottesdienste käme. Denn es war ein Armengottesdienst, und deshalb brannten auch die Lichter so spärlich. Und nun schwieg Lied und Orgel, und ein kleiner Mann erschien auf der Kanzel, dessen sie sich von ein paar großen und überschwenglichen Bourgeoisbegräbnissen her sehr wohl entsann, und von dem sie mehr als einmal in ihrer übermütigen Laune versichert hatte, »er spräche schon vorweg im Grabsteinstil. Nur nicht so kurz«. Aber heute sprach er kurz und pries auch keinen, am wenigsten überschwenglich, und war nur müd und angegriffen, denn es war der zweite Feiertagabend. Und so kam es, daß sie nichts Rechtes für ihr Herz finden konnte, bis es zuletzt hieß: »Und nun, andächtige Gemeine, wollen wir den vorletzten Vers unsres Osterliedes singen.« Und in demselben Augenblicke summte wieder die Orgel und zitterte, wie wenn sie sich erst ein Herz fassen oder einen Anlauf nehmen müsse, und als es endlich voll und mächtig an dem hohen Gewölbe hinklang und die Spittelfrauen mit ihren zittrigen Stimmen einfielen, rückten zwei von den kleinen Mädchen halb schüchtern an Melanie heran und gaben ihr ihr Gesangbuch und zeigten auf die Stelle. Und sie sang mit:

Du lebst, du bist in Nacht mein Licht,
Mein Trost in Not und Plagen,
Du weißt, was alles mir gebricht,
Du wirst mir's nicht versagen.

Und bei der letzten Zeile reichte sie den Kindern das Buch zurück und dankte freundlich und wandte sich ab, um ihre Bewegung zu verbergen. Dann aber murmelte sie Worte, die ein Gebet vorstellen sollten und es vor dem Ohr dessen, der die Regungen unsres Herzen hört, auch wohl waren, und verließ die Kirche so still und seitab, wie sie gekommen war.

In ihre Wohnung zurückgekehrt, fand sie Rubehn an seinem Arbeitstische vor. Er las einen Brief, den er, als sie eintrat, beiseite schob. Und er ging ihr entgegen und nahm ihre Hand und führte sie nach ihrem Sofaplatz.

»Du warst fort?« sagte er, während er sich wieder setzte.

»Ja, Freund. In der Stadt ... In der Kirche.«

»In der Kirche! Was hast du da gesucht?«

»Trost.«

Er schwieg und seufzte schwer. Und sie sah nun, daß der Augenblick da war, wo sich's entscheiden müsse. Und sie sprang auf und lief auf ihn zu und warf sich vor ihm nieder und legte beide Arme auf seine Knie: »Sage mir, was es ist! Habe Mitleid mit mir, mit meinem armen Herzen. Sieh, die Menschen haben mich aufgegeben, und meine Kinder haben sich von mir abgewandt. Ach, so schwer es war, ich hätt es tragen können. Aber daß du, *du* dich abwendest von mir, das trag ich nicht.«

»Ich wende mich nicht ab von dir.«

»Nicht mit deinem Auge, wiewohl es mich nicht mehr sieht, aber mit deinem Herzen. Sprich, mein Einziger, was ist es? Es ist nicht Eifersucht, was mich quält. Ich könnte keine Stunde leben mehr, wär es *das*. Aber ein anderes ist es, was mich ängstigt, ein anderes, nicht viel Besseres: ich habe deine Liebe nicht mehr. Das ist mir klar, und unklar ist mir nur das eine, wodurch ich sie verscherzt. Ist es der Bann, unter dem ich lebe und den du mit zu tragen hast? Oder ist es, daß ich so wenig Licht und Sonnenschein in dein Leben gebracht und unsre Einsamkeit auch noch in Betrübsamkeit verwandelt habe? Oder ist es, daß du mir mißtraust? Ist es der Gedanke an das alte ›heute dir und morgen mir‹? O sprich. Ich will dich nicht leiden sehen. Ich werde weniger unglücklich sein, wenn ich dich glücklich weiß. Auch getrennt von dir. Ich will gehen, jede Stunde. Verlang es, und ich tu es. Aber reiße mich aus dieser Ungewißheit. Sage mir, was es ist, was dich drückt, was dir das Leben vergällt und verbittert. Sage mir's. Sprich.«

Er fuhr sich über Stirn und Auge, dann nahm er den beiseite geschobenen Brief und sagte: »Lies.«

Melanie faltete das Blatt auseinander. Es waren Zeilen vom alten Rubehn, dessen Handschrift sie sehr wohl kannte. Und nun las sie: »Frankfurt, Ostersonntag. Ausgleich gescheitert. Arrangiere, was sich arrangieren läßt. In spätestens acht Tagen muß ich unsre Zahlungseinstellung aussprechen. M. R. ...«

In Rubehns Mienen ließ sich, als sie las, erkennen, daß er einer neuen Erschütterung gewärtig war. Aber wie sehr hatte er sie verkannt, sie, die viel, viel mehr war als ein bloß verwöhnter Liebling der Gesellschaft, und eh ihm noch Zeit blieb, über seinen Irrtum nachzudenken, hatte sie sich schon in einem wahren Freudenjubel erhoben und ihn umarmt und geküßt und wieder umarmt.

»O, nur das! ... O, nun wird alles wieder gut ... Und was eurem Hause Unglück bedeutet, mir bedeutet es Glück, und nun weiß ich es, es kommt alles wieder in Schick und Richtung, weit über all mein Hoffen und Erwarten hinaus ... Als ich damals ging und das letzte Gespräch mit ihm hatte, sieh, da sprach ich von den Menschlichen unter den Menschen. Und es ist mir, als wär es gestern gewesen. Und auf diese Menschlichen baut ich meine Zukunft und rechnete darauf, daß sie's versöhnen würde: ich liebte dich! Aber es war ein Fehler, und auch die Menschlichen haben mich im Stich gelassen. Und jetzt muß ich sagen, sie hatten recht. Denn die Liebe tut es nicht, und die Treue tut es auch nicht. Ich meine die Werkeltagstreue, die nichts Beßres kann, als sich vor Untreue bewahren. Es ist eben nicht viel, treu zu sein, wo man liebt und wo die Sonne scheint und das Leben bequem geht und kein Opfer fordert. Nein, nein, die bloße Treue tut es nicht. Aber die bewährte Treue, *die* tut es. Und nun kann ich mich bewähren und will es und werd es, und nun kommt *meine* Zeit. Ich will nun zeigen, was ich kann, und will zeigen, daß alles Geschehene nur geschah, weil es geschehen mußte, weil ich dich liebte, nicht aber, weil ich leicht und übermütig in den Tag hineinlebte und nur darauf aus war, ein bequemes Leben in einem noch bequemeren fortzusetzen.«

Er sah sie glücklich an, und der Ausdruck des Selbstsuchtslosen in Wort und Miene riß ihn aus der tiefen Niedergedrücktheit seiner Seele heraus. Er hoffte nun selber wieder, aber Bangen und Zweifel liefen nebenher, und er sagte bewegt: »Ach, meine liebe Melanie, du warst immer ein Kind, und du bist es auch in diesem Augenblicke noch. Ein verwöhntes und ein gutes, aber doch ein Kind. Sieh, von deinem ersten Atemzuge an hast du keine Not gekannt, ach, was sprech ich von Not, nie, so lange du lebst, ist dir ein Wunsch unerfüllt geblieben. Und du hast gelebt wie im Märchen von ›Tischlein decke dich‹, und das Tischlein *hat* sich dir gedeckt, mit allem, was du wolltest, mit allem, was das Leben hat, auch mit Schmeicheleien und Liebkosungen. Und du bist geliebkost worden wie ein King-Charles-Hündchen mit einem blauen Band und einem Glöckchen daran. Und alles, was du getan hast, das hast du spielend getan. Ja, Melanie, spielend. Und nun willst du auch spielend entbehren lernen und denkst: es findet sich. Oder denkst auch wohl, es sei hübsch und apart, und schwärmst für die Poetenhütte, die Raum hat für ein glücklich liebend Paar, oder wenigstens haben *soll.* Ach, es liest sich erbaulich von dem blankgescheuerten Eßtisch und dem Maienbusch in jeder Ecke, und von dem Zeisig, der sich das Futternäpfchen selber heranzieht. Und es ist schon richtig: die gemalte Dürftigkeit sieht gerade so gut aus, wie der gemalte Reichtum. Aber wenn es aufhört, Bild und Vorstellung zu sein und wenn es Wirklichkeit und Regel wird, dann ist Armut ein bitteres Brot, und Muß eine harte Nuß.«

Es war umsonst. Sie schüttelte nur den Kopf immer wieder und sagte dann in jener einschmeichelnden Weise, der so schwer zu widerstehen war: »Nein, nein, du hast unrecht. Und es liegt alles anders, ganz anders. Ich hab einmal in einem Buche gelesen, und nicht in einem schlechten Buche, die Kinder, die Narren und die Poeten, die hätten immer recht. Vielleicht überhaupt, aber von ihrem Standpunkt aus ganz gewiß. Und ich bin eigentlich alles dreis, und daraus magst du schließen, wie *sehr* ich recht habe. Dreifach recht. ›Ich will spielend entbehren lernen‹, sagst du. Ja, Lieber, das will ich, das ist es, um was es sich handelt. Und du glaubst einfach, ich könn es nicht. Ich kann es aber, ich kann es ganz gewiß, so gewiß ich diesen Finger aufhebe, und ich will dir auch sagen, warum ich es kann. Den einen Grund hast du schon erraten: weil ich es mir so romantisch denke, so hübsch und apart. Gut, gut. Aber du hättest auch sagen können, weil ich andre Vorstellungen von Glück habe. Mir ist das Glück etwas andres als ein Titel oder eine Kleiderpuppe. *Hier* ist es, oder nirgends. Und so dacht ich und fühlt ich immer, und so war ich immer und so bin ich noch. Aber wenn es auch anders mit mir stünde, wenn ich auch an dem Flitter des Daseins hinge, so würd ich doch die Kraft haben, ihm zu entsagen. *Ein* Gefühl ist immer das herrschende, und seiner Liebe zuliebe kann man alles, alles. Wir Frauen wenigstens. Und *ich* gewiß. Ich habe so vieles freudig hingeopfert, und ich sollte nicht einen Teppich opfern können! Oder einen Vertiko! Ach, einen Vertiko!« und sie lachte herzlich. »Entsinnst du dich noch, als du sagtest: ›Alles sei jetzt Enquete‹. Das war damals. Aber die Welt ist inzwischen fortgeschritten, und jetzt ist alles Vertiko!«

Er war nicht überzeugt; seine praktisch-patrizische Natur glaubte nicht an die Dauer solcher Erregungen, aber er sagte doch: »Es sei. Versuchen wir's. Also ein neues Leben, Melanie!«

»Ein neues Leben! Und das erste ist, wir geben diese Wohnung auf und suchen uns eine bescheidenere Stelle. Mansarde klingt freilich anspruchslos genug, aber dieser Trumeau und diese Bronzen sind um so anspruchsvoller. Ich habe nichts gelernt, und das ist gut, denn wie die meisten, die nichts gelernt haben, weiß ich allerlei. Und mit Toussaint L'Ouverture fangen wir an, nein, nein, mit Toussaint-Langenscheidt, und in acht Tagen oder doch spätestens in vier Wochen geb ich meine erste Stunde. Wozu bin ich eine Genferin! Und nun sage: Willst du? Glaubst du?«

»Ja.«

»Topp.«

Und sie schlug in seine Hand und zog ihn unter Lachen und Scherzen in das Nebenzimmer, wo das Vrenel in Abwesenheit des Dieners eben den Teetisch arrangiert hatte.

Und sie hatten an diesem Unglückstage wieder einen ersten glücklichen Tag.

22
Versöhnt

Und Melanie nahm es ernst mit jedem Worte, das sie gesagt hatte. Sie hatte dabei ganz ihre Frische wieder, und eh ein Monat um war, war die modern und elegant eingerichtete Wohnung gegen eine schlichtere vertauscht, und das Stundengeben hatte begonnen. Ihre Kenntnis des Französischen und beinahe mehr noch ihr glänzendes musikalisches, auch nach der technischen Seite hin vollkommen ausgebildetes Talent hatten es ihr leicht gemacht, eine Stellung zu gewinnen, und zwar in ein paar großen schlesischen Häusern, die gerade vornehm genug waren, den Tagesklatsch ignorieren zu können.

Und bald sollte es sich herausstellen, wie nötig diese raschen und resoluten Schritte gewesen waren, denn der Zusammensturz erfolgte jäher als erwartet, und jede Form der Einschränkung erwies sich als geboten, wenn nicht mit der finanziellen Reputation des großen Hauses auch die bürgerliche verloren gehen sollte. Jede neue Nachricht von Frankfurt her bestätigte dies, und Rubehn, der anfangs nur allzu geneigt gewesen war, den Eifer Melanies für eine bloße Opferkaprice zu nehmen, sah sich alsbald gezwungen, ihrem Beispiele zu folgen. Er trat als amerikanischer Korrespondent in ein Bankhaus ein, zunächst mit nur geringem Gehalt, und war überrascht und glücklich zugleich, die berühmte Poetenweisheit von der »kleinsten Hütte« schließlich an sich selber in Erfüllung gehen zu sehen.

Und nun folgten idyllische Wochen, und jeden neuen Morgen,

wenn sie von der Wilmersdorfer Feldmark her am Rande des Tiergartens hin ihren Weg nahmen und an ihrer alten Wohnung vorüberkamen, sahen sie zu der eleganten Mansarde hinauf und atmeten freier, wenn sie der zurückliegenden schweren und sorgenreichen Tage gedachten. Und dann bogen sie plaudernd in die schmalen, schattigen Gänge des Parkes ein, bis sie zuletzt unter der schräg liegenden Hängeweide fort, die zwischen dem Königsdenkmal und der Louiseninsel steht und hier beinahe den Weg sperrt, in die breite Tiergartenstraße wieder einmündeten. Den schrägliegenden Baum aber nannten sie scherzhaft ihren Zoll- und Schlagbaum, weil sich dicht hinter demselben ein Leiermann postiert hatte, dem sie Tag um Tag ihren Wegezoll entrichten mußten. Er kannte sie schon, und während er die große Mehrheit, als wären es Steuerdefraudanten, mit einem zornigverächtlichen Blick verfolgte, zog er vor unserem jungen Paare regelmäßig seine Militärmütze. Ganz aber konnt er sich auch ihnen gegenüber nicht zwingen und verleugnen, und als sie den schon Pflicht gewordenen Zoll eines Tages vergessen oder vielleicht auch absichtlich nicht entrichtet hatten, hörten sie, daß er die Kurbel in Wut und Heftigkeit noch dreimal drehte und dann so jäh und plötzlich abbrach, daß ihnen ein paar unfertige Töne wie Knurr- und Scheltworte nachklangen. Melanie sagte: »Wir dürfen es mit niemand verderben, Ruben; Freundschaft ist heuer rar.« Und sie wandte sich wieder um und ging auf den Alten zu und gab ihm. Aber er dankte nicht, weil er noch immer in halber Empörung war.

Und so verging der Sommer, und der Herbst kam, und als das Laub sich zu färben und an den Ahorn- und Platanenbäumen auch schon abzufallen begann, da hatte sich bei denen, die Tag um Tag unter diesen Bäumen hinschritten, manches geändert, und zwar zum Guten geändert. Wohl hieß es auch jetzt noch, wenn sie den alten Invaliden unter ihrerseits devotem Gruße passierten, »daß sie der neuen Freundschaften noch nicht sicher genug seien, um die bewährten alten aufgeben zu können«, aber diese neuen Freundschaften waren doch wenigstens in ihren Anfängen da. Man kümmerte sich wieder um sie, ließ sie gesellschaftlich wieder aufleben, und selbst solche, die bei dem Zusammenbrechen der Rubehnschen Finanzherrlichkeit nur Schadenfreude gehabt und je nach ihrer klassischen oder christlichen Bildung und Beanlagung von »Nemesis« oder »Finger Gottes« gesprochen hatten, bequemten sich jetzt, sich mit dem hübschen Paare zu versöhnen, »das so glücklich und so gescheit sei, und nie klage und sich so liebe«. Ja, sich so liebe. *Das* war es, was doch schließlich den Ausschlag gab, und wenn vorher ihre Neigung nur Neid und Zweifel geweckt hatte, so schlug jetzt die Stimmung in ihr Gegenteil um. Und nicht zu verwundern! War es doch ein und dasselbe Gefühl, was bei Verurteilung und Begnadigung zu Gerichte saß, und wenn es anfangs eine sensationelle Befriedigung gewährt hatte, sich in Indignation zu stürzen, so war es jetzt eine kaum geringere Freude, von den »Inséparables« sprechen und über ihre »treue Liebe« sentimentalisieren zu können. Eine kleine Zahl Esoterischer aber führte den ganzen Fall auf die Wahlverwandtschaften zurück und stellte wissenschaftlich fest, daß einfach seitens des stärkeren und deshalb berechtigteren Elements das schwächere verdrängt worden sei. Das Naturgesetzliche habe wieder mal gesiegt. Und hiermit sah sich denn auch der einen Winter lang auf den Schild gehobene van der Straaten abgefunden und teilte das Schicksal aller Saisonlieblinge, noch schneller vergessen als erhoben zu werden. Ja, der Spott und die Bosheit begannen jetzt ihre Pfeile gegen ihn zu richten, und wenn des Falles ausnahmsweise noch gedacht wurde, so hieß es: »Er hat es nicht anders gewollt. Wie kam er nur dazu? Sie war siebzehn! Allerdings, er soll einmal ein *lion* gewesen sein. Nun gut. Aber wenn dem ›Löwen‹ zu wohl wird …« Und dann lachten sie und freuten sich, daß es so gekommen, wie es gekommen.

Ob van der Straaten von diesen und ähnlichen Äußerungen hörte? Vielleicht. Aber es bedeutete ihm nichts. Er hatte sich selbst zu skeptisch und unerbittlich durchforscht, als daß er über die Wandlungen in dem Geschmacke der Gesellschaft, über ihr Götzenschaffen und Götzenstürzen auch nur einen Augenblick erstaunt gewesen wäre. Und so durfte denn von ihm gesagt werden, »er hörte, was man sprach, auch wenn er es *nicht* hörte«. Weg über das Urteil der Menschen, galt ihm nur eines ebensowenig oder noch weniger: ihr Mitleid. Er war immer eine selbständige Natur gewesen, frei und fest, und so war er geblieben. Und auch derselbe geblieben in seiner Nachsicht und Milde.

Und der Tag kam, wo sich's zeigen und auch Melanie davon erfahren sollte.

Es war schon ausgangs Oktober, und nur wenig gelbes und rotes Laub hing noch an den halb kahl gewordenen Bäumen. Das meiste lag abgeweht in den Gängen und wurde, wo's trocken war, zusammengeharkt, denn seit gestern hatte sich das Wetter wieder geändert, und nach langen Sturm- und Regentagen schien eine wundervolle Herbstessonne. Vielleicht die letzte dieses Jahres.

Und auch Anninettchen wurde hinausgeschickt und blieb heute länger fort als erwartet, bis endlich um die vierte Stunde die Magd in großer Aufregung heimkam und in ihrem schweren Schweizer-Deutsch über ein eben gehabtes Erlebnis berichtete: »Sie hab auf der Bank g'sesse, wo die vier Löwe das Brückle halte, und hätt ebe g'sagt: ›Sieh, Aninettle, des isch der alt Weibersommer, der will di einspinne, aber der hat di no lang nit‹, und das Aninettl hab grad g'juchzt un lacht un n'am Ohrring g'langt, do wäre zwei Herre über die Brück komme, so gute funfzig, aber schon auf der Wipp, und einer hätt g'sagt, e langer Spindelbein: ›Schau des Silberkettle; des isch e Schweizerin; un i wett, des isch e Kind vom Schweizer G'sandte.‹ Aber do hat der andre g'sagt: ›Nei, des kann nit sein; den Schweizer G'sandte, den kenn i, un der hat kein Kind un kein Kegel ...‹ Un do hat er z'mir g'sagt: ›Ah nu, wem g'hört das Kind?‹ Un da hab i g'sagt: ›Dem Herrn Rubehn, un's isch e Mädle, un heißt Aninettl.‹ Und do hab i g'sehn, daß er sich verfärbt hat und hat wegg'schaut. Aber nit lang, da hat er sich wieder umg'wandt und hat g'sagt: ›'s isch d' Mutter, und lacht auch so, un hat dieselbe schwarze Haar. Es isch e schön's Kindle. Findscht nit au?‹ Aber er hat's nit finde wolle und hat nur g'sagt: ›Übertax' es nit. Es gibt mehr so. Un's ischt e Kind aus'm Dutzend.‹ Jo, so hat er g'sagt, der garstige Spindelbein: ›'s gibt mehr so, un's ischt e Kind aus'm Dutzend.‹ Aber der gute Herre, der hat's Pätschle g'nomme un hat's g'streichelt. Un hat mi g'lobt, deß i so brav un g'scheidt sei. Jo, so hat er g'sagt. Und dann sind sie gange.«

All das hatte seines Eindrucks nicht verfehlt, und Melanie war während der Tage, die folgten, immer wieder auf diese Begegnung zurückgekommen. Immer wieder und wieder hatte die Vreni jedes Kleinste nennen und beschreiben müssen, und so war es durch Wochen hin geblieben, bis endlich in den großen und kleinen Vorbereitungen zum Feste der ganze Vorfall vergessen worden war.

Und nun war das Fest selber da, der heilige Abend, zu dem auch diesmal Rubehns jüngerer Bruder und der alte Prokurist, die sich zur Rückkehr nach Frankfurt nicht hatten entschließen können, geladen waren. Auch Anastasia.

Melanie, die noch vor Eintreffen ihres Besuchs allerlei Wirtschaftliches anzuordnen hatte, war ganz Aufregung und erschrak ordentlich, als sie gleich nach Dunkelwerden und lange vor der festgesetzten Stunde die Klingel gehen hörte. Wenn das schon die Gäste wären! Oder auch nur einer von ihnen. Aber ihre Besorgnis währte nicht lange, denn sie hörte draußen ein Fragen und Parlamentieren, und gleich darauf erschien das Vrenel und trug eine mittelgroße Kiste herein, auf der, ohne weitere Adresse, bloß das eine Wort »Julklapp« zu lesen war.

»Ist es denn für uns, Vreni?« fragte Melanie.

»I denk schon. I hab ihm g'sagt: ›'s isch der Herr Rubehn, der hier wohnt. Un die Frau Rubehn.‹ Und do hat er g'sagt: ›'s isch schon recht; des isch der Nam'.‹ Un do hab i's g'nomme.«

Melanie schüttelte den Kopf und ging in Rubehns Stube, wo man sich nun gemeinschaftlich an das Öffnen der Kiste machte. Nichts fehlte von den gewöhnlichen Julklappszutaten, und erst als man unten am Boden eines großen Gravensteiner Apfels gewahr wurde, sagte Melanie: »Gib acht. Hierin steckt es.« Aber es ließ sich nichts erkennen, und schon wollten sie den Gravensteiner, wie alles andre, beiseite legen, als sich durch eine zufällige Bewegung ihrer Hand die geschickt zusammengepaßten Hälften des Apfels auseinander schoben. *»Ah, voilà.«* Und wirklich, an Stelle des Kernhauses, das herausgeschnitten war, lag ein in Seidenpapier gewickeltes Päckchen. Sie nahm es, entfernte langsam und erwartungsvoll eine Hülle nach der andern und hielt zuletzt ein kleines Medaillon in Händen, einfach, ohne Prunk und Zierat. Und nun drückte sie's an der Feder auf und sah ein Bildchen und erkannt es, und es entfiel ihrer Hand. Es war, *en miniature,* der Tintoretto, den sie damals so lachend und übermütig betrachtet und für dessen Hauptfigur sie nur die Worte gehabt hatte: »Sieh, Ezel, sie hat geweint. Aber ist es nicht, als begriffe sie kaum ihre Schuld?«

Ach, sie fühlte jetzt, daß das alles auch für sie selbst gesprochen war, und sie nahm das ihrer Hand entfallene Bildchen wieder auf und gab es an Rubehn und errötete.

Dieser spielte damit hin und her und sagte dann, während er die Feder wieder zuknipste: *»King Ezel in all his glories!* Immer derselbe. Wohlwollend und ungeschickt. Ich werd es tragen. Als Uhrgehäng, als Berloque.«

»Nein, *ich.* Ach, du weißt nicht, wie viel es mir bedeutet. Und es soll mich erinnern und mahnen ... jede Stunde ...«

»Meinetwegen. Aber nimm es nicht tragischer als nötig und grüble nicht zuviel über das alte leidige Thema von Schuld und Sühne.«

»Du bist hochmütig, Ruben.«

»Nein.«

»Nun gut. Dann bist du stolz.«

»Ja, das bin ich, meine süße Melanie. Das bin ich. Aber auf was? Auf *wen?*«

Und sie umarmten sich und küßten sich, und eine Stunde später brannten ihnen die Weihnachtslichter in einem ungetrübten Glanz.

Cecile

Erstes Kapitel

»Thale. Zweiter …«

»Letzer Wagen, mein Herr.«

Der ältere Herr, ein starker Fünfziger, an den sich dieser Bescheid gerichtet hatte, reichte seiner Dame den Arm und ging in langsamem Tempo, wie man eine Rekonvaleszentin führt, bis an das Ende des Zuges, »Nach Thale« stand hier auf einer ausgehängten Tafel.

Es war einer von den neuen Waggons mit Treppenaufgang, und der mit besonderer Adrettheit gekleidete Herr: blauer Überrock, helles Beinkleid und Korallentuchnadel, wandte sich, als er das Waggontreppchen hinauf war, wieder um, um seiner Dame beim Einsteigen behilflich zu sein. Die Kompartiments waren noch leer, und so hatte man denn die Wahl, aber freilich auch die Qual, und mehr als eine Minute verging, ehe die schlanke, schwarzgekleidete Dame sich schlüssig gemacht und einen ihr zusagenden Platz gefunden hatte. Von ähnlicher Unruhe war der sie begleitende Herr, dessen Aufundabschreiten jedoch allem Anscheine nach mit der Platzfrage nichts zu schaffen hatte, wenigstens sah er, das Fenster mehrfach öffnend und schließend, immer wieder den Perron hinunter, wie wenn er jemand erwarte. Das war denn auch der Fall, und er beruhigte sich erst, als ein in eine Halblivree gekleideter Diener ihm die Fahrbilletts samt Gepäckschein eingehändigt und sich bei dem »Herrn Obersten« (ein Wort, das er beständig wiederholte) wegen seines langen Ausbleibens entschuldigt hatte. »Schon gut«, sagte der so beharrlich als »Herr Oberst« Angeredete. »Schon gut. Unsere Adresse weißt du. Halte mir die Pferde instand; jeden Tag eine Stunde; nicht mehr. Aber nimm dich auf dem Asphalt in acht.« Dann kam der Schaffner, um unter respektvoller Verbeugung gegen den Fahrgast, den er sofort als einen alten Militär erkannte, die Billetts zu kupieren.

Und nun setzte sich der Zug in Bewegung.

»Gott sei Dank, Cecile«, sagte der Oberst, dessen scharfer und beinah stechender Blick durch einen kleinen Fehler am linken Auge noch gesteigert wurde. »Gott sei Dank, wir sind allein.«

»Um es hoffentlich zu bleiben.«

Damit brach das Gespräch wieder ab.

Es hatte die Nacht vorher geregnet, und der am Fluß hin gelegene Stadtteil, den der Zug eben passierte, lag in einem dünnen Morgennebel, gerade dünn genug, um unseren Reisenden einen Einblick in die Rückfronten der Häuser und ihre meist offenstehenden Schlafstubenfenster zu gönnen. Merkwürdige Dinge wurden da sichtbar, am merkwürdigsten aber waren die hier und da zu Füßen der hohen Bahnbögen gelegenen Sommergärten und Vergnügungslokale. Zwischen rauchgeschwärzten Seitenflügeln erhoben sich etliche Kugelakazien, sechs oder acht, um die herum ebensoviel grüngestrichene Tische samt angelehnten Gartenstühlen standen. Ein Handwagen mit eingeschirrtem Hund hielt vor einem Kellerhals, und man sah deutlich, wie Körbe mit Flaschen hinein- und mit ebensoviel leeren Flaschen wieder hinausgetragen wurden. In einer Ecke stand ein Kellner und gähnte.

Bald aber war man aus dieser Straßenenge heraus, und statt ihrer erschienen weite Bassins und Plätze, hinter denen die Siegessäule halb gespenstisch aufragte. Die Dame wies kopfschüttelnd mit der Schirmspitze darauf hin und ließ dann an dem offenen Fenster, wenn auch freilich nur zur Hälfte, das Gardinchen herunter.

Ihr Begleiter begann inzwischen eine mit dicken Strichen gezeichnete Karte zu studieren, die die Bahnlinien in der unmittelbaren Umgebung Berlins angab. Er kam aber nicht weit mit seiner Orientierung, und erst als man die Lisiere des Zoologischen Gartens streifte, schien er sich zurechtzufinden und sagte: »Sieh, Cecile, das sind die Elefantenhäuser.«

»Ah«, sagte diese mit einem Versuch, Interesse zu zeigen, blieb aber zurückgelehnt in ihrem Eckplatz und richtete sich erst auf, als der Zug in Potsdam einfuhr. Viele Militärs schritten hier den Perron auf und ab, unter ihnen auch ein alter General, der, als er Ceciles ansichtig wurde, mit besonderer Artigkeit in das Kupee hineingrüßte, dann aber sofort vermied, abermals in die Nähe desselben zu kommen. Es entging ihr nicht, ebensowenig dem Obersten.

Und nun wurde das Signal gegeben, und die Fahrt ging weiter über die Havelbrücken hin, erst über die Potsdamer, dann über die Werdersche. Niemand sprach, und nur die Gardine mit dem eingemusterten *M. H. E.* flatterte lustig im Winde. Cecile starrte darauf hin, als ob sie den Tiefsinn dieser Zeichen erraten wolle, gewann aber nichts, als daß sich der Mattigkeitsausdruck ihrer Züge nur noch steigerte.

»Du solltest dir's bequem machen«, sagte der Oberst, »und dich ausstrecken, statt aufrecht in der Ecke zu sitzen.« Und als sie zustimmend nickte, nahm er Plaids und Decken und mühte sich um sie.

»Danke, Pierre. Danke. Nur noch das Kissen.«

Und nun zog sie die Reisedecke höher hinauf und schloß die Augen, während der Oberst in einem Reisehandbuch zu lesen begann und kleine Strichelchen an den Rand machte. Nur von Zeit zu Zeit sah er über das Buch fort und beobachtete die nur scheinbar Schlafende mit einem Ausdrucke von Aufmerksamkeit und Teilnahme, der unbedingt für ihn eingenommen haben würde, wenn sich nicht ein Zug von Herbheit, Trotz und Eigenwillen mit eingemischt und die freundliche Wirkung wieder gemindert hätte. Täuschte nicht alles, so lag eine »Geschichte« zurück, und die schöne Frau (worauf auch der Unterschied der Jahre hindeutete) war unter allerlei Kämpfen und Opfern errungen.

Es verging eine Weile, dann öffnete sie die Augen wieder und sah in die Landschaft hinaus, die beständig wechselte: Saaten und Obstgärten und dann wieder weite Heidestriche. Kein Wort wurde laut, und es schien fast, als ob dies apathische Träumen ihr, der eben erst in der Genesung Begriffenen, am meisten zusage.

»Du sprichst nicht, Cecile.«

»Nein.«

»Aber *ich* darf sprechen?«

»Gewiß. Sprich nur. Ich höre zu.«

»Sahst du Saldern?«

»Er grüßte mich mit besonderer Artigkeit.«

»Ja, mit besonderer. Und dann vermied er dich und mich. Wie wenig selbständig doch diese Herren sind.«

»Ich fürchte, daß du recht hast. Aber nichts davon; warum uns quälen und peinigen? Erzähle mir etwas Hübsches, etwas von Glück und Freude. Gibt es nicht eine Geschichte: Die Reise nach dem Glück? Oder ist es bloß ein Märchen?«

»Es wird wohl ein Märchen sein.«

Sie nickte schmerzlich bei diesem Wort, und als er nicht ohne aufrichtige, wenn auch freilich nur flüchtige Bewegung sah, daß ihr Auge sich trübte, nahm er ihre Hand und sagte: »Laß, Cecile. Vielleicht ist das Glück näher, als du denkst, und hängt im Harz an irgendeiner Klippe. Da hol ich es dir herunter, oder wir pflücken es gemeinschaftlich. Denke nur, das Hotel, in dem wir wohnen werden, heißt Hotel Zehnpfund. Klingt das nicht wie die gute Zeit? Ich sehe schon die Wage, drauf du gewogen wirst und dich mit jedem Tage mehr in die Gesundheit hineinwächst. Denn Zunehmen heißt Gesundwerden. Und dann kutschieren wir umher und zählen die Hirsche, die der Wernigeroder Graf in seinem Parke hat. Er wird doch hoffentlich nichts dagegen haben. Und überall, wo ein Echo ist, laß ich einen Böllerschuß dir zu Ehren abfeuern.«

Es schien, daß ihr die Worte wohltaten, im übrigen aber doch wenig bedeuteten, und so sagte sie: »Ich hoffe, daß wir viel allein sind.«

»Warum immer allein? Und gerade du. Du brauchst Menschen.«

»Vielleicht. Nur keine Table d'hote. Versprich mir's.«

»Gern. Aber ich denke, du wirst bald andren Sinnes werden.«

Und nun stockte das Gespräch wieder und in immer rascherem Fluge ging es erst an Brandenburg und seiner Sankt Godehards-Kirche, dann an Magdeburg und seinem Dome vorüber. In Oschersleben schloß sich der Leipziger Zug an, und mit etwas geringerer Geschwindigkeit, weil sich die Steigung fühlbar zu machen begann, fuhr man jetzt auf Quedlinburg zu, hinter dessen Abteikirche der Brocken bereits aufragte. Das Land, das man passierte, wurde mehr und mehr ein Gartenland, und wie sonst Kornstreifen sich über den Ackergrund ziehen, zogen sich hier Blumenbeete durch die weite Gemarkung.

»Sieh, Cecile«, sagte der Oberst. »Ein Teppich legt sich dir zu Füßen, und der Harz empfängt dich *à la Princesse.* Was willst du mehr?«

Und sie richtete sich auf und lächelte.

Wenige Minuten später hielt der Zug in Thale, wo sofort ein Schwarm von Kutschern und Hausdienern aller Art die Kupees umdrängte: »Hubertusbad!« »Waldkater!« »Zehnpfund!«

»Zehnpfund«, wiederholte der Oberst, und einem dienstfertig zuspringenden Kommissionär den Gepäckschein einhändigend, bot er Cecile den Arm und schritt auf das unmittelbar am Bahnhof gelegene Hotel zu.

Zweites Kapitel

Der große Balkon von Hotel Zehnpfund war am andern Morgen kaum zur Hälfte besetzt, und nur ein Dutzend Personen etwa sah auf das vor ihnen ausgebreitete Landschaftsbild, das durch die Feueressen und Rauchsäulen einer benachbarten Fabrik nicht allzuviel an seinem Reize verlor. Denn die Brise, die ging, kam von der Ebene her und trieb den dicken Qualm am Gebirge hin. In die Stille, die herrschte, mischte sich, außer dem Rauschen der Bode, nur noch ein fernes Stampfen und Klappern und ganz in der Nähe das Zwitschern einiger Schwalben, die, im

Zickzack vorüberschießend, auf eine vor dem Balkon gelegene Parkwiese zuflogen. Diese war das Schönste der Szenerie, schöner fast als die Bergwand samt ihren phantastischen Zacken, und wenn schon das saftige Grün der Wiese das Auge labte, so mehr noch die Menge der Bäume, die gruppenweis von ersichtlich geschickter Hand in dies Grün hineingestellt waren. Ahorn und Platanen wechselten ab, und dazwischen drängten sich allerlei Ziersträucher zusammen, aus denen hervor es buntfarbig blühte: Tulpenbaum und Goldregen und Schneeball und Akazie.

Der Anblick mußte jeden entzücken, und so hing denn auch das Auge der schönen Frau, die wir am Tage vorher auf ihrer Reise begleiteten, an dem ihr zu Füßen liegenden Bilde, freilich, im Gegensatze zu dem Obersten, ihrem Gemahl, mit nur geteiltem Interesse.

Der Tisch, an dem beide das Frühstück nahmen, stand im Schutz einer den Balkon nach dem Gebirge hin abschließenden Glaswand und fiel nicht nur durch ein besonders elegantes Service, sondern mehr noch durch ein großes und prächtiges Fliederbukett auf, das man, vielleicht in Huldigung gegen die durch Rang und Erscheinung gleich distinguierte Dame, gerad auf diesen Tisch gestellt hatte. Cecile selbst brach einige von den Blütenzweigen ab und sah dann abwechselnd auf Berg und Wiese, ganz einer träumerischen Stimmung hingegeben, in der sie sich augenscheinlich ungern gestört fühlte, wenn der Oberst, in wohlmeinendem Erklärungseifer, den Cicerone machte.

»Vieles«, hob er an, »hat sich speziell an dieser Stelle geändert, seit ich in meinen Fähnrichstagen hier war. Aber ich finde mich doch noch zurecht. Das Plateau dort oben, mit dem großen, würfelförmigen Gasthause, muß der Hexentanzplatz sein. Ich höre, man kann jetzt bequem hinauffahren.«

»O gewiß kann man«, sagte sie, während sie, sichtlich gleichgültig gegen diese Mitteilung, mit ihrem Auge den Balkon überflog, auf dem die Jalousieringe klapperten und die rot und weiß gemusterten Tischdecken im Winde wehten. Zugleich zupfte sie an einer ihrer Schleifen und wandte den Kopf so, daß man, von der anderen Seite des Balkons her, ihr schönes Profil sehen mußte.

»Hexentanzplatz«, nahm sie nach einer Weile das Gespräch wieder auf. »Wahrscheinlich ein Felsen mit einer Sage, nicht wahr? Wir hatten auch in Schlesien so viele; sie sind alle so kindisch. Immer Prinzessinnen und Riesenspielzeug. Ich dachte, der Felsen, den man hier sähe, hieße die Roßtrappe.«

»Gewiß, Cecile. Das ist der andre; gleich hier der nächste.«

»Müssen wir hinauf?«

»Nein, wir müssen nicht. Aber ich dachte, du würdest es wünschen. Der Blick ist schön, und man sieht meilenweit in die Ferne.«

»Bis Berlin? Aber nein, darin irr ich, das ist nicht möglich. Berlin muß weiter sein; fünfzehn Meilen oder noch mehr. Ah, sahst du die zwei Schwalben? Es war, als haschten sie sich und spielten miteinander. Vielleicht sind es Geschwister oder vielleicht ein Pärchen.«

»Oder beides. Die Schwalben nehmen es nicht so genau. Sie sind nicht so diffizil in diesen Dingen.«

Es lag etwas Bittres in dem Ton. Aber diese Bitterkeit schien sich nicht gegen die Dame zu richten, denn ihr Auge blieb ruhig, und keine Röte stieg in ihr auf. Sie zog nur ein Chenilletuch, das sie bis zur Hüfte hatte fallen lassen, wieder in die Höhe und sagte: »Mich fröstelt, Pierre.«

»Weil du nicht Bewegung genug hast.«

»Und weil ich schlecht geschlafen habe. Komm, ich will mich niederlegen und eine halbe Stunde ruhn.«

Und bei diesen Worten erhob sie sich und ging unter leichtem Gruß, den die Zunächstsitzenden ebenso leicht erwiderten, auf das Nebenzimmer und den Korridor zu. Der Oberst folgte. Nur einer der Gäste, der, über seine Zeitung fort, von der andern Seite des Balkons her das distinguierte Paar schon seit lange beobachtet hatte, stand auf, legte die Zeitung aus der Hand und grüßte mit besondrer Devotion, was seines Eindrucks auf die schöne Frau nicht verfehlte. Wie belebt und erheitert, nahm diese plötzlich ihres Begleiters Arm und sagte: »Du hast recht, Pierre. Luft wird mir besser sein als Ruhe. Mich fröstelt nur, weil ich keine Bewegung habe. Laß uns in den Park gehn. Wir wollen sehn, ob wir die Stelle finden, wo die Schwalben nisten. Ich habe mir den Baum gemerkt.«

Der junge Mann, der sich von seinem Platz erhoben und mit so besonderer Artigkeit gegrüßt hatte, rief jetzt den Kellner heran und sagte: »Kennen Sie die Herrschaften?«

»Ja, Herr von Gordon.«

»Nun?«

»Oberst a. D. von St. Arnaud und Frau. Sie kamen gestern mit dem Mittagszug und nahmen ein Diner *à part*. Die Dame scheint krank.«

»Und werden einige Tage bleiben?«

»Ich vermute.«

Der Kellner trat wieder zurück, und der als Herr von Gordon Angeredete wiederholte jetzt zwei-, dreimal den Namen, den er eben gehört hatte. »St. Arnaud ... St. Arnaud!«

Endlich schien er es gefunden zu haben.

»Ja, jetzt entsinne ich mich. In St. Denis war anno 70 viel von ihm die Rede. Kugel durch den Hals, zwischen Karotis und Luftröhre. Wahrer Wunderschuß. Und wunderbar auch die Heilung: in sechs Wochen wiederhergestellt. Witzleben hat mir ausführlich davon erzählt. Kein Zweifel, das ist er. Er war damals ältester Hauptmann in einem der Garderegimenter, bei Franz oder den ›Maikäfern‹, und wurde noch in Frankreich Major. Ich muß ihn im ›Cerf‹ gesehen haben. Aber warum außer Dienst?«

Der dies Selbstgespräch Führende nahm, als er sich mit Hilfe seines Gedächtnisses auf diese Weise leidlich orientiert hatte, die Zeitung wieder zur Hand und überflog den Leitartikel, der die letzten Fortschritte der Russen in Turkmenien behandelte, zugleich aber unter allerhand Namensverwechslungen auch über Indien und Persien orakelte. »Der Herr Verfasser weiß da so gut Bescheid wie ich auf dem Mond.« Und das Blatt verdrießlich wieder beiseiteschiebend, sah er lieber auf das Gebirge hin, das er seit länger als einer Woche an jedem neuen Morgen mit immer neuer Freude betrachtete. Zuletzt ruhte sein Blick auf dem Vordergrund und verfolgte hier die Kieswege, die sich in abwechselnd breiten und schmalen Schlängellinien durch die Parkwiese hinzogen. Eins der Bosketts, das dem Sonnenbrand am meisten ausgesetzt war, zeigte viel Gelb, und er sah eben scharf hin, um sich zu vergewissern, ob es gelbe Blüten oder nur von der Sonne verbrannte Blätter seien, als er aus ebendiesem Boskett die Gestalten des St. Arnaudschen Paares hervortreten sah. Sie bogen in den Weg ein, der jenseits der Parkwiese parallel mit dem Hotel lief, so daß man vom Balkon her beide genau beobachten konnte. Die schöne Frau schien sich unter dem Einflusse der Luft rasch gekräftigt zu haben und ging aufrecht und elastisch, trotzdem sich unschwer erkennen ließ, daß ihr das Gehen immer noch Müh und Anstrengung verursachte.

»Das ist Baden-Baden«, sagte der vom Balkon aus sie Beobachtende. »Baden-Baden oder Brighton oder Biarritz, aber nicht Harz und Hotel Zehnpfund.« Und so vor sich hinsprechend, folgte sein Auge dem sich bald nähernden, bald entfernenden Paare mit immer gesteigertem Interesse, während er zugleich in seinen Erinnerungen weiterforschte. »St. Arnaud. Anno 70 war er noch unverheiratet; sie wäre damals auch kaum achtzehn gewesen.« Und unter solchem Rechnen und Erwägen erging er sich in immer neuen Mutmaßungen darüber, welche Bewandtnis es mit dieser etwas sonderbaren und überraschenden Ehe haben möge. »Dahinter steckt ein Roman. Er ist über zwanzig Jahre älter als sie. Nun, das ginge schließlich, das bedeutet unter Umständen nicht viel. Aber den Abschied genommen, ein so brillanter und bewährter Offizier! Man sieht ihm noch jetzt den Schneid an; Garde-Oberst *comme il faut*, jeder Zoll. Und doch außer Dienst. Sollte vielleicht ... Aber nein, sie kokettiert nicht, und auch sein Benehmen gegen sie hält das richtige Maß. Er ist artig und verbindlich, aber nicht zu gesucht artig, als ob was zu cachieren sei. Nun, ich will es schon erfahren. Übrigens wirkt sie katholisch, und wenn sie nicht aus Brüssel ist, ist sie wenigstens aus Aachen. Nein, auch das nicht. Jetzt hab ich es: Polin oder wenigstens polnisches Halbblut. Und in einem festen Kloster erzogen: ›Sacré cœur‹ oder ›Zum guten Hirten‹.«

Drittes Kapitel

Herr von Gordon war auf bestem Wege, seine Mutmaßungen noch weiter auszuspinnen, als er sich durch ein von rückwärts her laut werdendes sehr ungeniertes Lachen unterbrochen und zwei neue Besucher auf den Balkon heraustreten sah, stattliche Herren von etwa dreißig, über deren spezielle Heimat, sowohl ihrem Auftreten wie besonders ihrer Sprechweise nach, kein Zweifel sein konnte. Sie trugen graubraune Sommeranzüge, deren Farbe sich nach oben hin bis in die kleinen Filzhüte fortsetzte, dazu Plaids und Reisetaschen. Alles paßte vorzüglich zusammen, mit Ausnahme zweier Ausrüstungsgegenstände, von denen der eine, mit Rücksicht auf eine Harzreise, des Guten zuwenig, der andere aber entschieden zuviel tat. Diese zwei *nicht* passenden Dinge waren: ein eleganter Promenadenstock mit Elfenbeingriff und andrerseits ein hypersolides Schuhzeug, das sich mit seinen Schnürösen und dicken Sohlen ausnahm, als ob es sich um eine Besteigung des Matterhorn, nicht aber der Roßtrappe gehandelt hätte.

»Wo kampieren wir?« fragte der Ältere, von der Türschwelle her Umschau haltend. Im selben Augenblick aber des geschützt stehenden Tisches mit dem großen Fliederstrauß ansichtig werdend, an dem die St. Arnauds eben noch gesessen hatten, schritt er rasch auf diese bevorzugte, weil windgeschützte Stelle zu und sagte: »Wo *das* blüht, da laß dich ruhig nieder, böse Menschen haben keinen Flieder.« Und im selben Augenblicke sowohl Reisetasche wie Plaid über die Stuhllehne hängend, rief er mit charakteristischer Betonung der letzten Silbe: »Kellneer!«

»Befehlen?«

»Zuvörderst einen Mokka samt Zubehör oder, sagen wir kurz: ein Schweizer Frühstück. Jedem Mann ein Ei, dem tapfren Schweppermann aber zwei.«

Der Kellner lächelte schalkhaft vor sich hin und suchte, zu sichtlicher Freude der beiden neuen Ankömmlinge, durch eine humoristische Handbewegung auszudrücken, daß er nicht recht wisse, wer der zu Bevorzugende sein werde.

»Berliner?«

»Zu dienen.«

»Nun denn, Freund und Landsmann, Sie werden uns nicht verraten, wenn Sie hören, daß wir eigentlich beide Schweppermänner sind. Macht vier Eier. Und nun flink. Aber erst hier das alte Schlachtfeld abräumen. Und wie steht es mit Honig?«

»Sehr gut.«

»Nun denn auch Honig. Aber Wabenhonig. Alles frisch vom Faß. Echt, echt!«

Unter diesem Gespräche hatte der Kellner den Tisch klar gemacht und ging nun, um das Frühstück herbeizuschaffen. Es folgte eine Pause, die das Berliner Paar, weil ihm nichts anderes übrigblieb, mit Naturbetrachtungen ausfüllte.

»Das also ist der Harz oder das Harzgebirge«, nahm der Ältere zum zweiten Male das Wort, derselbe, der das kurze Gespräch mit dem Kellner gehabt hatte. »Merkwürdig ähnlich. Ein bißchen wie Tivoli, wenn die Kuhnheimsche Fabrik in Gang ist. Sieh nur, Hugo, wie das Ozon da drüben am Gebirge hinstreicht. In den Zeitungen heißt es in einer allwöchentlich wiederkehrenden Annonce: ›Thale, klimatischer Kurort‹. Und nun diese Schornsteine! Na meinetwegen; Rauch konserviert, und wenn wir hier vierzehn Tage lang im Schmook hängen, so kommen wir als Dauerschinken wieder heraus. Ach, Berlin! Wenn ich nur wenigstens die Roßtrappe sehen könnte.«

»Du hast sie ja vor dir«, sagte der andre, während eben auf einem großen Tablett das Frühstück gebracht wurde. »Nicht wahr, Kellner, das rötliche Haus da oben, das ist die Roßtrappe?«

»Nicht ganz, mein Herr. Die Roßtrappe liegt etwas weiter zurück. Das Haus, das Sie sehen, ist das Hotel zur Roßtrappe.«

»Na, das ist die Roßtrappe. Das Hotel entscheidet. Übrigens, Pilsener oder Kulmbacher?«

»Beides, meine Herren. Aber wir brauen auch selbst.«

»Wohl am Ende da drüben, wo der Rauch zieht?«

»Nein, hier mehr links. Die Schornsteine nach rechts hin sind die Blechhütte.«

»Was?«

»Die Blechhütte. Blech mit Emaille.«

»Wundervoll! Mit Emaille! Fehlt bloß noch das Zifferblatt. Und darf man das alles sehn?«

»O gewiß, gewiß. Wenn die Herren nur ihre Karten abgeben wollen ...«

Und damit brach das Gespräch ab, und die beiden Touristen *par excellence* machten sich an ihr Frühstück mit Ei und Wabenhonig.

Eine halbe Stunde später erhoben sie sich und verließen den Balkon, wobei der jüngere den Stock mit der Elfenbeinkrücke quer vor den Mund nahm, zugleich den Ton einer zum Marsch blasenden Pickelflöte nachahmend. Alles, was noch auf dem Balkon verblieben war, sah ihnen neugierig nach, auch Gordon, der ihren Weitermarsch bis ins Bodetal hinein verfolgt haben würde, wenn nicht der eben mit neuen Ankömmlingen eingetroffene Frühzug sein Interesse nach der entgegengesetzten Seite hin abgezogen hätte. Sängervereine rückten vom Bahnhof heran und marschierten auf Treseburg zu, wo sie den Tag zu verbringen und ihre Sängerwettkämpfe zu führen gedachten. Im Vorüberziehen an dem Hotel schwenkten sie die Hüte, zahllose Hochs ausbringend, von denen niemand recht wußte, wem sie galten. An ihre letzte Sektion aber schlossen sich alle diejenigen an, die der Zug außerdem noch gebracht hatte, lauter Durchschnittsfiguren, unter denen nur die direkt abschließenden einiger Aufmerksamkeit wert waren.

Es waren ihrer zwei, beide lebhaft plaudernd, aber doch nur wie Personen, die sich eben erst kennen gelernt haben. Der zur Linken Gehende, schwarz gekleidet in Stehkragenrock, dabei von freundlichen Zügen, war ein alter Emeritus, den Gordon schon von verschiedenen Ausflügen und namentlich von der Table d'hote her kannte, während der andere durch eine große Häßlichkeit und beinah mehr noch durch die Sonderbarkeit seiner Kleidung auffiel. Er trug nämlich ziemlich defekte Gamaschen und eine Manchesterweste, deren Schöße länger waren als seine Joppe, dazu Strippenhaar, Klapphut und Hornbrille. Worauf deutete das alles hin? Seinem unteren Menschen nach hätte man ihn ohne weiteres für einen Trapper, seinem oberen nach ebenso zweifellos für einen Rabulisten und Winkeladvokaten halten müssen, wenn nicht sein letztes und vorzüglichstes Ausrüstungsstück: eine Botanisiertrommel, gewesen wäre, ja sogar eine Botanisiertrommel am gestickten Bande. Diese beständig hin und her schiebend, schritt er an der Seite des geistlichen Herrn, der übrigens bereits Miene zum Abschwenken machte, mit großen Schritten und unter beständigen Gestikulationen auf die Parkwiese zu.

»Botaniker«, sagte Gordon zu dem Wirte von Hotel Zehnpfund, der sich ihm mittlerweile gesellt hatte. »Sieht er nicht aus wie der Knecht Ruprecht, der den Frühling in seinen Sack stecken will?«

Der joviale Hotelier jedoch, der, wie die meisten seines Standes, ein Menschenkenner war, wollte von der Gordonschen Diagnose nichts wissen und sagte: »Nein, Herr von Gordon, die grüne Trommel, die kenn ich; in neun Fällen von zehn ist sie Vorratskammer, am gestickten Bande aber ist sie's immer. Nichts von Botanik. Ich halte den Herrn für einen Urnenbuddler.«

»Archäologe?«

»So drum herum.«

Und als beide so sprachen, verschwand der Gegenstand ihrer Unterhaltung jenseits der Parkwiese, nachdem er sich schon vorher von dem im Hotel wohnenden Emeritus verabschiedet hatte.

Viertes Kapitel

Zehn Minuten vor eins läutete die Tischglocke durch alle Korridore hin, und wiewohl die Hautesaison noch nicht begonnen hatte, versammelte sich doch eine stattliche Zahl von Gästen im großen Speisesaal. Auch die beiden Berliner in Graubraun fehlten nicht und hatten sofort am untern Ende der Tafel eine Korona teils bewundernder, teils lächelnder Zuhörer um sich her, zu welchen letzteren auch der alte Herr im geistlichen Rock und der Langhaarige mit der Hornbrille zählte. Das im Gegensatze zu dem unterwegs von Cecile geäußerten Wunsche heut ebenfalls erschienene St. Arnaudsche Paar war vom Oberkellner gebeten worden, die Mittelplätze der Tafel einzunehmen, gegenüber von Herrn von Gordon, der im selben Augenblicke, wo die Herrschaften Platz genommen hatten, auch schon die mit allerhand rotem Blattwerk zwischen ihm und Cecile stehende Vase zu verwünschen begann. Selbstverständlich ließ er sich durch dies Hindernis nicht abhalten, sich vorzustellen, worauf der Oberst, vielleicht weil er einen adeligen Namen gehört hatte, mit bemerkenswerter Artigkeit erwiderte: »v. St. Arnaud – meine Frau.« Es schien aber bei diesem Namensaustausch bleiben zu sollen, denn Minuten vergingen, ohne daß ein weiterer Annäherungsversuch von hüben oder drüben gemacht worden wäre. Gordon, trotzdem ihm die Tage preußischer Disziplin um mehrere Jahre zurücklagen, glaubte doch mit Rücksicht auf den Rang des Obersten diesem das erste Wort überlassen zu müssen. Auch Cecile schwieg und richtete nur dann und wann ein Wort an ihren Gemahl, während sie mechanisch an einem Türkisringe drehte.

Seit dem *Ragoût fin en coquille,* von dem sie zwei Bröckchen gekostet und zwei andere auf der Gabelspitze gelassen hatte, hatte sie bei jedem neu präsentierten Gange gedankt und lehnte sich jetzt mit verschränkten Armen in den Stuhl zurück, nur dann und wann nach der Saaluhr blickend, auf deren Zifferblatt der Zeiger langsam vorrückte. Gordon, auf bloße Beobachtung angewiesen, begann allmählich die Vase zu segnen, die so hinderlich sie war, ihm wenigstens gestattete, seine Studien einigermaßen unauffällig, wenn auch freilich nicht unbemerkt, fortsetzen zu können. Er gestand sich, selten eine schönere Frau gesehen zu haben, kaum in England, kaum in den *»States«*. Ihr Profil war von seltener Reinheit, und das Fehlen jeder Spur von Farbe gab ihrem Kopfe, darin Apathie der vorherrschende Zug war, etwas Marmornes. Aber dieser Ausdruck von Apathie war nicht Folge besonderer Niedergeschlagenheit, noch weniger von schlechter Laune, denn ihre Züge, wie Gordon nicht entging, begannen sich sofort zu beleben, als plötzlich von der unteren Tafel her dem Kellner in gutem Berlinisch zugerufen wurde: »Kalt stellen also. Aber nicht zu lange. Denn der Knall bleibt immer die Hauptsache« – bei welcher These der, der sie aufstellte, mit seinem Zeigefinger rasch und geschickt unter den Mundwinkel und mit solcher Energie wieder herausfuhr, daß es einen lauten Puff gab.

Alles lachte. Selbst der Oberst schien froh, aus der Tafel-Langeweile heraus zu sein, und sagte jetzt, während er sich über den Tisch hin vorbeugte: »Nicht wahr, Herr von Gordon, Sie sind ein Sohn des Generals?«

»Nein, mein Herr Oberst, auch kaum verwandt, denn ich bin eigentlich ein Leslie. Der Name Gordon ist erst durch Adoption in unsere Familie gekommen.«

»Und stehen in welchem Regiment?«

»In keinem, Herr Oberst. Ich habe den Dienst quittiert.«

»Ah«, sagte der Oberst, und eine Pause folgte, die zum zweiten Male verhängnisvoll werden zu wollen schien. Aber die Gefahr ging vorüber, und St. Arnaud, der sonst wenig sprach, fuhr mit einem für seinen Charakter überraschend artigen Entgegenkommen fort: »Und Sie sind schon längere Zeit hier, Herr von Gordon? Und vielleicht zur Kur?«

»Seit einer Woche, mein Herr Oberst. Aber nicht eigentlich zur Kur. Ich will ausruhen und eine gute Luft atmen und nebenher auch Plätze wiedersehen, die mir aus meiner Kindheit her teuer sind. Ich war, eh ich in die Armee trat, oft im Harz und darf sagen, daß ich ihn kenne.«

»Da bitt ich, daß wir uns vorkommendenfalls an Ihren guten Rat und Ihre Hilfe wenden dürfen. Wir gedenken nämlich, sobald es das Befinden meiner Frau zuläßt, immer höher in die Berge hinaufzugehen und etwa mit Andreasberg abzuschließen. Es soll dort die beste Luft für Nervenkranke sein.«

In diesem Augenblicke präsentierte der Kellner ein Panachee, von dessen Vanillenseite Frau von St. Arnaud nahm und kostete. »Lieber Pierre«, sagte sie dann mit sich rasch belebender Stimme, »du bittest Herrn von Gordon um seinen Beistand und verscheuchst ihn im selben Augenblick aus unserer Nähe. Denn was ist lästiger, als Rücksichten auf eine kranke Frau nehmen? Aber erschrecken Sie nicht, Herr von Gordon, wir werden Ihre Güte nicht mißbrauchen, wenigstens nicht ich. Sie sind zweifellos ein Bergsteiger, also enragiert für große Partien, während ich vorhabe, mir noch auf Wochen hin an unserem Balkon und der Parkwiese genügen zu lassen.«

Das Gespräch setzte sich fort und ward erst unterbrochen, als der an der unteren Tafel inzwischen erschienene Champagner mit allem Zeremoniell geöffnet wurde. Der Pfropfen flog in die Höh, und während der Jüngere die Gläser füllte, musterte der Ältere die Marke, selbstverständlich nur um Gelegenheit zum

Vortrage einiger Champagner-Anekdoten zu finden, die sämtlich, um seinen eigenen Ausdruck zu gebrauchen, auf »Wirt- und Hotelentlarvung auf dem Propfenwege« hinausliefen – alles übrigens in bester Laune, die sich nicht bloß seiner nächsten Umgebung, sondern so ziemlich der ganzen Tafel mitteilte.

Zehn Minuten danach erhob man sich und verließ in Gruppen den Eßsaal. Auch die Berliner gingen den Korridor hinunter, machten aber an einem Fenstertischchen halt, auf dem das Fremdenbuch aufgeschlagen lag, und begannen darin zu blättern.

»Ah, hier. Das is er: Gordon-Leslie, Zivilingenieur.«

»Gordon-Leslie!« wiederholte der andere. »Das ist ja der reine Wallensteins Tod.«

»Wahrhaftig, fehlt bloß noch Oberst Buttler.«

»Na, höre, der alte ...«

»Meinst du?«

»Freilich, mein ich. Sieh dir 'n mal an. Wenn *der* erst anfängt ...«

»Höre, das wär famos; da könnt man am Ende noch was erleben.«

Und damit gingen sie weiter und auf ihr Zimmer zu, »um sich hier«, wie sich der Ältere ausdrückte, »inwendig ein bißchen zu besehn.«

Fünftes Kapitel

Gleich nach Aufhebung der Tafel war zwischen den St. Arnauds und ihrem neuen Bekannten und Tischvisavis ein Nachmittagsspaziergang auf die Roßtrappe hinauf verabredet worden, und um vier Uhr traf man sich unter der großen Parkplatane, wo Gordon dann sofort auch, aber doch erst nachdem er seine Dispositionen gehorsamst unterbreitet hatte, die Führung übernahm. Die gnädige Frau, so waren seine Worte gewesen, möge nicht erschrecken, wenn er statt des sehr steilen nächsten Weges einen Umweg vorschlage, der sich nicht bloß durch das, was er habe (darunter die schönsten Durchblicke), sondern viel, viel mehr noch durch das, was er *nicht* habe, höchst vorteilhaft auszeichne. Die sonst üblichen Begleitstücke harzischer Promenadenwege: Hütten, Kinder und aufgehängte Wäsche, kämen nämlich in Wegfall.

Cecile gab in guter Laune die Versicherung, lange genug verheiratet zu sein, um auch in kleinen Dingen Gehorsam und Unterordnung zu kennen, am wenigsten aber werde sie sich gegen Herrn von Gordon auflehnen, der den Eindruck mache, wie zum Führer und Pfadfinder geboren zu sein.

»Bedanken Sie sich«, lachte der Oberst. »Reminiszenz aus Lederstrumpf.«

Gordon war nicht angenehm von einem Scherze berührt, dessen Spott sich ebenso gegen ihn wie gegen Cecile richten konnte, verwand den Eindruck aber schnell und nahm das Schaltuch, das die schöne Frau bis dahin über dem Arm getragen hatte. Dann wies er auf einen einigermaßen schattigen, am Parkende gelegenen Steinweg hin und führte, diesen einschlagend, das St. Arnaudsche Paar an Buden und Sommerhäusern vorüber auf das benachbarte Hubertusbad zu, von dem aus er den Aufstieg auf die Roßtrappe bewerkstelligen wollte. Von beiden Seiten trat das Laubholz dicht heran, aber auch freiere Plätze kamen, auf deren einem eine von einem vergoldeten Drahtgitter eingefaßte, mit wildem Wein und Efeu dicht überwachsene Villa lag. Nichts regte sich in dem Hause, nur die Gardinen bauschten überall, wo die Fenster aufstanden, im Zugwind hin und her, und man hätte den Eindruck einer absolut unbewohnten Stätte gehabt, wenn nicht ein prächtiger Pfau gewesen wäre, der von seiner hohen Stange herab, über den meist mit Rittersporn und brennender Liebe bepflanzten Vorgarten hin, in übermütigem und herausforderndem Tone kreischte.

Cecile blieb betroffen stehen und wandte sich dann zu Gordon, der den ganzen Umweg vielleicht nur um dieser Stelle willen gemacht hatte.

»Wie zauberhaft«, sagte sie. »Das ist ja das ›verwunschene Schloß‹ im Märchen. Und so still und lauschig. Wirkt es nicht, als wohne der Friede darin oder, was dasselbe sagt: das Glück.«

»Und doch haben beide keine Stätte hier gefunden, und ich gehe täglich an diesem Hause vorüber und hole mir eine Predigt.«

»Und welche?«

»Die, daß man darauf verzichten soll, ein Idyll oder gar ein Glück von außen her aufbauen zu wollen. Der, der dies schuf, hatte dergleichen im Sinn. Aber er ist über die bloße Kulisse nicht hinausgekommen, und was dahinter für ihn lauerte, war weder Friede noch Glück. Es geht ein finsterer Geist durch dieses Haus, und sein letzter Bewohner erschoß sich hier, an dem Fenster da (das vorletzte links), und wenn ich so hinseh, ist mir immer, als säh er noch heraus und suche nach dem Glücke, das er nicht finden konnte. Plätze, daran Blut klebt, erfüllen mich mit Grauen.«

Es war, als ob Gordon auf ein Wort der Zustimmung gewartet hätte. Dies Wort blieb aber aus, und Cecile zählte nur die Maschen des vor ihr ausgespannten Drahtgitters, während der Oberst sein Lorgnon nahm und die Fenster mit einer Art ruhiger Neugier musterte.

Dann, ohne daß weiter ein Wort gesprochen worden wäre, schritt man dem Schlängelwege zu, der auf die Roßtrappe hinaufführte.

Sechstes Kapitel

Die Bahnhofsuhr unten in Thale schlug eben fünf, als das St. Arnaudsche Paar und Gordon bis auf wenige Schritt an den Felsenvorsprung mit dem Hotel zur Roßtrappe heran waren und im selben Augenblicke wahrnahmen, daß viele der Gäste, mit denen sie die Table d'hote geteilt hatten, ebenfalls hier oben erschienen waren, um an diesem bevorzugten Aussichtspunkte ihren Kaffee zu nehmen. Einige, darunter auch die beiden Herren in Graubraun (und an einem Nachbartische der Emeritus und der Langhaarige), saßen paar- und gruppenweis unter einem von Pfeifenkraut überwachsenen Zeltschuppen und sahen in die reiche Landschaft hinein, aus der in nächster Nähe die pittoresken Gebilde der Teufelsmauer und weiter zurück die Quedlinburger und Halberstädter Turmspitzen aufragten. Alles, was unter dem Zeltschuppen und zum Teil auch in Front desselben saß, war heiter und guter Dinge, voran die beiden Berliner, deren Dinerstimmung sich, unter dem Einfluß einiger Kaffeekognaks, eher gesteigert als gemindert hatte.

»Da sind sie wieder«, sagte der Ältere, während er auf das St. Arnaudsche Paar und den unmittelbar folgenden Gordon zeigte. »Sieh nur, schon den Schal überm Arm. Der fackelt nicht lange. Was du tun willst, tue bald. Ich wundre mich nur, daß der Alte ...«

Seine Neigung, in diesem Gesprächstone fortzufahren, war unverkennbar; er brach aber ab, weil die, denen diese Bemerkungen galten, mittlerweile ganz in ihrer Nähe Platz genommen hatten, und zwar an einem unmittelbar am Abhange stehenden Tische, neben dem auch ein Teleskop für das schaulustige Publikum aufgestellt war. Eine junge, freilich nicht allzu junge, mit Skizzierung der Landschaft beschäftigte Dame saß schon vorher an dieser Stelle, was den Obersten, als er seinen Stuhl heranschob, zu den Worten veranlaßte: »Pardon, wenn wir lästig fallen. Aber alle Tische sind besetzt, mein gnädiges Fräulein, und der Ihrige genießt außerdem des Vorzugs, der landschaftlich anziehendste zu sein.«

»Das ist er«, sagte die Dame rasch und mit ungewöhnlicher Unbefangenheit, während sie das Blatt, an dem sie bis dahin gezeichnet, in die Mappe schob. »Ich ziehe diese Stelle jeder anderen vor, auch der eigentlichen Roßtrappe. Dort ist alles Kessel, Eingeschlossenheit und Enge, hier ist alles Weitblick. Und Weitblicke machen einem die Seele weit und sind recht eigentlich meine Passion in Natur und Kunst.«

Der Oberst, den das frank und freie Wesen der jungen Dame sichtlich anmutete, beeilte sich, sich und seine Begleitung vorzustellen, und fuhr dann fort: »Ich hoffe, meine Gnädigste, daß wir nicht zu sehr als eine Störung empfunden werden. Sie schoben das Blatt in die Mappe ...«

»Nur weil es beendet war, nicht, um es Ihren Augen zu entziehen. Ich mißbillige diese Kunstprüderie, die doch meistens nur Hochmut ist. Die Kunst soll die Menschen erfreuen, immer da sein, wo sie gerufen wird, aber sich nicht wie die Schnecke furchtsam oder gar vornehm in ihr Haus zurückziehen. Am schrecklichsten sind die Klaviervirtuosen, die zwölf Stunden lang spielen, wenn man sie nicht hören will, und nie spielen, wenn man sie hören will. Das Verlangen nach einem Walzer ist ihnen die tödlichste der Beleidigungen, und doch ist ein Walzer etwas Hübsches und wohl des Entgegenkommens wert. Denn er macht ein Dutzend Menschen auf eine Stunde glücklich.«

Ein herantretender und nach den Befehlen der neuen Gäste fragender Kellner unterbrach hier auf Augenblicke das Gespräch, aber es wurde rasch wieder aufgenommen und führte nach einer kleinen Weile schon zur Durchsicht der bereits die verschiedensten Blätter enthaltenden Mappe. Cecile war entzückt, verklagte sich ihrer argen Talentlosigkeit halber, unter der sie zeitlebens gelitten, und tat freundliche, wohlgemeinte Fragen, die reizend gewesen wären, wenn sich nicht, bei mancher überraschenden Kenntnis im einzelnen, im ganzen genommen eine noch verwunderlichere Summe von Nichtwissen darin ausgesprochen hätte. Sie selber schien aber kein Gewicht darauf zu legen und übersah ein nervöses Zucken, das bei der einen oder anderen dieser Fragen um den Mund ihres Gatten spielte.

Gordon, selber ein guter Zeichner und speziell von einem für landschaftliche Dinge geübten Auge, hatte hier und da Bedenken und gab ihnen, wenn auch unter den artigsten Entschuldigung, Ausdruck.

»O, nur das nicht«, sagte die junge Dame. »Nur keine Entschuldigungen. Nichts schrecklicher als totes Lob; ein verständiger und liebevoller Tadel ist das Beste, was ein Künstlerohr vernehmen kann. Aber sehen Sie *das* hier; das ist besser.« Und sie zog unter den Blättern eines hervor, das eine Wiese mit Brunnentrog und an dem Trog ein paar Kühe zeigte.

»Das ist schön«, sagte Gordon, während die beständig auf Ähnlichkeiten ausgehende Cecile durchaus eine Wiese, die man vorher passiert hatte, darin wiedererkennen wollte.

Die junge Malerin überhörte diese Bemerkungen aber und fuhr, während sie Gordon ein zweites Blatt zuschob, in immer lebhafterem Tone fort: »Und hier sehen Sie, was ich kann und nicht kann. Ich bin nämlich, um es rund heraus zu sagen, eine Tiermalerin.«

»Ah, das ist ja reizend«, sagte Cecile.

»Doch nicht, meine gnädigste Frau, wenigstens nicht so bedingungslos, wie Sie gütigst anzunehmen scheinen. Eine Dame soll Blumenmalerin sein, aber nicht Tiermalerin. So fordert es die Welt, der Anstand, die Sitte. Tiermalerin ist an der Grenze des Unerlaubten. Es gibt da so viele intrikate Dinge. Glauben Sie mir, Tiere malen aus Beruf oder Neigung ist ein Schicksal. Und wer den Schaden hat, darf für den Spott nicht sorgen. Denn zum Überfluß heiße ich auch noch Rosa, was in meinem speziellen Falle nicht mehr und nicht weniger als eine Kalamität ist.«

»Und warum das?« fragte Cecile.

»Weil mich, auf diesen Namen hin, die Neidteufelei der Kollegen in Gegensatz bringt zu meiner berühmten Namensschwester. Und so nennen sie mich denn Rosa Malheur.«

Cecile verstand nicht. Gordon aber erheiterte sich und sagte: »Das ist allerliebst, und ich müßte mich ganz in Ihnen irren, wenn Sie diese Namensgebung auch nur einen Augenblick ernstlich verdrösse.«

»Tut es auch nicht«, lachte jetzt das Fräulein, das eigentlich stolz auf den Spitznamen war, den man ihr gegeben hatte. »Man kommt darüber hin. Und Spielverderberei gehört ohnehin nicht zu meinen Tugenden.«

In diesem Augenblick erschien der Kellner mit einem tassenklirrenden Tablett, und während er die Serviette zu legen und den Tisch zu arrangieren begann, hörte man, bei der eingetretenen Gesprächspause, beinah jedes Wort, das unter dem Zeltschuppen, und zwar an dem zunächst stehenden Tische, gesprochen wurde.

»Darin«, sagte der Langhaarige, dessen Botanisiertrommel trophäenartig an einem Balkenhaken hing, »darin, mein sehr verehrter Herr Emeritus, muß ich Ihnen durchaus widersprechen. Es ist ein Irrtum, alles in unserer Geschichte von den Hohenzollern herleiten zu wollen. Die Hohenzollern haben das Werk nur weitergeführt, die Begründer aber sind die halb vergessenen und eines dankbaren Gedächtnisses doch so würdigen Askanier. Ein oberflächlicher Geschichtsunterricht, der beiläufig die Hauptschuld an dem pietäts- und vaterlandslosen Nihilismus unserer Tage trägt, begnügt sich, wenn von den Askaniern die Rede ist, in der Regel mit zwei Namen, mit Albrecht dem Bären und Waldemar dem Großen, und wenn der Herr Lehrer ein wenig ästhetisiert (ich hasse das Ästhetisieren in der Wissenschaft), so spricht er auch wohl von Otto mit dem Pfeil und der schönen Heilwig und dem Schatz in Angermünde. Nun ja, das mag gehen; aber das alles sind, wenn nicht Allotria, so doch bloße Kosthäppchen. In Wahrheit liegt es so, daß sie, die Askanier, trotz einiger sonderbarer Beinamen und Bezeichnungen, die, wie gern zugestanden werden mag, den Scherz oder einen billigen Witz herausfordern, samt und sonders bedeutend waren. Ich sage, gern zugestanden. Aber andererseits muß ich doch sagen dürfen, wohin kommen wir, mein Herr Emeritus, wenn wir die Bedeutung der Menschen nach ihren Namen abschätzen wollen? Ist Klopstock ein Dichtername? Vermutet man in Griepenkerl einen Dramatiker oder in

Bengel einen berühmten Theologen? Oder gar in Ledderhose? Wir müssen uns freimachen von solchen Albernheiten.«

An einer lebhaften Bewegung seiner Lippen ließ sich erkennen, daß der Emeritus emsig dabei war, dem Manne des historischen Essais mit gleicher Münze heimzuzahlen; da seine Pensionierung aber, auf Antrag seiner ihn sonst verehrenden Gemeinde, vor zehn Jahren schon, und zwar »um Mümmelns willen«, erfolgt war, so war an ein Verstehen dessen, was er sagte, gar nicht zu denken, während das, was in ebendiesem Augenblick an dem berlinischen Nachbartisch gesprochen wurde, desto deutlicher herüberschallte.

»Sieh nur«, sagte der Ältere. »Die beiden Türme da. Der nächste, das muß der Quedlinburger sein, das ist klar, das kann ne alte Frau mit 'm Stock fühlen. Aber der dahinter, der sich so *retiré* hält! Ob es der Halberstädter ist? Es muß der Halberstädter sein. Was meinst du, wollen wir 'n mal ein bißchen ranholen?«

»Gewiß. Aber womit?«

»Na, mit's Perspektiv. Sieh doch den Opernkucker da.«

»Wahrhaftig. Und auf ner Lafette. Komm.«

Und so weitersprechend, erhoben sie sich und gingen auf das Teleskop zu.

»Berliner«, flüsterte Rosa leise zu Gordon hinüber, und rückte mehr seitwärts.

Aber sie gewann wenig durch diese Retraite, denn die Stimmen der jetzt abwechselnd in das Glas hineinschauenden beiden Freunde waren von solcher Berliner Schärfe, daß kein Wort von ihrer Unterhaltung verloren ging.

»Nu? Hast du 'n?«

»Ja. Haben hab ich ihn. Und er kommt auch immer näher. Aber er wackelt so.«

»Denkt nicht dran. Weißt du, wer wackelt? Du.«

»Noch nich.«

»Aber bald.«

Und damit traten sie von dem Teleskop wieder unter die Halle zurück, wo sie sich nunmehr rasch zum Weitermarsch auf die eigentliche Roßtrappe hin fertig machten.

Als sie fort waren, sagte Rosa: »Gott sei Dank. Ich ängstige mich immer so.«

»Warum?«

»Weil meine lieben Landsleute so sonderbar sind.«

»Ja, sonderbar sind sie«, lachte Gordon. »Aber nie schlimm. Oder sie müßten sich in den letzten zehn Jahren sehr verändert haben.«

So plaudernd, wurde das Durchblättern der Mappe fortgesetzt, freilich unter sehr verschiedener Anteilnahme. Der Oberst, ohne recht hinzublicken, beschränkte sich auf einige wenige bei solcher Gelegenheit immer wiederkehrende Bewunderungslaute, während Cecile zwar hinsah, aber doch vorwiegend mit einem schönen Neufundländer spielte, der von Hotel Zehnpfund her der schönen Frau gefolgt war und, seinen Kopf in ihren Schoß legend, mit unerschüttertem und beinah zärtlichem Vertrauensausdruck auf die Zuckerstücke wartete, die sie ihm zuwarf. Nur Gordon war bei der Sache, machte Bemerkungen, die zwischen Ernst und Scherz die Mitte hielten, und sagte, als ein Blatt kam, das ein aus vielen Feldsteinen aufgebautes Grabmal darstellt: »Pardon, ist das Absicht oder Zufall? Einige der Steine haben eine Totenkopfphysiognomie. Wahrhaftig, man weiß nicht, ist es ein Steinkegel oder eine Schädelstätte.«

Rosa lachte. »Sie haben die Bilder von Wereschtschagin gesehen?«

»Freilich. Aber nur die Skizzen.«

»In Paris?«

»Nein, in Samarkand. Und dann später eine größere Zahl in Plewna.«

»Sie scherzen. Plewna, das möchte gehn, das glaub ich Ihnen. Aber Samarkand! Ich bitte Sie, Samarkand ist doch eigentlich bloß Märchen.«

»Oder schreckliche Wirklichkeit«, erwiderte Gordon. »Entsinnen Sie sich der samarkandischen Tempeltüren?«

»O gewiß. Eine Perle.«

»Zugestanden. Aber haben Sie nebenher auch die Tempelwächter mit Pfeil und Bogen in Erinnerung, die, der seltsam kriegerischsten Beschäftigung hingegeben (da wo sich Krieg und Jagd berühren), in Front dieser berühmten Tempeltüren hockten? Ach, meine Gnädigste, glauben Sie mir, die Vorzüge jener Gegenden sind überaus zweifelhafter Natur, und ich bin alles in allem entschieden für Berlin mit einer Lohengrin-Aufführung und einem Souper bei Hiller. Lohengrin ist phantastischer und Hiller appetitlicher. Und auch das letztere bedeutet viel, sehr viel. Namentlich auf die Dauer.«

Der Oberst nickte zustimmend, die Malerin aber wollte sich nicht gleich und jedenfalls nicht in allen Stücken gefangengeben und fuhr deshalb fort: »Es mag sein. Aber eines bleibt, die großartige Tierwelt: der Steppenwolf, der Steppengeier.«

»Im ganzen werden Sie die Bekanntschaft dieser liebenswürdigen Geschöpfe Gottes im Berliner Zoologischen sichrer und kopierbarer machen als an Ort und Stelle. Die Wahrheit zu gestehen, ich habe während meines Trienniums in der Steppe keinen einzigen Steppengeier gesehen und sicherlich keinen, der sich so gut ausgenommen hätte wie *der* da. Freilich kein Geier. Sehen Sie, meine Gnädigste, da zwischen den Klippen.«

Und er wies auf einen Habicht, der sich am Eingange der Schlucht hoch in den Lüften wiegte.

Rosa sah dem Fluge nach und bemerkte dann: »Er fliegt offenbar nach dem Hexentanzplatz hin.«

»Gewiß«, sagte Cecile, von Herzen froh, daß endlich ein Wort gefallen war, das sie der unheilvollen Mappe samt daran anknüpfenden kunstästhetischen oder gar erdbeschreiblichen Betrachtungen entzog. »Nach dem Hexentanzplatz! Ich höre das Wort immer wieder und wieder; heute schon zum dritten Male.«

»Was einer Mahnung, ihn zu besuchen, gleichkommt, meine gnädigste Frau. Wirklich, wir werden ihn über kurz oder lang sehen müssen, das schulden wir einem Harzaufenthalte. Denn allerorten, wo man sich aufhält, hat man eine Art Pflicht, das Charakteristische der Gegend kennen zu lernen: in Samarkand« (und er verbeugte sich gegen Rosa) »die Tempeltüren und ihre Wächter, in der Wüste den Wüstenkönig und im Harze die Hexen. Die Hexen sind hier nämlich Landesprodukt und wachsen wie der rote Fingerhut überall auf den Bergen umher. Auf Schritt und Tritt begegnet man ihnen, und wenn man fertig zu sein glaubt, fängt es erst recht eigentlich an. Zuletzt kommt nämlich der Brocken, der in seinem Namen zwar alle hexlichen Beziehungen verschweigt, aber doch immer der eigentlichste Hexentanzplatz bleibt. Da sind sie zu Haus, das ist ihr Ur- und Quellgebiet. Allen Ernstes, die Landschaft ist hier so gesättigt mit derlei Stoff, daß die Sache schließlich eine reelle Gewalt über uns gewinnt, und was mich persönlich angeht, nun so darf ich nicht verschweigen: als ich neulich, die Mondsichel am Himmel, das im Schatten liegende Bodetal passierte, war mir's, als ob hinter jedem Erlenstamm eine Hexe hervorsähe.«

»Hübsch oder häßlich?« fragte Rosa. »Nehmen Sie sich in acht, Herr von Gordon. In Ihrem Hexenspuk spukt etwas vor. Das sind die inneren Stimmen.«

»O, Sie wollen mir bange machen. Aber Sie vergessen, meine Gnädigste, wo das Übel liegt, liegt in der Regel auch die Heilung, und ich kenne, Gott sei Dank, kein Stück Land, wo bei drohendsten Gefahren zugleich so viel Rettungen vorkämen wie gerade hier. Und immer siegt die Tugend, und der Böse hat das Nachsehen. Sie werden vielleicht vom ›Mägdesprung‹ gehört haben? Aber wozu so weit in die Ferne schweifen! Eben hier, in unserer nächsten Nähe, haben wir ein solches Rettungsterrain, eine solche beglaubigte Zufluchtsstätte. Sehen Sie dort« (und er wandte sich nach rückwärts) »den Roßtrapp-Felsen? Die Geschichte seines Namens wird Ihnen kein Geheimnis sein. Eine tugendhafte Prinzessin zu Pferde, von einem dito berittenen, aber untugendhaften Ritter verfolgt, setzte voll Todesangst über das Bodetal fort, und siehe da, wo sie glücklich landete, wo der Pferdehuf aufschlug, haben wir die Roßtrappe. Sie sehen an diesem einen Beispiele, wie recht ich mit meinem Satze hatte: wo die Gefahr liegt, liegt auch die Rettung.«

»Ich kann Ihr Beispiel nicht gelten lassen«, lachte Rosa. »Zum mindesten beweist es ein gut Teil weniger, als Sie glauben. Es macht eben einen Unterschied, ob ein gefährlicher Ritter eine schöne Prinzessin, oder ob umgekehrt eine gefährlich-schöne Prinzessin ...«

»Was dem einen recht ist, ist dem andern billig.«

»O, nicht doch, Herr von Gordon, nicht doch. Einem armen Mädchen, Prinzessin oder nicht, wird immer geholfen, da tut der Himmel seine Wunder, interveniert in Gnaden und trägt das Roß, als ob es ein Flügelroß wäre, glücklich über das Bodetal hin. Aber wenn ein Ritter und Kavalier von einer gefährlich-schönen Prinzessin oder auch nur von einer gefährlich-schönen Hexe, was mitunter zusammenfällt, verfolgt wird, da tut der Himmel gar nichts und ruft nur sein *aide toi même* herunter. Und hat auch recht. Denn die Kavaliere gehören zum starken Geschlecht und haben die Pflicht, sich selber zu helfen.«

St. Arnaud applaudierte der Malerin, und selbst Cecile, die bei Beginn des Wortgefechts ein leises Unbehagen nicht unterdrükken konnte, hatte sich, als ihr das harmlos Unbeabsichtigte dieser kleinen Pikanterien zur Gewißheit geworden war, ihrer allerbesten Laune rückhaltlos hingegeben. Selbst der säuerlich schlechte Kaffee, mit der allerorten im Harz als Sahne geltenden häßlichen Milchhaut, erwies sich außerstande, diese gute Laune zu verscheuchen, und bestimmte sie nur, behufs leidlicher Balancierung des Übels, um Sodawasser zu bitten, was freilich, weil es multrig war, seines Zweckes ebenfalls verfehlte.

»Die Roßtrappen-Prinzessin«, sagte der Oberst, »wenn sie sich nach dem Sprunge hat restaurieren wollen, hat es hoffentlich besser getroffen als wir. Aber« (und er verneigte sich bei diesen Worten gegen Rosa) »wir haben dafür etwas anderes vor ihr voraus, eine liebenswürdige Bekanntschaft, die wir anknüpfen durften.«

»Und die sich hoffentlich fortsetzt«, fügte Cecile mit großer Freundlichkeit hinzu. »Dürfen wir hoffen, Sie morgen an der Table d'hote zu treffen?«

»Ich habe vor, meine gnädigste Frau, mich morgen in Quedlinburg umzutun und möchte mein Reiseprogramm gern innehalten. Aber es würde mich glücklich machen, mich Ihnen für diesen Nachmittag anschließen zu dürfen und dann später vielleicht auf dem Heimwege.«

Dieser Heimweg wurde denn auch bald danach beschlossen, und zwar über die sogenannte Schurre hin, bei welcher Gelegenheit man den eigentlichen Roßtrappe-Felsen, also die Hauptsehenswürdigkeit der Gegend, mit in Augenschein nehmen wollte.

»Werden auch deine Nerven ausreichen?« fragte der Oberst. »Oder nehmen wir lieber einen Tragstuhl? Der Weg bis zur Roßtrappe mag gehen. Aber hinterher die Schurre? Der Abstieg ist etwas steil und fährt in Kreuz und Rücken oder, um mich wissenschaftlicher auszudrücken, in die Vertebrallinie.«

Der schönen Frau blasses Gesicht wurde rot, und Gordon sah deutlich, daß es sie peinlich berührte, den Schwächezustand ihres Körpers mit solchem Lokaldetail behandelt zu sehen. Sie begriff St. Arnaud nicht, er war sonst so diskret. Aber sich bezwingend, sagte sie: »Nur nicht getragen werden, Pierre; das ist für Sterbende. Gott sei Dank, ich habe mich erholt und empfinde mit jeder Stunde mehr den wohltätigen Einfluß dieser Luft ... Ich glaube Sie beruhigen zu können«, setzte sie lächelnd, gegen Gordon gewandt, hinzu.

So brach man denn auf und erreichte zunächst die Roßtrappe, die berühmte Felsenpartie, wo ganze Gruppen von Personen, aber auch einzelne, vor einer Erfrischungsbude standen und unter Lachen und Plaudern das Echo weckten – die meisten ein Seidel, andere, die dem Selbstbräu mißtrauten, einen Kognak in der Hand. Unter diesen waren auch unsere Berliner, die sich, als sich ihnen St. Arnaud mit der Malerin und dann Gordon mit der gnädigen Frau von der Seite her genähert hatten, anscheinend respektvoll zurückzogen, aber nur um gleich danach ihrem Herzen in desto ungenierterer Weise Luft zu machen.

»Sieh die Große«, sagte der Ältere. »Pompöse Figur.«

»Ja; bißchen zu sehr Karoline Plättbrett.«

»Tut mir nichts.«

»Mir aber. Übrigens darum keine Feindschaft nich. *Chacun à son goût.* Und nun sage mir, wen lassen wir leben, den Stöpsel oder die Stricknadel?«

»Ich denke Berlin.«

»Das is recht.«

Und erfreut über das Aufsehen, das sie durch ihre vorgeschrittene Heiterkeit machten, stießen sie mit den Kognakgläschen zusammen.

Siebentes Kapitel

Gordon bot Cecile den Arm und führte sie so geschickt bergab, daß die gefürchtete Schurre nicht nur ohne Beschwerde, sondern sogar unter Scherz und Lachen passiert wurde, wobei die schöne Frau mehr als einmal durch einen Anflug kleinen Übermuts überraschte.

»St. Arnaud, müssen Sie wissen, macht sich gelegentlich interessant mit meinen Nerven, was er besser mir selber überließe. Das ist Frauensache. Gleichviel indes, ich werd ihn in Erstaunen setzen.«

Und wirklich, ehe noch das Hotel erreicht war, war auch schon eine von St. Arnaud gutgeheißene Verabredung getroffen, die Malerin am folgenden Tage nach Quedlinburg begleiten zu wollen. Cecile selbst hatte den Vorschlag dazu gemacht.

Ja, die nervenkranke Frau, die von ihrer Krankheit und vor allem von einer Spezialisierung derselben, deren St. Arnaud sich schuldig gemacht hatte, nichts hören wollte, hatte sich tapfer gehalten; nichtsdestoweniger rächte sich, als sie wieder auf ihrem Zimmer war, das Maß von Überanstrengung, und ihren Hut beiseitewerfend, streckte sie sich auf eine Chaiselongue, nicht schlaf-, aber ruhebedürftig.

Als sie sich wieder erhob, fragte St. Arnaud, ob man das Souper auf dem großen Balkon nehmen wolle? Cecile war aber dagegen und sprach den Wunsch aus, daß man daheim bleibe. Der Kellner brachte denn auch eine Viertelstunde später das Teezeug und schob den Tisch an das offene Fenster, vor dem, weit drüben und zu Häupten der Berge, die Mondsichel leuchtete.

Hier saßen sie schweigend eine Weile. Dann sagte Cecile: »Was war das mit dem Spottnamen, dessen das Fräulein heute nachmittag erwähnte.«

»Du hast nie von Rosa Bonheur gehört?«

»Nein.«

St. Arnaud lächelte vor sich hin.

»Ist es etwas, das man wissen muß?«

»Je nachdem. Meinem persönlichen Geschmacke nach brauchen Damen überhaupt nichts zu wissen. Und jedenfalls lieber zu wenig als zu viel. Aber die Welt ist nun mal, wie sie ist, auch in *diesem* Stück, und verlangt, daß man dies und jenes wenigstens dem Namen nach kenne.«

»Du weißt ...«

»Ich weiß alles. Und wenn ich dich so vor mir sehe, so gehörst du zu denen, die sich's schenken können ... Bitte, noch eine halbe Tasse ... Dich zu sehen ist eine Freude. Ja, lache nur, ich hab es gern, wenn du lachst ... Aber lassen wir das dumme Wissen.

Und doch wär es gut, du könntest dich etwas mehr kümmern um diese Dinge, vor allem mehr sehen, mehr lesen.«

»Ich lese viel.«

»Aber nicht das Rechte. Da hab ich neulich einen Blick auf deinen Bücherschrank geworfen und war halb erschrocken über das, was ich da vorfand. Erst ein gelber französischer Roman. Nun, das möchte gehen. Aber daneben lag: ›Ehrenström, ein Lebensbild, oder die separatistische Bewegung in der Uckermark‹. Was soll das? Es ist zum Lachen und bare Traktätchenliteratur. Die bringt dich nicht weiter. Ob deine Seele Fortschritte dabei macht, weiß ich nicht; nehmen wir an ›ja‹, so fraglich es mir ist. Aber was hast du gesellschaftlich von Ehrenström? Ehrenström mag ein ausgezeichneter Mann gewesen sein, ich glaub es sogar aufrichtig und gönn ihm seinen Platz in Abrahams Schoß, aber für die Kreise, darin wir leben oder doch wenigstens leben sollten, für *die* Kreise bedeutet Ehrenström nichts, Rosa Bonheur aber sehr viel.«

Sie nickte zustimmend und abgespannt, wie fast immer, wenn irgend etwas, das nicht direkt mit ihrer Person oder ihren Neigungen zusammenhing, eingehender besprochen wurde. Sie wechselte deshalb rasch den Gesprächsgegenstand und sagte: »Gewiß, gewiß, es wird so sein. Fräulein Rosa scheint übrigens ein gutes Kind und dabei heiter. Vielleicht ein wenig mit Absicht. Denn die Männer lieben Heiterkeit, und Herr von Gordon wird alles, nur keine Ausnahme sein. Es schien mir vielmehr, als ob er sich für das plauderhafte Fräulein interessiere.«

»Nein, es schien mir umgekehrt, als ob er sich für *die* Dame interessiere, die wenig sprach und viel schwieg, wenigstens solange wir oben auf der Roßtrappe waren. Und ich kenne wen, dem es auch so schien, und der es noch besser weiß als ich.«

»Glaubst du?« sagte Cecile, deren Züge sich plötzlich belebten, denn sie hatte nun gehört, was sie hören wollte. »Wie spät mag es sein? Ich bin angegriffen. Aber bringe noch ein Kissen, eine Rolle, daß wir noch einen Augenblick auf das Gebirge sehen und auf das Rauschen der Bode hören. Ist es nicht die Bode?

»Freilich. Wir kamen ja durch das Bodetal. Alles Wasser hier herum ist die Bode.«

»Wohl, ich entsinne mich. Und wie klar die Sichel da vor uns steht. Das bedeutet schönes Wetter für unsere Partie. Herr von Gordon ist ein vorzüglicher Reisemarschall. Er spricht nur zuviel über Dinge, die nicht jeden interessieren, über Steppenwolf und Steppengeier und, was noch schlimmer ist, über Bilder von unbekannten Meistern. Ich kann Bildergespräche nicht leiden.«

»Ah, Cecile«, lachte St. Arnaud, »wie du dich verrätst! Ich glaube gar, du verlangst, er soll, als ob er noch in Indien wäre, den Säulenheiligen spielen und zehn Jahre lang nichts als deinen Namen sprechen. Es erheitert mich. Eifersüchtig. Und eifersüchtig auf wen?«

Und nun kam der andre Tag.

Es war eine Früh- oder doch Vormittagspartie, darauf hatte Gordon bestanden, und ehe noch der nach Quedlinburg abdampfende Zug über die letzten Dorfvillen und die schöne Blutbuche des am anderen Flußufer gelegenen Baron Bucheschen Parkes hinaus war, sagte Cecile, während sie die kleinen Füße gegen den Rücksitz stemmte: »Jetzt aber das Programm, Herr von Gordon. Versteht sich, nicht zu lang, nicht zuviel! Nicht wahr, Fräulein Rosa?«

Diese stimmte zu, freilich mehr aus Artigkeit als aus Überzeugung, weil sie, nach Art aller Berlinerinnen, am Lerntrieb litt und nie genug hören oder sehen konnte. Gordon gab übrigens die Versicherung, es gnädig machen zu wollen. Es seien vier Dinge da, darum sich's lediglich handeln könne: das Rathaus, die Kirche, dann das Schloß und endlich der Brühl.

»Der Brühl?« sagte Rosa. »Was soll uns der? Das ist ja die Straße, worin die Pelzhändler wohnen. Wenigstens in Leipzig.«

»Aber nicht in Quedlinburg, meine Gnädigste. Der Quedlinburger Brühl gibt sich ästhetischer und ist ein Tiergarten oder ein Bois de Boulogne mit schönen Bäumen und allerlei Bild- und Bauwerken. Karl Ritter, der berühmte Geograph, hat ein gußeisernes Denkmal darin und Klopstock ein Tempelchen mit Büste. Beide waren nämlich geborene Quedlinburger.«

»Also nach dem Brühl«, seufzte Cecile, die nicht den geringsten Sinn für Tempelchen und gußeiserne Monumente hatte. »Nach dem Brühl. Ist es weit von der Stadt?«

»Nein, meine gnädigste Frau, nicht weit. Aber weit oder nicht, wir können ihn fallen lassen, ich meine den Brühl und auch das Rathaus, trotz seines steinernen Rolands und seines aus Brettern zusammengeschlagenen großen Kastens mit Vorlegeschloß, darin der Regensteiner, natürlich ein Buschklepper oder dergleichen, eine hübsche Weile gefangensaß.«

»Mit Vorlegeschloß«, wiederholte Cecile neugierig, die sich für den Regensteiner augenscheinlich mehr als für Klopstock interessierte. »Mit Vorlegeschloß. War es ein großer Kasten, darin man ihn einsperrte?«

»Nicht viel größer als eine Apfelkiste, weshalb mir auch bei seinem Anblick diese bevorzugten Versteckplätze meiner Jugend wieder in Erinnerung kamen, mit ihrem Glück und ihrem Grusel. Besonders mit ihrem Grusel. Denn wenn die Krampe zufiel und eingriff, so saß ich allemal voll Todesangst in dem stickigen Kasten, um kein Haar breit besser als der Regensteiner. Aber der wirkliche Regensteiner (der übrigens kein Asthmatikus gewesen sein kann) ließ sich's, trotz Stickigkeit und Enge, nicht anfechten und steckte zwanzig Monate lang in dem Loch, ohne mehr Luft als die, die durch die spärlichen Ritzen eindrang. Und nur dann und wann kamen die Quedlinburger und wohl auch die Quedlinburgerinnen und sahen hinein und grinsten ihn an.«

»Und piekten ihn mit ihren Sonnenschirmen.«

»Ganz unzweifelhaft, meine gnädigste Frau. Zum mindestens sehr wahrscheinlich. Die Bourgeoisie, die nie tief aus dem Becher der Humanität trank, war gerade damals von einer besonderen Abstinenz, und die liberale Geschichtsschreibung – verzeihen Sie diesen Exkurs, meine Gnädigste – greift in nichts so fehl als darin, daß sie den Bürger immer als Lamm und den Edelmann immer als Wolf schildert. ›Die Nürnberger henken keinen nich, sie hätten ihn denn zuvor‹, und *dieser* Milde huldigten auch die Quedlinburger. Aber wenn sie den zu Henkenden hatten, henkten sie ihn auch gewiß, und zwar mit allen Schikanen.«

St. Arnaud, dem jedes Wort aus der Seele gesprochen war, nickte beifällig und wollte den ihm sympathischen Gegenstand eben mit einigen Bemerkungen seinerseits begleiten, als der Zug hielt und ein paar Kupeetüren geöffnet wurden.

»Ist dies Quedlinburg?« fragte Cecile.

»Nein, meine gnädigste Frau, dies ist *Neinstedt,* eine kleine Zwischenstation. Hier ist der Lindenhof, und, was dasselbe sagen will, hier wohnen die Nathusiusse.«

»Die Nathusiusse? Wer sind die?« fragten a tempo beide Damen.

»Eine Frage«, lachte Gordon, »die die betreffende Familie sehr übel vermerken würde. Die gnädige Frau, deren Protestantismus mir, pardon, einigen kleinen Anzeichen nach einigermaßen zweifelhaft erscheint, hat Absolution. Aber Fräulein Rosa, Berlinerin, ah, ah …«

»Keine Reprimande, keine Spöttereien. Einfach Antwort: Wer sind die Nathusiusse?«

»Nun denn, die Nathusiusse sind viel und vielerlei; sie sind, ohne die Frage damit erschöpfen zu wollen, fromme Leute, literarische Leute, landwirtschaftliche Leute, politische Leute. Bücher, Kreuz-Zeitung, Rambouillet-Zucht, alles kommt in der Familie vor, und selbst die Geschichte von der aufgenommenen Stecknadel, die dann schließlich den Aufnehmer zum Millionär umschuf, ist dem Ahnherrn der Nathusiusse nicht erspart geblieben. Aber das bedeutet nichts, das ist eine alte Geschichte, denn in wenigstens sechs großen Städten, in denen ich gelebt habe, kam der Reichtum der Reichsten immer von einer Stecknadel her. Überhaupt sind die besten Geschichten uralt und überall zu Haus, also Welteigentum, und ich habe manche, von denen wir glaubten, daß sie zwischen Havel und Spree das Licht der Welt erblickten oder ohne die Gebrüder Grimm gar nicht existieren würden, in Tibet und am Himalaja wiedergefunden.«

Rosa wollte davon nichts wissen und stritt hartnäckig hin und her, bis das abermalige Halten des Zuges allem Streiten ein Ende machte.

»Quedlinburg, Quedlinburg!«

Und unsere Reisenden entstiegen ihrem Waggon und sahen dem Zuge nach, der sich eine Minute später rasch wieder in Bewegung setzte.

Achtes Kapitel

Die Sonne brannte heiß auf den Perron nieder, und Cecile, die nach Art aller Nervösen sehr empfindlich gegen extreme Temperaturverhältnisse war, suchte nach einer schattigen Stelle, bis Gordon endlich vorschlug, in die große Flurhalle des Bahnhofgebäudes eintreten und hier in aller Ruhe den in der Schwebe gebliebenen Schlachtplan feststellen zu wollen. Das geschah denn auch, und nachdem man ebenso wie den Brühl auch noch das Rathaus ohne lange Bedenken gestrichen hatte, kam man überein, sich an Schloß und Kirche genügen zu lassen. Beide, so versicherte Gordon, lägen dicht nebeneinander, und der Weg dahin, wenn man am Außenrande der Stadt bleibe, werde der gnädigen Frau nicht allzu beschwerlich fallen.

All das war rasch akzeptiert worden, die Damen nahmen noch ein Himbeerwasser, und eine Minute später schritt man bereits, nach Passierung eines von einer wahren Tropensonne beschienenen Vorplatzes, an der die Stadt in einem Halbbogen umfließenden und an beiden Ufern von prächtig alten Bäumen überschatteten Bode hin. Das Wasser plätscherte neben ihnen, die Lichter hüpften und tanzten um sie her, und mit Hilfe kleiner Brückenstege machte man sich das Vergnügen, die Flußseite zu wechseln, je nachdem hüben oder drüben der kühlere Schatten lag. Es war sehr entzückend, am entzückendsten aber da, wo die bis dicht an die Bode herantretenden Gärten einen Blick auf endlos scheinende Blumenbeete gestatteten, ähnlich jenen draußen vor der Stadt, die schon während der Eisenbahnfahrt von Berlin bis Thale Cecile bezaubert hatten. Auch heute wieder konnte sie sich nicht satt sehen an der oft ganze Muster bildenden Blumen- und Farbenpracht und fand es gegen ihre Gewohnheit sogar interessant, als Gordon, in allerhand Einzelheiten eingehend, von den zwei großen Gartenfirmen der Stadt sprach, die mit ihren um die ganze Welt gehenden Quedlinburger Blumensamenpaketen ein Vermögen erworben und sich den Zuckermillionären in der Umgegend mindestens gleichgestellt hätten.

»Ei, das freut mich. Zuckermillionäre! Wie hübsch das klingt.« Und dabei blieb sie stehen und sah durch ein goldbronziertes Gitter einen der breiten Gartenstege hinauf. »Das lila Beet da, das sind Levkoien, nicht wahr?«

»Und das rote«, fragte Rosa, »was ist das?«

»Das ist Brennende Liebe.«

»Mein Gott, so viel.«

»Und doch immer noch unter der Nachfrage. Muß ich Ihnen sagen, meine Gnädigste, wie stark der Konsum ist?«

»Ah«, sagte Cecile mit etwas plötzlich Aufleuchtendem in ihrem Auge, das dem sie scharf beobachtenden Gordon nicht entging und ihn mehr als alle seine bisherigen Wahrnehmungen über ihre ganz auf Huldigung und Pikanterie gestellte Natur aufklärte. Der Eindruck, den er von diesem fein-sinnlichen Wesen hatte, war aber ein angenehmer, ihm überaus sympathischer, und eine lebhafte Teilnahme, darin sich etwas von Wehmut mischte, regte sich plötzlich in seinem Herzen.

Von der Stelle, wo man stand, bis zu dem hochgelegenen

Stadtteile, der mit Schloß und Kirche das ihm zu Füßen liegende Quedlinburg beherrscht, war nur noch ein kurzer Weg, und ehe man hundert Schritte gemacht hatte, begann bereits die Steigung. Diese selbst war beschwerlich, die malerisch-mittelalterlichen Häuser aber, die nesterartig zu beiden Seiten der zur Höhe hinaufführenden Straße klebten, erhielten Cecile den Mut, und als sie bald danach auf einen von stattlichen Häusern gebildeten und zu weitrer Verschönerung auch noch von alten Nußbäumen überschatteten Platz hinaustrat, kam ihr zu dem Mut auch alle Kraft und gute Laune wieder, die sie gleich zu Beginn des Spazierganges an der Bode hin gehabt hatte.

»Das ist das Klopstock-Haus«, sagte Gordon und zeigte, seine Führerrolle wieder aufnehmend, auf ein etwas zur Seite gelegenes und beinah grasgrün getünchtes Haus mit Säulenvorbau.

»Das Klopstock-Haus?« wiederholte Cecile. »Sagten Sie nicht, es stände … Wie hieß es doch?«

»Im Brühl. Ja, meine gnädigste Frau. Aber da läuft eine kleine Verwechslung mit unter. Was im Brühl steht, das ist das Klopstock-Tempelchen mit der Klopstock-Büste. Dies hier ist das eigentliche Klopstock-Haus, das Haus, darin er geboren wurde. Wie gefällt es Ihnen?«

»Es ist so grün.«

Rosa lachte lauter und herzlicher, als die Schicklichkeit gestattete, sofort aber wahrnehmend, daß Cecile sich verfärbte, lenkte sie wieder ein und sagte: »Pardon, aber Sie haben mir so ganz aus der Seele gesprochen, meine gnädigste Frau. Wirklich, es ist zu grün. Und nun excelsior! Immer höher hinauf. Sind es noch viele Stufen?«

Unter solchem Gespräch erstiegen alle das noch verbleibende Stück Weges, eine gepflasterte Treppe, deren Seitenwände dicht genug standen, um gegen die Sonne Schutz zu geben.

Und nun war man oben und freute sich, aufatmend, der Brise, die ging. Der Platz, den man erreicht hatte, war ein mäßig breiter, Schloß und Abteikirche voneinander scheidender Hof, der, außer den auf ihm lagernden Schatten und Lichtern, nichts als zwei Männer zeigte, die wie Besuch erwartende Gastwirte vor ihren zwei Lokalen standen. Wirklich, es waren Kastellan und Küster, die zwar nicht mit haßentstellten, aber doch immerhin mit unruhigen Gesichtern abwarteten, nach welcher Seite hin die Schale sich neigen würde, worüber in der Tat selbst bei denen, die die Entscheidung hatten, immer noch ein Zweifel waltete.

Besichtigung von Schloß und Kirche, so lautete das Programm, *das* stand fest, und daran war nicht zu rütteln. Aber was noch schwebte, war die Prioritätsfrage. Gordon und St. Arnaud sahen sich also fragend an. Endlich entschied der Oberst mit einem Anfluge von Ironie dahin, daß Herrendienst vor Gottesdienst gehe, welchem Entscheide Gordon in gleichem Tone hinzusetzte: »Preußen-Moral! Aber wir *sind* ja Preußen.«

Und so wandte man sich denn rasch entschlossen dem Kastellan zu, freilich nicht ohne sein Visavis, den nach links hin stehenden Küster, mit einem hoffnunggebenden Gruße gestreift zu haben. Er verneigte sich denn auch in Erwiderung darauf verbindlich lächelnd und schien alles in allem nicht unzufrieden über diesen Gang der Dinge. Denn unten in der Stadtkirche läuteten eben die Mittagsglocken, und etwas Bratwurstartiges, das von der Küche her durch die Luft zog, ließ das In-die-zweite-Linie-gestellt-werden fast als einen Vorzug erscheinen.

Unter diesen Vorgängen, die nur von Rosa scharf beobachtet und mit Künstlerauge gewürdigt worden waren, waren alle vier in den Schloßflur eingetreten, an dem respektvoll die Honneurs machenden Kastellan vorüber. Dieser, ein freundlicher und angenehmer Mann, nahm durch seine Freundlichkeit sofort für sich ein, fiel aber andererseits durch ein unsicheres und fast ein schlechtes Gewissen verratendes Auftreten einigermaßen auf, ganz wie jemand, der Lotterielose feilbietet, von denen er weiß, daß es Nieten sind. Und wirklich, sein Schloß konnte, durch alle Räume hin, als eine wahre Musterniete gelten. Was es vordem an Kostbarkeiten besessen hatte, war längst fort, und so lag ihm, dem Hüter ehemaliger Herrlichkeit, nur ob, über Dinge zu sprechen, die nicht mehr da waren. Eine nicht leichte Pflicht. Er unterzog sich derselben aber mit vielem Geschick, indem er den herkömmlichen, an *vorhandene* Sehenswürdigkeiten anknüpfenden Kastellansvortrag in einen umgekehrt sich mit dem *Verschwundenen* beschäftigenden Geschichtsvortrag umwandelte. Voll richtigen Instinkts ersah er hierbei den Wert der historischen Anekdote, die denn auch beständig aus der Verlegenheit helfen mußte.

Rosa, deren Wißbegier auf ganze Säle voll Rubens und Snyders, voll Wouvermanns und Potters rechnete, hielt sich selbstverständlich unausgesetzt in der Nähe des Kastellans und mühte sich, durch allerlei klug gestellte Fragen seine besondere Teilnahme zu wecken.

»Und in diesen Räumen also haben die Quedlinburger Äbtissinnen residiert?« begann sie mit erheucheltem Interesse; denn es lag ihr ungleich mehr an Bärenhatz und Sechzehnendern als an Porträts mit Pompadourfrisuren. »In diesen Räumen also ...«

»Ja, meine gnädigste Frau«, antwortete der Kastellan, der unsere Freundin um ihres muntern Wesens und vielleicht auch um ihres Embonpoints willen für eine glücklich verheiratete Dame nahm. »Ja, meine gnädigste Frau, *wirklich* residiert, das heißt mit Hofstaat und Krone. Denn die Quedlinburger Äbtissinnen waren nicht gewöhnliche Klosteräbtissinnen, sondern Fürstabbatissinnen und saßen von Mechthildis, Schwester Ottos des Großen, an bei den Reichsversammlungen auf der Fürstenbank. Und hier im Schlosse war auch der Thronsaal. Es ist der Saal nebenan, in welchem ich die gnädige Frau vorweg bitten möchte, die roten Damasttapeten beachten zu wollen. Es ist Damast von Arras.«

Und damit traten alle von einem kleinen, bis dahin besichtigten Vorzimmer her in den großen Thronsaal ein, in welchem neben der so ruhmvoll erwähnten Damasttapete nur noch der getäfelte Fußboden an die frühere Herrlichkeit erinnerte.

Rosa sah sich verlegen um, was dem Führer nicht entging, weshalb er seinen Vortrag rasch wieder aufnahm, um durch Erzählungskunst den absoluten Mangel an Sehenswürdigkeiten auszugleichen. »Also, der Thronsaal, gnädige Frau«, hob er an. »Und hier, wo die Tapete fehlt, genau hier, stand der Thron selbst, der Thron der Fürstabbatissinnen, ebenfalls rot, aber von rotem Samt und mit Hermelin verbrämt. Und mit dem zuständigen Wappen: Zwei Kelche mit einem Pokal.«

»Ah«, sagte Rosa, »mit zwei Kelchen und einem Pokal ... Sehr interessant.«

»Und hier«, fuhr der Kastellan, während er auf einen großen, aber leeren Goldrahmen zeigte, mit einer immer volltönender und beinah feierlich werdenden Stimme fort, »hier in diesem Goldrahmen befand sich die Hauptsehenswürdigkeit des Schlosses: der Spiegel aus Bergkristall. Der Spiegel aus Bergkristall, sag ich, der sich zurzeit in den skandinavischen Reichen, und zwar in dem Königreiche Schweden, befindet.«

»In Schweden?« wiederholte St. Arnaud. »Aber wie kam er dahin?«

»Auf Umwegen und durch allerlei seltsame Schicksale«, nahm der Kastellan seinen historischen Vortrag wieder auf. »Unsere letzte Fürstabbatissin war nämlich eine Prinzessin aus Schweden, Josephine Albertine, Tochter der Königin Ulrike, Schwester Friedrichs des Großen. Über zwanzig Jahre hatte Josephine Albertine hier glänzend und segensreich residiert und sich an dem Kristallspiegel, der ihr Stolz und ihr Lieblingsstück war, erfreut, als diese Gegenden eines Tages westfälisch wurden und unter König Jerome kamen. Da mußte sie sich trennen von ihrem Schloß, samt allem, was darinnen war, und natürlich auch von ihrem Spiegel. Denn es ward ihr kaum Zeit gelassen zum Notwendigsten, geschweige zum Einpacken und Mitnehmen dessen, was das Nebensächliche, wenn auch freilich für sie das Liebste war.«

»Und was wurde?«

»Nun, König Jerome, der wegen dem ewigen ›Morgen wieder lustik sein‹ sehr viel Geld brauchte, stand alsbald vor der Notwendigkeit, das ganze Schloßinventar unter den Hammer zu bringen, und eines Tages hieß es in allen Zeitungen, deutschen und fremden, daß, neben den anderen Schätzen des Schlosses, auch der berühmte Kristallspiegel versteigert werden solle. Das war der Moment, auf den Prinzessin Josephine Albertine, die mittlerweile nach Schweden zurückgekehrt war – denn die Bernadottesche Zeit war noch nicht da –, gewartet hatte, weshalb sie nunmehr strikten Befehl gab, auf den Spiegel zu fahnden und jeden Preis zu zahlen, zu dem er angesetzt oder am Auktionstage selbst hinaufgetrieben werden würde. Wie hoch er kam, weiß ich nicht; nur das eine weiß ich, daß es ein Vermögen gewesen sein soll. Ich habe von einer Tonne Goldes sprechen hören. Unter allen Umständen aber kam der Spiegel nach Schweden, nach Stockholm, woselbst er sich bis diesen Tag befindet und im Ridderholm-Museum gezeigt wird.«

»Allerliebst«, sagte St. Arnaud. »Im ganzen genommen ist mir die Geschichte lieber als der Spiegel«, eine Meinung, die von Gordon und Rosa vollkommen, keineswegs aber von Cecile geteilt wurde. Diese hätte sich gern in dem Kristallspiegel gesehen und war während der zweiten Hälfte der ihr viel zu weit ausgesponnenen Erzählung an ein offen stehendes Balkonfenster getreten, das nicht nur einen Blick auf das Gebirge, sondern auch auf die weiten Gartenanlagen hatte, die sich im Halbkreis um die Schloßfundamente herumzogen. In diesen Gartenanlagen wechselten Strauchwerk und Blumenterrassen; was aber das Auge Ceciles bald ausschließlich in Anspruch nahm, war ein Sandsteinobelisk von mäßiger Höhe, der, halb in dem Schloßunterbau drin steckend, hautreliefartig aus einer alten Mauerwand vorsprang. Der Sockel war mit Girlanden ornamentiert und schien auch eine Inschrift zu haben.

»Was ist das?« fragte Cecile.

»Ein Grabstein.«

»Von einer Äbtissin?«

»Nein, von einem Schoßhündchen, das Anna Sophie, Pfalzgräfin von bei Rhein und vorletzte Fürstabbatissin, an dieser Stelle beisetzen ließ.«

»Sonderbar. Und mit einer Inschrift?«

»Zu dienen«, antwortete der Kastellan.

Und den Damen ein Opernglas überreichend, das er zu diesem Behufe stets mit sich führte, las Cecile: »Jedes Geschöpf hat eine Bestimmung. Auch der Hund. Dieser Hund erfüllte die *seine,* denn er war treu bis in den Tod.«

Gordon lachte herzlich. »Denkmal für Hundetreue! Brillant. Wie sähe die Welt aus, wenn jedem treuen Hunde ein Obelisk errichtet würde. Ganz im Stil einer Barockprinzessin.«

Rosa stimmte zu, während Cecile verwirrt vom Fenster zurücktrat und mechanisch, und ohne zu wissen, was sie tat, an die Wandstelle klopfte, wo der Kristallspiegel seinen Platz gehabt hatte.

»Was haben wir noch zu gewärtigen?« fragte Gordon.

»Die Zimmer Friedrich Wilhelms des Vierten.«

»Friedrich Wilhelms des Vierten? Wie kam *der* hierher?«

»In den ersten Jahren seiner Regierung erschien er jeden Herbst, um von hier aus die großen Harzjagden abzuhalten. Als aber anno 48 die Jagdfreiheit aufkam und Stadt und Bürgerschaft ihm die Jagd verweigerten, wurd er so verstimmt, daß er nicht wiederkam.«

»Was ich nur in der Ordnung finde. Bourgeoismanieren. Aber nun die Zimmer.«

Und damit traten sie vom Thronsaal her in ein paar niedrige, mit kleinen Mahagonimöbeln ausgestattete Räume, deren Spießbürgerlichkeit nur noch von ihrer Langweil übertroffen wurde.

Rosa sah ihre Hoffnung auf große Tierstücke mehr und mehr hinschwinden, hielt aber eine darauf gerichtete Frage immer noch für zulässig.

Freilich erfolglos.

»Tierstücke«, antwortete der Kastellan in einem Tone, darin unsere Künstlerin eine kleine Spitze zu hören glaubte, »Tierstücke haben wir in diesem Schlosse *nicht.* Wir haben nur Fürstabbatissinnen. Aber diese haben wir auch vollständig. Und außerdem die Quedlinburger Geistlichen lutherischer Konfession (ebenfalls beinah vollständig), deren einer altem Herkommen gemäß allsonntäglich hier oben predigte, so daß er neben seinem Stadtdienst auch noch Hofdienst hatte. Nach der Predigt blieb er dann zu Tisch und mitunter auch bis zur Dunkelstunde. So beispielsweise dieser hier, ein schöner Mann, etwas blaß, der in seinen besten Jahren an der Auszehrung starb. Er war Prediger zur Zeit der schwedischen Prinzessin Josephine Albertine, derselben, die den Kristallspiegel wieder erstand. Und hier ist die Prinzessin in Person.«

Dabei wies er auf das Bild einer mittelalterlichen Dame mit großer Kurfürstennase, Stirnlöckchen und Agraffenturban, aus deren ganz ungewöhnlicher Stattlichkeit sich die vom Kastellan nur leis angedeuteten Anfechtungen ihres Seelsorgers unschwer erklären ließen.

Einige der Bilder kehrten mehrfach wieder, was die Zahl der Äbtissinnen größer erscheinen ließ, als sie tatsächlich war. Rosa drang darauf, die Namen zu hören, aber es waren tote Namen, *einen* ausgenommen, den der Gräfin Aurora von Königsmark.

Und vor das Porträt *dieser* traten jetzt alle mit ganz ersichtlicher Neugier, ja Cecile – die vor kaum Jahresfrist einen historischen Roman, dessen Heldin die Gräfin war, mit besonderer Teilnahme gelesen hatte – war so hingenommen von dem Bilde, daß sie von der Unechtheit desselben nichts hören und alle dafür beigebrachten Beweisführungen nicht gelten lassen wollte.

Gordon, als er sah, daß er nicht durchdränge, wandte sich um Sukkurs an Rosa. »Helfen Sie mir. Die gnädigste Frau will sich nicht überzeugen lassen.«

Rosa lachte. »Kennen Sie die Frauen so wenig? Welche …«

»Wohl, Sie haben recht. Und am Ende, wer will an Bildern Echtheit oder Unechtheit beweisen? Aber zweierlei gilt auch ohne Beweis.«

»Und das wäre?«

»Nun zunächst das, daß es nichts Toteres gibt als solche Galerie beturbanter alter Prinzessinnen.«

»Und dann zweitens?«

»Daß der Unterschied von ›hübsch‹ und ›häßlich‹ in solcher Galerie zurechtgemachter Damenköpfe gar keine Rolle spielt, ja, daß einer Häßlichkeitsgalerie wie dieser hier vor einer sogenannten Schönheitsgalerie mit ihrer herkömmlichen Ödheit und Langerweile der Vorzug gebührt. Ach, wie viele solcher ›*Galeries of beauties*‹ hab ich gesehen und eigentlich keine darunter, die mich nicht zur Verzweiflung gebracht hätte. Schon in ihrer Entstehungsgeschichte sind sie meistens beleidigend und ein Verstoß gegen Geschmack und gute Sitte. Denn wer sind denn die jedesmaligen Mäzene, Stifter und Donatoren? Immer ältliche Herren, immer mehr oder weniger mythologische Fürsten, die, pardon, meine Damen, nicht zufrieden mit der wirklichsten Wirklichkeit, ihre Schönheiten auch noch *in effigie* genießen wollen. Einer von ihnen – derselbe, von dem das Bonmot existiert, er habe nie was Dummes gesagt und nie was Kluges getan – ist mit seiner Galerie von Magdalenen (selbstverständlich von Magdalenen *vor* dem Bußestadium) allen anderen vorauf. Es war ein Stuart, wie kaum gesagt zu werden braucht. Aber unsere deutschen Kleinkönige sind ihm gefolgt und haben nun auch dergleichen. Ich entsinne mich noch des Eindrucks, den der Kopf der Lola Montez oder, wenn Sie wollen, der Gräfin Landsfeld, auf mich machte. Denn Gräfinnen werden sie schließlich alle, wenn sie nicht vorziehen, heiliggesprochen zu werden.«

»Ei, wie tugendhaft Sie sind«, lachte Rosa. »Doch Sie täuschen mich nicht, Herr von Gordon. Es ist ein alter Satz: Je mehr Don Juan, je mehr Torquemada.«

Cecile schwieg und ließ sich, wie gelähmt, in einen in einer tiefen Fensternische stehenden Sessel nieder. St. Arnaud, der wohl wußte, was in ihr vorging, öffnete den einen der beiden Flügel und sagte, während die frische Luft einströmte: »Du bist angegriffen, Cecile. Ruh dich.«

Und sie nahm seine Hand und drückte sie wie dankbar, während es vor Erregung um ihre Lippen zuckte.

Neuntes Kapitel

Cecile erholte sich rascher als erwartet von dieser Anwandlung, und die weitere Besichtigung des Schlosses und bald danach auch der Abteikirche verlief zu allseitiger Zufriedenheit, ganz besonders auch zur Freude Ceciles. Ja, sie war durch den Besuch der prächtig kühlen Kirche so gekräftigt und erfrischt worden, daß man auf *ihren* Vorschlag das Programm überschritt und guten Mutes die schon aufgegebene Partie nach dem Rathause machte, wo man erst den Roland und gleich danach das Gefängnis des Regensteiners bewunderte. Daran schloß sich dann unmittelbar ein ziemlich mittägliches Frühstück an Ort und Stelle. Kulmbacher Bier, wofür das Rathaus ein Renommee hatte, wurde bestellt, und Cecile war entzückt, als der Wirt die schäumenden und frisch beschlagenen Seidel brachte. »Wieviel schöner doch als eine Table d'hote«, sagte sie. »Pierre, *votre santé* ... Fräulein Rosa, wohl bekomm's ... Herr von Gordon, Ihr Wohl.« Und während sie so plauderte, stieß sie mit ihrem Seidel an, sprach von dem Regensteiner, der es achtzehn Monate lang nicht voll so gut gehabt habe, und war überhaupt wie ein Kind. Nur als die Malerin auf die Bilder der Äbtissinnen zurückkam und bei der Gelegenheit bemerkte, daß auch noch im Rathaussaale (wie der Herr Wirt ihr eben verraten) ein Bild der schönen Aurora sei, »besser und jedenfalls echter als das im Schloß«, brach Cecile rasch ab und sagte verstimmt und in beinahe heftigem Tone: »Bilder und immer wieder Bilder. Wozu? Wir hatten mehr als genug davon.«

Gegen fünf Uhr war man in Thale zurück, und Cecile, die sich nach Ruhe sehnte, verabschiedete sich für den Rest des Tages. »Bis auf morgen, Fräulein Rosa; bis auf morgen, Herr von Gordon.«

Und dieser Morgen war nun da.

Gordon, der am Abend vorher noch einem Konzert auf dem Hubertusbade beigewohnt und bei dieser Gelegenheit eine halbe Stunde lang mit der Malerin über Samarkand und Wereschtschagin, dann aber mit dem ebenfalls erschienenen St. Arnaud über den Quedlinburger Roland, den Regensteiner und vieles andere noch geplaudert hatte, hatte sich's, um den Morgen zu genießen, auf einem Fauteuil am Fenster bequem gemacht und blies eben den Dampf seiner Havanna in die frische Luft hinaus. Er ließ dabei die Vorgänge des letzten Tages, darunter auch die Bilder der Fürstabbatissinnen, noch einmal an sich vorüberziehen und begleitete den Zug ihrer meist grotesken Gestalten mit allerhand spöttisch erbaulichen Betrachtungen. »Ja, diese kleinen *Grandes Dames* aus dem vorigen Jahrhundert! Wie wird eine freiere Zeit darüber lachen, wenn sie nicht *jetzt* schon darüber lacht. Es gibt nichts, an dem sich das Wesen der Karikatur so gut demonstrieren ließe. Meist waren sie häßlich oder doch mindestens von einem unschönen Embonpoint, und alle hielten sie sich einen Kammerherrn und einen Mops, wuschen sich nicht oder doch nur mit Mandelkleie und waren ungebildet und hochmütig zugleich. Ja, auch hochmütig. Nur nicht gegen ihren Leibdiener.« Er malte sich das alles noch weiter aus, bis sich ihm plötzlich vor eben diese groteske Gestaltenreihe die graziöse Gestalt Ceciles stellte, wechselnd in Stimmung und Erscheinung, genau so, wie sie der vorhergehende Tag ihm gezeigt hatte. Jetzt sah er sie, wie sie, sich vorbeugend, die Inschrift auf dem Grabobelisk des Bologneser Hündchens las, und dann wieder, wie sie bei dem Gespräch über die Schönheitsgalerien und die Gräfin Aurora nahezu von einer Ohnmacht angewandelt wurde. War das alles Zufall? Nein. Es verbarg sich etwas dahinter. Aber dann vernahm er wieder das heitere Lachen und sah, wie sie glückstrahlend den Krug nahm und anstieß. »Ihr Wohl, Fräulein Rosa; Herr von Gordon, Ihr Wohl.« Und er empfand dabei deutlich, daß, was immer auch auf ihrer Seele laste, die Seele, die diese Last trage, trotz alledem eine Kinderseele sei.

»Klothilde muß von ihr wissen«, sprach er vor sich hin. »Und wenn sie nichts weiß, so doch von ihr hören können. Liegnitz ist just der Ort dazu, nicht zu groß und nicht zu klein, und was das Regiment nicht weiß, das weiß die Ritterakademie. Die Schlesier sind ohnehin miteinander verwandt und haben einen schwatzhaften Zug. Schwatzhaftigkeit, Eigensinn und ›so gerne‹ hat Rübezahl jedem der Seinen in die Wiege gelegt. Ja, Klothilde muß es wissen; an sie zu schreiben, hab ich ohnehin, und so denn *two birds with one stone.* Fräulein Schwester wird freilich sommerlich ausgeflogen und irgendwo im Gebirge sein, in Landeck oder in Reinerz oder gar in Böhmen. Aber was tut's? Die Post wird sie schon zu finden wissen. Wozu haben wir Stephan? Er kommt ja gleich nach Bismarck.«

Und bei diesem Selbstgespräche die Havanna aus der Hand legend, nahm er ein Kuvert und adressierte mit großer Handschrift: »Dem Fräulein Klothilde von Gordon-Leslie, Liegnitz, Am Haag 3a.« Dann schob er das Kuvert wieder zurück, legte sich zwei kleine Bogen mit »Hexentanzplatz« und »Roßtrappe« zurecht und schrieb:

»Meine liebe Klotho. Genau vier Wochen heute, daß ich mich von Dir und Elsy verabschiedete. Vier Wochen fort aus Eurem traulichen Heim, aber erst seit einer Woche hier, weil ich, als ich von Liegnitz nach Berlin zurückkehrte, Briefe vorfand, die mich in geschäftlichen Angelegenheiten erst nach Hamburg und dann nach Bremen führten. Um Euch wenigstens eine Andeutung zu machen: es handelt sich abermals um Legung eines Kabels. Von

Bremen dann hierher, nach Thale, Thale am Harz und nicht zu verwechseln mit einem gleichnamigen Kurort in Thüringen.

Es gereut mich nicht, diesen entzückenden Platz mit seiner erfrischenden und stärkenden Luft gewählt zu haben, denn Luft ist kein leerer Wahn, was *der* am besten weiß, der ihre mannigfachen Arten an sich selber erprobt hat. Wir gehen einer totalen Reform der Medizin oder doch zum mindesten der Heilmittellehre entgegen, und die Rezepte der Zukunft werden lauten: drei Wochen Lofoten, sechs Wochen Engadin, drei Monate Wüste Sahara. Ja, selbst Malariagegenden werden in kleinen Dosen verordnet werden, etwa wie man jetzt Arsenik gibt. Die große Wirkung der Luftheilmethode liegt in ihrer Perpetuierlichkeit – man kommt Tag und Nacht aus dem Heilmittel nicht heraus.

Ein guter Teil dieser Heilmethode hab ich auch hier, und so fühl ich denn mehr und mehr die Verstimmung von mir abfallen, die mich ohne rechten Grund seit lange quälte. Nur bei Euch war ich frei davon. Die Partien und Ausflüge liegen hier wie vor der Tür, und so sieht man sich in der angenehmen Lage, Naturschönheit ohne jede Müh und Anstrengungen genießen zu können. Daß es eine Schönheit kleineren Stils ist, schadet wenig. Ich bin oft genug bis zwanzigtausend Fuß hoch umhergeklettert, um jetzt mit zweitausend vollkommen zufrieden, ja sogar eigens dankbar dafür zu sein. Ich liebe Weltreisen und möchte sie, wiewohl ich fühle, daß die Passion nachläßt, auch für die Zukunft nicht missen, aber ich bin andererseits kein Freund von Strapazen als solchen, und je bequemer ich den Kongo hinauf oder hinunter komme, desto besser. Ökonomie der Kräfte.

Doch was Kongo! Vorläufig heißt meine Welt noch Thale, Hotel Zehnpfund, ein wundervoller Hotelname, bei dem man sich, wie auf dem Bilde ›Wo speisen Sie?‹, förmlich arrondieren fühlt, und der sofort die Vorstellung weckt: hier ist es gut sein.

Und diese Vorstellung täuscht auch nicht. Es ist hier in der Tat gut sein, appetitlich und unterhaltlich, letzteres besonders seit drei Tagen, wo sich durch Eintreffen neuer Gäste die Table d'hote belebt hat. Unter diesen Gästen ist ein alter Emeritus, mit dem ich mich gleich anfänglich anfreundete; seit Dienstag aber hat er vor einer neuen Bekanntschaft einigermaßen zurücktreten müssen: Oberst St. Arnaud und Frau. *Er,* trotzdem er ›a. D.‹ ist (nicht bloß ›zur Disposition‹), Gardeoffizier *from top to toe,* sie, trotz eines languissanten Zuges, oder vielleicht auch um desselben willen, eine Schönheit ersten Ranges. Wundervoll geschnittenes Profil, Gemmenkopf. Ihre Augen stehen scharf nach innen, wie wenn sie sich suchten, und lieber sich selbst als die Außenwelt sähen – eine Besonderheit, die von Splitterrichtern sehr wahrscheinlich ihrer Schönheit zum Nachteil angerechnet und mit einem ziemlich prosaischen Namen bezeichnet werden wird. Es gibt ihr aber entschieden etwas Apartes, und wenn ihre Beauté wirklich Einbuße dadurch erfahren sollte, was ich nicht zugeben kann, so doch sicherlich nicht ihr Reiz. Sie verzieht mich ein wenig, und zwar in einer ganz eigentümlichen Weise, der ich Koketterie nicht zuschreiben und auch nicht ganz absprechen kann. Ich stehe vor einem Rätsel oder doch mindestens vor etwas Unbestimmtem und Unklarem, das ich aufgeklärt sehen möchte. Und dazu, meine liebe Klothilde, mußt Du mir behilflich sein. Du weißt ja den Genealogischen halb und die Rangliste ganz auswendig, hast das Offizierkorps Eurer berühmten Garnison eingetanzt und kennst die nachbarlichen Wahlstätter Kadettenleutnants, die sich so ziemlich aus allen Provinzen rekrutieren. Du mußt also was erfahren können. Daß er mehrere Jahre lang ein Gardebataillon kommandierte, weiß ich; er hat sich gestern abend, als ich von einem Konzert mit ihm heimkehrte, selbst darüber ausgesprochen. Warum aber nahm er den Abschied? Warum zieht er sich augenscheinlich aus dem, was man Gesellschaft nennt, zurück?

Vor allem jedoch: Wer ist Cecile? Dies ist nämlich ihr Name. Woher stammt sie? Brüssel, Aachen, Sacré Cœur, so schoß es mir durch den Kopf, als ich sie zum ersten Male sah, aber dies alles war ein Irrtum. Ich finde, sie schlesiert ein wenig, und so wird es Dir, wenn ich darin recht habe, nur um so leichter sein, meine Neugier zu befriedigen.

Meine Neugier? Ich würde dir von einem tieferen Interesse sprechen, wenn ich nicht fürchten müßte, diesen Ausdruck mißverstanden zu sehen. Sie hat offenbar viel erfahren, Leid und Freud, und ist nicht glücklich in ihrer Ehe, trotzdem sie dem Obersten, ihrem Gemahl, in einzelnen Momenten etwas wie Dank oder selbst wie Hingebung und Herzlichkeit zeigt. Aber es sind immer nur Momente, wo sie nach einem Halt sucht und diesen Halt in ihm zu finden glaubt. Also, wenn Du willst, eine Neigung mehr aus Schutzbedürfnis als aus Liebe. Mitunter auch aus bloßer Kaprice.

Ja, sie hat Kapricen, was an einer schönen Frau nicht sonderlich überraschen darf; aber was durchaus frappieren muß, ist das naive Minimalmaß ihrer Bildung. Sie spricht gut Französisch (recht gut) und versteht ein weniges von Musik; im übrigen fehlt ihr nicht bloß alles Positive, sondern auch jener Esprit, der adorierten Frauen fast immer zu Gebote steht. Wir waren gestern in Quedlinburg und kamen unter anderm an dem Klopstock-Hause vorüber. Ich sprach von dem Dichter und konnte deutlich wahrnehmen, daß sie den Namen desselben zum ersten Male hörte. Was nicht in französischen Romanen und italienischen Opern vorkommt, das weiß sie nicht. Ob sie Zeitungen liest, ist mir fraglich. Und so gibt sie sich Blößen über Blößen. Aber sie besitzt dafür ein anderes, was alle diese Mängel wieder aufwiegt: eine vornehme Haltung und ein feines Gefühl, will sagen: ein Herz. Denn ein feines Gefühl läßt sich so wenig lernen wie ein echtes. Man hat es – oder hat es nicht. Dazu gesellt sich jener freiere Blick oder doch mindestens jenes unbefangene, allem Schwerfälligen abgewandte Wesen, das allen Personen eigen ist, die jahrelang in der Obersphäre der Gesellschaft gelebt und sich einfach dadurch jenes *je ne sais quoi* erworben haben, das sie Gebildeteren und selbst Klügeren überlegen macht. Sie weiß, daß sie nichts weiß, und behandelt dies Manko mit einer entwaffnenden

Offenheit. Trotz einer hautänen Miene, die sie, wenn sie will, sehr wohl aufzusetzen versteht, ist sie bescheiden bis zur Demut. Daß sie nervenkrank ist, ist augenscheinlich, aber der Oberst (vielleicht, weil es ihm paßt) macht unter Umständen mehr davon als nötig. Er mag übrigens, was diesen Punkt angeht, in einer ziemlich heiklen Lage sein, denn nimmt er's leicht, wo sie's vorzieht, krank zu sein, so verdrießt es sie, und nimmt er's schwer, wo sie's vorzieht, gesund zu sein, so verdrießt es sie kaum minder. Ich war auf der Roßtrappe Zeuge solcher Szene. Mir persönlich will es scheinen, daß sie, nach Art aller Nervenkranken, im höchsten Grade von zufälligen Eindrücken abhängig ist, die sie, je nachdem sie sind, entweder matt und hinfällig oder aber umgekehrt zu jeder Anstrengung fähig machen. Überhaupt voller Gegensätze: Dame von Welt und dann wieder voll Kindersinn. Sie lacht wenig, aber wenn sie lacht, ist es entzückend, weil man herausfühlt, wie dieses Lachen sie selber beglückt. Sie war wohl eigentlich ihrer ganzen Natur nach auf Reifenwerfen und Federballspiel gestellt und dazu angetan, so leicht und graziös in die Luft zu steigen wie selber ein Federfall. Aber es wird ihr von Jugend an nicht daran gefehlt haben, was sie wieder herabzog. Vielleicht weil sie so schön war. Übrigens glaube nicht, daß ich an eine St. Arnaudsche Mesalliance denke. Nicht in und an ihr, das an eine Tochter Thaliens oder gar Terpsichorens erinnerte. Noch weniger hat sie den kecken Ton unserer Offiziersdamen oder den unmotiviert selbstbewußten unseres Kleinadels auf seinen Herrensitzen. Ihr Ton ist vornehmer, ihre Sphäre liegt höher hinauf. Ob von Natur oder durch zufällige Lebensgänge, laß ich dahingestellt sein. Sie hascht nach keinem Witzwort, am wenigsten müht sie sich um ein zugespitztes Reparti; sie läßt *andre* sich mühen und zeigt auch darin, daß sie ganz daran gewöhnt ist, Huldigungen entgegenzunehmen. Alles erinnert an ›kleinen Hof‹.

Und nun tue das Deine. Deiner Antwort sehe ich noch *hier* entgegen, und zwar binnen einer Woche. Wird es später, so nach Berlin: *poste restante.* Zu ›postlagernd‹ hab ich mich noch nicht bekehren können. Und nun Dir und meiner teuren Elsy Gruß und Kuß. Wie immer, Dein Dich herzlich liebender Robert v. G. L.«

Zehntes Kapitel

Gordon überflog den Brief noch einmal und war mit seiner Charakteristik Ceciles zufrieden, aber nicht so mit dem, was er über St. Arnaud geschrieben hatte. Der war offenbar zu kurz gekommen, was ihn bestimmte, noch ein paar Worte hinzuzufügen.

»Eben, meine liebe Klotho« (so kritzelte er an den Rand), »hab ich mein langes Skriptum noch einmal durchgelesen und finde, daß St. Arnauds Bild der Retusche bedarf. Es wird dadurch freilich mehr an Richtigkeit als an Liebenswürdigkeit gewinnen. Wenn ich ihn Dir als Gardeoberst *comme il faut* vorstellte, was zutrifft, so gibt dies doch immer nur eine Seite; mindestens mit gleichem Rechte darf ich ihn als den Typus eines alten Garçons aus der Oberschicht der Gesellschaft bezeichnen. Es ist unmöglich, sich etwas Unverheirateteres vorzustellen als ihn, trotzdem er voll Courtoisie gegen die junge Frau, ja gelegentlich selbst voll anscheinend großer Aufmerksamkeiten ist. Aber sie wirken äußerlich, und wenn sie nicht *bloß* in chevaleresker Gewohnheit ihren Grund haben, so doch jedenfalls zur größeren Hälfte. Zu dem allem hat er (in *diesem* Punkte mit Cecile verwandt) einen ›genierten Blick‹; aber was ihr kleidet, ja, rund heraus, ihren Reiz noch steigert, ist an ihm einfach unheimlich. In manchen Momenten, ich zögere fast, es auszusprechen, wirkt er nicht viel anders, als ob er ein Jeu-Oberst wäre, der hier in Thale den Gemütlichen spielt und seine Kräfte für eine neue Kampagne sammelt. Jedenfalls wirst Du nach dem allen meine Neugier begreifen. Und nun noch einmal Gott befohlen. Dein Roby.«

Und nun schob er den Brief ins Kuvert und ging in das Lesezimmer, um sich in die Times zu vertiefen, die zu lesen ihm seit seinen indisch-persischen Tagen ein Bedürfnis war.

Um dieselbe Stunde, wo Gordon den Brief schrieb, machte das St. Arnaudsche Paar, wie täglich nach dem Frühstück, seinen Morgenspaziergang. Als sie die große Parkwiese zweimal umschritten hatten, war Cecile müde geworden und nahm auf einer von Flieder und Goldregen überwachsenen Bank Platz, die zum großen Teil im Schatten lag. Es war eine lauschige Stelle, vormittags die schönste der ganzen Anlage, von der aus man nicht bloß die vorgelegene bewaldete Gebirgswand, sondern auch den Hexentanzplatz und die Roßtrappe mit ihren in der Sonne blitzenden Hotels übersehen konnte. Die Luft stand, und nur dann und wann fuhr ein Windstoß durch die Stille.

Cecile, die den schattigsten Platz hatte, zog den Sonnenschirm ein und sagte: »Gewiß, ich finde das Fräulein sehr unterhaltlich, aber doch etwas emanzipiert oder, wenn dies nicht das richtige Wort ist, etwas zu sicher und selbstbewußt. Künstlerin, sagst du. Gut. Aber was heißt Künstlerin? Sie schlägt gelegentlich einen Weisheits- und Überlegenheitston an, als ob sie Gordons Großtante wäre.«

»Wohl ihr.«

»Ja«, beharrte Cecile. »Wohl ihr. Wenn nur nicht das Gerede der Leute wäre.«

»Das Gerede der Leute«, wiederholte St. Arnaud spöttisch das ihn allemal nervös machende Wort. Aber Cecile, die sonst ein scharfes Ohr für diesen Ton hatte, hörte heute darüber hin, und mit ihrem Sonnenschirm auf einen Hausgiebel zeigend, der in geringer Entfernung aus einer Baumgruppe hervorragte, sagte sie: »Das ist das Hubertusbad, nicht wahr? Wie verlief eigentlich das gestrige Konzert? Ich hatte das Fenster auf und hörte noch die Schlußpiece: ›Komm in mein Schloß mit mir.‹ Wenn ich mir Rosa als Zerline denke.«

»Und Cecile als Donna Elvira.«

Sie lachte herzlich, denn der Ton, in dem St. Arnaud dies sagte, klang durchaus liebenswürdig und jedenfalls ebenso frei von Gereiztheit wie Tadel. »Donna Elvira«, wiederholte sie, »die Rolle der Verschmähten! Wirklich, es wäre die letzte meiner Passionen, und wenn ich mich da hineindenke, so muß ich dir offen gestehen, es gibt doch allerlei Dinge …«

»Die noch schwerer zu tragen sind als die, die wir tragen müssen. Ja, Cecile, sprich es nur aus. Und du solltest dich jeden Tag daran erinnern. Freilich ist es leichter, die Wahrheit zu predigen, als danach zu handeln. Aber wir sollten es wenigstens versuchen.«

Jedes dieser Worte tat ihr wohl, und in einem flüchtigen Zärtlichkeitsanfluge sich an ihn lehnend, sagte sie: »Wie du nur sprichst. Als ob ich eine Neigung hätte, den Kopf hängen zu lassen. Und du weißt doch das Gegenteil. Ach, Pierre, wir hätten uns statt der großen Stadt einen stillen Platz suchen sollen, da wär uns manch Bitteres erspart geblieben. Einen stillen Platz, oder lieber gleich ein paar, um mit ihnen wechseln zu können. Wie leicht und gefällig macht sich hier das Leben. Und warum? Weil sich beständig neue Beziehungen und Anknüpfungen bieten. Das ist noch der Vorzug des Reiselebens, daß man den Augenblick walten und überhaupt alles gelten läßt, was einem gefällt.«

»Und doch hat das ›Leben aus dem Koffer‹ auch seine schweren Bedenken. Man findet nicht jeden Tag einen perfekten Kavalier, der die Tugenden unserer militärischen Erziehung mit weltmännischem Blick vereinigt. Du weißt, wen ich meine. Welche Fülle von Wissen und dabei absolut unrenommistisch. Er hat einen entzückenden Ton; es klingt immer, als ob er sich geniere, viel erlebt zu haben.«

Sie nickte zustimmend und fuhr dann ihrerseits fort: »Du hast gestern, als ihr gemeinschaftlich das Fräulein vom Konzert her bis an das Hotel zurückführtet, noch ein Gespräch mit Herrn von Gordon gehabt. Ich stand am Fenster und sah euch den

Kiesweg auf und ab promenieren. Erzähle. Du weißt, ich bin eigentlich nicht neugierig, aber wenn ich es bin ...«

»Dann?«

»Dann *de tout mon cœur.* Also was ist es mit ihm? Warum ging er in die weite Welt? Ein Mann von so guter Erscheinung und Familie, denn die Schotten sind alle von guter Familie. Wir hatten unter den Kavalieren am Hofe ... Daher meine Kenntnis. Mir liegt sonst die Prätension fern, über schottische Familien unterrichtet zu sein. Also warum trat er aus der Armee?«

St. Arnaud lachte. »Meine liebe Cecile, du gehst einer grausamen Enttäuschung entgegen. Er schied aus der Armee ...«

»Nun?«

»Einfach Schulden halber. In diesem Punkte beginnt seine Laufbahn als *chevalier errant* so trivial wie möglich. Er stand erst bei den Pionieren in Magdeburg, dann bei dem Eisenbahnbataillon unter Golz, einer Truppe, die sonst viel zu klug und zu gescheit ist, um sich durch Schuldenmachen auszuzeichnen. Aber jede Regel hat ihre Ausnahme. Kurzum, er konnte sich nicht halten und übersiedelte, wenn sich in solcher Lage von Übersiedelung sprechen läßt, nach England, woselbst er seine wissenschaftlichen Kenntnisse praktisch zu verwerten hoffte. Dies gelang ihm denn auch, und er ging Mitte der siebziger Jahre nach Suez, um hier im Auftrag einer großen englischen Gesellschaft einen Draht durch das Rote Meer und den Persischen Golf zu legen. Du wirst nicht orientiert sein, aber ich zeige dir's auf der Karte.«

»Nur weiter.«

»Etwas später trat er in persischen und, nach Beendigung einer unter seiner Oberleitung hergestellten Telegraphenverbindung zwischen den zwei Hauptstädten des Landes, in russischen Dienst. Es war gerade die Zeit, als Skobeleff, dessen du dich von Warschau her erinnern wirst, von Samarkand seine Triumphe feierte. Später, als der Kriegsschauplatz wechselte, war er mit demselben General vor Plewna. Der wachsende Haß der Russen aber gegen alles Deutsche hat ihm schließlich den Dienst verleidet; er nahm den Abschied und hat das Glück gehabt, alte Beziehungen wieder anknüpfen zu können. Er ist in diesem Augenblicke Bevollmächtigter derselben englischen Firma, in deren Dienst er seine Laufbahn begann, und gerade jetzt mit einer geplanten neuen Kabellegung in der Nordsee beschäftigt. Hat aber den lebhaften Wunsch, in preußischen Dienst zurückzutreten, was ihm, bei Protektion an hoher Stelle, deren er sich erfreut, ganz zweifellos gelingen wird.«

»Und das ist alles?«

»Aber, Cecile ...«

»Du hast recht«, lachte sie. »Buntes Leben genug. Und doch find ich wirklich, daß einen Draht oder ein Kabel an einer mir unbekannten Küste zu legen (und welche Küste wäre mir nicht unbekannt), schließlich ebenso trivial ist wie Schuldenmachen.«

»Da bin ich doch neugierig, zu hören, was du geneigt sein möchtest, *nicht* trivial zu finden.«

»Nun, beispielsweise den Regensteiner. Der ist doch um vieles romantischer. Und wenn es der Regensteiner nicht sein kann, nun denn: Abenteuer, Tigerjagd, Wüste, Verirrungen ...«

»Geographische oder moralische?«

»Beide.«

»Nun, wer weiß, was er davon noch in Petto hat. Er konnte mich doch nicht gleich in seine letzten Intimitäten einweihen. Aber sieh nur ...«

Und ein Windstoß, der eben in das große, mit Zentifolien dicht besetzte Rundell gefahren war, trieb eine Wolke von Rosenblättern auf Cecile zu.

»Sieh nur«, wiederholte der Oberst, und im selben Augenblicke sanken die herangewehten Blätter, denen das Fliedergebüsch den Durchgang wehrte, zu Füßen der schönen Frau nieder.

»Ah, wie schön«, sagte Cecile. »Das ist mir eine gute Vorbedeutung.«

Und sie bückte sich nach einem der Blätter, um es auf ihre Lippen zu legen. Dann aber erhob sie sich und schritt, in guter Laune St. Arnauds Arm nehmend, auf das Hotel zu.

Elftes Kapitel

Es war noch eine gute Weile bis Mittag. St. Arnaud, der die Kartenpassion hatte, beabsichtigte, sich in eine Harzkarte zu vertiefen; Cecile dagegen wollte ruhen und zog, als sie sich auf die Chaiselongue gestreckt hatte, den über ihre Füße gebreiteten Schal höher hinauf und sagte: »Wecke mich, Pierre. Nicht länger als zehn Minuten.« Und gleich danach schlief sie, die linke Hand unter dem schönen Kopf, während ihre Rechte noch das Tuch hielt. –

Zwei Stunden später erschien man an der Table d'hote, wo der die Neigungen und Wünsche seiner Gäste beständig scharf im Auge habende Wirt eine Neuplazierung hatte stattfinden lassen. Die St. Arnauds saßen an alter Stelle, Gordon aber, statt gegenüber von Cecile, war links neben diese gesetzt worden, während der Emeritus den erledigten Visavisplatz und der in seiner Erscheinung etwas aufgebesserte Privatgelehrte (denn das war er) den Platz neben dem Geistlichen erhalten hatte. Rosa fehlte. Gordon erschien erst, als man die Suppe schon herumgab, und als Soldat ein wenig verlegen über die Verspätung, noch verlegener aber über das Neuarrangement, das er vorfand, wandte er sich mit der Bemerkung an Cecile, »daß er nicht recht wisse, wodurch er sich, der er doch viel mehr ein Sodawasser- als Champagnergast sei, diese wirtliche Bevorzugung verdient habe« – eine Bemerkung, bei der der alte Emeritus jovial und lebemännisch lächelte, während der Privatgelehrte mit einem schon den Ernst der Historie streifenden Interesse seine Hornbrille höher schob und mehr forscherhaft-wissenschaftlich als landesüblich-artig zu Gordon hinüberstarrte. Dieser selbst indes war durch die schöne

Frau viel zu sehr in Anspruch genommen, um für das Lächeln des Emeritus oder gar für den Forscherblick des Askanischen Spezialisten irgendwie Sinn und Auge zu haben, und gab der Erregung, in der er sich nach wie vor befand, durch allerlei rasche Fragen Ausdruck, die sich auf die kleinen Vorkommnisse der Quedlinburger Partie bezogen, auf die Krypta, den Roland und das Klopstock-Haus, »das« (und Cecile lachte jetzt mit) »nur leider zu grün gewesen sei«. Noch andere Fragen drängten sich, und nur der Äbtissinnen und speziell des Bildes der schönen Gräfin Aurora wurde von seiten Gordons mit keinem Worte gedacht.

»Aber ich schwatze so viel«, unterbrach er sich plötzlich selbst, »und versäume darüber die Hauptsache, *die,* mich nach dem Befinden der gnädigen Frau zu erkundigen, das mir auf der Rückfahrt in der Tat ernstlich gefährdet erschien, denn ich entsinne mich nicht, etwas Ähnliches von Zug erlebt zu haben, nicht einmal auf amerikanischen Bahnen, die bekanntlich in ›frischer Luft‹ ein äußerstes tun. O, wie haß ich diese großen Salonwagen, wo jede Vorsicht, auch die sorglichste, scheitert, weil einem das *eine* geschlossene Fenster, auf das man einen reglementsmäßigen Anspruch hat, zu rein gar nichts hilft – man bleibt eben immer noch im Kreuzfeuer von sechs anderen, die sich der Kontrolle durch allerhand Zwischenbauten entziehen: eine wahre Perfidie der Wagenbaukonstrukteure. Sahen Sie gestern wohl den dicken kleinen Herrn in dem Nachbarkompartiment? *Der* war schuld. Mit einem wahren Krach ließ er alle noch geschlossenen Fenster in die Versenkung niederfahren und sah sich dabei so stolz und herausfordernd um, daß mir der Mut entsank, ihn in seinem mörderischen Tun zu hindern. O diese Ventilationsenthusiasten!«

»Und doch weiß ich nicht«, sagte St. Arnaud, »ob sein Antagonist, der Ventilationshasser, nicht vielleicht noch schlimmer ist als der Ventilationsenthusiast.«

»Aufs letzte hin angesehen, also Extrem gegen Extrem, ganz unbedingt. Zu viel Luft ist immer besser als zu wenig. Aber sehen wir von solch äußersten Fällen ab, so geb ich dem Ventilationsfeinde den Vorzug. Er mag ebenso lästig sein wie sein Gegner, ebenso gesundheitsgefährlich oder meinetwegen auch noch mehr, aber er ist nicht so beleidigend. Der Ventilationsenthusiast brüstet sich nämlich beständig mit einem Gefühl unbedingter Superiorität, weil er seiner Meinung nach nicht bloß das Gesundheitliche, sondern auch das Sittliche vertritt. Das Sittliche, das Reine. Der, der sämtliche Fenster aufreißt, ist allemal frei, tapfer, heldisch – der, der sie schließt, allemal ein Schwächling, ein Feigling, *un lâche.* Und das weiß der unglückliche Fensterschließer auch, und weil er es weiß, geht er ängstlich und heimlich vor, so heimlich, daß er mit Vorliebe den Moment abwartet, wo sein Widerpart zu schlafen scheint. Aber dieser Widerpart schläft nicht, und mit jenem nie versagenden Mut, den eben nur die höhere Sittlichkeit gibt, springt er auf, läßt seine Zornader anschwellen und schleudert das Fenster wieder nieder, genau so wie der dicke kleine Herr gestern. Sie können zehn gegen eins wetten, der Antagonist von Zug und Wind ist immer voll Timidität, der Enthusiast aber (und das ist schlimmer) voll Effronterie.«

»Sehr gut«, stimmte der Emeritus ein.

»Aber«, fuhr Gordon fort, »da kommen Forellen, meine gnädigste Frau. Das ist denn doch wichtig genug, um unsere Streitfrage wenigstens momentan ruhen zu lassen. Darf ich Ihnen dieses Prachtexemplar vorlegen? Und zugleich etwas Butter von diesem merkwürdigen Buttervogel hier, hier auf der zweiten Schüssel, gelber als gelb und mit zwei Pfefferkornaugen! O, sehen Sie, grotesk bis zum Gruseligen. Zu den schlimmsten Ausschreitungen erregter Künstlerphantasie gehören doch immer *die* der Konditoren und Köche.«

»Was ich mich zuzugestehen gedrungen fühle«, sagte der Langhaarige mit stark wissenschaftlicher Betonung. »Aber, so Sie gestatten, zugleich unter Konstatierung gelegentlicher Ausnahmen. Das deutsche Märchen, über dessen Abstammung zu sprechen uns hier zu weit führen würde … Darf ich mich Ihnen vorstellen? Eginhard Aus dem Grunde ... das deutsche Märchen kennt von ältester Zeit her ein ideales Pfefferkuchenhaus, ein Pfefferkuchenhaus nur in der Idee. Dies steht fest. Ist es nun eine konditorliche Geschmackssünde, so wird sich die Sache vielleicht präzisieren lassen, *das* leibhaftig vor uns hinzustellen, was bis dahin nur in unserer Vorstellung lebte? Die Beantwortung dieser Frage will mir keineswegs leicht erscheinen, am wenigsten aber unanfechtbar, ob sie nun auf ›nein‹ oder ›ja‹ lauten möge. Was mich persönlich angeht, so bekenn ich offen, daß ich mich in der Weihnachtszeit jedesmal herzlich freue, bei Degebrodt in der Leipziger Straße (dessen Spezialität diese Dinge zu sein scheinen) dem bis vor wenig Jahren nur in der Idee bestehenden Pfefferkuchenhause greifbar zu begegnen. Es unterstützt dergleichen die Phantasie, statt sie zu lähmen. Der unsere Zeit und unsere Kunst entstellende Realismus hat seine Gefahren, aber, wie mir scheinen will, auch sein Recht und seine Vorzüge.«

»Gewiß, gewiß«, sagte Gordon. »Ich revoziere. Wenn man Fisch ißt, darf man ohnehin nicht streiten. Ich habe einen Professor gekannt, der an einer Fischgräte gestorben ist.«

»Die Forelle hat keine Gräten.«

»Aber Flossen. Und doch jedenfalls die Mittelgräte. Nehmen Sie sich in acht, Herr Professor.«

»Sie legen mir einen Titel zu ...«

»Pardon. Ich war der Meinung ... Übrigens find ich diese Harzforellen überaus delikat und von einem ganz eigentümlichen Aroma.«

»Forellen sind Forellen.«

»Doch nur etwa so, wie Menschen Menschen sind. Weiße, Schwarze, Privatgelehrte haben einen verschiedenen Geschmack, auch vom anthropophagischen Standpunkt aus, und die Forellen desgleichen. Sie schmecken wirklich verschieden. Ich darf es sagen. Denn wenn ich die Rechnung mache, so hab ich wohl ein Dutzend Arten durchgekostet.«

»Und die schönsten waren?«

»In Deutschland, meine gnädigste Frau, die Felchen im Bodensee (man muß Markgräfler dazu trinken), und in Italien die Maränen aus dem Lago di Bolsena ... Die bedingungslos schönsten aber hab ich erst ganz vor kurzem in meiner Heimat, will sagen, in der schottischen Heimat meiner Familie kennen gelernt.«

»Und das waren?«

»Lachsforellen aus dem Kinroßsee. Maria Stuart saß da gefangen, in einem alten Douglas-Schlosse mitten im See, und wenn sie während dieser Gefangenschaftstage, neben der Liebe von Willy Douglas, eines beiläufig illegitimen, also doppelt verführerischen Sohnes des Hauses, irgend etwas getröstet haben kann, so müssen es die Lachsforellen gewesen sein.«

»Und doch«, unterbrach hier der Emeritus, »wag ich die Behauptung, daß das, was unser Harz und speziell unsre Bode bietet, Ihre Lachsforellen im ...«

»Kinroßsee.«

»Im Kinroßsee also, um ein Beträchtliches überbietet. Nicht auf dem Gebiete der Lachsforelle, nicht Forelle gegen Forelle, wohl aber ...«

»Nun?«

»Wohl aber Schmerle gegen Forelle.«

»Schmerle?« wiederholte Cecile. »Was ist das? Kennen Sie Schmerlen, Herr von Gordon?«

»O gewiß. Ich entsinne mich ihrer aus meinen Kindertagen her, und bei meiner Anlage zur Gourmandise könnt ich mich allenfalls entschließen, eine Kunst- und Entdeckungsreise zu machen, um das gelobte Land der Schmerlen kennen zu lernen. Ist es weit?«

»Nur wenige Stunden.«

»Und nennt sich?«

»Altenbrak; ein großes Dorf an der Bode. Wenn Sie die Partie machen wollen, so haben Sie die Wahl zwischen einem Talweg unten und einem Hochweg oben. Am meisten aber empfiehlt sich's, wie gewöhnlich, das eine zu tun und das andre nicht zu lassen, oder, mit andren Worten, über die Berge hin den Hinweg und an der Bode hin den Rückweg zu machen. Der eine Weg würde Sie bei Jagdschloß Todtenrode, der andere bei Treseburg vorüberführen. Eine sehr empfehlenswerte Partie.«

»Der Sie sich vielleicht anschließen, mein Herr Emeritus, um uns Führer und Berater zu sein.«

»Mit vielem Vergnügen«, fuhr dieser fort. »Und um so lieber, als mir dadurch Gelegenheit wird, einen Mann wiederzusehen, der aufs Glücklichste Humor mit Charakter und Naivität mit Lebensklugheit verbindet.«

»Und wer ist dieser Glückliche?«

»Der Altenbraker Präzeptor.«

»Und das bedeutet?«

»Zunächst nichts weiter, als was es besagt, einen Lehrer also. Doch ist nicht jeder Lehrer ein Präzeptor. Die Nomination des meinigen (er ist bereits ein hoher Siebziger) stammt noch aus einer Zeit her, wo man den Dorfschulmeistern, wenn im Dorfe der Pfarrer fehlte, den Extratitel eines Präzeptors beilegte. Wenigstens in unsrer Braunschweiger Gegend. Damit war dann angedeutet, daß der Betreffende von einer gewissen höheren Ordnung und sowohl berechtigt wie verpflichtet sei, Sonntag für Sonntag der Gemeinde das Evangelium oder auch eine Predigt aus einem Predigtbuche vorzulesen.«

Cecile, die bis dahin mit der Redseligkeit des über Schmerlen und Schulmeisteroriginale sich verbreitenden alten Emeritus nur wenig einverstanden gewesen war, wurde jetzt plötzlich aufmerksam, denn ein in ihrer Natur liegender mystisch-religiöser Zug, den die Lektüre von Erbauungs- und namentlich von Erweckungsgeschichten noch erheblich gesteigert hatte, ließ sie jedesmal aufhorchen, wenn gewisse Stichworte fielen, die Konventikliges oder Sektiererisches in Aussicht stellten. In vorderster Reihe standen natürlich die Mormonen, und wenn sich auch im gegenwärtigen Augenblicke so Gutes und Interessantes kaum erhoffen ließ, so sagte sie doch über den Tisch hin: »Und ein solcher Präzeptor befindet sich in dem Schmerlendorfe?«

»Ja, meine gnädigste Frau. Nur ist zu bedauern, daß der ehemalige Präzeptor nicht mehr Präzeptor ist, vielmehr sein Amt niedergelegt hat. Noch dazu gegen den Wunsch seiner kirchlichen Behörde.«

»So waren es seine hohen Jahre, was den Ausschlag gab?«

»Auch das nicht, meine gnädigste Frau. Das, was den Ausschlag gab, war sein Gewissen.«

»Aber aus einem Manne, wie Sie den Alten geschildert, kann doch kein böses Gewissen gesprochen haben?«

»In gewissem Sinne doch.«

»O da bin ich neugierig. Ist es eine Sache, die sich erzählen läßt?«

»Unbedingt. Und ich erzähle sie doppelt gern, weil sie meinen Altenbraker Freund in einem schönen Lichte zeigt. Ich sprach von seinem bösen Gewissen, und mit Recht. Denn das, was wir ein böses Gewissen nennen, ist ja immer ein gutes Gewissen. Es ist das Gute, was sich in uns erhebt und uns bei uns selber verklagt.«

Cecile sah ihn groß an. Aber sie gewahrte bald, daß es absichtslos gesprochen war, und so nickte sie nur freundlich und sagte: »Nun denn.«

»Nun denn, in meinem alten Präzeptor regte sich also plötzlich sein gutes Böses-Gewissen. Und das machte sich so. Predigten- und Evangeliumlesen war ihm vorgeschrieben. Als er aber an die Siebzig kam und die Buchstaben in seinem Predigtbuche trotz angeschaffter starker Brille vor seinem Auge zu tanzen und zu verschwimmen anfingen, ließ er sich in dem, was er später seinen Dünkel nannte, hinreißen, alle Bücher zu Hause zu lassen und von der Kanzel herab aus dem Stegreife zu sprechen. Mit andern Worten, er predigte, tat den Präzeptor ab und zog den Pastor an. Das ging so mehrere Jahre. Mit einem Mal aber kam ihm die Vorstellung seines Unrechts, und daß er in Eitelkeit und Vermessenheit tue, was nicht seines Amtes sei. Alles erschien ihm plötzlich, und nicht ganz mit Unrecht, als Übergriff und Ungesetzlichkeit, und nachdem er das Gefühl davon eine Zeitlang mit sich herumgetragen, entschied er sich endlich kurz und energisch und ging nach Braunschweig, um sich selber vor einem Hohen Konsistorium zur Anzeige zu bringen.«

»Und was geschah nun?« unterbrach hier St. Arnaud. »Ich fürchte, das Hohe Konsistorium, man kennt dergleichen, wird gerade so klein gewesen sein, wie der Alte groß war.«

»Nein, mein Herr Oberst, es kam doch erfreulicher, und wenn eine Geschichte zwei Helden haben darf, so hat sie die meinige, denn neben meinen Präzeptor stellt sich ebenbürtig mein Konsistorialrat. Der wußte lange schon von dem Übergriff. Aber er wußte zugleich auch, daß die Altenbraker nie so kirchgängerische Leute gewesen waren, als von dem Tag an, wo der Präzeptor zum ersten Male den Übergriff gewagt und mit dem unerlaubten Predigen begonnen hatte. Und so stand er denn von seinem Lehnstuhl auf und sagte: ›Mein lieber Rodenstein‹ (das ist nämlich der Name meines Präzeptors), ›mein lieber Rodenstein, Ihre Klage wird gar nicht angenommen. Gehen Sie ruhig wieder nach Altenbrak und machen Sie's gerad so, wie Sie's bisher gemacht haben. Und damit Gott befohlen.‹ Und wirklich, der Präzeptor ging auch. Aber wiewohl er sich für so viel Nachsicht und Güte respektvoll bedankt hatte, blieb er im stillen doch fest bei seiner Meinung und gab, als er wieder daheim war, seinen Abschied schriftlich ein, der ihm denn auch schließlich in Gnaden erteilt wurde. Seitdem sitzt er, wenn nicht Gäste kommen, einsam auf seiner Burg Rodenstein.«

»Auf seiner Burg Rodenstein?«

»Ja, man darf es so nennen. Jedenfalls nennt er es selber so. Seine Burg Rodenstein aber ist nichts weiter als ein wundervoll auf einem Felsen gelegenes Gasthaus, darin er als ›Rodensteiner‹ haust und wie sein berühmter Namensvetter unter allen Umständen einen guten Trunk und, wenn gewünscht, auch die besten Schmerlen auf den Tisch bringt. Und das ist das Schmerlenland, von dem ich Ihnen sprach: Altenbrak und sein Präzeptor, Burg Rodenstein und der Rodensteiner.«

»Und da müssen wir hin«, sagte Gordon, und Cecile klatschte zustimmend in die Hände. »Da müssen wir hin, um die Streitfrage zwischen Forellen und Schmerlen ein für allemal entscheiden zu können.«

»Und der Herr Emeritus übernimmt die Führung. Er hat bereits zugestimmt. Und auch Herr Eginhard … O, pardon …«

»Aus dem Grunde.«

»Und auch Herr Eginhard Aus dem Grunde«, wiederholte Gordon, während er sich gegen den Privatgelehrten verneigte, »wird uns begleiten. Nicht wahr?«

Zwölftes Kapitel

Die Partie nach Altenbrak war für den anderen Morgen verabredet, aber bis dahin war noch eine lange Zeit, und als man aus dem Saal in den Korridor trat, wurde mehrfach die Frage laut, was bei der schwebenden Hitze mit dem »angebrochenen« Nachmittage zu machen sei? Der Privatgelehrte schlug eine Promenade durch das Bodetal vor, drang aber nicht durch.

»Nur nicht Bodetal«, sagte Gordon. »Oder gar dieser ewige Waldkater! Das reine Landhaus an der Heerstraße mit einer Mischluft von Küchenabguß und Pferdeställen. Überall Menschen und Butterpapiere, Krüppel und Ziehharmonika. Nein, nein, ich proponiere Lindenberg.«

»Lindenberg«, entschied St. Arnaud, und Cecile zeigte sich bereit, die Promenade sofort zu beginnen.

»Du solltest dich erst ruhen«, sagte der Oberst. »Es ist heiß, und der Weg wird dich ermüden.«

Aber die schöne Frau, die regelmäßig andern Sinnes war, wenn St. Arnaud auf ihr Ruhebedürfnis oder gar auf ihre Schwächezustände hinwies, widersprach auch diesmal und versicherte, während sie sich gegen den Privatgelehrten, um dessen Begleitung sie schon vorher gebeten hatte, verneigte: »bei gutem Gespräche noch niemals müde geworden zu sein«.

Ein Verklärungsschimmer ging über Eginhard, der bei seinem Hange, zu generalisieren, sofort auch Betrachtungen über die Superiorität aristokratischer Lebens- und Bildungsformen anstellte. Zugleich war er fest entschlossen, sich eines so schmeichelhaft in ihn gesetzten Vertrauens würdig zu zeigen, war aber nicht glücklich damit, wie sich gleich bei seinem ersten Versuche herausstellen sollte.

»Miquelscher Privatbesitz, meine Gnädigste«, hob er an, während er auf eine noch innerhalb der Dorfstraße gelegene, von einem herrschaftlichen Garten umgebene Villa zeigte.

»Wessen?« fragte Cecile.

»Doktor Miquels. Ehedem Bürgermeister von Osnabrück, jetzt Oberbürgermeister zu Frankfurt.«

»An der Oder?«

»Nein; am Main.«

»Aber was konnte diesen Herrn veranlassen, von so landschaftlich bevorzugter Stelle her gerade *hier* sich anzukaufen und in diesem einfachen Harzdorfe seine Sommerfrische zu nehmen?«

»Eine wohl aufzuwerfende Frage, deren einzig mögliche Beantwortung mir in der Deutschkaiserlichkeit des Doktor Miquel zu liegen scheint, ein Wort, das trotz seiner sprachlichen Anfechtbarkeit den Gedanken genau wiedergibt, den ich Ihnen, meine gnädigste Frau, des ausführlicheren unterbreiten möchte. Darf ich es?«

»Ich bitte recht sehr darum.«

»Nun denn, es darf als historische Tatsache gelten, daß wir Männer besaßen und noch besitzen, in denen das Kaisertum bereits mächtig lebte, bevor es noch da war. Es waren das die Propheten, die jeder großen Erscheinung vorauszugehen pflegen, die Propheten und Täufer.«

»Und zu diesen zählen Sie ...«

»Vor allem auch Doktor Miquel von Frankfurt. In der Tat, er war unter denen, in deren Brust der Kaisergedanke von Jugend auf nach Verwirklichung rang. Aber wo war diesem Gedanken am besten eine Verwirklichung zu geben? Wo durft er am ehesten Nahrung finden und Förderung erwarten? Und auf diese Fragen, meine gnädigste Frau, gibt es nur *eine* Antwort: *Hier.* Denn hier, an dieser gesegneten Harzstelle, predigt alles Kaisertum und Kaiserherrlichkeit. Ich spreche nicht von dem ewigen Kyffhäuser, der ohnehin halb thüringisch ist, aber speziell hier, am harzischen Nordrande, gibt jeder Fußbreit Erde wenigstens einen Kaiser heraus. In der Quedlinburger Abteikirche, die Sie, wie mir zu meiner Freude bekannt geworden, durch Ihren Besuch beehrt haben, ruht der erste große Sachsenkaiser, im Magdeburger Dome der noch größere zweite. Sie mit Namen zu behelligen, meine gnädigste Frau, kann mir nicht einfallen. Aber ich bitte, Tatsachen geben zu dürfen. In Harzburg, auf der Burgberg-Höhe – deren Besteigung ich Ihnen empfehlen möchte; Sie finden Esel am Fuße des Berges – stand die Lieblingsburg des zu Kanossa gedemütigten Heinrich, und zu Goslar, in verhältnismäßiger Nähe jener Burgberg-Höhe, haben wir bis diese Stunde die große Kaiserpfalz, die die mächtigsten Herrschergeschlechter, die Träger des ghibellinischen Gedankens in schon vorghibellinischer Zeit, in ihrer Mitte sah. Also Kaisererinnerungen auf Schritt und Tritt. Und hierin, meine gnädigste Frau, seh ich den Grund, der Doktor Miquel, den Mann des Kaisergedankens, in speziell *diese* Gegenden zog.«

»Unzweifelhaft. Und Sie sprechen das alles mit solcher Wärme ...«

Der Privatgelehrte verneigte sich.

»Mit solcher Wärme, daß ich annehmen möchte, Sie selber seien mit unter den Propheten und Täufern gewesen, und Ihre Studien fänden ihren Gipfelpunkt in einer begeisterten Hingebung an die deutsche Kaisergeschichte.«

»Gewiß, meine gnädigste Frau, wennschon ich Ihnen offen bekenne, daß der Gang unserer Geschichte nicht *der* war, der er hätte sein sollen.«

»Und was ist es, woran Sie Anstoß nehmen?«

»Das, daß sich der Schwerpunkt verschob. Ein Fehler, der erst in unseren Tagen seine Korrektur erfahren hat. Als die Sachsenkaiser, die wir mit mindestens gleichem Recht auch die Harzkaiser nennen dürften, seitens der deutschen Stämme gekürt wurden, waren wir auf der rechten Spur und hätten, bei dem endlichen, aber nur allzu frühen Erlöschen des Geschlechts, den Schwerpunkt deutscher Nation nach Nordosten hin verlegen müssen.«

»Bis an die russische Grenze?«

»Nein, meine Gnädigste, nicht so weit; nach dem Lande zwischen Oder und Elbe.«

»Mit den Hohenzollern an der Spitze?«

»Doch nicht. Nicht damals. Wohl aber, statt ihrer, ein anderes großes Fürstengeschlecht an der Spitze, das in bereits vorhohenzollerscher Zeit das Land zwischen Oder und Elbe beherrschte, seitdem aber in unbegreiflich undankbarer Weise vergessen oder doch beiseitegestellt wurde: das Geschlecht der Askanier. Haben wir doch als einziges Denkmal und Erinnerungszeichen an diese ruhmreiche Familie nichts als den Askanischen Platz, eine mittelmäßige Lokalität, die täglich viele Tausende passieren, ohne mit dem Namen derselben auch nur die geringste historische Vorstellung zu verknüpfen.«

Cecile war selbst unter diesen. Aber in Kreisen großgezogen, in denen aller historischer Notizenkram einen höchst geringen Rang behauptete, bekannte sie sich lachend zu dieser ihrer Unkenntnis und sagte: »Sie müssen es leicht nehmen, mein teurer Herr Professor – pardon, daß ich bei diesem Titel verbleibe –, Sie müssen es leicht nehmen. Es ist nicht jedermanns Sache, gründlich zu sein. Und nun gar erst wir Frauen. Sie wissen, daß wir jedem ernsten Studium feind sind. Aber wir haben eine Neigung zu glücklicher Benutzung des Moments, auch ich, und so dürfen Sie jederzeit sicher sein, einer dankbaren Schülerin in mir zu begegnen.«

Wieviel daran Ernst war, war ungewiß, aber als desto gewisser konnte das eine gelten, daß Cecile nicht in der Laune war, den ersten erweiterten Unterricht über Askaniertum auf der Stelle nehmen zu wollen. Sie sah sich vielmehr, als ob sich's um eine Hilfstruppe gehandelt hätte, ziemlich ängstlich nach St. Arnaud und Gordon um, die denn auch, den Emeritus in der Mitte, in einiger Entfernung folgten.

»Ich bin«, empfing sie die Herankommenden, »ein gut Teil schneller gegangen als gewöhnlich, und lehrreiche Gespräche haben mir den Weg gekürzt.«

Aber während sie diese Worte sprach, hielt sie sich an einer Banklehne, und St. Arnaud sah deutlich, daß sie todmüde war, gleichviel ob vom Weg oder von der Unterhaltung. Er kam ihr deshalb zu Hilfe und sagte, während er den Privatgelehrten lächelnd musterte: »Dein alter Fehler, Cecile! Wenn dich etwas lebhaft interessiert, Gespräch oder Person, überspannst du deine Kräfte ... Die Herren werden verzeihen, wenn wir uns, während Sie den Berg ersteigen, diese Bank hier zunutze machen und auf Ihre Rückkehr warten.«

Gordon und der Emeritus, beide wahrnehmend, wie's stand, beeilten sich, ihre Zustimmung auszudrücken, und nur Eginhard, der auf eine Zuhörerin von so viel »feinem Verständnis« nicht gern verzichten wollte, sprach noch allerlei von dem Belebenden des Doppel-Oxygens, das erfahrungsmäßig in dem Zusammenwirken von Nadel- und Laubholz läge, von denen das Nadelholz auf der Lindenberg-Höhe sowohl durch *Larix tenuifolia* wie *sibirica*, das Laubholz aber durch *Quercus robur* in wahren Prachtexemplaren vertreten sei. Noch weitere Namen sollten folgen. Gordon indes coupierte die Rede ziemlich brüsk und schritt, des Emeritus Arm nehmend, unter einem griechisch-lateinischen Kauderwelsch, in dem Ausdrücke wie

Douglasia, Therapeutik, Autopsie wild durcheinander wiederkehrten, an Eginhard vorüber, den sanft ansteigenden Schlängelpfad hinauf.

Der Privatgelehrte seinerseits machte gute Miene zum bösen Spiel und folgte.

St. Arnaud und Cecile hatten sich's mittlerweile bequem gemacht. Die Bank war ziemlich primitiv und bestand aus zwei Steinpfeilern und zwei Brettern, von denen eins als Sitz, das andere als Lehne diente. Heidekraut und Epilobium wuchsen umher, und weit vorhängende Tannenzweige bildeten ein Schutzdach gegen die Sonne. Boncœur, der schöne Neufundländer, der sich vom Hotel her auch heute wieder angeschlossen hatte, hatte sich neben einem der Steinpfeiler ins Heidekraut gelegt.

»Wie schön«, sagte Cecile, während ihr Auge die vor ihr ausgebreitete Landschaft überflog.

Und wirklich, es war ein Bild voll eigenen Reizes.

Der Abhang, an dem sie saßen, lief in allmählicher Schrägung bis an die durch Wärterbuden und Schlagbäume markierte Bahn, an deren anderer Seite die roten Dächer des Dorfes auftauchten, nur hier und da von hohen Pappeln überragt. Aber noch anmutiger war das, was diesseits lag: eine Doppelreihe blühender Hagerosenbüsche, die zwischen einem unmittelbar vor ihnen sich ausdehnenden Kleefeld und zwei nach links und rechts hin gelegenen Kornbreiten die Grenze zogen. Von dem Treiben in der Dorfgasse sah man nichts, aber die Brise trug jeden Ton herüber, und so hörte man denn abwechselnd die Wagen, die die Bodebrücke passierten, und dann wieder das Stampfen einer benachbarten Schneidemühle. Boncœur hatte den Kopf zwischen die Vorderfüße gelegt, und nur dann und wann sah er zu seiner selbstgewählten Herrin auf, als ob er sich wegen seiner Saumseligkeit entschuldigen wolle.

Plötzlich aber sprang er nicht nur auf, sondern mit ein paar großen Sätzen bis in das Kleefeld hinein, freilich nur, um sich hier sofort wieder auf die Hinterfüße zu setzen, und ein paar Töne, die halb Geblaff und halb Gewinsel waren, laut werden zu lassen.

»Was ist es?« fragte Cecile, während St. Arnaud nach rechts hin auf einen in Büchsenschußentfernung über den Weg kommenden und im selben Augenblick auch wieder im Unterholz am Bergabhange verschwindenden Hasen zeigte. Boncœur aber, mit seinem Behange hin und her schlagend, sah dem flüchtigen Lampe noch eine Weile nach und nahm dann seinen Platz neben der Bank wieder ein.

»Schlechter Hund«, sagte Cecile, mit ihrer Schuhspitze seinen Kopf krauend.

»Guter Hund«, erwiderte St. Arnaud. »Er zieht einfach deine Liebkosungen einer fruchtlosen Hasenjagd vor. Er ist ritterlich und verständig zugleich, was nicht immer zusammenfällt.«

Cecile lächelte. Solche Huldigungsworte taten ihr wohl, auch wenn sie von St. Arnaud kamen. Dann schwiegen beide wieder und hingen ihren Gedanken nach. Helles, sonnendurchleuchtetes Gewölk zog drüben im Blauen an ihnen vorüber, und ein Volk weißer Tauben schwebte daran hin oder stieg abwechselnd auf und nieder. Unmittelbar am Abhang aber standen Libellen in der Luft, und kleine graue Heuschrecken, die sich in der Morgenkühle von Feld und Wiese her bis an den Waldrand gewagt haben mochten, sprangen jetzt, bei sich steigernder Tagesglut, in die kühlere Kleewiese zurück.

Der Oberst nahm Ceciles Hand, und die schöne Frau lehnte sich müd und auf Augenblicke wie glücklich an seine Schulter.

In solchem Träumen blieb sie, bis plötzlich an der Bahn entlang die Signale gezogen wurden und von Thale her das scharfe Läuten der Abfahrtsglocke herüberklang. Und siehe da, keine Minute mehr, so vernahm man auch schon den Pfiff der Lokomotive, gleich danach ein Keuchen und Prusten, und nun dampfte der Zug auf wenig hundert Schritt an dem Lindenberge vorüber.

»Er geht nach Berlin«, sagte St. Arnaud. »Willst du mit?«

»Nein, nein.«

Und nun sahen beide wieder der Wagenreihe nach und horchten auf das Echo, das das Gerassel und Geklapper in den Bergen wachrief und fast so klang, als ob immer neue Züge vom Hexentanzplatz her herunterkämen.

Endlich schwieg es, und die frühere Stille lag wieder über der Landschaft. Nur die Brise von Dorf und Fluß her wuchs, und die Kornfelder neigten sich und mit ihnen der rote Mohn, der in ganzen Büscheln zwischen den Halmen stand.

Unwillkürlich machte Cecile die schwankende Bewegung mit, bis sie plötzlich auf ein Bild wies, das der Aufmerksamkeit beider wohl wert war. Von jenseit der Bahn her kamen gelbe Schmetterlinge massenhaft, zu Hunderten und Tausenden herangeschwebt und ließen sich auf dem Kleefeld nieder oder umflogen es von allen Seiten. Einige schwärmten am Waldrand hin und kamen der Bank so nahe, daß sie fast mit der Hand zu fassen waren.

»Ah, Pierre«, sagte Cecile. »Sieh nur, das bedeutet etwas.«

»O gewiß«, lachte St. Arnaud. »Es bedeutet, daß dir alles huldigen möchte, gestern die Rosenblätter und heute die Schmetterlinge, Boncœurs und Gordons ganz zu schweigen. Oder glaubst du, daß sie meinetwegen kommen?«

Dreizehntes Kapitel

Alles freute sich auf Altenbrak, und selbst Cecile war schon um acht auf dem großen Balkon, trotzdem der Aufbruch erst um zehn und zehneinhalb erfolgen sollte.

Dieser Aufbruch zu verschiedenen Zeitpunkten hatte darin seinen Grund, daß Cecile, so sehr sie sich erholt hatte, für eine Fußpartie doch nicht ausreichend gekräftigt war, während St. Arnaud, ein leidenschaftlicher Steiger, auf eine Wanderung über die Berge hin nicht gern verzichten wollte. So war man denn übereingekommen, den Marsch in zwei Kolonnen zu machen, von denen die Fußkolonne: St. Arnaud, der Emeritus und der Privatgelehrte, um zehn Uhr vorausmarschieren, die Reiterkolonne: Gordon und Cecile, um zehneinhalb Uhr nachfolgen sollte. Danach wurde denn auch verfahren, und als der Fußtrupp um eine halbe Stunde voraus war, erhoben sich die bis dahin Zurückgebliebenen, um sich, unmittelbar vor dem Hotel, an dem Halteplatze der Wagen und Pferde, beritten zu machen. Gordon, wenig zufrieden mit dem Bestande, den er hier vorfand, unterhandelte gerade mit einem der Vermieter, als Cecile zwischen den Pferden hin ein Paar Esel gewahr wurde, die ganz zuletzt im Schatten einer Platane standen. Sie freute sich sichtlich dieser Wahrnehmung; und mit einer ihr sonst nicht eigenen Lebhaftigkeit die Verhandlungen unterbrechend, sagte sie, während sie nach der Platane hinzeigte: »Da sind Esel, Herr von Gordon. Das ist nun einmal meine Passion: Eselreiten und Ponyfahren. Und wenn Sie nicht Anstand nehmen …«

»Im Gegenteil, meine gnädigste Frau, man sitzt besser und gemütlicher, und das gefürchtete ›Vom Pferd auf den Esel kommen‹, was bildlich seines Mißliches haben mag, ist mir *in natura* nie schrecklich gewesen.«

Ein Blick, von dem schwer zu sagen war, ob mehr schmeichelhafte Huld oder naive Kinderfreude darin vorherrschte, belohnte Gordon für seine Bereitwilligkeit, und wenige Minuten später saßen beide bereits plaudernd im Sattel und trotteten über einen Brückensteg hin auf eine mit vorjährigem Eichenlaub gefüllte Schlucht zu, die, jenseits der Bode, zu der auf dem Bergrücken entlang laufenden Blankenburger Chaussee hinaufführte. Neben ihnen her ging der Eseljunge, den Esel, auf dem Cecile saß, dann und wann zu beschleunigterer Gangart antreibend. Es war ein bildhübscher, zugleich hartgewöhnter Junge, der abwechselnd ging und lief und dem Gespräche, das Gordon und Cecile führten, mit klugem Auge folgte.

Das Laub raschelte, die Sonne spielte durch das Gezweig, und aus dem Walde her vernahm man den Specht und dann und wann auch den Kuckuck. Aber nur langsam und spärlich, und als Gordon zu zählen anfing, rief er nur ein einzig Mal noch.

»Ist euer Harzkuckuck immer so faul?«

»O nein; mal so, mal so. Soll ich ihn fragen?«

»Versteht sich.«

»Wieviel Jahre noch?«

Und nun antwortete der Kuckuck, und sein Rufen wollte kein Ende nehmen.

Das schuf eine kleine Verstimmung, denn jeder ist abergläubisch, und um die Verstimmung wieder loszuwerden, sagte jetzt Gordon, das Thema wechselnd: »Eselreiten und Ponyfahren! Sie sprachen so glückstrahlend davon, meine gnädigste Frau. Sind es Kindererinnerungen? Das Ponyfahren läßt es fast vermuten. Aber, pardon, wenn ich in meiner Neugier vielleicht indiskrete Fragen tue.«

»Nicht indiskret. Überhaupt, was ist Diskretion? Wer ihr *à tout prix* leben will, muß in den Karthäuserorden treten.«

»Der, Gott sei Dank, für Frauen nicht gestiftet wurde.«

»Mutmaßlich, weil seine Begründer klug und weise genug waren, das Unmögliche nicht anzustreben. Aber Sie fragten mich, ob Kindererinnerungen. Nein, leider nein. Meine Kindertage vergingen ohne das. Aber dann kamen andre Tage, freilich auch halbe Kindertage noch, in denen ich aus der kleinen oberschlesischen Stadt, darin ich geboren und großgezogen war, zum erstenmal in die Welt sah. Und in welche Welt! Jeden Morgen, wenn ich ans Fenster trat, sah ich die ›Jungfrau‹ vor mir und daneben den Mönch und den Eiger. Und am Abend dann das Alpenglühen. Ich vergesse sonst Namen, aber *diese* nicht; diese sind mir in der Seele geblieben, wie die Tage selbst. Schöne, himmlische, glückliche Tage, Tage voll ungetrübter Erinnerungen. Und unter diesen ungetrübten Erinnerungen auch Eselritt und Ponyfahren. Ach, es sind so kleine Dinge, aber die kleinen Dinge gehen über die großen ... Und von woher stammt *Ihre* Passion für derlei Kavalkaden?«

»Aus dem Himalaja.«

Bei diesen Worten waren sie aus der Schlucht heraus, und Gordon wollte just abbrechen, um, oben angelangt, des freien Umblicks vom Plateau her voll zu genießen; im selben Moment aber wahrnehmend, daß der Eseljunge, ganz wie benommen, ihn anstarrte, überkam ihn ein Lachen, und er sagte: »Junge, kennst du den Himalaja?«

»Mount-Everest ... 27 000 Fuß.«

»Wo hast du das her?«

»Nu, das lernen wir.«

»A la bonne heure«, lachte Gordon. »Ja, der preußische Schulmeister ... Zu welch erstaunlichen Siegen wird uns *der* noch verhelfen! Und was sagen *Sie* dazu, meine Gnädigste?«

»Nun zunächst nur das eine, daß der Junge mehr weiß als ich.«

»Lassen Sie's ihm. Preußischer Drill und Gedächtnisballast. Je weniger man davon schleppt, desto besser.«

»Das sagt St. Arnaud auch, wenn er gut gelaunt ist. Aber *au fond* glaubt er's nicht und empfindet ein beständiges *Crèvecœur* über all das, was die Herren Präzeptoren, zu deren einem wir jetzt wallfahrten, an mir versäumt haben. St. Arnaud, sag ich, glaubt es nicht, und Sie glauben es auch nicht, Herr von Gordon. Ich hab es wohl bemerkt. Alle Preußen sind so konventionell in Bildungssachen, alle sind ein klein wenig wie der Herr Privatgelehrte ...«

»Ja«, stimmte Gordon zu, »das sind sie. Sie heißen nicht sämtlich Eginhard, aber alle sind mehr oder weniger ›Aus dem Grunde‹.«

Danach brach das Gespräch ab, und erst nach einer Weile nahm es Cecile wieder auf. »Ob wir die Herren noch einholen?« fragte sie. »Die Chaussee läuft hier wie mit dem Lineal gezogen, und doch seh ich niemand.«

In der Tat, Cecile sah niemanden und konnte niemand sehen,

aber es lag nicht an einer allzu großen Entfernung zwischen ihr und der Avantgarde, sondern einfach daran, daß die drei Herren, denen der Aufstieg doch saurer geworden war, als sie vermutet hatten, Schattens halber in einen wundervollen Waldpfad eingebogen waren, der erst später wieder auf den Hauptweg mündete. St. Arnaud hatte die Mitte zwischen seinen beiden Begleitern genommen und rechnete darauf, die Fehde zwischen dem »braunschweigischen Roß« des Emeritus und dem »askanischen Bären« des Privatgelehrten in kürzester Frist ausbrechen zu sehen, schob aber seinerseits alles, was den Streit unmittelbar hätte heraufbeschwören können, klug und vorsichtig hinaus und begnügte sich damit, den Privatgelehrten über seinen Namen auszuholen.

»Irr ich, wenn ich annehme, mein hochverehrter Herr Aus dem Grunde, daß Sie rheinischen oder schweizerischen Ursprungs sind und ähnlich wie die Vom Rat, Aus dem Winkel und Auf der Mauer entweder der Kölner Gegend oder aber den Urkantonen entstammen?«

»Doch nicht, mein Herr Oberst. Mein Urgroßvater kam glaubenshalber aus Polen und hieß ursprünglich Genserowsky; noch bis vor kurzem befanden sich in der Berliner Hasenhaide Träger dieses alten Namens. Einer der Söhne, mein Großvater, war *homo literatus*, zugleich Verfasser einer griechischen Grammatik, und um ganz mit den polnischen Erinnerungen zu brechen, oder vielleicht auch wegen eines dem deutschen Ohre nicht unbedenklichen Namensanklanges, ließ er den Genserowsky fallen und nannte sich Aus dem Grunde. Das einigermaßen Anspruchsvolle darin verkenn ich nicht, aber der Name ist mir überkommen, und so kann es mir persönlich nur obliegen, ihm, nach dem bescheidenen Maße meiner Fähigkeiten, Ehre zu machen.«

»Ein Streben, zu dem ich Sie beglückwünsche.«

»Der Herr Oberst beschämen mich durch so viel Güte. Das aber darf ich heute schon aussprechen, daß ich mich jederzeit vor Zersplitterung und einer damit zusammenhängenden Oberflächlichkeit gehütet habe. Zersplitterung ist der Fluch unserer modernen Bildung. Ich befleißige mich der Konzentration und halte zu dem guten alten Satze *›multum non multa‹*. Mein Stolz ist *der,* ein Spezialissimus zu sein, ein Spott- und zugleich Ehrenname, den mir beizulegen dem Chor meiner Gegner beliebte. Der Herr Oberst wissen, welchem Gegenstande meine Studien gelten, und es sind denn auch eben diese, die mich neuerdings wieder hierher in den Harz und in der letzten Woche nach dem reizenden Gernrode (dessen Besuch ich dem Herrn Oberst empfohlen haben möchte) geführt haben, nach Gernrode, das seinen Namen bekanntlich von einem voraskanischen Markgrafen herleitet, dem Markgrafen Gero.«

»Denselben mutmaßlich, der dreißig Wendenfürsten zu Tische lud, um sie dann zwischen Braten und Dessert abschlachten zu lassen?«

»Von ebendemselben, mein Herr Oberst. Aus welchem Zwischenfall ich übrigens bitten möchte, nicht allzu nachteilige Schlüsse ziehen zu wollen. Markgraf Gero war ein Kind seiner Zeit, genau so wie Karl der Große, dem die summarisch enthaupteten zehntausend Sachsen nie zum Nachteil angerechnet worden sind. Es sind das eben die Männer, die Geschichte machen, die Männer großen Stils, und wer Historie schreiben oder auch nur verstehen will, hat sich in erster Reihe zweier Dinge zu befleißigen: er muß Personen und Taten aus ihrer Zeit heraus zu begreifen und sich vor Sentimentalitäten zu hüten wissen.«

»Gewiß, gewiß«, lachte der Oberst. »Einverstanden mit allem, wobei mir nur ewig merkwürdig bleibt, daß die durch Natur und Beruf friedliebendsten Leute von der Welt allemal für ›Kopf ab‹ sind, während alle Leute von Fach an dreißig abgeschlachteten Wendenfürsten doch einigermaßen Anstoß nehmen. Es muß übrigens ein Gesetz in dieser Erscheinung walten, vielleicht dasselbe, nach dem ganz unbemittelte Personen immer erst geneigt sind, ein Dreißig Millionenvermögen als ein Vermögen überhaupt gelten zu lassen.«

Unter diesem Gespräche, das sich weiterspann, hatten unsre drei Freunde den Punkt erreicht, wo der Waldweg wieder in den Hauptweg einbog, auf dem, im selben Augenblicke fast, wo sie denselben betraten, ein Hauderer oder Personenwagen, mit dem Anhaltiner Wappen am Wagenschlage, vorüberrollte.

»War das nicht der askanische Bär?« fragte St. Arnaud.

»Zu dienen. Und zwar der askanische Bär an einem emeritierten Postwagen aus guter alter Zeit, wo das Herzogtum Anhalt noch eine selbständige Postverwaltung hatte. Die nunmehr längst meistbietend versteigerten Wagen laufen nur noch als Hauderer durchs Land und predigen einen Wechsel der Dinge, der mich in meiner Eigenschaft als Deutscher beglückt, in meiner Spezialeigenschaft als zu Haus Anhalt haltender Berliner aber ebenso betrübt wie verletzt. Denn worin hat speziell Berlin den Ursprung und die Wurzel seiner Kraft? Einfach in dem jetzt hinsterbenden Askaniertum, dem es nicht bloß seinen Wappen-Bären, sondern in gleichem Grade sein Gedeihen und seinen Ruhm verdankt. Und wie lohnt es diesem Askaniertum? Ich hatte schon gestern die Ehre, mich gegen die gnädige Frau darüber aussprechen zu können. Wenn ich sage ›durch Mißachtung‹, so mach ich mich insoweit noch einer erheblichen Beschönigung schuldig, als Haus Anhalt einfach einer gewissen Komik verfallen ist, die sich tagtäglich in den traurigsten Berlinismen Luft macht. Urteilen Sie selbst. Erst vorgestern war es, daß ich in einem diese Frage berührenden ernsten Gespräch der ganz unqualifizierbaren Antwort begegnete: ›Versteht sich, Anhalt-Dessau. Denn wenn wir Dessau nicht hätten, so hätten wir auch nicht den alten Dessauer, und wenn wir den alten Dessauer nicht hätten, so hätten wir auch nicht: So leben wir!‹«

»Ah«, sagte der Oberst, »das waren die zwei Berliner an der Table d'hote. Dergleichen darf man nicht übelnehmen. Die Berliner sind Spaßmacher und gefallen sich in ironischen Bemerkungen und Zitaten.«

»Und treffen dabei meistens den Nagel auf den Kopf«, setzte

der Emeritus hinzu. »Denn Sie werden, mein hochverehrter Herr Eginhard, doch nicht allen Ernstes verlangen, daß wir uns im Zeitalter Otto von Bismarcks auch noch für Otto den Faulen oder gar für Otto den Finner interessieren sollen?«

»Doch, mein Herr Emeritus. Zu den schönsten Zierden deutscher Nation zähl ich Loyalität gegen das noch lebende Fürstengeschlecht und unwandelbare Pietät gegen die, die bereits vom Schauplatz abgetreten sind.«

»Eine Forderung, mein hochverehrter Herr Aus dem Grunde, die sich leichter stellen als erfüllen läßt. Andauernde Treue gegen das Alte macht die Treue gegen das Neue nahezu zur Unmöglichkeit; aber unmöglich oder nicht, es ist jedenfalls ein gefährliches Evangelium, das Sie da predigen. Denn was Albrecht dem Bären recht ist, ist Heinrich dem Löwen billig, und doch möcht ich Ihnen nicht anempfehlen, Ihren unentwegten Enthusiasmus für emeritierte Postkutschen – Sie selbst geruhten diesen Ausdruck zu gebrauchen – von Haus Anhalt auf das Haus Welf übertragen zu wollen. Es gibt eben leichte und schwere Pietäten, und die letztern sind nicht jedermanns Sache, was auch kaum anders sein kann. Und um schließlich auf diesem nur allzu heiklen Gebiet auch noch ein Wort von mir selber zu sagen, so bin ich fester Braunschweiger trotz einem. Aber wenn heute mein Herzog stirbt und morgen ›der Preuß‹ uns annektiert, so bin ich übermorgen loyaler Preuße. Nur keine Prinzipienreiterei, mein hochverehrter Herr Aus dem Grunde. ›Das Wort sie sollen lassen stahn‹, das ist Recht und Ordnung, *dafür* bin ich da, *das* ist Gewissenssache. Für alles andere aber haben wir die Vernunft. Treue! Man muß die Welt nehmen, wie sie liegt, und danach treu sein.«

»Oder untreu.«

»Meinetwegen.«

Und dabei lächelte der Emeritus mit überlegener Miene.

Der so voraufschreitenden Kolonne folgten Gordon und Cecile.

Nach rechts hin, auf Blankenburg zu, lagen weite Wiesen und Ackerflächen, während unmittelbar zur Linken ein Waldschirm von geringer Tiefe stand, der unsere Reisenden von der steil abfallenden Talschlucht und der unten schäumenden Bode trennte. Dann und wann kam eine Lichtung, und mit Hilfe dieser glitt dann der Blick nach der anderen Felsenseite hinüber, auf der ein Gewirr von Spitzen und Zacken und alsbald auch der Hexentanzplatz mit seinem hellgelben, von der Sonne beschienenen Gasthause sichtbar wurde. Juchzer und Zurufe hallten durch den Wald, und dazwischen klang das Echo der Böller- und Büchsenschüsse von der Roßtrappe her.

»Es ist doch ein eigen Ding um die Heimat«, sagte Gordon, »sie sei, wie sie sei. Laß ich mich aufs Vergleichen ein, so ist dies alles nur Spielzeug der Natur, das neben dem Großen verschwindet, was sie draußen in ihren ernsteren Stunden schuf. Und doch geb ich für dieses bescheidene Plateau sechs Himalajapässe hin. Es ist mit all dem Großen draußen, wie wenn man einen Kaiser in Hermelin oder den Papst *in pontificalibus* sieht; man bewundert und ist benommen, aber wohl wird einem erst wieder, wenn man seiner Mutter Hand nimmt und sie küßt.«

»Sie sprechen das mit so vieler Wärme. Lebt Ihre Mutter noch? Haben Sie sie wiedergefunden?«

»Nein, sie starb in den Jahren, daß ich draußen war. Ich habe nichts weiter mehr als zwei Schwestern. Eine war noch ein halbes Kind, als ich Deutschland verließ; aber mit der anderen wuchs ich auf; wir harmonierten in allen Stücken, und wenn sich mir meine Wünsche nur einigermaßen erfüllen, so trennen wir uns nicht wieder, wenigstens nicht wieder auf Jahre. Ja, diese Bande sind doch die festesten und überdauern alles andre. Wie manche Nacht, wenn ich in den gestirnten Himmel aufsah, hab ich an Mutter und Schwester gedacht und mir ein Wiedersehen ausgemalt. Nur halb ist es mir in Erfüllung gegangen.«

Cecile schwieg. Sie war klug genug, um die Herzlichkeit solcher Sprache zu verstehen und zu würdigen, aber doch andererseits auch verwöhnte Frau genug, um sich durch ein so betontes Hervorkehren verwandtschaftlicher Empfindungen, und zwar in *diesem* Augenblick und an *ihrer* Seite, wenig geschmeichelt zu fühlen.

»Und wie heißt Ihre Schwester?«

»Klothilde.«

»Klothilde«, wiederholte sie langsam und gedehnt, und Gordon, der heraushören mochte, daß ihr der Name nicht sonderlich gefiel, fuhr deshalb fort: »Ja, Klothilde, meine gnädigste Frau. Sie wägen den Namen und finden ihn etwas schwer. Und Sie haben recht. Ich glaube auch nicht, daß ich fähig sein würde, mich jemals in eine Klothilde zu verlieben. Aber je weniger der Name für eine Braut oder Geliebte paßt, desto mehr für eine Schwester. Er hat etwas Festes, Solides, Zuverlässiges und geht nach dieser Seite hin fast noch über Emilie hinaus. Vielleicht gibt es überhaupt nur einen Namen von ebenbürtiger Solidität.«

»Und der wäre?«

»Mathilde.«

»Ja«, lachte Cecile. »Mathilde! Wirklich. Man hört das Schlüsselbund.«

»Und sieht die Speisekammer. Jedesmal, wenn ich den Namen Mathilde rufen höre, seh ich den Quersack, darin in meiner Mutter Hause die Backpflaumen hingen. Ja, dergleichen ist mehr als Spielerei, die Namen haben eine Bedeutung.«

»Ich wollte, daß Sie recht hätten, es würde mich glücklich machen. Aber was hab ich beispielsweise von meiner musikalischen und sogar heiliggesprochenen Namensschwester? Die Heiligkeit gewiß nicht, und auch kaum die Musik.«

So plaudernd, erreichten sie die Stelle, wo der nach Altenbrak abzweigende Weg auf ein weites Elsbruch einbog, hinter dem die bis jetzt von ihnen passierte Waldpartie von neuem aufragte, freilich nicht als Wald mehr, sondern nur noch als Schonung, über deren Kiefern und Kusseln hinweg eine mutmaßlich einen Weg einfassende Doppelreihe weißstämmiger Birken sichtbar wurde. Hart in Front dieser Schonung lagerte, deutlich erkennbar, eine Gruppe hemdärmliger oder doch in Leinwandjacken gekleideter Personen, aller Wahrscheinlichkeit nach also Holzschläger oder Arbeiter auf Tagelohn. Etwas Leichtes in den Bewegungen jedoch, zumal wenn sich einzelne von ihnen erhoben, zeigte bald, daß es keine Tagelöhner sein konnten.

»Was sind das für Leute da?« fragte Gordon den Jungen. Ehe dieser aber antworten konnte, wurde drüben ein Signalhorn laut, und im selben Augenblicke begann ein Hin- und Herlaufen und gleich danach ein Ordnen und Richten. Und nun setzten sich auch unsere zwei Reisenden in Trab und erkannten im Näherkommen, daß es blutjunge Leute waren, Turner in Drillichanzügen, die sich mit bemerkenswerter Raschheit und Gewandtheit in Gliedern formierten. Ganz in Front standen die Spielleute: drei Tambours und ein Hornist, und als die der Aufstellungsseite zunächst reitende Cecile bis auf wenige Schritte heran war, kommandierte der den Trupp führende Vorturner: »Augen links!« und dann »Präsentiert das Gewehr!« Er selbst aber salutierte mit dem Schläger, die Spitze zur Erde senkend, während die drei Tambours den Präsentiermarsch schlugen. Cecile verneigte sich dankend und verlegen, und einen Augenblick später ritten beide (Gordon unter militärischem Gruß) in den Birkenweg ein, der sich, wie man vermutet hatte, durch die Schonung hinzog und an manchen Stellen eine vollkommene Laube bildete.

»War das reizend«, sagte Cecile. »Jugend, Jugend. Und so frisch und glücklich. Und so ritterlich und artig.«

Gordon nickte. »Ja, meine gnädigste Frau, das ist Deutschland, Jung-Deutschland. Und mit Stolz und Freude sehe ich es wieder. Draußen hat man auch dergleichen, aber es ist doch anders. Hier gibt sich alles natürlicher und weniger zurechtgemacht; weniger *mise en scène.* Gott erhalt' uns unsere Jugend.«

Und während er noch so sprach, streiften die Birkenzweige Ceciles Gesicht, was ihn zu dem Vorschlag veranlaßte, doch die Plätze zu wechseln.

Aber sie wollte davon nichts hören. »Es ist doch immer ein Streicheln, auch wenn es weh tut. Und dazu diese himmlische Luft! Ach, ich könnte den ganzen Tag so reiten, und von Müdigkeit wäre keine Spur.«

Endlich hatten sie die Schonung im Rücken und hielten vor einer von einem Plankenzaun eingefaßten und hoch in Gras stehenden Wiese, darauf nichts sichtbar war als in einiger Entfernung drei ziemlich gleich aussehende Häuschen, die totstill und wie verwunschen in der grellen Mittagssonne dalagen. Keine Grille zirpte, kein Rauch stieg auf; um den Zaun herum aber ging in weitem Bogen der Weg, anstatt die Wiese kurz und knapp zu durchschneiden.

»Wie heißt das?« fragte Gordon.

»Todtenrode«, sagte der Junge.

»Nur in Ordnung. Wenn es nicht schon so hieße, so müßt es so getauft werden. Todtenrode! Wohnen Menschen hier? Mutmaßlich ein Totengräber?«

»Nein, ein Förster.«

Unter solchem Gespräche waren sie bis an die Stelle gekommen, wo die vorerwähnten drei Häuschen standen. Eines derselben, das größte, das etwas von Architektur und Ornament zeigte, war ganz von wildem Wein überwachsen, und Gordon ritt heran, um, so gut es die Lichtblendung gestattete, von außen her in die Fenster hineinzusehen. Keine Gardine war da, kein Vorhang, überhaupt nichts, was auf Bewohnerschaft hätte deuten können, und doch war unverkennbar, daß dies Haus in der Öde sehr bewegte Tage gesehen haben mußte. Polsterbänke zogen sich um paneelierte Wände, dazu Schenktisch und schwere Stühle, während sich in dem Zimmer daneben, das sich bei nur halber Tiefe leichter übersehen ließ, allerlei Möbel aus der Zeit des Empire befanden, darunter ein hellblaues Atlassofa mit drei schmalen Spiegeln über der Lehne.

Cecile sah gleichzeitig mit Gordon in die verblaßte Herrlichkeit hinein, und auch der Junge stellte sich neugierig auf die Zehspitzen.

»Eine Försterei, sagtest du. Das ist aber ein Jagdschloß.«

»Ja, ein Jagdschloß.«

»Und von wem?«

»Von unsrem Herzog.«

»Kommt er oft?«

»Nein. Aber der vorige ...«

»Ja«, lachte Gordon, »der vorige, *der* kam oft.« Und zu Cecile gewandt, fuhr er fort: »Ich hab ihn noch in Paris gesehen, den guten Herzog, alt geworden, geschnürt und geschminkt und mit Ringellöckchen, eine lächerliche Figur, ebenso der Liebling wie der Spott der Halbweltdamen. Wahrhaftig, wer die Geschichte dieser Duodezfürsten schreiben will, muß bei den fürstlichen Jagdschlössern anfangen. Und nun gar *dies* hier, dies Todtenrode! Der bloße Name hätte mich in einen Tugendpriester verwandeln können. Aber diese Durchläuchtings empfinden anders und sagen umgekehrt: ›Je mehr Tod, je mehr Leben‹. Erst die Strecke mit dem erlegten Wild, und dann Bacchus, und dann Eros der göttliche Knabe. Zehn gegen eins, daß dies Todtenrode mit zu den bevorzugtesten Tempeln des kleinen Gottes gezählt hat. Ihr Himmlischen, was mag sich alles in diesem Allerheiligsten abgespielt haben an Freud und Leid! Ja, auch an Leid. Denn der Krug geht so lange zu Wasser, bis er bricht, wobei mir übrigens die Serenissimi selbst die weitaus kleinste Sorge machen. Aber was so von Jugend und Unschuld mit in die Brüche geht, was so gemütlich mit hingeopfert wird in dem ewigen Molochdienste ...«

Cecile musterte den Sprecher, der einen Augenblick in der Laune schien, in seiner Philippika fortzufahren; bald aber wahrnehmend, daß er, wie damals vor den Porträts der Fürstabbatissinnen, in seinen Auslassungen um ein gut Teil zu weit gegangen sei, begann er sofort das Thema zu wechseln, was ihm die sich rasch verändernde Szenerie ziemlich leicht machte. Der Weg nämlich, der bis dahin über ein Plateau geführt hatte, senkte sich hinter Todtenrode wieder und mündete bald danach auf eine mittelhoch am Abhange sich hinziehende Chaussee, neben der in der Tiefe die diesseits von einem sonnigen Wiesengrunde, jenseits aber von Wald und Schatten eingefaßte Bode hinfloß. Erquickende Kühle drang von unten her bis zur Höhe hinauf, und einzelne Häuser, die zerstreut und lauschig am Flusse hin lagen, berechtigten zu der Annahme, daß man in kürzester Frist am Ziele sein werde.

Gordon wurde nunmehr sehr bald auch der drei voraufmarschierenden Herren ansichtig, die ganz zuletzt einen Richtsteig eingeschlagen haben mußten, und auf sie hinweisend, rief er seiner Begleiterin in beinahe freudiger Aufregung zu: »Da sind sie. Wenn wir uns in Trab setzen, haben wir sie noch vor dem ersten Hause.«

Cecile sah ihn bei diesen Worten verwundert an, aber mit einer Verwunderung, in die sich etwas von Empfindlichkeit mischte. Das war doch naiver als naiv. Er genoß des Vorzugs ihrer Gesellschaft und schien nichtsdestoweniger hocherfreut über die Möglichkeit, im nächsten Augenblicke wieder in Nähe des Emeritus oder gar an der Seite des Privatgelehrten sein zu können. Alle Verwunderung und Empfindlichkeit aber verlor sich rasch in dem Komischen der Situation, und sich aufrichtend im Sattel, sagte sie mit beinah übermütiger Betonung: »*Eh bien,* eilen wir uns, Herr von Gordon. *Vite, vite.* Man soll die Gelegenheit beim Schopfe fassen.«

Und im Trabe, während der Junge sich in den Steigbügel hing, ging es bergab.

Eine Minute noch, und man mußte die Voraufmarschierenden eingeholt und das Dorf selbst erreicht haben.

Vierzehntes Kapitel

Aber es war doch anders bestimmt, denn unmittelbar vor dem Dorfeingange wurde Cecile, die dem Flusse zunächst ritt, einer im Grase sitzenden Dame, der Malerin, gewahr.

Wirklich, es war Fräulein Rosa, mitten in der Arbeit vor einer

Staffelei, die sie sich aus drei Bohnenstangen mit eingeschlagenen Holznägeln zurechtgezimmert hatte. Die Freude der Künstlerin gab sich, wie die der beiden Ankömmlinge, ganz ungesucht, und den Pinsel ins Gras werfend, aber die Palette immer noch auf dem linken Daumen, sprang sie von ihrem Malerstuhl auf und reichte Cecile die freigewordene Rechte.

»Willkommen in Altenbrak ... Ach, nun entsinn ich mich ... Die drei Herren ... vor einer Minute erst ... Richtig, das war ja der Herr Oberst und der freundliche alte Emeritus. Und der dritte ... Ja, wer war der dritte?«

»Der Herr Privatgelehrte.«

»Nun, der hätte seine Langweil und sich selbst im Hotel Zehnpfund belassen können. Aber welche Freude, *Sie* wiederzusehen, meine gnädigste Frau. Und Sie, Herr von Gordon. Ach, es war mir zuviel Staub in Thale, zuviel Staub und zuviel Sonntagsgäste. Hexentanzplatz und Roßtrappe sind nur wie Tempelhof und Tivoli, Bier und wieder Bier. Aber hier ist Natur, und die weiß- und braungefleckte Kuh da ... Sehen Sie doch nur, meine gnädigste Frau, wie das liebe Vieh dasteht und sich nicht rührt. Ein wahres Mustermodell. Ich möchte schwören, es habe Gemüt und freue sich mit mir, daß Sie da sind.«

Cecile, als die Malerin endlich schwieg, tat auch ihrerseits ein paar Fragen und versuchte bei der Gelegenheit einen Blick auf die Skizze zu werfen, aber Rosa wollte davon nichts wissen und fuhr fort: »Nein, meine gnädigste Frau, nur nicht gleich wieder Kunst und Kunstgespräche. Was Sie hergeführt hat, hat einen andern Zweck und Namen. Und ich brauche kaum danach zu fragen. Natürlich, der Präzeptor, der alte Murrkopf, der Mann mit der sonoren Baßstimme, Selbstherrscher aller Altenbraker und dabei Landesautorität in Sachen der Schmerle. Täglich bin ich an seinem Tisch (er hält nämlich eine Pension), und dann setzt er sich zu mir und sagt mir Liebenswürdigkeiten und will mich sogar adoptieren. Aber ich hab ihm gesagt, er müsse mich heiraten, anders tät ich's nicht, ich wolle Schloßfrau werden auf

Burg Rodenstein oder kurzweg die Rodensteinerin und den ganzen Tag über mit dem Schlüsselbund rasseln.«

»Und Sie wohnen in seiner Pension?«

»Nein, ich ziehe diese Seite des Dorfes vor. Ich wohne hier ... das dritte Haus da, gleich hinter dem Staket.«

Und sie wies auf ein reizendes, am Dorfeingange gelegenes Häuschen, in dessen Vorgarten ein paar Stachelbeersträucher standen und Mohn und Porree bunt durcheinander blühten. An dem Staket aber trockneten Netze, während eine Sichel an der alten Linde hing.

»Beneidenswert«, sagte Gordon. »Manchem glückt es, überall ein Idyll zu finden: und wenn er's nicht findet, so schafft er's sich. Ich glaube, Sie gehören zu diesen Glücklichen.«

»Ich glaub es beinah selbst, muß aber jedes persönliche Verdienst in der Sache von mir abweisen. Der Himmel legt einem nicht mehr auf, als man tragen kann. Und ich habe durchaus keine Schultern für das Tragische.«

Cecile schien von diesem scherzhaft hingeworfenen Worte mehr berührt, als sich erwarten ließ. Jedenfalls brach sie rasch ab und sagte: »Das ist ein großes Thema. Und wenn Herr von Gordon und Fräulein Rosa erst ins Philosophieren kommen ...«

»Dann gibt es kein Ende.«

Cecile nickte zustimmend, und unter einem herzlichen *»Au revoir«* warf sie das Tier herum und lenkte, von Gordon gefolgt, auf den breiten Fahrweg ein, in dessen Schatten der Junge zurückgeblieben war.

»Haben wir noch weit bis zum Präzeptor?«

»Noch eine Viertelstunde.«

»Gut denn.«

Und man setzte sich wieder in Trab.

Wirklich, es war noch eine Viertelstunde, denn das Haus, das der Alte bewohnte, lag an der entgegengesetzten Seite von Altenbrak. Aber so lang der Weg war, und so ruhebedürftig Cecile sich fühlte, dennoch sprach sie kein Wort von Ermüdung, weil das Bild, das die Dorfstraße gewährte, sie beständig interessierte. Links hin lagen die Häuser und Hütten in der malerischen Einfassung ihrer Gärten, während nach rechts hin, am jenseitigen Ufer der Bode, der Hochwald anstieg, auf dessen Lichtungen das Vieh weidete. Das Geläut der Glocken tönte herüber, und dazwischen klang das Rauschen des über Kieselgeröll hinschäumenden Flusses.

So ging es das Dorf entlang, an Stegen und Brücken vorbei, bis endlich da, wo die Schlucht sich wieder weitete, der Eseljunge nach einem in Mittelhöhe des Felsens eingebauten Häuserkomplex hinaufwies, daran in Riesenbuchstaben auf weißem Schilde stand: »Gasthaus zum Rodenstein«.

»Hier wohnt der Präzeptor.«

Und so hielt man denn.

Und während der Junge die Esel in einem unteren Stallraum unterbrachte, stiegen Gordon und Cecile die Stufen hinan, die zu dem »Rodensteiner« hinaufführten.

Auf der obersten Stufe stand bereits St. Arnaud und empfing die Spätlinge mit vieler Freundlichkeit, aber doch zugleich mit einem Anfluge von Spott. »Die Herrschaften«, hob er an, »scheinen auf einen Wettlauf mit dem braunschweigischen Roß beziehungsweise dem askanischen Bären verzichtet zu haben. Zu meinem lebhaften Bedauern. Im übrigen hab ich aus der mir auferlegten Entbehrung das Beste zu machen gesucht und kenne in diesem Augenblicke nicht nur Albrecht den Bären, sondern auch den Markgrafen Waldemar so genau, daß ich keinem Müllergesellen, und wenn es Jakob Rehbock in Person wäre, raten möchte, mich hinters Licht führen zu wollen. Freilich, ob Herrn von Gordon an einer derartigen Wissenszufuhr in gleicher Weise gelegen gewesen wäre, muß dahingestellt bleiben – hinsichtlich meiner teuren Cecile verbürg ich mich für das Gegenteil. Und nun an die Gewehre! Zehn Minuten haben ausgereicht, mich mit dem Rodensteiner bekannt zu machen, und ich dürste danach, Sie beide dem trefflichen Alten vorzustellen. Unser Freund Eginhard, des Emeritus zu geschweigen, ist zwar eben über ihn her und hat, wenn ich recht gehört habe, vor fünf Minuten den ganzen Markgrafen Otto mit dem Pfeil auf die Sehne seiner Beredsamkeit gelegt. Aber ich hoffe, der Pfeil fliegt schon. Und so denn schnell, eh er zum zweiten Male spannt.«

Unter diesem Geplauder überschritten alle drei die Schwelle des Gasthauses und traten nach Passierung einiger winkliger und ziemlich verräucherter Stuben auf einen halb veranda-, halb balkonartigen Vorbau hinaus, dessen weitvorspringendes Schutzdach in Front auf drei Holzpfeilern ruhte. Nach der Rückseite hin aber lag dasselbe Schutzdach auf einer indigoblauen Wand, an der entlang ein großer, immer mit Essig und Öl und leider auch mit Mostrichbüchsen besetzter Eßtisch stand. In Mitte desselben erblickte man Eginhard und den Emeritus in allerlebhaftestem Gespräche mit einem Dritten, welcher Dritte niemand anders als der Schloßherr aller dieser Dominien sein konnte: der Präzeptor Rodenstein. Und so war es denn auch.

»Erlauben Sie mir, mein hochverehrter Herr Präzeptor, Ihnen meine Frau vorzustellen. Und hier Herrn von Gordon. Die Tagesaufgabe beider war augenscheinlich, das Unausreichende kavalleristischer Leistungsfähigkeit aufs neue zu beweisen und daneben die Superiorität der alten Garde zu Fuß.«

Der Präzeptor hatte sich von seinem Stuhl erhoben und hieß Cecile willkommen; eine zweite Verbeugung galt Gordon. Er stützte sich all die Zeit über auf ein Weichselrohr mit Elfenbeingriff und gab, als er sich gleich danach wieder an den Eßtisch lehnte (das Stehen wurd ihm schwer), eine bequeme Gelegenheit, ihn in seiner ganzen Erscheinung zu mustern. Er konnte füglich als der Typus eines knorrigen Niedersachsen, eines in Eichenholz geschnitzten Westfalen gelten und vernahm denn auch nichts lieber, als »daß er einen Waldeck-Kopf habe«. Wirklich ließ sich von einer solchen Ähnlichkeit sprechen. Ein Fall, den er vor Jahr und Tag getan, machte, daß er seitdem eines Stockes bedurfte, sonst aber war er verhältnismäßig jung geblieben und glich in der Fülle seines krausen Haares, darin sich nur wenig Grau mischte, mehr einem Fünfziger als einem hohen Siebziger, der er doch war. Sein Bestes aber war sein Organ, und man begriff völlig, daß er mit dieser seiner Stimme vierzig Jahre lang die Altenbraker zusammengehalten und ihnen durch Epistel- und Bibelvorlesung von der Kanzel her den Prediger ersetzt hatte.

Cecile fühlte sich sofort angezogen durch seine Persönlichkeit und sprach ihm unbefangen und liebenswürdig aus, wie sehr sie sich freue, seine Bekanntschaft zu machen. Der Herr Emeritus, in dem er einen warmen Verehrer habe, habe sehr viel Schönes von ihm erzählt, von ihm, von Altenbrak und von den Schmerlen, und sie sehe wohl, daß er nicht zuviel gesagt habe. Denn Altenbrak sei reizend, und was die Schmerlen angehe …

So würden diese (unterbrach hier der Präzeptor) hinter ihrer Reputation nicht zurückbleiben und die gnädige Frau gewiß zufriedenstellen. Die gnädige Frau möge nur bestimmen, um welche Stunde sie das Diner zu nehmen wünsche. Das Küchendepartement sei natürlich Sache seiner Frau, wenn er sich aber trotz alledem mit einem Vorschlag einmischen dürfe, so möcht er empfehlen: erst die Schmerlen und dann einen Rehrücken aus dem Altenbraker Forst. Denn die Schmerlen allein täten es nicht und gehörten zu den Gerichten, an denen man sich hungrig äße.

Cecile war einverstanden, und nachdem man noch die Frau Präzeptorin und deren Tochter, eine junge Förstersfrau, zu Rate gezogen, wurde festgestellt, daß um fünf Uhr gegessen werden solle. Natürlich auf der Veranda. Die noch dazwischenliegenden zwei Stunden aber solle jeder zu freier Verfügung haben, entweder zu Promenaden an der Bode hin oder aber zu Ruhe und Schlaf.

Ja, Ruhe, danach verlangte Cecile, die sich denn auch unverweilt in eine nach einem Gärtchen hinaus gelegene Hinterstube zurückzog, wo die Fenster aufstanden und die kleinen gelben Gardinen im Luftzuge wehten. In Nähe des einen Fensters stand ein bequemes Ledersofa, darauf die total Erschöpfte sich streckte, während die junge, nur zu Besuch und Aushilfe bei den Eltern anwesende Förstersfrau sie mit einem leichten Sommermantel zudeckte.

»Soll ich die Fenster schließen, gnädige Frau?«

»Nein. Es ist gut so, wie's ist. Eine so schöne Luft und doch kein Zug. Aber wenn Sie mir eine Freude machen wollen, so nehmen Sie sich einen Stuhl und setzen sich zu mir. Ich kann doch nicht schlafen und habe nur das Bedürfnis, mich zu ruhen.«

»Ach, das kenn ich.«

»Sie? Wie das? Sie sind noch so jung und sehen so blühend aus, und Ihre Augen lachen so frisch und glücklich. Sie haben gewiß einen guten Mann. Nicht wahr?«

»Ja, den hab ich.«

»Und Kinder?«

»Auch die. Und die sind mein besondres Glück. Aber in drei Jahren drei, das ist doch viel, und wenn das zweite geboren wird, eh das erste noch laufen kann, und wenn dann Krankheit kommt und man den Tag über am Herd und in der Nacht an der Wiege steht und alle Lieder durchsingt und das Kleine doch nicht schlafen will und einem dann die Augen zufallen und man sie mit aller Gewalt wieder aufreißen muß – ach, meine gnädigste Frau, wenn *solche* Tage kommen, da lernt man doch erkennen, was Ruhe heißt und das Bedürfnis danach. Und da hilft keine Jugend und keine Gesundheit. Und bei all meinem Glück hab ich oft bitterlich geweint.«

In diesem Augenblick hörte man von draußen eine Kinderstimme.

»Da ruft eines?«

»Nein, meine gnädigste Frau, meine Kinder sind nicht hier. Die sind im Wald draußen beim Vater, und die Älteste, die jetzt sieben ist, das heißt sie wird acht zu Michaeli, die muß schon die kleine Mutter sein und die beiden andern in Ordnung halten. Denn die Magd hat in der Küche zu tun und mit Vieh im Stalle. Da muß denn eben alles mit anfassen. Und die gnädige Frau sollten das Kind sehen, wie sie sich in Respekt zu setzen weiß; ja, sie gehorchen ihr besser als mir, denn die Kinder untereinander besinnen sich nicht lang, ob ein Klaps paßt oder nicht. Und mein Mann sagt oft: ›Sieh, Frau, die Trude versteht es besser als du; *so* mußt du's machen. Du bist zu gut.‹«

»Und das trifft auch wohl zu?«

»Nun, bös bin ich grade nicht. Aber wer will sagen, daß er zu gut sei? Wenn man so gut ist, wie man nur irgend sein kann, ist man noch immer nicht gut genug. Am wenigsten gegen die Armen. Ach, meine gnädigste Frau, das lernt man im Wald. Wenn man die Not der Menschen sehen will, dann muß man im Walde leben und das arme Volk sehen, das sich ein bißchen Reisig zusammensucht und immer noch in Angst ist, daß sie was mitnehmen, was sie nicht mitnehmen dürfen. Aber ich habe meinem Mann auch gesagt: Tu, was du mußt; aber wenn's sein kann, drück ein Aug zu, denn die Not ist groß. Und wer den Armen ein Leid tut oder strenger ist als nötig, der ist wie der Reiche, der nicht ins Himmelreich kommt.«

Cecile nahm die Hände der jungen Frau. »Ihr lieber Mann wird wohl so sein, wie Sie selber sind. Mir ist nicht bang um ihn. Aber wenn er auch anders wäre, Sie werden ihn schon bekehren und für seine Seele sorgen, und er wird das Himmelreich haben, wie Sie selbst, dessen bin ich sicher. In einer guten Ehe muß sich alles ausgleichen und balancieren, und der eine hilft dem andern heraus.«

»Oder reißt ihn auch mit hinein«, lachte die junge Frau.

»Vielleicht, vielleicht ... Aber ich denke, die Gnade rechnet mehr unsere Guttat an als unsere Schuld.«

Cecile wollte nur ruhn, aber zuletzt war sie doch eingeplaudert worden; ein paar Pfauentauben flogen aufs Fenstersims, und die junge Frau Försterin verließ leise das Zimmer, um auf die Veranda, wo nur noch St. Arnaud und der Präzeptor verblieben waren, zurückzukehren und hier Mitteilung zu machen, daß die gnädige Frau schlafe.

»Das ist gut«, sagte St. Arnaud, »ich sah, daß sie der Ruhe bedurfte. Nun aber, mein Herr Präzeptor, müssen Sie mich mit Ihrem ganzen Gewese bekanntmachen. Ich find es nur in der Ordnung, daß man im Publikum überall von Ihrem ›Schloß Rodenstein‹ spricht, denn wirklich, Ihr Gasthaus hängt wie eine Burg am Felsen. Ist es Granit?«

»Porphyr, Herr Oberst.«

»Desto besser, oder wenigstens um eine Stufe vornehmer. Aber vornehmer oder nicht, ich muß das alles sehen, immer vorausgesetzt, daß Ihnen Ihr Fuß ein Umhersteigen gestattet.«

»O gewiß, mein Herr Oberst, wenn Sie nur Geduld mit einem alten Invaliden haben wollen, der ein etwas langsames Tempo hat und immer nur *einen* Schritt macht, wenn andere drei machen.«

»Ganz nach Ihrer Bequemlichkeit. Ich werde Sie doch nicht um etwas bitten und Ihnen zum Dank für die Gewähr auch noch das Tempo vorschreiben wollen. Das wäre doch ein gut Teil zuviel. Aber nun sagen Sie mir zuvörderst, was bedeutet das Tempelchen, das ich da sehe? Hier, gleich links, auf der obersten Spitze?«

»Das ist mein Schmuckstück, mein Belvedere, wohin ich Sie gerade führen möchte. Da tritt der Porphyr am reinsten heraus, und Altenbrak liegt uns zu Füßen. Erlauben der Herr Oberst, daß ich die Tete nehme.«

Bei diesen Worten erhob er sich und schritt, sich auf sein Weichselrohr stützend, auf einen in den Fels gehauenen Zickzackweg zu, der nach dem Aussichtstempelchen hinaufführte. St. Arnaud folgte, schwieg indes, weil er wahrzunehmen glaubte, daß dem alten Herrn nicht bloß das Steigen, sondern auch das Atmen schwer wurde.

Nun aber war man oben und sah in die Landschaft hinaus. Was

in der Ferne dämmerte, war mehr oder weniger interesselos; desto freundlicher aber wirkte das ihnen unmittelbar zu Füßen liegende Bild: erst das Gasthaus, das mit seinem Dächergewirr wirklich an eine mittelalterliche ›Burg Rodenstein‹ erinnerte, dann weiter unten der Fluß, über den links abwärts ein schlanker Brückensteg, rechts aufwärts aber eine alte Steinbrücke führte.

»Beneidenswerter, Sie«, sagte der Oberst. »König Polykrates auf seines Daches Zinnen. Und hoffentlich sagen Sie mit ihm: ›Gestehe, daß ich glücklich bin.‹ Ist es nicht so?«

Der Präzeptor wiegte den Kopf hin und her und schwieg, bis er nach einer kleinen Weile sagte: »Nun ja, mein Herr Oberst.«

»Nun ja! Was heißt das? Warum nicht bloß ja? Was fehlt? Ein Mann wie Sie, Liebling fünf Meilen in der Runde, gehalten von der Gemeinde, geschätzt von der Behörde – wie wenige dürfen sich dessen rühmen! Und wenn dann das Jubiläum kommt ...«

»Das kommt nicht.«

»Warum nicht?«

»Weil ich den Dienst quittiert habe.«

»Wie das? Aber freilich ... Pardon ... ich entsinne mich; Ihr Freund und Verehrer, der Herr Emeritus, hat uns schon in Thale davon erzählt und auch den Grund genannt, der Sie bestimmte. Gewissensbedenken, um nicht zu sagen: Gewissensbisse.«

Der Alte lächelte. »Nun ja, Gewissensbisse, das auch, aber das alles, offen gestanden, blieb doch bloß die kleinere Hälfte. Die Hauptsache war, ich wollte dem Ehrentag entgehen, demselben Ehrentag, dessen der Herr Oberst eben erwähnte.«

»Dem Jubiläum? Aber weshalb?«

»Weil ich der sogenannten ›Auszeichnung‹ entgehen wollte.«

»Aus Bescheidenheit?«

»Nein, aus Dünkel.«

»Aus Dünkel? Ich bitte Sie, wer geht einer Auszeichnung aus dem Wege?«

»Die wenigsten. Und ich auch nicht. Aber Auszeichnung und

Auszeichnung ist ein Unterschied. Ein jeder freut sich seines Lohnes. Gewiß, gewiß. Aber wenn der Lohn kleiner ausfällt, als man ihn verdient hat oder wenigstens verdient zu haben glaubt, dann freut er nicht mehr, dann kränkt er. Und das war meine Lage. Man wollte mir ein Bändchen geben an meinem Jubiläumstage. Nun gut, auch ein Bändchen kann etwas sein; aber *das,* das meiner harrte, war mir doch zu wenig, und so macht ich kurzen Prozeß und bin ohne Jubiläum, aber, Gott sei Dank, auch ohne Kränkung und Ärger aus dem Dienste geschieden. Ich weiß wohl, daß man nie recht weiß, was man wert ist, aber ich weiß auch, daß es die Menschen in der Regel noch weniger wissen. Und handelt es sich gar um ein armes Dorfschulmeisterlein, nun, so geht alles nach Rubrik und Schablone, wonach ich mich nicht behandeln lassen wollte. Von niemandem, auch nicht von wohlwollenden Vorgesetzten. Und da hab ich demissioniert und dem Affen meiner Eitelkeit sein Zuckerbrot gegeben.«

»Bravo«, sagte der Oberst und reichte dem Alten beide Hände. »Sich ein Genüge tun ist die beste Dekoration. Im letzten ist man immer nur auf sich und sein eigen Bewußtsein angewiesen, und was andre versäumen, müssen wir für uns selber tun. Das heißt nicht, sich überheben, das heißt bloß die Rechnung in Richtigkeit bringen, und nun erzählen Sie mir von dem Porphyr hier. Ich dachte, der Harz wäre Granit. Aber es ist auch in der Natur so: mitten aus dem allgemeinen Granit wächst mal ein Stück Porphyr heraus. Da heißt es dann, woher kommt er? Aber es ist eine nutzlose Frage. Er ist eben da.«

So plauderten sie weiter, und als sie bei fortgesetztem Gespräch über Altenbrak und die Altenbraker endlich den Zickzackweg wieder abwärts stiegen, bemerkten sie Gordon und die beiden älteren Herren, die, von einem Dorfspaziergange heimkehrend, eben aus der Talschlucht nach Burg Rodenstein hinaufkletterten. In ihrer Mitte Rosa. Diese begrüßte jetzt der ihr bis in Front des Hauses entgegengehende St. Arnaud unter gleichzeitigen scherzhaften Vorwürfen über ihre Fahnenflucht aus Hotel Zehnpfund, und als man abermals eine Minute später gemeinschaftlich auf die Veranda trat, sah man, wie schon die Vorbereitungen zum Mittagsmahl getroffen und Tisch und Stühle der bessern Aussicht halber bis hart an die Holzpfeiler vorgerückt waren. Weißes Linnen kam und Blumen, zuletzt auch Cecile, noch angerötet vom Schlaf, und ehe weitere zehn Minuten um waren, hatte jeder seinen Platz beim Mahl, an dem teilzunehmen der Präzeptor nach einigem Zögern eingewilligt hatte. Er saß zwischen den beiden Damen und zeigte durch Artigkeit und guten Humor, daß er in seiner Jugend eine gute Schule durchgemacht haben mußte. Cecile war entzückt und flüsterte Rosa zu: *»Tout à fait comme il faut!«*

Und so war auch das Mahl, das sich gleich mit einer kleinen Überraschung einleitete. Die Frau Präzeptorin hatte nämlich über die vereinbarten Gänge hinaus auch noch für ein Extra Sorge getragen, für eine Kerbelsuppe, hinsichtlich deren ihr Haushalt ein Renommee hatte.

»Ach, Kerbel«, sagte der Oberst, als der Deckel abgenommen wurde. »Wenn Sie wüßten, meine liebe Frau Präzeptorin, wie Sie's damit getroffen haben! Wenigstens für mich. Meine ganze Jugend steigt dabei wieder vor mir auf. Alle Mittwoch, solang es Kerbel gab, gab es auch Kerbelsuppe, das war wie Amen in der Kirche, Kerbel und dann Reis und Saucischen. Ich denke, daß es mir heute so schmecken soll wie damals … Aber was trinken wir? Cecile, Fräulein Rosa, was soll es sein? Ich gehe bis an die Grenze des Möglichen …«

»Also so weit mein Weinkeller reicht«, lachte der Präzeptor. »Aber, mein Herr Oberst, der reicht nicht weit. Ein Trarbacher, ein Zeltinger. Mosel, dir leb ich, Mosel, dir sterb ich. Übrigens das Beste, was ich habe …«

»Nein, nein«, unterbrach Cecile. »Nicht Wein, nichts Fremdes. Braunschweiger Landesgebräu. Nicht wahr, Herr von Gordon?«

»Unbedingt«, sagte dieser. »Bei solchen Gelegenheiten muß alles eine Lokalfarbe haben. Also sagen wir: Braunschweiger Mumme.«

So scherzte man weiter, bis man schließlich auf des Präzeptors Vorschlag sich für ein einfaches Blankenburger Bier entschied, das denn auch in Deckelkrügen aufgetragen wurde, jeder Krug mit einer blauen Glasurinschrift. Der Oberst las die seine. »›Der Meister hat ein Doppelkinn, Hoch lebe die junge Frau Meisterin‹ ... Ei, ei, mein fein's Junggesell, wo will das hinaus? Das herkömmliche Balladentöchterlein bleibt uns diesmal überraschlicherweise vorenthalten und die Frau Meisterin muß dafür aushelfen. Ein Glück, daß sie jung ist.«

In diesem Augenblicke kamen die Schmerlen auf einer mit Zitronenscheiben bunt garnierten Schüssel, und da niemand, mit Ausnahme des Emeritus und selbstverständlich auch des Präzeptors, mit dem diffizilen Gerichte Bescheid wußte, so ließ man die beiden anfangen und erging sich, als man ziemlich vorsichtig zu folgen begann, in teils schmeichelhaften, teils despektierlichen Vergleichen. Gordon sprach von *»White bait«*, woran ihn die Schmerlen erinnern sollten, während ihnen der Oberst einfach eine Mittelstellung zwischen Yklei und Spreestint anwies, allerdings im Tone der Entschuldigung hinzusetzend: *»Honny soit qui mal y pense.«* Rosa aber drang auf vollkommene Revozierung, da sie sich die Poesie der Schmerle nicht rauben lassen wolle, dieses herrlichsten aller Fische, den zu besingen sie keinen Augenblick Anstand nehmen würde, wenn ihr die schnöde Tiermalerei zu Kultivierung der sanglichen Schwesterkunst Zeit gelassen hätte. Aber der Herr Emeritus werde gewiß für sie eintreten. Alle Geistlichen wären bekanntermaßen heimliche Dichter, was auch kaum anders sein könne. Denn wer allsonntäglich unter einem Kanzeldeckel mit der Heiligengeisttaube stehe, für den müsse auch dichterisch notwendig etwas abfallen.

»Ja, der Emeritus«, riefen alle. »Lied oder Toast. Er mag wählen, aber Verse.«

»Gut. Ich bin es zufrieden«, sagte der Alte. »Doch jeder nach seinen Kräften. Über den Leberreim bin ich nie hinausgekommen. Und weil alle Welt einen Leberreim machen kann, auch Fräulein Rosa, trotz der von ihr abgegebenen Erklärungen, so muß es einfach reihum gehen. Das ist Bedingung.«

»Einverstanden«, sagte Rosa. »Nur muß es streng angefaßt werden, das ist *meine* Bedingung, und wer einen falschen Reim macht oder ein Wort gebraucht, das gar nicht existiert, der muß Strafe zahlen, oder, mit anderen Worten, ein Pfand geben.«

»Und mit Auslösung«, setzte der Privatgelehrte blinzelnd hinzu, der, wie die meisten Pedanten, etwas von einem Faun hatte.

»Mit Auslösung also«, wiederholte St. Arnaud. »Aber vorher lassen wir die Schüssel noch einmal herumgehen. Das gibt uns dann die höhere Weihe. Nun, Herr Emeritus, *commençons.*«

Und der Emeritus, während er von der Schüssel nahm, rezitierte langsam und bedächtig vor sich hin:

»Am Bache stehn Vergißmeinnicht, und drüben steht die Erle,
Dazwischen blitzt, wie Silberschein, des Baches Kind, die Schmerle.«

»Gut, gut«, sagte Rosa. »Nun aber der Herr Oberst.«

Und dieser, ohne jedes Besinnen, begann sofort:

»Was soll'n mir Aland, Blei und Hecht und andre große Kerle,
Forelle, ja das ist mir recht und doppelt recht die Schmerle.«

»Vorzüglich, vorzüglich. Mein Kompliment, Herr Oberst. Der Emeritus ist geschlagen. Ach das ewig siegreiche Militär, siegreich auf *jedem* Gebiete. In neuester Zeit auch (leider) auf dem der Malerei. Doch das sind trübe Betrachtungen, *zu* trübe für diese heitere Stunde. Fahren wir also fort. Herr von Gordon, lassen Sie sehen, was Sie draußen in Persien gelernt haben. Die Poesie soll ja da zu Hause sein. Ist es nicht so? Wie hieß er doch? Ah, ja, Firdusi. Nun also.«

Gordon, der eine scherzhafte Fehde zu provozieren wünschte, nahm ohne weiteres »Querlen« als Reimwort und ließ sich, als dies selbstverständlich beanstandet wurde, zu Behauptungen hinreißen, deren äußerste Fragwürdigkeit noch über die seines Reimes hinausging.

»Es gibt keine Querlen«, entschied Rosa. »Was Inkulpat meint, wenn er überhaupt etwas gemeint hat, sind Quirle. Die gibt es. Herr von Gordon, ein Pfand. Und nun Sie, Herr Eginhard. Ich bitte Sie, Sie bei diesem Vornamen, ich möchte fast sagen, im Namen der Poesie, nennen zu dürfen.«

Eginhard begann, während er vor sich hinstarrte, seine Brillengläser zu putzen. Aber mit einem Male lag etwas Leuchtendes um seine Stirn, und er sagte mit einem Anfluge von historischer Würde:

»Der kleinste Fürst im deutschen Reich, das war der Fürst von Werle,
Der kleinste Fisch in Bach und Teich ist immer noch die Schmerle.«

Rosa bestritt sofort wieder, daß es einen Fürsten von Werle gegeben habe, wobei Cecile sekundierte. St. Arnaud aber trat nicht nur für den Privatgelehrten ein, sondern setzte sogar mit vieler Feierlichkeit hinzu, daß er sich einer Mesalliance zwischen einem werleschen Fürsten und einer anhaltischen Prinzessin entsinne. Darauf brach er ab und wandte sich an Rosa: »Nun aber *Sie*, meine Gnädigste.«

Diese verneigte sich lächelnd und sagte dann: »Ich finde, die Herren haben sich's schwer gemacht, um mir es leicht zu machen. An dem Zunächstliegenden sind wir vorübergegangen. Entscheiden Sie selbst, ob ich recht habe.

Genug, genug der Reimerein auf Schmerlen oder Schmerle,
Hoch, dreimal, unsre schöne Frau, der Perlen schönste Perle.«

Dabei erhob sie sich und ging auf Cecile zu, um ihr die Hand zu küssen. Diese litt es aber nicht, sondern umarmte sie mit einem Anflug von Verlegenheit, zugleich sichtlich bewegt durch diese Huldigung einer heiteren und liebenswürdigen Natur.

Etwas wie Sentimentalität schien aufkommen zu wollen, der

Präzeptor aber, der kein Freund davon war, stellte den früheren Ton rasch wieder her, und unter Vortrag aller möglichen Anekdoten aus seinem eigentümlichen, halb als Kantor und halb als Pastor verbrachten Leben verging das Mahl, das niemand Miene machte, gewaltsam abzukürzen.

Endlich aber erhob man sich, und als man in das Tempelchen hinaufstieg, um bei frischer Luft und freier Aussicht den Kaffee zu nehmen, war die Sonne schon im Niedergehen und hing über den Tannen der Berghöhe. Nun sank sie tiefer und durchglühte die Spitzen der Bäume, die momentan im Feuer zu stehen schienen.

Alles war schweigend in das herrliche Schauspiel vertieft, und man sah erst wieder auf, als zu fröhlichem Sprechen und Lachen, von dem man nicht recht wußte, woher es kam, allerlei Stimmen laut wurden, die das Echo wecken wollten. Aber es antwortete nicht.

Inzwischen waren die vom Dorf her ungesehen und ungekannt Heranziehenden immer näher gekommen, und als sie plötzlich um einen Vorsprung bogen, der sie bis dahin verborgen hatte, bemerkten unsere Freunde, daß es alte Bekannte waren.

»Die Turner«, rief Cecile. »Sie werden uns noch einmal begrüßen wollen.«

Und wirklich schlossen sie sich, als sich der Weg wieder zu verbreitern begann, zu Sektionen zusammen und marschierten in festem Tritt und während die Tambours schlugen, auf die Stelle zu, wo die schmale, fast zu Füßen von Burg Rodenstein liegende Holzbrücke nach dem anderen Ufer hinüberführte. Drüben aber nahmen sie nicht Aufstellung *en ligne,* sondern im Halbkreis und stimmten hier, umleuchtet von dem Lichte des hinscheidenden Tages, den Scheffelschen Rodensteiner an:

»Das war der Herr von Rodenstein,
Der sprach: ›Daß Gott mir helf,

Gibt's nirgends mehr nen Tropfen Wein
Des Nachts um halber zwölf?
Raus da, raus da,
Raus aus dem Haus da,
Herr Wirt, daß Gott mir helf.‹«

Unsere hoch oben stehenden Freunde horchten weiter, aber es blieb bei dieser Strophe. Die Turner brachen mitten im Singen ab, lachten und lärmten und konnten sich an ihrem endlos wiederholten »Raus da, aus dem Haus da« kein Genüge tun.

Von dem Tempelchen her aber klatschte man jetzt Beifall, und der alte ganz aus dem Häuschen geratene Präzeptor verschwor sich einmal über das andere, ein Faß »Echtes« auflegen und die jungen Leute zu Gaste laden zu wollen.

Aber diese, die den Gesang nur im Anblick der Gasthausinschrift »Zum Rodenstein« improvisiert hatten, begnügten sich, zum Gegengruß ihre Mützen zu schwenken, und marschierten gleich danach in den Wald hinein und auf Treseburg zu.

Fünfzehntes Kapitel

Eginhard und der Emeritus hatten vor, auf Schloß Rodenstein zu bleiben, um andern Tags einen »überaus lohnenden« Ausflug erst nach Rübeland und dann in weitem Bogen nach Kloster Michelstein hin zu machen, die St. Arnauds ihrerseits aber, und mit ihnen selbstverständlich auch Gordon, waren entschlossen, noch am selben Abende nach Thale zurückzukehren. Ein Blick auf die Bettbestände hatte nämlich der gnädigen Frau schon im Laufe des Nachmittags die nur zu gewisse Gewißheit gegeben, daß von einem Nachtquartier an dieser sonst so reizenden Stelle nicht wohl die Rede sein könne, was denn auch, als man bei Sonnenuntergang von dem Aussichtstempelchen wieder hinunterstieg, St. Arnaud veranlaßte, dem Eseljungen die nötigen Befehle zu Sattlung und raschem Aufbruch zukommen zu lassen, während er für sich persönlich ein Pferd aus den Altenbraker Beständen erbat. »Denn er teile nicht die Passion für Eselreiterei.«

»Dann bitt ich den Herrn Präzeptor«, setzte Cecile mit einer ihr sonst nicht eigenen Bestimmtheit hinzu, »den Eseljungen überhaupt ablohnen und statt des einen Pferdes drei beschaffen zu wollen.«

»Ei, ei«, lachte St. Arnaud, einigermaßen überrascht über diese Bestimmtheit, während der kaum minder verwunderte Gordon in Cecile drang, das Bequemere doch nicht ohne Not aufgeben zu wollen.

Aber Cecile blieb fest und sagte: »Darin finden Sie sich nicht zurecht, Herr von Gordon; dazu muß man verheiratet sein. Die Männer sitzen ohnehin auf dem hohen Pferd; schlimm genug; reitet man aber gar noch aus freien Stücken zu Esel neben ihnen her, so sieht es aus wie Gutheißung ihres *de haut en bas.* Und das darf nicht sein.«

In dieser Weise stritt man noch eine Weile, bis Gordon in einem ihn treffenden Streifblicke zu lesen glaubte: »Tor. Um *deinet*wegen.«

Eine Viertelstunde später erschienen die Pferde; man nahm Abschied und wandte sich auf die Holzbrücke zu, die die Turner vor ihnen passiert hatten. Im Herankommen aber wahrnehmend, daß die Balken- und Bretterlage viel zu schwach sei, durchritt man den Fluß, von dessen andrem Ufer aus alle drei noch einmal nach Burg Rodenstein hinübergrüßten.

Der Weg drüben schlängelte sich zunächst eine Waldhöhe hinauf, bald aber stieg er wieder zur Bode nieder und folgte deren Windungen. Unter den überhängenden Zweigen lag bereits Dämmerung, und minutenlang war nichts Lebendes um sie her sichtbar, bis plötzlich in nur geringer Entfernung von ihnen ein schwarzer Vogel aus dem Waldesschatten hervorhüpfte, wenig scheu, ja beinahe dreist, als woll er ihnen den Weg sperren. Endlich flog er auf, aber freilich nur, um sich dreißig Schritte weiter abwärts abermals zu setzen und daselbst dasselbe Spiel zu beginnen.

»Eine Schwarzdrossel«, sagte Gordon. »Ein schönes Tier.«

»Aber unheimlich.«

St. Arnaud lachte. »Meine teure Cecile, du greifst vor. Das sind Gefühle, wenn man sich im Walde verirrt hat. Aber dies Stück Romantik wird uns erspart bleiben, ja nicht einmal eine regelrechte Gruselnacht, in der man die Hand nicht vor Augen sieht, steht uns bevor. Sieh nur, da drüben hängt noch das Abendrot und schon kommt der Mond herauf, als ob er auf Ablösung zöge. Laß die Schwarzdrossel. Sie begleitet uns, weil sie froh ist, Gesellschaft zu finden. Frage nur Herrn von Gordon.«

»Ich möchte doch mehr der gnädigen Frau zustimmen«, sagte dieser. »Alle Vögel, mit alleiniger Ausnahme der Spatzen, exzellieren in etwas eigentümlich Geheimnisvollem und beschäftigen unsere Phantasie mehr als andere Tiere. Wir leben in einer beständigen Scheu vor ihnen, und es gibt eigentlich weniges auf der Welt, was mir so viel Respekt einflößte wie zum Beispiel ein grauer Kakadu; Professoren der Philosophie folgen erst in weiterem Abstand. Und nun gar Storch und Schwalbe! Wer hätte den Mut, einer Schwalbe was zuleide zu tun oder einen Storch aus dem Neste zu schießen?«

»Uh, die Menschen sind Heuchler«, sagte der Oberst. »Heuchler und Pfiffici zugleich. Sie stellen allemal das in ihren Schutz, was sie nicht brauchen können. Ich habe noch nie von Storchbraten gehört, und die gastrosophischen Versuche mit dem ebenfalls gefeiten Schwan sind bis dato regelmäßig gescheitert. Aber Bekassinen und Krammetsvögel! Sie schmecken viel zu gut, als daß man Veranlassung gehabt hätte, sie heilig zu sprechen.«

Unter solchem Gespräche war man bis an die Treseburger Brücke gekommen und sah auf das am andern Ufer, unmittelbar neben dem Fluß hin, reizend gelegene Gasthaus Zum weißen Hirsch. Einige der hier aufgestellten Tische hatten Windlichter, die meisten aber begnügten sich mit dem hellen Scheine, den der Mond gab.

»Wollen wir hinüber?« fragte der Oberst.

Aber Cecile war dagegen. Der Weg drüben sei doch mutmaßlich derselbe, den sie schon am Vormittage gemacht hätten, und sie habe keine Sehnsucht, noch einmal an Todtenrode vorüberzukommen.

»Also diesseits!«

Und damit lenkte St. Arnaud in einen schluchtartigen Weg ein, der in ziemlicher Steile zu dem zwischen Treseburg und Thale sich ausdehnenden Plateau hinaufstieg.

Oben war nichts als Gras und Acker, zwischen denen ein schmaler Weg lief, nur gerade breit genug, um in gleicher Linie nebeneinander bleiben zu können. Die Schatten aller drei fielen vorwärts auf den wie Silber blitzenden Weg, und diesem ihrem Schatten ritten sie nach. Meist im Schritt. Die Luft ging kalt, und Cecile begann zu frösteln, weshalb ihr Gordon ein Plaid reichte, das er bis dahin über die Kruppe seines Pferdes geschnallt hatte.

»Nimm's nur«, sagte St. Arnaud. »Herr von Gordon wird dich kunstgerecht damit drapieren; das ist er seinem Clan Gordon schuldig. Und dann haben wir dich als Hochlandserscheinung zwischen uns. Lady Macbeth oder dergleichen. Nur der Reithut fällt aus dem Stil.«

Aber Cecile beschränkte sich darauf, zur Eile anzutreiben, und nicht lange, so war eine Wegkreuzung erreicht, von der aus man in Entfernung von wenig mehr als fünfzig Schritt eines Denkmals ansichtig wurde.

»Was ist das?« fragte der Oberst und ritt auf das Denkmal zu, während Gordon und Cecile langsameren Schritts ihren Weg fortsetzten.

»Lockt Sie's nicht auch?« fragte Cecile mit einem Anfluge von Spott und bitterer Laune. »St. Arnaud sieht mich frösteln und weiß, daß ich die Minuten zähle. Doch was bedeutet es ihm?«

»Und ist doch sonst voll Aufmerksamkeit und Rücksichtnahme.«

»Ja«, sagte sie langsam und gedehnt. Und eine Welt von Verneinung lag in diesem Ja. Gordon aber nahm ihre lässig herabhängende Hand und hielt und küßte sie, was sie geschehen ließ. Dann ritten beide schweigend nebeneinander her, bis sich St. Arnaud ihnen wieder gesellte.

»Was war es?« fragte Cecile.

»Das Denkmal eines alten Oberforstmeisters.«

»Den hier ein Wilddieb erschossen?«

»Nein, weniger sensationell: er starb ruhig in seinem Bett.«

»Und hieß?«

»Pfeil.«

»Ah, Pfeil. Graf Pfeil?«

»Nein«, lachte St. Arnaud, »bloß Pfeil. Die Natur hat mitunter ihre demokratischen Launen. Übrigens war er, aller Bürgerlichkeit ungeachtet, eine große Forstautorität, und einer unserer berühmtesten landwirtschaftlichen Sätze rührt von ihm her.«

»Und welcher, wenn ich fragen darf?«

»Daß die Vermählung von Sumpf und Sand unter Umständen eine besonders feine Kultur schaffe. Sumpf an und für sich sei nicht zu gebrauchen und Sand an und für sich auch nicht, aber daß der liebe Gott in seinem notorischen Lieblingslande Mark Brandenburg beide dicht nebeneinander gelegt habe, das sei für eben diese Mark und natürlich auch für die Menschheit eine besondere Gnade gewesen, und die ganze preußische Geschichte sei sozusagen aus diesem Gnadenakt hervorgegangen. Da hast du den berühmten Pfeilschen Agrikultursatz, der vielleicht ein bißchen zu geistreich ist. Denn unvermischter Pyritzer Weizacker bleibt schließlich immer das Beste, jedenfalls besser als die Vermählung von Sumpf und Sand. Aber nun Trab, daß wir warm werden und vorwärts kommen.«

Und im Fluge ging es weiter über das Plateau hin, abwechselnd an Bäumen und Felszacken und dann wieder an Kreuzwegen und Wegweisern vorüber. An einem stand: »Nach dem Hexentanzplatz«, und St. Arnaud wies darauf hin und sagte: »Wollen wir einen Contre mitmachen? Oder bist du für Extratouren?«

Es klang übermütig und spöttisch und sie bog sich bei seiner Annäherung unwillkürlich zur Seite.

Der Oberst aber war in der Laune, sich gehen zu lassen, und fuhr in dem einmal angeschlagenen Tone fort: »Siehe nur, wie das Mondlicht drüben auf die Felsen fällt. Alles spukhaft; lauter groteske Leiber und Physiognomien, und ich möchte wetten, alles was dick ist, heißt Mönch, und alles, was dünn ist, heißt Nonne. Wahrhaftig, Herr von Gordon hatte recht, als er den ganzen Harz eine Hexengegend nannte.«

Gleich danach waren sie bis an den Vorsprung gekommen, von dem aus sich der Plateauweg wieder senkte. Die Pferde wollten in gleicher Pace vorwärts, aber ihre Reiter, überrascht von dem Bilde, das sich vor ihnen auftat, strafften unwillkürlich die Zügel. Unten im Tal, von Quedlinburg und der Teufelsmauer her, kam im selben Augenblicke klappernd und rasselnd der letzte Zug heran, und das Mondlicht durchleuchtete die weiße Rauchwolke, während vorn zwei Feueraugen blitzten und die Funken der Maschine weit hin ins Feld flogen.

»Die wilde Jagd«, sagte St. Arnaud und nahm die Tete, während Gordon und Cecile folgten.

Sechzehntes Kapitel

Als sich unsere Reiter eine Viertelstunde später dem Hotel näherten, sahen sie deutlich, daß der letzte Zug viel Gäste gebracht haben mußte, denn der große, nach der Parkwiese hinaus gelegene Balkon zeigte noch das bunteste Leben. Alles stand in Licht, und in dem Lichte hin und her bewegten sich die Kellner. Einer trug eine große, hoch aufgebaute Teemaschine, was zweifellos bedeutete, daß Engländer oder Holländer angekommen sein mußten.

»Sieh, Pierre«, sagte Cecile, die sich angesichts dieses lachenden Bildes rasch wieder erheiterte, »das ist hübsch, daß wir noch Leben vorfinden.«

Und gleich danach hielten alle drei vor dem Vorbau, hoben sich aus den Sätteln und traten in das Vestibül. Eine Welt von Koffern und Reisetaschen lag hier bunt durcheinander, und als Cecile die Treppe hinaufstieg, tat ihr die Wärme wohl, die die Gasflammen ausstrahlten.

»Ich denke, wir nehmen den Tee noch gemeinschaftlich auf dem Balkon. Nicht wahr, Herr von Gordon?«

Und wirklich, binnen kürzester Frist saßen unsere Freunde mit unter den Gästen, und zwar an demselben Tisch, an dem sich ihre Bekanntschaft, vor wenig Tagen erst, eingeleitet hatte. Cecile, die sich inzwischen umgekleidet, trug, hab vorsichts-, halb eitelkeitshalber, ein mit Pelz besetztes Jackett, das ihr vortrefflich stand und mit dazu beitrug, sie zum Gegenstand allgemeiner Aufmerksamkeit zu machen. Nichts davon entging ihr, und ihre wohlige Stimmung wuchs bis zu dem Moment hin, wo sie, nach eingenommenem Tee, den nur noch von wenig Gästen besetzten Balkon am Arme St. Arnauds verließ.

Es schlug elf vom Dorfe her, als Gordon in sein einfaches, im linken Flügel gelegenes Zimmer trat, um sich's hier, wie seine Gewohnheit war, schon vor dem Schlafengehen in einer Sofaecke bequem zu machen. Er war aber noch viel zu sehr bestürmt und aufgeregt, um sich dieser Bequemlichkeit länger als eine Minute hingeben zu können, und so stand er wieder auf, um zu dem schon offen stehenden Fensterflügel auch noch den zweiten zu öffnen. Unter ihm lag ein mit Levkoien und Reseda besetztes Rundell, und er sog den in einem starken Strom heraufziehenden Duft begierig ein. Alles war still; die Bosketts, die den Gartenstreifen einfaßten, standen in tiefem Schatten, und nur an einer einzigen, dem Zimmer der St. Arnauds gegenübergelegenen Stelle zeigte sich der Schatten durch einen Lichtstreifen unterbrochen. Gordon sah darauf hin, als ob er die Geheimnisse der kleinen Welt, die Cecile hieß, aus diesem Lichtstreifen herauslesen wolle. Dann aber überkam ihn ein Lächeln, und er sagte zu sich selbst: »Ich glaube gar, ich werde der Narr meiner eigenen Wissenschaft und verfalle hier in Spektralanalyse. *Poor Gordon!* Die Sonne mag ihre Geheimnisse herausgeben, aber nicht das Herz. Und am wenigsten ein Frauenherz.«

Unter solchem Selbstgespräche trat er vom Fenster zurück und ließ alles, was der Tag gebracht, noch einmal an seiner Seele vorüberziehen. Wieder vernahm er das heitere Lachen, mit dem sie bei Tisch die Schmerlenreime begleitet hatte, wieder sah er das mondbeschienene Plateau, darauf sie heimritten, hörte wieder das langgedehnte »Ja«, das doch ein kurzes »Nein« war, und fühlte noch einmal den erwidernden Druck ihrer Hand. Und dabei kehrten ihm alle Betrachtungen und Fragen zurück, denen er schon in seinen Zeilen an die Schwester Ausdruck gegeben hatte. »Was ist es mit dieser Frau? So gesellschaftlich geschult und so naiv! Sie will mir gefallen und ist doch ohne rechte Gefallsucht. Alles gibt sich mehr aus Gewohnheit als Koketterie. Sie hat augenscheinlich in der vornehmen Welt gelebt – vielleicht in einer allervornehmsten – und hat Auszeichnungen und Huldigungen erfahren, aber wenig echte Neigung und noch weniger Liebe. Ja, sie hat ein Verlangen, eine Sehnsucht. Aber welche? Mitunter ist es, als sehne sie sich, von einem Drucke befreit zu werden oder von einer Furcht und innerlichen Qual. Ist ihr St. Arnaud diese Furcht? Ist er ihr eine Qual? Nein; er hat nichts von einem Quälgeist, trotzdem sie heute seine Courtoisie zu bestreiten schien. Aber das sind Stimmungen, und ich habe sie wie heute voll Ablehnung, so auch ebenso voll Dank und Hingebung gegen ihn gesehen. Und *doch* eine Wolke! Sie hat eine Geschichte, oder er, oder beide, und die Vergangenheit wirft nun ihre Schatten.«

In diesem Augenblicke schwand drüben der Lichtstreifen auf dem Boskett.

»Es soll dunkel bleiben.«

Und er schloß das Fenster und suchte die Ruhe.

D*ie* kam ihm nicht gleich, aber als sie kam, schlief er fest, und die Sonne war schon an seinem Fenster vorüber, als er aufwachte. Nach der Uhr sehend, sah er, daß der Zeiger bereits auf acht wies, und er sprang nun rasch aus dem Bett.

Seine Toilette war erst halb beendet, als es klopfte.

»Herein.«

Der Portier übergab ihm ein Telegramm, zugleich Entschuldigungen vorbringend. Es sei schon gestern nachmittag gekommen, als die Herrschaften noch auf der Altenbraker Partie gewesen seien. Und nachher sei's vergessen worden. Herr von Gordon möge verzeihen.

Gordon lächelte. Telegramme hatten längst aufgehört, eine besondere Wichtigkeit für ihn zu haben, und so kam es, daß er auch jetzt noch eine Minute vergehen ließ, ehe er den Zettel überhaupt öffnete. Sein Inhalt lautete: »Bremen, 15. Juli. Wegen des neuen Kabels abgeschlossen. Wir erwarten Sie morgen.« Eine Welt widerstreitender Empfindungen drang auf ihn ein, als er auf diese Weise den ihm während der letzten Tage so lieb gewordenen Aufenthalt in Thale so plötzlich abgebrochen sah. Aber das Angenehme, Beruhigende, Zufriedenstellende wog in diesem Widerstreit der Gefühle doch schließlich vor. »Gott sei Dank, ich bin nun aus der Unruhe heraus und vielleicht aus noch Schlimmerem. Wer sich in Gefahr begibt, kommt drin um, und mit unserer Festigkeit und unseren guten Vorsätzen ist nicht viel getan. Eine gnädige Hand muß uns bewahren, von Tag zu Tag, von Stunde zu Stunde. ›Führe uns nicht in Versuchung.‹ Wie wahr, wie wahr. Mein gutes Glück interveniert mal wieder und meint es besser mit mir als ich selbst.«

Und er klingelte.

»Mein Frühstück und meine Rechnung … Sind Oberst St. Arnaud und Frau schon auf dem Balkon?«

»Ja, Herr Baron.«

Er ließ sich die Rangerhöhung gefallen und fuhr fort: »Und der nächste Zug nach Hannover?«

»Neun Uhr zwanzig.«

»Ah, da hab ich noch Zeit vollauf.«

Und er hob, als er wieder allein war, den Koffer auf den Ständer und begann zu packen. Die Raschheit, mit der er dabei verfuhr, zeigte den Vielgereisten, und der vom Zimmerkellner mittlerweile gebrachte Kaffee hatte noch eine mittlere Temperatur, als auch alles schon fertig und der ins Schloß gedrückte Koffer samt Schirm und Plaid beiseite geschoben war.

Gordon sah nach der Uhr.

»Neun. Also noch zwanzig Minuten; fünfzehn für mein Frühstück und fünf für den Abschied. Etwas wenig. Aber je weniger, desto besser. Was soll man sich sagen? Abschiedsworte müssen kurz sein, wie Liebeserklärungen. Das Beste hält nicht lange vor und sträubt sich gegen Dauer: der erste Moment ist poetisch, der zweite kaum noch und der dritte gewiß nicht mehr. Und weil man das fühlt und ein schlechtes Gewissen hat, so wird man lügnerisch und heuchelt und übertreibt. Und das mag ich nicht. Ich will mich nicht selbst um die schönen Eindrücke dieser Tage bringen und will gehobenen Herzens und ohne alles Redensartliche von ihr gehen. Ich will mich ihrer erinnern, wie, wie … Nun wie … Nun, nur ums Himmels willen nichts von kindischen Vergleichen. Und doch, woran erinnert sie mich? An wen? Oder an welches Bild?«

Und er wiegte den Kopf nachsinnend hin und her. Endlich schien er es gefunden zu haben: »Ja, das ist es. Ich habe mal ein Bild von Queen Mary gesehen – ich weiß nicht mehr genau wo: war es in Oxford oder in Hampton-Court oder in Edinburg-Castle. Gleichviel, es war die schottische Königin, meine arme Landsmännin. Etwas Katholisches, etwas Glut und Frömmigkeit und etwas Schuldbewußtsein. Und zugleich ein Etwas im

Blick, wie wenn die Schuld noch nicht zu Ende wäre. Ja, daran erinnert sie mich. Und der alte Oberst! Nun! der könnte den Bothwell aus dem Stegreif spielen. Wahr und wahrhaftig. Ob er irgendeinen Darnley hat in die Luft fliegen lassen? Es wäre leichtsinnig, sich für das Gegenteil verbürgen zu wollen. Aber weg mit solchen Pulverfaßreminiszenzen. Ich will hier mit etwas Heiterem abschließen.«

Und unter solchem Selbstgespräche trat er noch einmal ans offene Fenster und sah über die zunächst gelegene kleine Gartenanlage fort in das Flachland hinaus, an dessen äußerstem Rande die Türme von Quedlinburg aufragten. Er blieb eine Minute lang im Anblick derselben und nahm dann Hut und Stock, um sich bei den St. Arnauds zu verabschieden. Aber diese waren nicht mehr auf dem Balkon, sondern promenierten bereits im Park unten und schritten eben auf ihre Lieblingsbank zu, die, von Flieder und Goldregen halb überwölbt, den Blick auf den Bahnhof frei hatte.

»Bitte«, so wandte er sich an den Oberkellner, »lassen Sie meine Sachen hinüberschaffen.«

Und nun ging er auf die Bank zu, wo St. Arnaud und Cecile mittlerweile Platz genommen hatten. Boncœur war mit da, lag aber diesmal nicht zur Seite, sondern in Front, in vollem Sonnenschein. Als er Gordon kommen sah, hob er einen Augenblick den Kopf, ohne sich im übrigen zu rühren.

»Ah, Herr von Gordon«, sagte der Oberst. »So spät. Ich dachte, Sie wären ein Frühauf. Meine Frau hat Ihnen in den letzten zehn Minuten mindestens ebensoviele Krankheiten angedichtet. Ich wette, sie schwärmte schon in der Vorstellung einer allerchristlichsten Krankenpflege.«

»Der ich mich nun rasch und undankbar entziehe.«

»Wie das?«

»Ein eben erhaltenes Telegramm ruft mich fort, und ich komme, mich zu verabschieden.«

Gordon sah, wie Cecile sich verfärbte. Sie bezwang sich aber, warf mit dem Schirm ein paar Steinchen in die Luft und sagte: »Sie lieben Überraschungen, Herr von Gordon.«

»Nein, meine gnädigste Frau, nicht Überraschungen. Erst seit einer Stunde weiß ich davon, und es lag mir daran, über das, was nun sein muß, so schnell wie möglich hinwegzukommen. Was sag ich Ihnen noch? Ich werde diese Tage nie vergessen und würde mich glücklich schätzen, sie früher oder später, sei's hier oder in Berlin oder irgend sonstwo in der Welt, wiederkehren zu sehen.«

Cecile sah vor sich hin, und eine peinliche Stille folgte, bis St. Arnaud artig, aber nüchtern erwiderte: »Worin sich unsere Wünsche begegnen.«

In diesem Augenblicke läutete die Glocke drüben zum zweiten Male.

»Das gilt mir. Adieu, meine gnädigste Frau. *Au revoir*, Herr Oberst.«

Und Gordon, den Hut lüftend, ging auf den Bahnhof zu, der nur durch eine hohe Hecke von der Parkwiese getrennt war. Vor einem der hier eingeschnittenen Durchgänge blieb er noch einmal stehen, verneigte sich und grüßte militärisch hinüber. Der Oberst erwiderte den Gruß in gleicher Weise, während Cecile dreimal mit dem Taschentuch winkte.

Keine Minute mehr und der Pfiff der Lokomotive schrillte durch die Luft. Boncœur aber sprang auf und legte seinen Kopf in den Schoß der schönen Frau. Dabei schien er sagen zu wollen: »Laß ihn ziehen; ich bleibe dir und – bin treuer als er.«

Siebzehntes Kapitel

Gordon war allein im Kupee und nahm einen Rückwärtsplatz, um so lange wie möglich einen Blick auf die Berge zu haben, zu deren Füßen er so glückliche Tage verbracht hatte. Hundert Bilder, während er so hinstarrte, zogen an ihm vorüber, und inmitten jedes einzelnen stand die schöne Frau. Gedanken, Betrachtungen kamen und gingen, und auch der Abschiedsmoment stellte sich ihm wieder vor die Seele.

»Dieser Abschied«, sprach er vor sich hin, »ich wollt ihn abkürzen, um nicht in armselige Redensarten zu verfallen, und doch war mein letztes Wort nichts andres. ›Auf Wiedersehen!‹ Alles Phrase, Lüge. Denn wie steht es damit in Wahrheit? Ich will sie *nicht* wiedersehen, ich *darf* sie nicht wiedersehen; ich will nicht Verwirrungen in ihr und mein Leben tragen.«

Er wechselte den Platz, weil die just eine starke Biegung machende Bahn ihm den Blick auf die Berge hin entzog. Dann aber fuhr er in seiner Betrachtung fort: »Ich will sie nicht wiedersehen, so sag ich mir. Aber schließlich, warum nicht? Sind Verwirrungen denn unausbleiblich? Lady Windham in Delhi war nicht älter als Cecile, und ich selbst war um fünf Jahre jünger als heut, und doch waren wir Freunde. Niemals in den nun zurückliegenden Tagen hab ich mir im Umgange mit der liebenswürdigen Lady mißtraut und ihr selbst noch weniger. Also warum kein Wiedersehen mit Cecile? Warum nicht Freundschaft? Was in einer indischen Garnisonstadt möglich war, muß noch viel möglicher sein innerhalb der Zerstreuungen einer großen Residenz. Sind doch Einsamkeit und Langeweile so recht eigentlich die Gevatterinnen, die die Liebestorheit aus der Taufe heben.«

Er warf die Zigarette fort, lehnte sich zurück und wiederholte: »Warum nicht wiedersehen?« Aber er konnte weder Ruhe noch Trost aus dieser Frage schöpfen. »Ach, daß ich von der Frage nicht loskomme, das ist eben das Mißliche, das gibt die Vorwegentscheidung. Ich entsinne mich eines Rechtsanwalts, der mir einmal beim Schoppen erzählte: ›Wenn wer zu mir kommt und im Eintreten schon anhebt, ‚Ich habe da was geschrieben und wollte nur noch von ungefähr anfragen, ob vielleicht eine Stelle …‘, so ruf ich ihm schon von weitem zu: ‚Streichen Sie die Stelle! Sie würden mich nicht fragen, wenn Sie nicht ein schlechtes Gewissen hätten.‘‹ Und daß ich immer wieder frage: ›Warum nicht Freundschaft?‹ das ist *mein* schlechtes Gewissen, das beweist mir, daß es nicht geht, und daß ich den Gedanken daran fallen lassen muß. Cecile lebt nicht für Kränzchen und ›Flora‹-Konzerte, soviel steht fest; ob die Natur sie so schuf oder ob das Leben sie so bildete, gilt gleich. Möglich, ja wahrscheinlich, daß sie sich zeitweilig nach Idyll und Herzensgüte sehnt, aber sie schätzt instinktiv einen jeden nach seinen Mitteln und Gaben, und ich wäre der Lächerlichkeit verfallen, wenn ich meinen Ton ihr gegenüber plötzlich auf Kunstausstellung und Tagesneuigkeiten oder gar auf den vorlesenden Freund stellen wollte. Was sie von mir erwartet, sind Umwerbungen, Dienste, Huldigungen. Und Huldigungen sind wie Phosphorhölzer: eine zufällige Friktion, und der Brand ist da.«

Solche Betrachtungen begleiteten ihn und kamen ihm während seines Bremer Aufenthalts allabendlich wieder, wenn er nach den Geschäften und Mühen des Tages seinen Spaziergang am Bollwerk hin machte. Seine Vorsätze blieben dieselben, aber freilich seine Neigungen auch, und als er eines Tages, wo diese Neigungen mal wieder stärker als die Vorsätze gewesen waren, in seine Wohnung heimkehrte, schob er ein Tischchen an die Balkontür seines nach dem Flusse hin gelegenen Zimmers und setzte sich, um an Cecile zu schreiben.

Es war eine kostbare Nacht, kein Lüftchen ging, und auf den vorüberflutenden Strom fielen von beiden Ufern her die Kai- und Straßenlichter; die Mondsichel stand über dem Rathaus; immer stiller wurde die Stadt, und nur vom Hafen her hörte man noch singen und den Pfiff eines Dampfers, der sich unter Benutzung der Flut zur Abfahrt rüstete.

Rasch flog Gordons Feder über die Seiten hin, und die weiche Stimmung, die draußen herrschte, bemächtigte sich auch seiner und fand in dem, was er schrieb, einen Ausdruck.

Die Verhandlungen in Bremen währten länger als erwartet und kamen erst zum Abschluß, als eine nach den Friesischen Inseln hin unternommene Reise die bis dahin bezweifelte Durchführbarkeit des Unternehmens bewiesen hatte. Gordon lernte bei der Gelegenheit Sylt und Föhr kennen, auch Norderney, woselbst er emsig nach den St. Arnauds forschte, die – dessen entsann er sich – den Plan gehabt hatten, ihre Sommertour auf Norderney zu beschließen. Er ging aber vergeblich die Fremdenliste durch und war endlich froh, die Insel, der er seine Mißstimmung entgelten ließ, nach zweitägigem Aufenthalt wieder verlassen zu können.

Anfang August war er in Berlin, wo neben amtlichen und finanziellen Vorbereitungen auch allerlei das Technische betreffende Bestellungen und Kontrakte zu machen waren. Er bezog eine schon Ende Mai, kurz vor seiner Reise nach Thale, gemietete Wohnung in der Lennéstraße, wohin er auch alle Briefe zu richten angeordnet hatte. Leider fand er nichts vor, weder in der Wohnung noch auf der Post, oder doch nicht das, woran ihm am meisten gelegen war. Eine schlechte Laune stellte sich ein, aber glücklicherweise nicht auf lange.

»Tor, der ich bin, und immer nur mit meinen Wünschen rechne. Man braucht kein Menschenkenner zu sein, um zu wissen, daß Cecile keine passionierte Briefschreiberin ist. Wäre sie das, so wäre sie nicht sie selbst. Briefeschreiben ist wie Wetterleuchten; da verblitzt sich alles, und das Gewitter zieht nicht herauf. Aber Frauen wie Cecile vergegenständlichen sich nichts und haben gar nicht den Drang, sich innerlich von irgend was zu befreien, auch nicht von dem, was sie quält. Im Gegenteil, sie brüten darüber und überladen sich mit Gefühl, bis dann mit einem Male der Funken überspringt. Aber sie schreiben nicht, sie schreiben nicht.«

Er schob, während er so sprach, den Sofatisch beiseite und begann auszupacken. Unter den ersten Sachen war auch eine Schreibmappe, deren Deckel eine Photographie zeigte, das Bild seiner Schwester. In der Stimmung, in der er war, sah er sich's an und sagte: »Klothilde. Wie gut sie aussieht. Aber sie taugt auch nichts. Es muß über drei Wochen her sein, daß ich an sie geschrieben. Und bis heute keine Antwort, trotzdem das Thema nichts zu wünschen übrigließ. Denn über was schrieben Frauen lieber als über eine andre Frau, und noch dazu, wenn sie merken, daß man sich für diese andre interessiert. Und doch kein Wort. Ist ein Brief verlorengegangen? Unsinn, Briefe gehen nicht verloren. Nun, es wird sich aufklären. Vielleicht liegt mein langes Skriptum irgendwo in Liegnitz, während Fräulein Schwester noch in der Welt umherfährt.«

In diesem Augenblicke klopfte es.

»Herein.«

Der Eintretende war ein Großindustrieller, Vorstand einer Fabrik für Maschinenwesen und Kabeldrähte, dem Gordons Ankunft von Bremen her telegraphiert worden war, und der nicht säumen wollte, sich ihm vorzustellen. Gordon entschuldigte sich wegen der überall im Zimmer herrschenden Unordnung und bat den Fremden, einen eleganten Herrn von augenscheinlich weltmännischen Allüren, in einem der Fauteuils Platz zu nehmen. Der Fremde lehnte jedoch mit vieler Verbindlichkeit ab und lud seinerseits Gordon ein, ihn nach seiner Charlottenburger Villa hinaus begleiten und daselbst sein Gast sein zu wollen; sein Wagen halte bereits vor der Tür, und was Geschäftliches zu sprechen sei, lasse sich unterwegs verhandeln. »Wir haben dann den Abend für ein Gespräch mit den Damen.« Seine Frau, so schloß er, die passioniert für Nilquellen und Kongobecken sei, freue sich ungemein, einen so weitgereisten Herrn kennen zu lernen, und wenn es Afrika nicht sein könne, so werde sie sich auch mit Persien und Indien zufriedengeben.

Gordon fühlte sich durch die ganze Sprechweise sehr angeheimelt und nahm an.

Der Abend in Charlottenburg war entzückend gewesen, und Gordon hatte sich wieder überzeugt, »wie klein die Welt sei«. Gemeinschaftliche Freunde waren entdeckt worden in Bremen, England, Newyork und zuletzt auch in Berlin selbst. Auch den

Obersten von St. Arnaud kannte man; er habe eine schöne Frau, die schon einmal verheiratet gewesen sei (sehr hoch hinauf), und habe eines Duells halber den Abschied nehmen müssen. Unter solchem Geplauder war der Abend vergangen, und erst lange nach Mitternacht hatte Gordon in einem Mischzustande von Müdigkeit und Angeheitertsein seinen Heimweg angetreten.

Nun war es Morgen, und er erschrak fast, als er in sein Wohnzimmer trat und sich hier umsah. Alles lag noch gerade so da, wie's gestern, als der Besuch kam, gelegen hatte: Wäsche, zerstreut über die Stühle hin, Überzieher und Fracks an Schrankecken und Fensterriegel gehängt und der Koffer selbst halb aufgeklappt zwischen Tür und Ofen. Am buntesten aber sah es auf dem Sofatisch aus, wo Nagelscheren und Haarbürsten, Eau-de-Cologne-Flaschen und Krawatten ein Chaos bildeten, aus dessen Zentrum ein rotes Fes und als Überraschung ein Markt-Asternbukett aufragte, das die Wirtin, vielleicht um sich ihres Mieters fester zu versichern, mit beinah komischer Sorgfalt in eine blaue Glasvase mit Silberrand hineingestellt hatte. Nirgends ein Zollbreit Platz. Zu dem allen kam in eben diesem Augenblick auch noch der Kaffee; Gordon nahm schnell eine Schale voll und setzte dann das Tablett auf den Bücherschrank.

»Und nun sollt ich wohl«, hob er an, »in diesem Chaos Ordnung stiften. Aber ich war so lange nicht in Berlin, wenigstens nicht mit Muße, daß ich ein Recht habe, mich als einen Fremden anzusehen. Und für einen Fremden ist es immer das erste, daß er sich ein Kissen aufs Fensterbrett legt und die Häuser und Menschen ansieht.«

Und damit trat er wirklich ans Fenster und sah hinaus.

»Aber Häuser und Menschen in der Lennéstraße! Da hätt ich mir freilich einen anderen Stadtteil und vor allem ein anderes Visavis suchen müssen. Alles ist so still und verkehrslos hier, als ob es eine Privatstraße wäre mit einem Schlagbaum rechts und links. Sei's drum; man muß die Feste nehmen, wie sie fallen, und die Straßen auch. Im übrigen wird sich schon was finden, das der Betrachtung aus der Vogelperspektive wert wäre. Das an der Ecke da, das muß der Schneckenberg sein (Erinnerung aus meinen Collègetagen her), und wenn ich Glück habe, so seh ich auch noch ein Stück von dem Schaperschen Goethe. Wahrhaftig, da blitzt so was zwischen den Bäumen – *au fond* sind Bäume besser als Häuser, und ein bißchen Publikum wird sich auch noch einstellen. Wo Bänke stehen, stehen auch Menschen in Sicht. Als ich Berlin Ende Mai passierte, schien der Tiergarten, speziell hier herum, aus lauter roten Kopftüchern und blauweißen Kinderwagen zu bestehen, und wenn erst die Mittagssonne wieder brennt, werden auch die roten Kopftücher wieder da sein. Und vielleicht auch die zugehörige Soldateska. Bis dahin muß ich mich mit dem Schlangenungetüm begnügen, das da, zehn Ellen lang, im Grase liegt. Ah, jetzt blitzt der Strahl über den Rasen hin.«

Er sah noch eine Weile dem Spritzen zu, freute sich, wie sich das Sonnenlicht in den Tropfen brach, und gab dann seinen Fensterplatz wieder auf, um endlich Ordnung zu schaffen. Rüstig ging er ans Werk und mußte lachen, als der Kleiderschrank bei jeder Berührung seiner Holzriegel quietschte. »Noch ganz die alte Zeit. So quietschten sie früher auch. Aber Berlin wird Weltstadt.«

Und während er so sprach, flogen die Kästen auf und zu, bis nach Ablauf einer Stunde nicht bloß die Stiefel aller Arten und Grade blank aufmarschiert in einer Ecke standen, sondern auch die Bürsten und sonstigen Reinigungsapparate des zivilisierten Menschen ihren richtigen Platz gefunden hatten.

Er ruhte sich einen Augenblick und machte dann Toilette.

»Wohin? Alte Freunde besuchen, die vielleicht keine mehr sind? Immer mißlich. Also neue, das heißt mit andern Worten die St. Arnauds. Denn andre hab ich nicht. Aber sind sie da? Daß ich sie vor acht Tagen auf der langweiligen Insel nicht finden konnte, beweist nicht, daß sie zurück sein müssen. Sie können sich statt für Norderney mindestens ebensogut für Helgoland oder Scheveningen entschieden haben. Eins ist wie das andre. Aber mit oder ohne Chance, jedenfalls kann ich einen Versuch machen.«

Und er nahm Hut und Stock, um in der St. Arnaudschen Wohnung vorzusprechen.

Diese war auf dem Hafenplatze, so daß der einzuschlagende Weg erst durch ein Stück Königgrätzer Straße, demnächst aber über den Potsdamer Platz führte, der auch heute wieder wegen Kanalisation und Herstellung eines Inselperrons unpassierbar war. Wenigstens in seiner Mitte. So mußte Gordon denn an der Peripherie hin sein Heil versuchen, was ihn freilich nur in neue Wirrnisse brachte. Denn es war gerade Markt heute, der, wie gewöhnlich an dieser Stelle, zwischen Straßendamm und Häuserfront abgehalten wurde. Hier saßen die Marktfrauen in einer Art Defilee »gekeilt in drangvoll fürchterliche Enge«, durch welche Gordon nun hindurch mußte. Wirklich, das war nichts Leichtes, aber so schwer es war, so vergnüglich war es auch, und auf die Gefahr hin, überrannt zu werden, blieb er stehen und musterte die Szenerie. Weithin standen die Himbeertienen am Trottoir entlang, nur unterbrochen durch hohe, kiepenartige Körbe, daraus die Besinge blauschwarz und zum Zeichen ihrer Frische noch mit einem Anfluge von Flaum hervorlugten. In Front aber, und zwar als besondere Prachtstücke, prangten unförmige verspätete Riesenerdbeeren auf Schachtel- und Kistendeckeln, und dazwischen lagen Kornblumen und Mohn in ganzen Bündeln, auch Goldlack und Vergißmeinnicht, samt langen Bastfäden, um, wenn es gewünscht werden sollte, die Blumen in einen Strauß zusammenzubinden. Alles primitiv, aber entzückend in seiner Heiterkeit und Farbe. Gordon war ganz hingenommen davon, und erst als er sich satt gesehen und ein paar kräftige Atemzüge getan hatte, ging er weiter, um, an der Köthenerstraßenecke rechts einbiegend, auf den Hafenplatz zuzuschreiten.

»Sie werden in dem Diebitschen Hause wohnen. Etwas Alhambra, das paßt ganz zu meiner schönen Cecile. Wahrhaftig, sie hat die Mandelaugen und den tief melancholischen Niederschlag irgendeiner Zoe oder Zuleika. Nur der Oberst, bei allem Respekt vor ihm, stammt nicht von den Abenceragen ab; am wenigsten ist er der poetische letzte von ihnen. Wenn ich ihn *à tout prix* in jenen maurischen Gegenden unterbringen soll, so ist er entweder Abdel-Kader in Person oder ein Riffpirat von der marokkanischen Küste.«

Während er noch so vor sich hin plauderte, stand er vor dem St. Arnaudschen Hause, das aber, wie die Nummer jetzt auswies, nicht das Haus mit der Alhambrakuppel, sondern ein benachbartes von kaum minderer Eleganz war, wie gleich sein Eintritt ihm zeigen sollte. Die Stufen waren mit Teppich, das Geländer mit Plüsch belegt, während die buntbemalten Flurfenster ein mattes Licht gaben. Eine Treppe hoch angekommen, las er: »Oberst von St. Arnaud.«

Er klingelte. Niemand aber kam.

»Also noch verreist. Ich will's aber doch noch einmal versuchen. Solange die Herrschaften nicht da sind, sitzen die Dienerschaften auf den Ohren.«

Und er klingelte wieder.

Wirklich, ein hübsches Mädchen kam, eine Jungfer, etwas verlegen. Sie schien in einer intimen Unterhaltung gestört worden zu sein oder doch mindestens in ihrer Toilette.

»Die gnädige Frau schon zurück?«

»Erst heut über acht Tage.«

»Von Norderney?«

»Nein. Von dem Gut.«

»Ah, von dem Gut«, sagte Gordon, als ob er wisse, daß ein solches existiere. Dann ging er wieder, nachdem er sein Bedauern ausgesprochen hatte, die Herrschaften verfehlt zu haben.

»Also noch auf dem Gut. Das will sagen: auf dem Gute der *Frau.* Denn Obersten haben keine Güter. Es gibt zwar Dotationen, aber die kommen erst später, wenn sie überhaupt kommen.«

Und damit trat er wieder auf den Platz hinaus.

Achtzehntes Kapitel

Erst in einer Woche sollte Cecile von dem Gute zurückkehren. Das erschien Gordon eine lange Zeit, und die Tage wollten kein Ende nehmen, noch weniger die Abende, was ihm Veranlassung gab, es mit dem Theater zu versuchen. Aber er empfand wieder ganz die Wahrheit dessen, was ihm einst ein Freund über Theater und Theaterbesuch gesagt hatte: »Man muß *oft* hingehen, um Vergnügen daran zu finden; wer selten hinkommt, leidet unter der Unwahrheit dessen, was er sieht.« Er gab also den Theaterbesuch wieder auf, vielleicht rascher, als recht und billig war, und mußt es schließlich noch als ein besonderes Glück ansehen, in dem ihm nahe gelegenen Hotel du Parc einen ihm zusagenden Platz für Unterbringung seiner Abende zu finden. Er saß hier oft halbe Stunden lang und länger in dem schmalen Glaspavillon und las entweder die Zeitungen oder plauderte mit dem Wirt.

Eines Abends traf er in ebendiesem Glaspavillon auch die beiden Berliner wieder, die vom Hotel Zehnpfund her ihm noch gut in der Erinnerung waren, und er würde sicherlich nicht versäumt haben, sie zu begrüßen, wenn sie nicht in Begleitung ihrer Damen gewesen wären, die, nachdem ihnen ganz ersichtlich Gordons Name zugetuschelt worden war, sofort Anstandsgesichter aufsetzten und jeden Versuch ihrer Ehemänner zu Fortführung einer unbefangenen oder gar heiter ungenierten Unterhaltung energisch ablehnten. In dieser erkünstelten Würde verharrten sie denn auch bis zuletzt und brachen, nachdem sie sich gegen den sie begleitenden und ihnen bekannten Wirt nur im letzten Momente noch mit verstecktem Lächeln verbeugt hatten, unter entsprechender Pomphaftigkeit auf.

»Kannten Sie die Herrschaften?« fragte Gordon. »Ich war im Juni mit ihnen in Thale zusammen; das heißt mit den beiden Herren. Da waren sie ganz anders: etwas laut, etwas sonderbar, so berlinisch.«

»Ja«, lachte der Wirt. »Das ist immer so. Richtige Berliner gibt es eigentlich nur noch draußen und auf Reisen. Zu Hause sind sie ganz vernünftig.«

»Besonders, wenn die Frauen dabei sind.«

»Ja, dann besonders.«

Zwei Tage später war die Zeit um, wo die St. Arnauds zurück sein wollten, und Gordon zählte jetzt die Stunden, um am Hafenplatz wieder vorzusprechen. Er bezwang sich aber und ließ abermals drei, vier Tage vergehen, eh er sich anschickte, seinen Antrittsbesuch zu machen.

Diesmal nahm er seinen Weg am Wrangelbrunnen und der Matthäikirche vorbei, welchen Umweg er nur der längeren Vorfreude halber wählte.

»Nun aber ist es Zeit.« Und damit bog er vom Schöneberger Ufer her links ein und passierte gleich danach die kleine, hier noch aus älterer Zeit her den Verkehr nach dem Hafenplatz hin vermittelnde Dreh- und Gitterbrücke. Schon von fern her sah er nach der Beletage hinauf und nahm nicht ohne Sorge wahr, daß die zusammengesteckten Gardinen nach wie vor die ganze Fensterbreite verdeckten. Als er aber die Treppe hinaufstieg und den letzten Absatz derselben glücklich erreicht hatte, ließ ihm die den Türrahmen einfassende Laubgirlande keinen Zweifel mehr, daß die Herrschaften zurückgekehrt sein müßten. Oben angekommen, fuhr er mit leiser Hand über das schon halb trockene Laub hin und sagte, wie wenn er an dem Raschelton die Zeit gemessen habe: »Drei Tage.«

Nun erst zog er die Glocke. Dasselbe nach Wesen und Sprechart oberschlesische Mädchen erschien wieder, das ihm schon bei seinem ersten Besuche geöffnet hatte, diesmal mit bemerkenswerter Raschheit. Er nannte seinen Namen, und einen Augenblick später kam Antwort: »Die gnädige Frau lasse bitten.«

Gordon folgte den Korridor entlang bis an den sogenannten Berliner Saal, an dessen Schwelle Cecile bereits stand und ihn begrüßte. Sie sah frischer und jugendlicher aus als in Thale, welchen Eindruck ein helles Sommerkostüm noch steigerte. Gordon war wie betroffen, und einer fast ans Sentimentale streifenden Empfindung hingegeben, nahm er ihre Hand und küßte sie mit Devotion.

»Herzlich willkommen«, sagte sie. »Und vor allem schönen Dank für Ihren Brief; er hat mir so wohlgetan. Und wie liebenswürdig, daß Sie Wort halten und unserer gedenken.«

Gordon erwiderte, daß er vor zehn Tagen schon nachgefragt habe.

»Susanne hat uns davon erzählt. Und die Beschreibung, die sie machte, war so gut, daß St. Arnaud und ich gleich auf Sie rieten. Aber nun vor allem Pardon, daß ich Sie nicht in unseren Glanzräumen empfange. Wir sind noch wie zu Gast bei uns selbst und beschränken uns auf ein paar Hinterzimmer. Ein Glück, daß wir wenigstens einen leidlich repräsentablen Gartenbalkon haben. Übrigens finden Sie Besuch. Erlauben Sie, daß ich voraufgehe.«

Gordon verneigte sich, und einen Augenblick später traten beide nach Passierung eines schon im Seitenflügel gelegenen und mit Philodendrons und anderen Blattpflanzen fast überfüllten Raumes auf einen Vorbau hinaus, der, aus Stein aufgeführt, mehr einem nach vorn hin offenen Zimmer als einem Balkon glich. Eiserne Stühle samt Tisch und Etagere standen umher, während auf einer mit Kissen belegten Gartenbank ein alter Herr mit schneeweißem Haar saß, der sich, als er Gordons gewahr wurde, von seinem Platz erhob.

»Erlauben mir die Herren, Sie miteinander bekannt zu machen: Herr von Leslie-Gordon, Herr Hofprediger Doktor Dörffel. Aber nun, wenn ich bitten darf, placieren wir uns. Der Stuhl in der Ecke da ... wahrscheinlich verstaubt ... aber gleichviel, helfen Sie sich, so gut es geht. Und nun, Herr von Gordon, bitt ich, Ihnen ein Glas von diesem Montefiascone einschenken zu dürfen. Oder der Herr Hofprediger übernimmt es vielleicht; er hat ruhige Nerven und eine sichere Hand, während ich immer noch das Fingerzittern habe; Meer- und Gebirgsluft haben mir gleichmäßig die Hilfe versagt. Aber nichts von solch unerfreulichen Dingen. Ihr Wohl, Herr von Gordon.«

»Und das Ihre, meine gnädige Frau.«

Cecile dankte. »Erinnern Sie sich noch des Tages, wo wir das letztemal so zusammensaßen?«

»O, wie könnt ich des Tages je vergessen.«

Und er begann nun den Reim zu zitieren, worin Rosa von der »Perlen schönster Perle« gesprochen hatte.

Cecile ließ ihn aber nicht aussprechen und sagte: »Nein, Herr von Gordon, Sie dürfen mich nicht in Verlegenheit bringen und am wenigsten hier vor meinem väterlichen Freunde. Ja, die Schmerlen und der Rodensteiner. Und als dann die Turner aufmarschierten! Es war so reizend. Aber das Reizendste von allem ist doch, daß wir in diesem Augenblicke darüber sprechen und den Herrn Hofprediger nicht nur in unsre gemeinschaftlichen glücklichen Erinnerungen einweihen, sondern auch auf Verständnis rechnen können. Denn er hat selber ein gut harzisch Herz und ist ein Quedlinburger, wenn ich nicht irre.«

»Nein, meine gnädigste Frau, nur ein Halberstädter.«

»Nur, nur«, lachte Gordon. »Jedenfalls beneid ich den Herrn Hofprediger um seine Geburtsstätte.«

»Zuletzt ist jeder Platz gerade gut genug, um darauf geboren zu werden.«

»Gewiß. Aber doch der eine vor dem andern. Und wenn ich meinerseits mir einen Platz hätte wählen können, so hätt ich mir Lübeck gewählt oder Wismar oder Stralsund, weil ich die Hansa-Passion habe. Gleich nach der Hansa aber kommt der Strich von Halberstadt bis Goslar. Und als drittes erst kommt Thüringen.«

Der Hofprediger reichte Gordon die Hand und sagte: »Darauf müssen wir noch eigens anstoßen: erst Hansa, dann Harz und dann Thüringen. Mir aus der Seele gesprochen, trotzdem es fast sakrilegisch ist. Denn ein richtiger lutherischer Geistlicher muß eigentlich auch zur Luthergegend halten.«

»Gewiß, zur Luthergegend, die die Dioskuren von Weimar uns gleich noch als Zugabe bringt. Aber der Harz hat nun mal meine ganz besonderen Sympathien, und ich liebe jedes harzische Lied und jede harzische Sage, von Buko von Halberstadt an bis zu des Pfarrers Tochter ...«

»... von Taubenhayn«, ergänzte der Hofprediger. Aber im selben Augenblicke wahrnehmend, daß Cecile, wie bei jedem unpersönlich bleibenden Gespräche, voll wachsender Abspannung dreinsah, brach er rasch ab oder mühte sich wenigstens, auf etwas Näherliegendes einzulenken. »Ja, der Harz!« fuhr er fort. »Wir sind ganz d'accord, Herr von Gordon. Und nun gar mein liebes altes Halberstadt, von dem ich mit dem König von Thule singen möchte, ›es ging ihm nichts darüber‹ – so sehr häng ich daran. Und doch, wenn ich mich umtun und einen Fleck Erde nennen sollte, der vielleicht angetan wär, ihm in meinem Herzen den Rang streitig zu machen, so wär es unser gutes Berlin. Und worin den Rang streitig macht? Just in dem, was ihm am meisten abgesprochen wird, in landschaftlicher Schönheit. Bitte, treten Sie heran, Herr von Gordon, hier an diese Brüstung, und dann urteilen Sie selbst. Wenn Sie den ganzen Harz auf den Kopf stellen, so fällt, so schön er ist, kein Stück Erde heraus wie *das* hier.«

Und wirklich, er durfte so sprechen, denn was sich da, vom ersten Herbste kaum angeflogen, zu Füßen des Balkons ausbreitete, war eine Art Föderativstaat von Gärten, zwanzig oder mehr, die, durch niedrige, kaum sichtbare Heckenzäune voneinander getrennt, ein einziges großes Blumenkarree bildeten: Astern in allen Farben, aus denen Rundelle von *Cana indica* emporblühten. Die Mittagssonne blitzte dazwischen, und auf einer ihnen gegenübergelegenen Veranda standen Damen im Gespräch und fütterten Tauben, die von einem Nachbarhofe her auf die jenseitige Balkonbrüstung geflogen waren.

»Insel der Seligen«, sagte Gordon vor sich hin und bedauerte doch schon im selben Augenblicke, das Wort gesprochen zu haben, weil er wahrnahm, wie peinlich Cecile davon berührt wurde. Doch es ging vorüber, und sich rasch wieder in ihre gute Laune zurückfindend, sagte sie: »Wissen Sie, daß ich all die Zeit über an den alten Emeritus und den Professor mit dem sonderbaren Namen gedacht habe. Braunschweig oder Anhalt war das ewige Thema. War es nicht so? Und nun ist Harz oder Thüringen das erste Gespräch, das ich Sie führen höre. Nein, mein Herr Professor ›Aus dem Grunde‹, zu dem Behufe wollen wir uns nicht wiedergesehen haben.«

Gordon versprach feierlichst Besserung, fragte nach dem Obersten und zuletzt auch nach Rosa, und ob Nachrichten von ihr eingetroffen seien, was bejaht wurde. Dann erhob er sich, verneigte sich mit vieler Artigkeit gegen den Hofprediger und empfahl sich, während Cecile nach dem Diener klingelte.

»Nun«, fragte Cecile, »welchen Eindruck haben Sie von ihm empfangen?«

»Einen guten.«

»Ohne Einschränkung?«

»Fast. Er ist klug und gewandt und, wie ich glaube, von untadliger Gesinnung.«

»Aber?«

»Er hat, so lebhaft und sanguinisch er ist, einen eigensinnigen Zug um den Mund und ist mutmaßlich fixer Ideen fähig. Ich fürchte, wenn er sich etwas in den Kopf gesetzt hat, so will er auch mit dem Kopf durch die Wand. Das Schottische spukt noch in ihm nach. Alle Schotten sind hartköpfig.«

»Ich hab ihn umgekehrt immer nachgiebig gefunden und überaus leicht zu behandeln.«

»Ja, alltags und in kleinen Dingen.«

Cecile schwieg sichtlich verstimmt, weshalb der Hofprediger einlenkend fortfuhr: »Im übrigen, meine gnädigste Frau, dürfen Sie Bemerkungen wie diese nicht ernsthafter nehmen, als sie gemacht werden. Alles, was ich gesagt habe, sind Sentiments und

Mutmaßungen. Ich bin Hofprediger, aber nicht Prophet, auch nicht einmal von den kleinen. Und wenn ich recht hätte? Was bedeutet Eigensinn? Unser Leben ist voller Fallgruben, und wer in die des Eigensinns fällt, fällt noch immer nicht sonderlich tief. Da gibt es ganz andere. Herr von Gordon, wenn mich nicht alles täuscht, ist ein Mann von Grundsätzen und doch zugleich frei von Langweil und Pedanterie. Man erkennt unschwer den Mann, der die Welt gesehen und die kleinen Vorurteile hinter sich geworfen hat. So recht eine Bekanntschaft, wie Sie sie brauchen. Denn es bleibt bei meinem alten Satze: Sie verbringen Ihr Leben einsamer, als Sie sollten.«

»Im Gegenteil, nicht einsam genug. Was sich Gesellschaft nennt, ist mir alles Erdenkliche, nur kein Trost und keine Freude.«

»Weil die Gesellschaft, die sich Ihnen bietet, hinter Ihren Ansprüchen zurückbleibt. Sie lächeln, aber es ist so, meine gnädigste Frau. Was Sie brauchen, sind unbefangene Menschen: Menschen, die die Sprache zum Ausplaudern, nicht aber zum Cachieren der Dinge haben. Und zu diesen Unbefangenen zählt Herr von Gordon. So wenigstens ist der Eindruck, den ich von ihm empfangen habe. Pflegen Sie seine Bekanntschaft, und er wird Ihnen das Licht und die Freude geben, die Sie so schmerzlich vermissen.«

Sie schüttelte den Kopf.

Er aber nahm teilnehmend ihre Hand und sagte: »Was ist es wieder, meine liebe gnädigste Frau? Sie müssen diese Melancholie von sich abtun. Es gehört nicht zu den Machtmitteln unserer Kirche, den Himmel aufzuschließen und seligzusprechen. Aber so wir nur den rechten Glauben haben, so trägt unser Heiland unsere Schuld. Diese freudige Gewißheit haben wir, und Sie dürfen sich nicht mit Vorstellungen quälen, die darauf aus sind, diese Gewißheit immer wieder in Frage zu stellen. Ich weiß wohl, was diesen Ihren beständigen Zweifeln zugrunde liegt, es ist das, daß Sie, vor Tausenden, in Ihrem Herzen demütig sind. Und diese Demut soll Ihnen bleiben. Aber es ist doch zweierlei: die Demut vor Gott und die Demut vor den Menschen. In unserer Demut vor Gott können wir nie zu weit gehen, aber in unserer Demut vor den Menschen können wir mehr tun als nötig. Und Sie tun es. Es ist freilich ein schöner Zug und ein sicheres Kennzeichen edlerer Naturen, andere besser zu glauben als sich selbst, aber wenn wir diesem Zuge zu sehr nachhängen, so verfallen wir in Irrtümer und schaffen weit über uns selbst hinaus allerlei Schädigungen und Nachteile. Damit sprech ich dem Hochmute nicht das Wort. Wie könnt ich auch? Ist doch Hochmut das recht eigentlich Böse, die Wurzel alles Übels, fast noch mehr als der Geiz, und hat denn auch die Engel zu Fall gebracht. Aber zwischen Hochmut und Demut steht ein drittes, dem das Leben gehört, und das ist einfach der Mut.«

Er hatte sich erhoben, und beide waren an die Balkonbrüstung getreten, von der aus sie jetzt die stille, vor ihnen ausgebreitete Blumenwelt überblickten. Eine Weile schwiegen sie. Dann sagte Cecile: »Mut! Vielleicht hätt ich ihn, wenn ich nicht in trüben Ahnungen steckte. Die mir jetzt zurückliegenden glücklichen Tage, welchem Umstande verdank ich sie? Doch nur dem, daß *er,* den Ihre Güte mir zum Freunde geben möchte, sieben Jahre lang draußen in der Welt war und ein Fremder in seiner eigenen Heimat geworden ist. Er weiß nichts von der Tragödie, die den Namen St. Arnauds trägt, und weiß noch weniger von dem, was zu dieser Tragödie geführt hat. Aber auf wie lange noch? Er wird sich rasch hier wieder einleben, alte Beziehungen anknüpfen, und eines Tages wird er alles wissen. Und an demselben Tage ...«

Sie brach hier ab und schien einen Augenblick zu schwanken, ob sie weiter sprechen solle. Dann aber fuhr sie voll wachsender Erregung fort. »Ja, mein Freund, er wird eines Tages alles wissen, und an demselben Tage wird auch der heitere Traum, den ich träumen soll, zerronnen sein. Und, daß ich es sagen muß, ein Glück, *wenn* er zerrinnt. Denn wenn er jemals Gestalt gewönne ...«

»Dann? Was dann, meine gnädigste Frau?«

»Dann wäre jeder Tag ein Bangen und eine Gefahr. Denn es verfolgt mich ein Bild, das ich nicht wegschaffen kann aus meiner Seele. Hören Sie. Wir gingen, als wir noch in Thale waren, St. Arnaud und ich und Herr von Gordon, eines Spätnachmittags an der Bode hin und plauderten und bückten uns und pflückten Blumen, bis mich plötzlich ein glühroter Schein blendete. Und als ich aufsah, sah ich, daß es die niedergehende Sonne war, deren Glut durch eine drüben am andern Ufer stehende Blutbuche fiel. Und in *der* Glut stand Gordon und war wie davon übergossen. Und sehen Sie, das ist das Bild, von dem ich fühle, daß es mir eine Vorbedeutung war und wenn nicht eine Vorbedeutung, so doch zum mindesten eine Warnung. Ach, mein Freund, suchen wir ihn nicht zu halten: wir halten ihn nicht zu seinem und meinem Glück. Sie sind der einzige, der es wohl mit mir meint, der einzige, der reinen Herzens ist, und ich beschwöre Sie, helfen Sie mir alles in die rechten Wege bringen, und, vor allem, beten Sie mir das Grauen fort, das auf meiner Seele liegt. Sie sind ein Diener Gottes, und Ihr Gebet muß Erhörung finden.«

Sie war unter diesen Worten in ein nervöses Fliegen und Zittern verfallen, und der Hofprediger, der wohl wußte, daß ihr, wenn diese hysterischen Paroxysmen kamen, einzig und allein durch ein Ab- und Überleiten auf andere Dinge hin und, wenn auch *das* nicht half, lediglich durch eine fast rücksichtslose Herbheit zu helfen war, sagte, während er sie bis an ihren Platz zurückführte: »Dieser Überschwang der Gefühle, meine gnädigste Frau, das ist recht eigentlich der böse Feind in Ihrer Seele, vor dem Sie sich hüten müssen. Das ist nicht Ihr guter Engel, das ist Ihr Dämon. Überschwenglichkeiten, die sich ins Religiöse kleiden, ohne religiös zu sein, haben keine Geltung vor Gott, ja, nicht einmal vor dem Papste. Wovon ich mich selbst einmal überzeugen durfte.«

Der nüchterne Ton, in dem er dies sagte, machte sie stutzen, aber eine gute Wirkung, an der die Neugier einigen Anteil haben mochte, war doch für den sie scharf beobachtenden Hofprediger unverkennbar, und so nahm er denn aufs neue herzlich und zutunlich ihre Hand und wiederholte: »Ja, meine gnädigste Frau, nicht einmal vor dem Papste, wovon ich mich selbst einmal überzeugen konnte. Vielleicht erinnern Sie sich, daß ich Hauslehrer und dann Reisebegleiter bei dem jungen Grafen Medem war und mit ihm nach Rom ging. Als wir daselbst eines Tages zu Schiff nach Terracina wollten, traf es sich, daß auch der Papst, der alte Gregor XVI., dieselbe Reise machte, damals schon ein hoher Siebziger. Ich seh ihn noch, wie er über die Schiffbrücke kam und, umgeben von seinen Dienerschaften, auf ein Zeltdach zuschritt, das man eben in der Nähe des Steuers für ihn aufstellte. Kaum aber, daß er sich hier placiert hatte, so drängte sich auch schon eine die Fahrt mitmachende Frau durch alle Dienerschaften hindurch, warf sich vor ihm nieder und umfaßte seine Knie. Sie war augenscheinlich aus der Campagna nach der Stadt gekommen und rief jetzt unter fortwährenden heftigen Selbstanklagen die Vergebung des Heiligen Vaters an. Der ließ sie denn auch eine Weile gewähren, als es aber andauerte, trat er zuletzt an den Schiffsrand und sagte kalt und abwehrend: ›*Una enthusiasta*‹.«

Cecile starrte verwirrt und verstimmt vor sich hin, war aber doch sichtlich aus dem Bann ihrer Ängste heraus, und so durfte denn der Hofprediger in einem mit jedem Augenblicke freundlicher werdenden Tone fortfahren: »Und nun zürnen Sie mir nicht, meine gnädigste Frau, wegen eines Mangels an Rücksichtnahme. Kenn ich doch Ihren beweglichen und im letzten auch gesunden Sinn und weiß deshalb, Sie werden sich endgültig aufrichten an dieser Geschichte. Die Heilslehren existieren und sollen uns Brot und Wein des Lebens sein. Aber sie sind nicht ein Schlagwasser oder Riechsalz, um uns in jedem beliebigen Momente plötzlich aus unserer Ohnmacht aufzuwecken. Es gibt auf diesem Gebiete nichts Plötzliches, sondern nur ein Allmähliches; auch die geistige Genesung ist ein stilles Wachsen, und je tiefer Sie sich mit dem Glauben an den Erlösertod Jesu Christi durchdringen, desto sicherer und fester wird in Ihnen der Friede der Seele sein.«

Neunzehntes Kapitel

Während der Hofprediger mit Cecile dies Gespräch führte, schlenderte Gordon am andern Kanalufer auf seine Wohnung zu, bog aber, als er auf diesem Rückwege die Pfeiler der die Straße kreuzenden Eisenbahnbrücke passiert hatte, zunächst nach links hin in einen wenig belebten Weg ein, um hier, am Potsdamer Bahndamm entlang, ungehinderter seinen Gedanken nachhängen zu können. Ahnungslos hinsichtlich des Stimmungsumschlages, der sich, nachdem er den Balkon verlassen, im Gemüte seiner Freundin vollzogen hatte, war das ihn beherrschende Gefühl lediglich ein freudiges Staunen über die vorgefundene Wandlung zum Guten und Gesunden hin. Ja, die Cecile seiner Thalenser Tage war eine schöne, trotz aller Melancholie beständig nach Huldigungen ausschauende Dame gewesen, während die Cecile von heut eine heitre, lichtvolle Frau war, vor der der Roman seiner Phantasie ziemlich schnell zu verblassen begann.

»Was bleibt übrig? Ich glaube jetzt klar zu sehen. Sie war sehr schön und sehr verwöhnt, und als der Prinz, auf den mit Sicherheit gerechnet wurde, nicht kommen wollte, nahm sie den Obersten. Und ein Jahr später war sie nervös, und zwei Jahre später war sie melancholisch. Natürlich, ein alter Oberst ist immer zum Melancholischwerden. Aber das ist auch alles. Und schließlich haben wir nichts als eine Frau, die, wie tausend andere, nicht glücklich und auch nicht unglücklich ist.«

Unter solchem Selbstgespräche war er bis an die Bülowstraße gekommen und wollte sich eben unter Benutzung derselben in weitem Bogen wieder zurück nach dem Tiergarten schlängeln, als er in einiger Entfernung eines Begräbniszuges gewahr wurde, der nach dem Matthäikirchhofe hinaus wollte. Der gelbe, mit Kränzen überdeckte Sarg stand auf einem offenen Wagen, in dessen Front ein schmales, silbernes Kreuz beständig hin und her schwankte. Hinter dem Wagen kamen Kutschen und hinter den Kutschen ein ansehnliches Trauergefolge. Gordon wäre gern ausgewichen, aber der gehabten Anwandlung sich schämend, blieb er und ließ den Zug an sich vorbeipassieren. »Es ist nicht gut, die Augen gegen derlei Dinge zu schließen, am wenigsten, wenn man eben Luftschlösser baut. Der Mensch lebt, um seine Pflicht zu tun und zu sterben. Und das zweite beständig gegenwärtig zu haben, erleichtert einem das erste.«

Gordon wuchs sich rasch wieder in Berlin ein und war nur verwundert, nach wie vor keinen Brief aus Liegnitz eintreffen zu sehen, auch nicht, als er die saumselige Schwester gemahnt hatte. Seine Verwunderung war aber nicht gleichbedeutend mit Verstimmung; vielmehr gestand er sich, alles in allem nie glücklichere Tage verlebt zu haben. Auch nicht in Thale. Wenn es sein konnte, sprach er täglich bei seiner Freundin vor und erneuerte dabei die freundlichen, gleich bei seinem ersten Besuche gehabten Eindrücke. Was ihn einzig und allein störte, war das, daß er sie nie allein fand. Mitte September traf Ceciles jüngere Schwester auf Besuch ein und wurde ihm als »meine Schwester Kathinka« vorgestellt. Bei diesem Vornamen blieb es. Sie war um mehrere Jahre jünger und ebenfalls sehr schön, aber ganz oberflächlich und augenscheinlich mehr nach Verhältnissen als nach Huldigungen ausblickend. Cecile wußte davon und schien erleichtert, als die Schwester wieder abreiste. Der Besuch hatte nur wenig über eine Woche gedauert und war niemandem zu rechter Befriedigung gewesen. Auch Gordon nicht. Desto größere Freude hatte dieser, als er eines Tages Rosa traf und von ihr erfuhr, daß sie verhältnismäßig häufig im St. Arnaudschen Hause vorspreche, weshalb es eigentlich verwunderlich sei, sich bis dahin noch nicht getroffen zu haben. Das müsse sich aber ändern, womit niemand einverstandener war als Gordon selbst. Und zu dieser Änderung kam es denn auch; man sah sich öfter, und erschien bei diesen Begegnungen auch noch der in der benachbarten Linkstraße wohnende Hofprediger, so steigerte sich der von Rosas Anwesenheit beinah unzertrennliche Frohsinn, und vom Harz und seinen Umgebungen schwärmend, erging man sich in Erinnerungen an Roßtrappe, Hotel Zehnpfund und Altenbrak. Der Oberst war selten da, so selten, daß Gordon sich entwöhnte, nach ihm zu fragen. »Er ist im Klub«, hieß es einmal über das andere. Der Klub aber, um den sich's handelte, war kein militärischer, sondern ein Hautefinance-Klub, in dem Billard, Skat und Lomber mit beinah wissenschaftlichem Ernst gespielt wurde. Nur die Points hatten eine ganz unwissenschaftliche Höhe.

Neben Rosa war es der alte Hofprediger, der, wenn man gemeinschaftlich heimging, über diese kleineren oder größeren Inkorrektheiten Aufklärung gab, meistens vorsichtig und zurückhaltend, aber doch immer noch deutlich genug, um Gordon einsehen zu lassen, daß er es mit seinem in seinem langen Skriptum an die Schwester im halben Übermute gebrauchten »Jeu-Oberst« richtiger, als er damals annehmen konnte, getroffen habe. Teilnahme mit Cecile war, wenn er derlei Dinge hörte, jedesmal sein erstes und ganz aufrichtiges Gefühl, aber eine nur zu begreifliche Selbstsucht sorgte gleichzeitig dafür, daß dies Gefühl nicht andauerte. St. Arnaud war nicht da, das war doch schließlich die Hauptsache, das gab den Ausschlag, und weder seine Blicke noch seine spöttischen Bemerkungen konnten das Glück ihres Beisammenseins stören.

Ja, diese Septembertage waren voll der heitersten Anregungen, und Briefchen in Vers und Prosa, die von seiten Gordons beinah jeden Morgen an Cecile gerichtet wurden, sei's, um sie zu begrüßen oder ihr etwas Schmeichelhaftes zu sagen, steigerten begreiflicherweise das Glück dieser Tage. St. Arnaud seinerseits gewöhnte sich daran, diese Billetdoux auf dem Frühstückstische liegen zu sehn, und leistete sehr bald darauf Verzicht, von solcher »Mondscheinpoesie« weitere Notiz zu nehmen. Er lachte nur und bewunderte, »wozu der Mensch alles Zeit habe«. Cecile selbst, voll Mißtrauen in ihre Rechtschreibung, antwortete nur selten, wobei sie sich zurückhaltender und ängstlicher als nötig zeigte, da Gordon bereits weit genug gediehen war, um in einer mangelhaften Orthographie, wenn solche sich wirklich offenbart haben sollte, nur den Beweis immer neuer Tugenden und Vorzüge zu finden.

Zwanzigstes Kapitel

So waren vier Wochen vergangen, als Gordon an einem der letzten Septembertage eine Karte folgenden Inhalts erhielt: »Oberst von St. Arnaud und Frau geben sich die Ehre, Herrn von Leslie-Gordon zum 4. Oktober zu einem Mittagessen einzuladen. Fünf Uhr. Im Überrock. U. A. w. g.«

Gordon nahm an und war nicht ohne Neugier, bei dieser Gelegenheit den St. Arnaudschen Kreis näher kennen zu lernen. Was er, außer dem Hofprediger, bis dahin gesehen hatte, war nichts Hervorragendes gewesen, ziemlich sonderbare Leute, die sich allenfalls durch Namen und gesellschaftlich sichere Haltung, aber wenig durch Klugheit und fast noch weniger durch Liebenswürdigkeit ausgezeichnet hatten. Beinahe alle waren Frondeurs, Träger einer Opposition *quand même,* die sich gegen Armee und Ministerium und gelegentlich auch gegen das Hohenzollerntum selbst richtete. St. Arnaud duldete diesen Ton, ohne persönlich mit einzustimmen, aber daß er ihn überhaupt zuließ, war für Gordon ein Beweis mehr, daß es keine Durchschnitts-Duellaffäre gewesen sein konnte, was den Obersten veranlaßt oder vielleicht auch gezwungen hatte, den Dienst zu quittieren. Etwas Besonderes mußte hinzugekommen sein.

Und nun war der 4. Oktober da.

Gordon, so pünktlich er erschien, fand alle Geladenen, unter denen der Hofprediger leider fehlte, schon vor und wurde, nachdem er Cecile begrüßt und ein paar Worte an diese gerichtet hatte, dem ihm noch unbekannten größeren Bruchteile der Gesellschaft vorgestellt. Der erste, dem Range nach, war General von Rossow, ein hochschultriger Herr mit dünnem Schnurr- und noch dünnerem Knebelbart, dazu braunem Teint und roten vorstehenden Backenknochen; nach Rossow folgte: von Kraczinski, Kriegsministerialoberst und polnisch-katholisch, Geheimrat Hedemeyer, hager, spitznasig und süffisant, Sanitätsrat Wandelstern, fanatischer Anti-Schweninger, und Frau Baronin von Snatterlöw. Gordon verneigte sich nach allen Seiten hin, bis er Rosas gewahr wurde, der er sich nunmehr rasch näherte. »Wir sind hoffentlich Nachbarn …« »Geb es Gott.« Und nun trat er wieder an Cecile heran, um sich wegen einiger ihm vorgeworfenen Unklarheiten in seinem gestrigen Morgenbillett, so gut es ging, zu verantworten.

»Ich habe die schlechte Gewohnheit«, schloß er, »in Andeutungen zu sprechen und auf Dinge hinzuweisen, die von zehn kaum einer kennt, also auch nicht versteht.«

Sie lachte. »Wie gütig Sie sind, über den eigentlichen Grund so leicht hinwegzugehen und gegen sich selbst den Ankläger zu machen. Sie wissen am besten, daß ich nichts weiß. Und nun bin ich zu alt zum Lernen. Nicht wahr, viel zu alt?«

In diesem Augenblicke wurden die Flügeltüren geöffnet, und Gordon brach ab, weil er sah, daß General von Rossow auf Cecile zukam, um ihr den Arm zu bieten. Kraczinski, Hedemeyer, Wandelstern und einige andere folgten mit und ohne Dame.

Die Plätze waren so gelegt, daß Gordon seinen Platz zwischen der Baronin und Rosa hatte.

»Gerettet«, flüsterte diese.

»Gerichtet«, antwortete er mit einem Seitenblick auf die Baronin, eine hochbusige Dame von neunundvierzig, mit Ringellöckchen und Adlernase, die sich, ärgerlich über das Geflüster zwischen Gordon und Rosa, mit Ostentation von Gordon ab- und ihrem anderen Tischnachbar zuwandte. Sie nannte das »ihre Revanche nehmen«.

Die Revanche war aber nicht von Dauer, und ehe noch das Tablett mit dem Tokaier herumgereicht wurde, setzte sie, wie das ihre Gewohnheit war, bereits höchst energisch ein und sagte mit einer ans Männliche grenzenden Altstimme: »Sie waren in Persien, Herr von Gordon. Man spricht jetzt so viel von persischer Zivilisation, namentlich seit den umfangreichen Übersetzungen Baron Schacks (jetzt Graf Schack), eines Vetters meines verstorbenen Mannes. Ich kann mir aber nicht denken, daß diese Zivilisation viel bedeute, da persische Minister hier im Königlichen Schlosse, wenn auch freilich durch kulturelle Gebräuche dazu veranlaßt, eine ganze Reihe von Hämmeln eigenhändig geschlachtet und die Schlachtmesser an den Gardinen abgewischt haben.«

»Ich halte dies für Übertreibung, Frau Baronin.«

»Sehr mit Unrecht, mein Herr von Gordon. Ich hasse Übertreibungen, und was ich sage, ist offiziell. Übrigens mißverstehen Sie mich nicht. Ich gehöre nicht zu der Gruppe devotest ersterbender Leute, die königliche Schloßgardinen ein für allemal als ein Heiligtum ansehen. Im Gegenteil, ich hasse mißverstandene Loyalitäten. Ein freier Sinn ist das allein Dienliche wie das allein Ziemliche. Servilismus und niedrige Gesinnung sind in meinen Augen unwürdig und hassenswert. Ein für allemal. Aber Anstand und Sitte stehen mir hoch, und blutige Messer an hellblauen Atlasgardinen abwischen, gleichviel ob dieses Horreur in königlichen Schlössern stattfindet oder nicht, ist ein Roheitsakt, den ich beinah unsittlich nennen möchte, jedenfalls unsittlicher als manches, was dafür angesehen wird. Denn auf keinem Gebiete gehen die Meinungen so weit auseinander, als gerad auf diesem. Ich werde mich durch Sätze wie diese keinen Verkennungen Ihrerseits aussetzen, denn ich spreche zu einem Manne, der die Wandelbarkeit moralischer Anschauungen, wie sie Rasse, Bodenbeschaffenheit und Klima mit sich führen, in hundertfältiger Abstufung persönlich erfahren hat. Irr ich hierin, oder bin ich umgekehrt Ihrer Zustimmung sicher?«

»Vollkommen«, sagte Gordon, nahm aber doch die Pause, die der eben bei der Baronin erscheinende Turbot ihm gönnte, wahr, um Rosa zuzuflüstern: »Emanzipiertes Vollblut. Furchtbar.«

An der anderen Seite des Tisches wurden statt der Steinbutte Forellen präsentiert, und Cecile, die sich auf einen Augenblick von ihrem zweiten Nachbar, dem beständig ironisierenden Geheimrat, freizumachen wußte, sagte zu Gordon über den Tisch hin: »Aber von den Forellen müssen Sie nehmen, Herr von Gordon. Es sind ja halbe Reminiszenzen an Altenbrak. ›Denn von der Forelle bis zur Schmerle‹, so wenigstens versicherte uns der alte Emeritus, ›ist nur ein Schritt.‹«

Rosa, der dieser Zuspruch mitgegolten hatte, nickte. General von Rossow aber griff das Wort auf und bemerkte mit krähender Kommandostimme. »Nur *ein* Schritt, sagen Sie, meine gnädigste Frau. Nun gut. Aber, pardon, es gibt große und kleine Schritte, und dieser Schritt ist einfach ein Riesenschritt. Ich war letztes Jahr in Harzburg: unerhörte Preise, Staub und Wind und natürlich auch Schmerlen. Ein erbärmlicher Genuß, der nur noch von seiner Unbequemlichkeit und Mühsal übertroffen wird. Es kommt gleich nach den Artischocken, ebenso langweilig und ebenso fruchtlos. Und um diesen fragwürdigen Genuß zu haben war ich bei vierundzwanzig Grad Reaumur auf den Burgberg hinaufgestiegen.«

»Und ließen sich die Schmerlen im Freien servieren«, lachte St. Arnaud. »Im Freien und vielleicht sogar an der großen Säule mit der berühmt gewordenen Inschrift: ›Nach Kanossa gehen wir *nicht.*‹ Aber wir gehen *doch.*«

»Und gehen auch noch weiter«, fiel der Geheimrat ein, der (schon unter Mühler »kaltgestellt«) den bald darauf ausbrechenden Kulturkampf als Pamphletist begleitet, seine Wiederanstellung jedoch trotz andauernder Falk-Umschmeichlung nicht durchgesetzt hatte. »Ja, noch weiter.« Und dabei hob er seine goldene Brille, mit der Absicht, sie zu putzen, wie das seine Gewohnheit war, wenn er einen heftigen Ausfall plante. Die Götter aber widerstritten diesem Versuche, denn der linke Brillenhaken hatte sich in einem Löckchen seiner blonden Perücke verfitzt und wollte nicht nachgeben. Unter glücklicheren und namentlich gesicherteren Toupet-Verhältnissen würd er nun freilich aller Widerhaarigkeit zum Trotz mit jener »Energie« vorgegangen sein, die sieben Jahre lang sein Programm und den Inhalt seiner Pamphlete gebildet hatte; dieser Sicherheit aber entbehrend, sah er sich auch *hier* gezwungen, den Verhältnissen Rechnung zu tragen und auf ein rücksichtsloses Vorgehen zu verzichten, das ihn an seiner empfindlichsten Stelle bloßgestellt haben würde. Schließlich indes war das Häkchen aus dem Toupet heraus, und mit einer Ruhe, die den Mann von Welt zeigte, nahm er seinen Satz wieder auf und sagte: »Ja, meine Herrschaften, und gehen auch noch weiter. Das heißt also bis nach Rom. Es sind dies die natürlichen Folgen der Prinzipienlosigkeit oder, was dasselbe sagen will, einer Politik von heut auf morgen, des Gesetzmachens *ad hoc.* Ich hasse das.«

Die Baronin, die sich in dieser Wendung zitiert glaubte, klatschte mit ihren zwei Zeigefingern Beifall.

»Ich hasse das«, wiederholte der Geheimrat, während er sich gegen die Snatterlöw verbeugte; »mehr noch, ich verachte das. Wir sind kein Volk, das seiner Natur und Geschichte nach einen Dalai-Lama ertragen kann, und doch haben wir ihn. Wir haben einen Dalai-Lama, dessen Schöpfungen – um nicht zu sagen: Hervorbringungen – wir mit einer Art Inbrunst anbeten. Rund heraus, wir schwelgen in einem unausgesetzten Götzen- und Opferdienst. Und was wir am willfährigsten opfern, das ist die freie Meinung, trotzdem keiner unter uns Älteren ist, der nicht mit Herwegh für den ›Flügelschlag der freien Seele‹ geschwärmt hätte. Wie gut das klingt! Aber haben wir diesen Flügelschlag? Haben wir diese freie Seele? Nein, und wieder nein. Wir sind weiter davon ab denn je. Was wir haben, heißt Omnipotenz. Nicht die des Staates, die nicht nur hinzunehmen, die sogar zu rühmen, ja, die das einzig Richtige wäre – nein, wir haben die Omnipotenz eines einzelnen. Ich nenne keinen Namen. Aber soviel bleibt: Übergriffe sind zu verzeichnen, Übergriffe nach allen Seiten hin, und so viel Übergriffe, so viel Fehlgriffe. Freilich, wer diesen Dingen, direkt oder indirekt, durch Jahrzehnte hin nahe gestanden hat, der sah es kommen, dem blutete seit lange das Herz über ein System des Feilschens und kleiner Behandlung großer Fragen. Und wo die Wurzel? Womit begann es? Es begann, als man, Arnims kluge Worte mißachtend, einen Hochverräter aus ihm stempeln wollte, bloß weil ein Brief und ein Rohrstuhl fehlte. Was aber fehlte, war kein Brief und kein Rohrstuhl, sondern einfach Unterwerfung. Daran gebricht es. Arnim hatte den Mut seiner Meinung, das war alles, das war sein Verbrechen, das allein. Aber wenn es erst dahin gekommen ist, meine Herren, daß jede freie Meinung im Lande Preußen Hochverrat bedeutet, so sind wir alle Hochverräter, alle samt und sonders. Ein Wunder, daß Falk mit einem blauen Auge davongekommen ist, er, der einzige, der den Blick für die Notlage des Landes hatte, der einzige, der retten konnte. Nach Kanossa gehen wir *nicht!* O nein, wir gehen nicht, aber wir laufen, wir rennen und jagen dem Ziele zu und überliefern einer beliebigen und beständig wechselnden Tagesfrage zuliebe die große Lebensfrage des Staats an unseren Todfeind. Die große Lebensfrage des Staats aber ist unsere protestantische Freiheit, die Freiheit der Geister!«

Die Baronin war hingerissen und steigerte sich bis zu Kußhändchen. »Ihr Wohl, Herr Geheimrat! Ihr Wohl, und die Freiheit der Geister!«

Einige der zunächst Sitzenden schlossen sich an, und sehr wahrscheinlich, daß sich ein allgemeiner Toast daraus entwickelt hätte, wenn nicht der alte General ziemlich unvermittelt dazwischengefahren wäre. Der Beginn seiner Rede verfiel zwar dem Schicksal, überhört zu werden, aber mehr ärgerlich als verlegen darüber, nahm er schließlich seine ganze Stimmkraft zusammen und ruhte nicht eher, als bis er sich mit Gewalt Gehör verschafft hatte: »Sie sprechen da von der Freiheit der Geister, mein lieber Hedemeyer. Nun ja, meinetwegen. Aber machen wir nicht mehr davon, als es wert ist. Wir sind unter uns« (ein Blick streifte Gordon), »ich *hoffe* sagen zu können, wir sind unter uns, und so dürfen wir uns auch gestehen, die protestantische Freiheit der Geister ist eine Redensart.«

»Erlauben Sie ...« warf Hedemeyer dazwischen.

»Ich bitte Sie, mich nicht unterbrechen zu wollen«, fuhr der alte General mit überlegener Miene fort. »Sie haben gesprochen, jetzt spreche ich. Ihr verflossener Falk, ich nenn ihn mit Vorbedacht *Ihren* Falk, hat es gut gemeint, darüber kann kein Zweifel sein. Aber *pourquoi tant de bruit pour une omelette ...*«

Alles lachte, denn es traf sich, daß eine dicht mit Omelettschnitten garnierte Gemüseschüssel in ebendiesem Augenblicke dem General präsentiert wurde.

Dieser, sonst überaus empfindlich gegen derartige Zwischenfälle, nahm diesmal die ziemlich lang andauernde Heiterkeit mit gutem Humor auf und wiederholte, während er eine der Schnitten triumphierend in die Höhe hielt: »*Pour une omelette ...* Ja, wie viele Menschen, mein lieber Hedemeyer, glauben Sie denn bei dieser sogenannten Kanossa-Frage wirklich interessiert? Sehr viele sind es nicht. Dafür bürge ich Ihnen. Auf Ehre. Manches sieht man denn doch auch, ohne gerade zum Kultus zu gehören oder, pardon, gehört zu haben. Berlin hat dreißig protestantische Kirchen, und in jeder finden sich allsonntäglich ein paar hundert Menschen zusammen; ein paar mehr oder weniger, darauf kommt es nicht an. In der Melonenkirche habe ich einmal fünfe gezählt, und wenn es sehr kalt ist, sind es noch weniger. Und das, mein lieber Hedemeyer, ist genau das, was *ich* die protestantische Freiheit der Geister nenne. Wir können in die Kirche gehen und *nicht* in die Kirche gehen und jeder auf seine Fasson selig werden. Ja, meine Freunde, so war es immer im Lande Preußen, und so wird es auch bleiben, trotz allem Kanossa-Gerede. Das Interesse hält immer gleichen Schritt mit der Angst, und Angst ist noch nicht da. Jedenfalls ist es keine Frage, daran die Welt hängt oder auch nur der Staat. Der hängt an was ganz anderem. ›Die Welt ruht nicht sicherer auf den Schultern des Atlas, als der preußische Staat auf den Schultern seiner Armee …‹, so lautete das friedericianische Wort, und das ist die Frage, worauf es ankommt. Da, meine Herrschaften, liegt Tod und Leben. Der Unteroffizier, der Gefreite, *die* haben eine Bedeutung, nicht der Küster und der Schulmeister; der Stabsoffizier hat eine Bedeutung, nicht der Konsistorialrat. Und nun sehen Sie sich um, wie man anitzo verfährt, und unter welchen Mißgriffen und Schädigungen man zur Besetzung maßgebendster Stellen schreitet. Ich meine: vom Generalmajor aufwärts. Alles, was sich dabei ›höherer Gesichtspunkt‹ nennt, ist Dummheit oder Verranntheit oder Willkür. Und in manchen Fällen auch einfach Klüngel und Clique.«

»Sie meinen …«

»Einfach das Kabinett. Ich habe keine Veranlassung, damit zurückzuhalten und aus meinem Herzen eine Mördergrube zu machen. Ich meine das Kabinett, das sich's zur Aufgabe zu stellen scheint, mit den Traditionen der Armee zu brechen. Wenn ich von Armee spreche, sprech ich selbstverständlich von der friedericianischen Armee. Was uns heutzutage fehlt, und was wir brauchen wie das liebe Brot, das sind alte Familien und alte Namen aus den Stammprovinzen. Aber nicht Fremde …«

Kraczinski, der zwei Brüder in der russischen und einen dritten in der österreichischen Armee hatte, lächelte mit kriegsministerieller Überlegenheit vor sich hin, von Rossow aber fuhr fort: »Der Chef, trotz altem livländischen Adel, der hingehen mag, ist, von meinem Standpunkt aus, ein *homo novus,* der der unglückseligen Anschauung von der geistigen Bedeutung der Offiziere huldigt. Alles Unsinn. Wissen und Talent ruinieren nur, weil sie bloß den Dünkel großziehen. Derlei Allotria sind gut für Professoren, Advokaten und Zungendrescher, überhaupt für alle die,

die sich jetzt Parlamentarier nennen. Aber was soll das dem Staat? Der verlangt andres. Auf die Gesinnung kommt es an, auf das Gefühl der Zusammengehörigkeit mit dem Stammlande, das nur die haben, die schon mit am Cremmer-Damm und bei Ketzer-Angermünde waren. Aber das wird jetzt übersehen, übersehen in einer mir ganz unbegreiflichen Weise. Denn die höhere Disziplin ist lediglich eine Frage der Loyalität. Und das wissen auch die Hohenzollern. Aber weil sie nicht gerne dreinreden und allzu bescheiden sind und immer glauben, die Herren vom grünen Tisch (und die Armee hat *auch* ihren grünen Tisch) müßten es besser wissen, so lassen sie sich bereden und betimpeln. Ein erbärmlicher Zustand. Und daß es nicht zu ändern ist, das ist das Schlimmste. Napoleon konnte nicht alle Schlachten selber schlagen, und die Hohenzollern können nicht allerpersönlichst in alle Winkel der Verwaltung hineingucken. Da liegt es, mein lieber Geheimrat. Da, nur da. Kanossa hin, Kanossa her. Preßfreiheit, Redefreiheit, Gewissensfreiheit, alles Unsinn, alles Ballast, von dem wir eher zu viel als zu wenig haben.«

Cecile sah verlegen vor sich nieder. Sie kannte längst diese vom Ärger diktierte Beredsamkeit, die sie bei früheren Gelegenheiten immer nur als überflüssig, aber nicht als sonderlich störend empfunden hatte. Heute peinigte sie's, weil sie sah, was in Gordons Seele beim Anhören dieser Renommistereien vorging. Auch St. Arnaud empfand so, weshalb er es für ratsam hielt, sich der Situation zu bemächtigen und in geschickter Anknüpfung an die Rossowschen Worte »von der Bedeutung alter Familien« auf die Gordons überzugehen, die seit dem Dreißigjährigen Kriege, jedenfalls aber seit dem Schillerschen »Wallenstein« uns als unser eigenstes Eigentum angehören. Oberst Gordon, Kommandant von Eger, zähle zu den besten Figuren im ganzen Stück, und er glaube sagen zu können, die Tugenden desselben fänden sich in dem neuen Freunde seines Hauses vereinigt. Er trinke deshalb auf das Wohl seines lieben Gastes, des Herrn von Gordon.

Gordon, der wohl wußte, daß rasches Erwidern die beste, jedenfalls aber die leichteste Form des Dankes sei, nahm unmittelbar nach diesem Toaste das Wort und bat, nachdem er in einer scherzhaft durchgeführten Antithese den »Obersten St. Arnaud des 4. Oktober« dem »General St. Arnaud des 2. Dezember« gegenübergestellt und in Cecile die Lichtgestalt, die den Unterschied zwischen beiden besiegte, gefeiert hatte, das Wohl der liebenswürdigen Wirte proponieren zu dürfen.

Sein Trinkspruch war vorzüglich aufgenommen worden, am enthusiastischsten von der Baronin, die bei dieser Gelegenheit selbstverständlich nicht ermangelte, von ihrer im vorigen Sommer in Ragaz stattgehabten Promenadenbegegnung mit der Kaiserin Eugenie zu sprechen, »einer Frau, die, wenn sie statt ihres Polisson von Gatten das Heft in Händen gehabt hätte, Frankreich ganz anders regiert, jedenfalls aber männlicher verteidigt und höchstwahrscheinlich gerettet haben würde.«

Bald darauf wurde die Tafel aufgehoben, und als sich nach abermals einer Minute die gesamte Herrenwelt, mit Ausnahme des bei den Damen verbliebenen St. Arnaud, in das Rauchzimmer zurückgezogen hatte, nahm von Rossow – der vor gerade dreißig Jahren als Hauptmann im Alexander-Regiment einen schwach besuchten Kasino-Vortrag über den »2. Dezember« gehalten hatte – noch einmal in der St. Arnaud-Frage das Wort und sagte, während er den dritten ihm präsentierten Chartreuse mit einer an Grazie grenzenden Raschheit niederstürzte: »Was übrigens, mein werter Herr von Gordon, Ihre Gegenüberstellung oder meinetwegen auch Ihre Parallele betrifft, nun ja, der damalige St. Arnaud und der gegenwärtige, sie lassen sich, wenn's sein muß, vergleichen, und so viel konzedier ich Ihnen ohne weiteres, daß mit dem unseren *auch* schlecht Kirschenpflücken ist. Auch der unsere, wenn ich ihn recht beurteile, hat ein tiefes Überzeugtsein von der Gleichgültigkeit des Einzelindividuums, und daß er das Jeu liebt, wie sein berühmter Namensvetter, werden Sie mutmaßlich ebenfalls wissen. Aber der napoleonische, der anno 51 die ganze Geschichte gemacht hat, war ihm denn doch um einiges über. Ein Deubelskerl, sag ich Ihnen. Und dabei *filou comme il faut.* Unsere schöne Cecile, was Sie freilich nicht wissen konnten, läßt sich denn auch in Anbetracht all dieser Umstände nicht gern an die Namensvetterschaft erinnern; St. Arnaud selbst aber ist stolz darauf. Und kann auch. Wenn wir unruhige Zeiten kriegen – und man kann nie wissen –, so wächst er sich vielleicht noch in was hinein. Talent hat er. Sehen Sie nur das Faunengesicht, mit dem er zu dem arrondierten kleinen Fräulein spricht. Malerin, nicht wahr? Wie heißt sie doch?«

»Fräulein Rosa Hexel.«

»Mit einem x?«

»Ja, Herr General.«

»Na, das paßt ja. Nur keine Spielverderberei. Da kommt übrigens das Tablett noch mal. Chartreuse. Den kann ich Ihnen empfehlen.«

Um neun Uhr brach man auf. Alles drängte sich im Korridor, und Cecile fragte die Malerin, ob der Diener eine Droschke holen solle? Rosa dankte jedoch: Herr von Gordon werde sie bis an den Platz begleiten, und dort finde sie Pferdebahn.

Unten bot ihr Gordon denn auch den Arm und sagte: »Wirklich nur bis an den Platz? Und nur bis an die Pferdebahn?«

»O nicht doch«, lachte Rosa. »Was Sie nur denken? So leicht kommen Sie nicht davon. Sie müssen mich bis nach Hause bringen, Engel-Ufer, und ich schenke Ihnen keinen Schritt. Aber sahen Sie nicht die Gesichter, als ich bloß Ihren Namen nannte? Der Geheimrat hob den Kopf, wie wenn er eine Fährte suche. Man muß es den Schandmäulern nicht zu leicht machen. Und das sind sie samt und sonders, die ganze Gesellschaft.«

»Ich fürchte, daß Sie recht haben. Aber doch alles in allem nicht übel, nicht dumm.«

»Nein, nicht dumm.«

»Und auch nicht uninteressant.«

»Nein, auch nicht uninteressant. Und *au fond* doch wieder. Es sieht alles nach was aus und klingt leidlich. Aber was ist es am Ende? Chronique scandaleuse, Malicen, Absetzen einiger Bitterkeiten. Und dann hat jeder sein elendes Steckenpferd. Der Klügste bleibt immer St. Arnaud selbst: er steht drüber und lacht. Aber dieser alte General! Ich verstehe nichts von Politik und noch weniger von Armee, wer mir aber ernsthaft versichern will, daß ein kluger General Müller allemal eine Landeskalamität und neben einem Hampel von Hampelshausen nie zu nennen sei, wer mir *das* ernsthaft versichern will, mit dem bin ich fertig, und wenn ich ihn trotz alledem interessant finden soll, so bin ich zwar dazu bereit, aber frag mich nur nicht, wie.«

»Schau, schau, Fräulein Rosa, das sprüht ja wie ein *pot à feu.*«

»Der ich auch bin. Und wenn ich nun gar erst von diesem Geheimrat rede, da sprüh ich nicht bloß, da zisch ich wie eine Schlange, versteht sich: Feuerwerksschlange.«

»Und doch war vieles richtig, was er sagte.«

»Vielleicht; vielleicht auch nicht. Ich verstehe nichts davon. Aber unehrlich war es jedenfalls. Er ist ein schlechter Kerl, frivol, zynisch; und kein Frauenzimmer, und wenn es die keusche Susanne wäre, kann eine Minute lang mit ihm zusammen sein, ohne sich einer Unpassendheit ausgesetzt zu sehen. Er versteht unter ›protestantischer Freiheit‹ die Freiheiten, die er sich nimmt, und deren sind viele, jedenfalls genug. Sein ganzer Liberalismus ist Libertinage, weiter nichts. Ein wahres Glück, daß man ihn beiseitegeschoben hat. Er schreibt jetzt, natürlich pseudonym, an einer neuen Broschüre. Daß er unterhaltlich ist, will ich nicht bestreiten, aber St. Arnaud könnte was Besseres tun, als ihn auszuzeichnen und ihn neben unsere schöne Cecile zu setzen. Ich hoffe, sie duldet ihn nur. Aber auch das ist schon zu viel. Er sollte zum Islam übertreten und Afrikareisender werden. Da gehört er hin. Und irgend so was passiert ihm auch noch.«

Gordon lachte. »Bravo, Fräulein Rosa. Fehlt von den Gästen eigentlich nur noch die Snatterlöw.«

»Über die zu sprechen ich mich hüten werde. Haben Sie doch,

mein werter Herr von Gordon, in aller Intimität zwei Stunden lang neben ihr gesessen, und ich sah wohl, wie sie jedesmal Ihren Arm nahm und ihn zustimmend drückte. Sie hat überhaupt etwas von einer Massagedoktorin.«

»Und Cecile?«

»Ach, die arme Frau! Es wird wohl auch nicht alles sein, wie's sein sollte. Schönheit ist eine Gefahr von Jugend auf; nicht als ob ich aus Erfahrung spräche, dafür ist gesorgt. Aber sie ist lieb und gut und viel zu schade. Gebe Gott, daß es ein gutes Ende nimmt.«

Einundzwanzigstes Kapitel

Es war spät geworden, und der Wächter patrouillierte schon durch die Lennéstraße hin, als Gordon wieder vor seiner Wohnung anlangte. Rosa hatte den ganzen Weg über fast unausgesetzt gesprochen, am meisten über St. Arnaud, auf den sie wiederholt und mit einer gewissen Teilnahme zurückgekommen war. »Er läßt viel zu wünschen übrig, und ich möcht ihn nicht zum Feind und fast ebensowenig zum Freunde haben; aber trotz alledem ist er immer noch der Beste, weil der Ehrlichste. Natürlich seine arme Frau ausgenommen. Erst gestern wurde bei Grolmans von ihm gesprochen, und wenn auch nicht gerade mit Respekt, so doch mindestens mit Bedauern. Es war ein Unglück, daß er den Dienst quittieren mußte. Blieb er in der Armee, so war alles gut oder konnt es wieder werden. Jetzt ist er verbittert: befehdet, was er früher vergöttert hat, und sitzt auf der Bank, wo die Spötter sitzen. Und das ist eine schlimme Bank. Er war ganz Soldat und ging darin auf. Nun hat er nichts zu tun und steht im Tattersall umher oder besucht den Klub, ja, fast läßt sich sagen, er lebe da. Vor Tisch liest er Zeitungen, nach Tisch spielt er Whist oder Billard; das klingt sehr harmlos, aber, wie Sie vielleicht wissen werden, es geht um Summen, die für unsereins ein Vermögen bedeuten.«

Gordon folgte jedem Wort und fragte nach *dem*, was ihn selbstverständlich am meisten interessieren mußte: nach dem Verhältnis und der Lebensweise des Ehepaares untereinander. Aber was er als Antwort darauf hörte, war im wesentlichen nur eine Bestätigung dessen, was er schon während der Harzer Sommertage beobachtet hatte. »Ja«, schloß Rosa, »sein Verhältnis zu Cecile, da hab ich kein gutes Wort für ihn. Mitunter freilich hat er seinen Tag der Rücksichten und Aufmerksamkeiten, und man könnte dann beinahe glauben, er liebe sie. Aber was heißt Liebe bei Naturen wie St. Arnaud? Und *wenn* es Liebe wäre, wenn wir's so nennen wollen, nun so liebt er sie, weil sie sein ist, aus Rechthaberei, Dünkel und Eigensinn, und weil er den Stolz hat, eine schöne Frau zu besitzen. In Wahrheit ist er ein alter Garçon geblieben, voll Egoismus und Launen, viel launenhafter als Cecile selbst. Die Ärmste hat ihr Herz erst neulich darüber zu mir ausgeschüttet. ›Er hält‹, sagte sie, ›viertelstundenlang meine Hand und erschöpft sich in Schönheiten gegen mich, und gleich danach geht er ohne Gruß und Abschied von mir und hat auf drei Tage vergessen, daß er eine Frau hat.‹«

Das und viel anderes noch ging Gordon im Kopfe herum, als er wieder in seiner Wohnung war; vor allem aber klang ihm *das* im Ohr, was Rosa gleich zu Beginn ihrer Unterhaltung gesagt hatte: ›Gebe Gott, daß es ein gutes Ende nimmt.‹

Zu guter Zeit war er auf und bei seinem Kaffee, schob aber die Zeitungen, die die Wirtin gebracht hatte, zurück. Alles Behagens unerachtet, war er in keiner Lesestimmung und beschäftigte sich nach wie vor mit dem, was ihm der gestrige Tag gebracht hatte. Die Fenster standen auf, und er sah hinaus auf den Tiergarten. Ein feiner, von der Morgensonne durchleuchteter Nebel zog über die Baumspitzen hin, die trotz der schon vorgerückten Jahreszeit kaum ein welkes Blatt zeigten; denn am Tage vorher war es windig gewesen, und das wenige, was sich bis dahin von gelbem und rotem Laube mit eingemischt hatte, lag jetzt unter den

Bäumen und bildete Muster auf dem Rasenteppich. Dann und wann fuhr ein Wasserkarren langsam durch die Straße; sonst alles still, so still, daß Gordon es hörte, wenn die Kastanien aufschlugen und aus der Schale platzten.

Ein immer wachsendes Wohlgefühl überkam ihn. »Ich glaube, ich bin so glücklich, weil ich wieder in der Heimat bin. Wo war ich nicht alles? Aber solche Momente hat man nur daheim.«

Als er sich wieder zurückwandte, vernahm er deutlich, daß draußen auf dem Korridor gesprochen wurde. »Der Herr muß unterschreiben.« Und gleich danach trat der Briefträger ein. Er brachte Karten und Geschäftsanzeigen; der eingeschriebene Brief aber, über dessen Empfang quittiert werden mußte, war der langerwartete von Schwester Klothilde.

»Nun endlich.«

Gordon setzte sich in den Schaukelstuhl am Fenster, um hier *con amore* zu lesen.

»Mein lieber Roby. Deinen zweiten Brief, in dem Du Dich über mein Schweigen beklagst, erhielt ich gleichzeitig mit dem ersten. Ich fand beide hier vor, als ich vorgestern abend von meinen Weltfahrten nach meinem lieben Liegnitz zurückkehrte. Dein Brief aus Thale war mir selbstverständlich nach Johannesbad und, weil er mich dort nicht mehr traf, nach Partenkirchen hin nachgeschickt worden. An letzterem Orte kam er früher an als wir (*wir* heißt Kramstas und ich), was die Partenkirchner Post veranlaßte, Deinen Brief nach Liegnitz zurückzuschicken. Da hat er zwei Monate lang gelagert. Du siehst, ich bin außer Schuld.

Eine Welt von Dingen habe ich, seitdem Du hier warst, erlebt: die junge Kramsta hat sich mit einem Offizier verlobt, Helene Rothkirch ist Hofdame bei der Prinzessin Alexandrine geworden, und der alte Zedlitz hat sich wieder verheiratet. Und nun erst die jetzt zurückliegende Reise mit ihren hundert Bekanntschaften und Eindrücken! Aber ich werde mich hüten, Dir von Berchtesgaden und dem Watzmann eine lange Beschreibung zu machen, einmal, weil Dir achttausend Fuß nicht viel bedeuten können, und zweitens, weil ich annehme, daß junge Kavaliere, die sich nach einer schönen Angebeteten erkundigen, lieber von dieser Angebeteten als vom Watzmann hören wollen.«

Gordon lachte. »Ganz Klothilde. Und wie recht sie hat.«

»... Also die St. Arnauds. Nun, wir kennen Sie hier recht gut, oder doch wenigstens die Vorgänge, die seinerzeit viel von sich reden machten. Es war nicht gerade das Beste, wobei Dich das eine trösten mag, daß es alles in allem auch nicht das Schlimmste war.

St. Arnaud war Oberstleutnant in der Garde, brillanter Soldat und unverheiratet, was immer empfiehlt. Man versprach sich etwas von ihm. Es sind jetzt gerade vier Jahre, daß er in Oberschlesien Oberst und Regimentskommandeur wurde. Den Namen der Garnison hab ich vergessen; übrigens auch ohne jede Bedeutung für das, was kommt. Er nahm Wohnung in dem Hause der verwitweten Frau von Zacha, richtiger: Woronesch von Zacha, in deren bloßem Namen schon, wie Dir nicht entgehen wird, eine ganze slawische Welt harmonisch zusammenklingt. Frau von Zacha war eine berühmte Schönheit gewesen; ihre Tochter Cecile war es *noch.* Jedenfalls fand es der Oberst und verlobte sich mit ihr. Vielleicht auch, daß er sich in dem Nest, das ihm die Residenz ersetzen sollte, bloß langweilte. Gleichviel. Drei Tage nach der Verlobung empfing er einen Brief, worin ihm Oberstleutnant von Dzialinski, der älteste Stabsoffizier, seitens des Offizierkorps und als Vertreter desselben die Mitteilung machte, daß diese Verlobung nicht wohl angänglich sei. Daraus entstand eine Szene, die mit einem Duell endete. Dzialinski wurde durch die Brust geschossen und starb vor Ablauf von vierundzwanzig Stunden. Das Kriegsgericht verurteilte St. Arnaud zu neun Monaten Festung, wobei neben seiner früheren Beliebtheit auch die Tatsache mit in Rechnung gestellt wurde, daß er provoziert worden war. Provoziert, so gerechtfertigt die Haltung Dzialinskis und des gesamten Offizierkorps gewesen sein mochte.«

Gordon legte den Brief aus der Hand und wiederholte: »So gerechtfertigt diese Haltung gewesen sein mochte. Warum? Wodurch? Aber was frag ich? Klothilde wird mir die Antwort nicht schuldig bleiben.«

Und er las weiter.

»Und hier ist nun die Stelle, mein lieber Robert, wo Herr von St. Arnaud zurück- und Frau von St. Arnaud in den Vordergrund tritt. Was lag vor, daß das Offizierkorps gegen seinen eigenen Obersten Front machen mußte? Cecile war eine Dame von zweifelhaftem oder, um milder und rücksichtsvoller zu sprechen, von eigenartigem Ruf. Als sie kaum siebzehn war, sah sie der alte Fürst von Welfen-Echingen und ernannte sie bald danach, und zwar nach wenig schwierigen Verhandlungen mit Frau von Zacha, zur Vorleserin seiner Gemahlin, der Fürstin. Die Fürstin war an derartige ›Ernennungen‹ gewöhnt, erhob also keinen Widerspruch. So kam Cecile nach Schloß Cyrillenort, lebte sich ein, begleitete das fürstliche Paar auf seinen Reisen, war mit demselben in der Schweiz und Italien, las am Teetisch vor (aber selten) und blieb im Schloß, als die alte Fürstin gestorben war. Nicht sehr viel später schied auch der Fürst selbst aus dieser Zeitlichkeit und hinterließ dem schönen Teefräulein ein oberschlesisches Gut, zugleich mit der Bestimmung, daß es ihr freistehen solle, Schloß Cyrillenort noch ein Jahr lang zu bewohnen. Es lag dem schönen Fräulein aber fern, aus diesem ihr bewilligten ›Witwenjahr‹ irgendwelchen Nutzen ziehen oder sich überhaupt unbequem machen zu wollen, und erst als Prinz Bernhard, der Neffe, zugleich Erbe des verstorbenen Fürsten, auch seinerseits den Wunsch äußerte, ›daß sie Schloß Cyrillenort *nicht* verlassen möge‹, gab sie diesem Wunsche nach und blieb. Prinz Bernhard kam von Zeit zu Zeit zu Besuch, dann öfter und öfter, und als das ›Trauerjahr‹ um war, zog er von Schloß Beauregard, das er bis dahin bewohnt hatte, nach dem Hauptsitz und Stammschloß der Familie hinüber. Sonst blieb alles beim alten; nichts änderte sich, auch nicht in den Ausflügen und

Reisen, die nur weiter gingen und bis Algier und Madeira hin ausgedehnt wurden. Denn wenn der alte Fürst alt gewesen war, so war der junge krank. Er starb schon das Jahr darauf, und man erwartete nunmehr allgemein, daß die schöne Cecile dem von ihr protegierten Kammerherrn von Schluckmann (der nach Ableben des alten Fürsten als Hofmarschall in die Dienste des jungen eingetreten war) die Hand zum Bunde, zum Ehebunde reichen würde. Dieser Schritt unterblieb aber – aus Gründen, die nur gemutmaßt werden –, und die schöne Frau kehrte jetzt, wie sie's schon unmittelbar nach dem Tode des alten Fürsten beabsichtigt hatte, zu Mutter und Geschwistern zurück, von denen sie sich mit Jubel empfangen sah. Eine verhältnismäßig glänzende Wohnung wurde genommen, und in dieser Wohnung war es, daß St. Arnaud zwei Jahre später die still und zurückgezogen lebende Cecile (damals noch katholisch) kennen lernte. Sie soll inzwischen übergetreten sein; einer Euerer beliebtesten Hofprediger wird dabei genannt.

Da hast Du die St. Arnaud-Geschichte, hinsichtlich deren ich Dich nur noch herzlich und inständig bitten möchte, von Deiner durchgängerischen Gewohnheit ausnahmsweise mal ablassen und das Kind nicht gleich mit dem Bade verschütten zu wollen. Als Leslie-Gordon kennst Du natürlich Deinen Schiller und wälzst hoffentlich mit ihm, als ob es sich um Wallenstein in Person handle, die größere Schuldhälfte ›den unglückseligen Gestirnen‹ zu. Wirklich, mein Lieber, an solchen unglückseligen Gestirnen hat es im Leben dieser schönen Frau nicht gefehlt. Ihre frühesten Jugendjahre haben alles an ihr versäumt, und wenn es auch nicht unglückliche Jahre waren (vielleicht im Gegenteil), so waren es doch nicht Jahre, die feste Fundamente legen und Grundsätze befestigen konnten. Eva Lewinski, die, wie Du Dich vielleicht entsinnst, lange bei den Hohenlohes in Oberschlesien war und ihre Kinderjahre mit Cecile verlebt hat, hat mir versprochen, alles aufzuschreiben, was sie von jener Zeit her weiß. Ich schließe diesen Brief erst, wenn ich Evas Zeilen habe … Diesen Augenblick kommen sie. Lebe wohl! Elsy ist in Görlitz bei der Großtante, daher kein Gruß von ihr. In herzlicher Liebe

Deine

Klothilde.«

Zweiundzwanzigstes Kapitel

Gordon war in der höchsten Erregung. Einzelnes, was er in der Charlottenburger Villa, gleich nach seinem Eintreffen in Berlin, und dann gestern wieder aus dem Munde des alten Generals gehört hatte, hatte freilich nicht viel Gutes in Sicht gestellt, aber dieser Schlag ging doch über das Erwartete hinaus. Fürstengeliebte, Favoritin *in duplo*, Erbschaftsstück von Onkel auf Neffe! Und dazwischen der Kammerherr – ein Schatten, der sich schließlich gesträubt hatte, sich zum Ehemann zu verdichten.

Er warf den Brief fort und erhob sich, um in hastigen Schritten im Zimmer auf und ab zu gehen. Dann aber trat er an das zweite, bis dahin geschlossene Fenster und riß auch hier beide Flügel auf, denn es war ihm, als ob er ersticken solle.

Der eingelegte Zettel von Eva Lewinski (nur ein halber, engbekritzelter Briefbogen) war auf den Teppich gefallen. Er nahm ihn jetzt wieder auf und sagte: »Besser alles in einem. Lieber die ganze Dosis auf einmal als tropfenweis. Und wer weiß, vielleicht ist auch etwas von Trost und Linderung darin.«

Und er setzte sich wieder und las.

»An alles andere, meine liebe Klothilde, hätt ich eher gedacht, als daran, daß ich noch einmal in die Lage kommen könnte, von der Familie Zacha zu plaudern. Und zu Dir! Nun, wir waren Nachbarn, und solange der alte Zacha lebte, der übrigens nicht alt war, ein mittlerer Vierziger, ging es hoch her. Er war ein Betriebsdirektor bei den Hohenlohes, verstand nichts und tat nichts (was noch ein Glück war), gab aber die besten Frühstücke. Kavalier, schöner Mann und Anekdotenerzähler, war er allgemein beliebt, freilich noch mehr verschuldet, trotzdem er ein hohes Gehalt hatte. Plötzlich starb er, was man so sterben nennt; die Verlegenheiten waren *zu* groß geworden. Das ›Wie‹ seines Todes wurde vertuscht.

Ich sehe noch die Frau von Zacha, wie sie dem Sarge folgte, tief in Trauer und angestaunt von der gesamten Männerwelt. Denn Frau von Zacha, damals erst dreißig, war noch schöner als Cecile. Diese mochte zwölf sein, als der Vater starb, aber sie wirkte schon wie eine Dame; darauf hielt die Mutter, die wohl von Anfang an ihre Pläne mit ihr hatte. Verwöhntes Kind, aber träumerisch und märchenhaft, so daß jeder, der sie sah, sie für eine Fee in Trauer halten mußte.

Kurz nach dem Tode des Vaters ging es. Die junge Herzogin auf Schloß Rauden, die sich für die schöne Witwe mit ihren drei Kindern interessierte, gab und half. Aber die Wirtschaft war zu toll, und so zog sie zuletzt ihre Hand von den Zachas ab. Alles, was diesen blieb, beschränkte sich auf eine kleine Pension. An Erziehung war nicht zu denken. Frau von Zacha lachte, wenn sie hörte, daß ihre Töchter doch etwas lernen müßten. Sie selbst hatte sich dessen entschlagen und sich trotzdem sehr wohlgefühlt, bis zum Hinscheiden ihres Mannes gewiß und nachher kaum minder. Es stand fest für sie, daß eine junge schöne Dame nur dazu da sei, zu gefallen, und zu diesem Zwecke sei wenig wissen besser als viel. Und so lernten sie nichts.

Oft mußten wir lachen über den Grad von Nichtbildung, worin Mutter und Töchter wetteiferten. Alle Quartal kam ihre Pension. Dann gaben sie Festlichkeiten und schafften neue Rüschen und Bänder an, auch wohl Kleider, aber immer noch Trauerkleider, weil die Mutter wußte, daß ihr Schwarz am besten stände. Vielleicht auch weil sie gehört hatte, daß Königinwitwen die Trauer nie ablegen.

Sie hatte ganz verschrobene Ideen und war abwechselnd unendlich hoch und unendlich niedrig. Sie sprach mit der Herzogin auf einem Gleichheitsfuß; am liebsten aber unterhielt sie sich mit einer alten Waschfrau, die in unserem Hause wohnte. War dann das Geld vertan, was keine Woche dauerte, so hatten sie zwölf Wochen lang nichts. Es wurde dann geborgt oder von Obst aus dem Garten gelebt, und wenn auch das nicht da war, so gab es ›Pilzchen‹. Aber glaube nur nicht, daß ›Pilzchen‹ wirklich Pilze gewesen wären. Pilzchen waren große Rosinen, in welche von unten her halbe Mandelstücke gesteckt wurden. Das war mühevoll genug, und mit Anfertigung davon verbrachte Frau von Zacha den ganzen Vormittag, um die Götterspeise dann mittags auf den Tisch zu bringen. Inmitten des Schüsselchens aber lag, um auch das nicht zu verschweigen, eine besonders große Rosine, die nicht nur den ihr zuständigen Mandelfuß hatte, sondern auch noch von zwei horizontalliegenden und ebenfalls aus Mandelkern geschnittenen Speilerchen kreuzartig durchstochen war. An den vier Spitzen dieser Speilerchen saßen dann ebenso viele kleine Korinthen und stellten das *morceau de résistance* her, das in der Sprache der Zachas *›le Roi Champignon‹* hieß. Eine Bezeichnung, von der die Leute sagten, daß sich sowohl der Witz wie das damalige Französisch der Familie darin erschöpft habe.

Dies, meine liebe Klothilde, sind meine persönlichen Erlebnisse: Kindererlebnisse. Was dann weiter kam, weißt Du besser als ich. Wie immer

Deine

Eva L.«

Gordon hielt den Zettel in der Hand und zitterte. Dann aber war es mit eins, als ob er seine Ruhe wiedergefunden habe. »Ja, das entwaffnet! Großgezogen ohne Vorbild und ohne Schule und nichts gelernt, als sich im Spiegel zu sehen und eine Schleife zu stecken. Und nie zu Haus, wenn eine Rechnung erschien. Und doch tagaus und tagein am Fenster und in beständiger Erwartung des Prinzen, der vorfahren würde, um Kathinka zu holen oder vielleicht auch Lysinka, trotzdem beide noch Kinder waren. Aber was tut das? Prinzen sind fürs Extreme. Vielleicht nimmt er auch die Mutter. Alles gleich, wenn er nur überhaupt kommt und überhaupt wen nimmt. Sie gönnen sich's untereinander. Er ist ja generös, und dann können sie weiterspielen. Ja, spielen, spielen; das ist die Hauptsache. Nur kein Ernst, nicht einmal im Essen. Ach, wer schön ist und immer in Trauer geht und ›Pilzchen‹ ißt, der ist für die Fürstengeliebte wie geschaffen. Arme Cecile! Sie hat sich dies Leben nicht ausgesucht, sie war darin geboren, sie kannt es nicht anders, und als der Langerwartete kam, nach dem man vielleicht schon bei Lebzeiten des Vaters ausgeschaut hatte, da hat sie nicht nein gesagt. Woher sollte sie dies ›Nein‹ auch nehmen? Ich wette, sie hat nicht einmal an die Möglichkeit gedacht, daß man auch ›nein‹ sagen könne; die Mutter hätte sie für närrisch gehalten und sie sich selber auch.«

Er drehte den Zettel noch immer zwischen den Fingern, zupfte daran und knipste gegen Rand und Ecken, alles, ohne zu wissen, was er tat. Endlich erhob er sich und sah auf die Baumwipfel hinüber, die jetzt in vollem Morgenlichte lagen.

»Die Nebel drüben sind fort, aber *ich* stecke darin, tiefer, als ob ich auf dem Watzmann wär. Und ist man erst im Nebel, so ist man auch schon halb in der Irre. *Que faire?* Soll ich den Entrüsteten spielen oder ihr sagen: ›Bitte, meine Gnädigste, schicken Sie den Hofprediger fort, *ich* bin gekommen, um Ihre Beichte zu hören.‹ Und dann zum Schluß: ›Ei, ei, meine Tochter.‹ Oder soll ich ihr von Bußübungen sprechen? Oder von den zehn Geboten? Oder vom höheren sittlichen Standpunkt? Oder gar von der verletzten Weiblichkeit? Ich habe nicht Lust, mich unsterblich zu blamieren und Zeuge zu sein, daß sie lächelt und klingelt und ihrer Zofe zuruft: ›Bitte, leuchten Sie dem Herrn!‹«

Er trat, als er so sprach, vom Fenster an die Spiegelkonsole, wo neben Uhr und Notizbuch auch sein Zigarrenetui lag. »Ich werde mir eine Gleichmuts-Havanna anzünden und die eine Wolke mit der anderen vertreiben. *Similia similibus.* Colonel Taylor pflegte zu sagen: ›alle Weisheit stecke im Tabak‹. Und ich glaube fest, er hatte recht. Ich werde meine Besuche bei den St.

Arnauds ruhig fortsetzen und mir gar keinen Plan machen, sondern alles dem Augenblicke überlassen. Ich glaube wirklich, das ist das beste: sie freundlich ansehen und mit ihr plaudern wie zuvor, als wüßt ich nichts, und als wäre nichts vorgefallen ... Und am Ende, was ist denn auch vorgefallen? Was kümmert mich Serenissimus und sein Teefräulein? Oder Serenissimus II.? Oder gar der Kammerherr und Hofmarschall? Ach, wenn ich jetzt an Jagdschloß Todtenrode zurückdenke ... Deshalb schrak sie zusammen und wandte sich ab, als wir in die gespenstischen Fenster guckten. Und schon vorher, in Quedlinburg, als ich über die Schönheitsgalerien und die Gräfin Aurora so tapfer perorierte, schon *damals* war es dasselbe. Nun klärt sich alles ... Arme schöne Frau!«

Dreiundzwanzigstes Kapitel

Er wollte nichts tun, in seinem Benehmen nichts ändern, und doch ließ er drei Tage vergehen, ohne bei den St. Arnauds vorzusprechen.

Endlich, den vierten Tag, nahm er sich ein Herz.

Es war inzwischen herbstlich und windig geworden, und die Blätter tanzten vor ihm her, als er über den Hafenplatz ging. Er warf einen Blick hinauf und sah, daß überall, ganz wie damals, bei seinem ersten vergeblichen Besuche, die Holzjalousien herabgelassen waren. Nur in St. Arnauds Zimmer standen die Fensterflügel weit auf, und die Gardinen wehten im Winde.

»Wieder im Tattersall oder im Klub. Nie zu Haus. Es scheint wirklich, daß er sie manchen Tag keine Stunde sieht, und Rosa mag recht mit ihrer Mutmaßung haben, daß seine Liebe, wenn überhaupt vorhanden, von ganz eigner Art sei. Jedenfalls wird sie dieser Art nicht froh, soviel steht fest, soviel seh ich. Und beinahe, wenn ich zurückdenke, hab ich ihr eigen Geständnis davon. Und kann es anders sein? Die Liebe lebt nicht von totgeschossenen Dzialinskis – vielleicht gerade davon am wenigsten –, sie lebt von liebenswürdigen Kleinigkeiten, und wer sich eines Frauenherzens dauernd versichern will, der muß immer neu darum werben, der muß die Reihe der Aufmerksamkeiten allstündlich wie einen Rosenkranz abbeten. Und ist er fertig damit, so muß er von neuem anfangen. Immer da sein, immer sich betätigen, darauf kommt es an. Alles andere bedeutet nichts. Ein Armband zum Geburtstag – und wenn es ein Kohinur wäre – oder ein Nerz- oder Zobelpelz zu Weihnachten, das ist zu wenig für dreihundertfünfundsechzig Tage. Wozu läßt der Himmel so viel Blumen blühen? Wozu gibt es Radbuketts von Veilchen und Rosen? Wozu lebt Felix und Sarotti? So denkt jede junge Frau, wobei mir zu meinem Schrecken einfällt, daß ich *auch* ohne Bukett und ohne Bonbonniere bin. Also nicht besser als St. Arnaud. Und *er* ist doch bloß ein Ehemann.«

Unter solchem Selbstgespräche war er bis an das Haus gekommen, dessen Tür sich im selben Augenblick öffnete, wie wenn sein Erscheinen von der Portierloge her bereits bemerkt worden wäre. Wirklich: ein kleines Mädchen sah neugierig durch das Guckfenster und schien auf seinen Gruß zu warten. Er nickte denn auch und stieg die Treppe hinauf.

Gleich auf dem ersten Absatz traf er den von Cecile kommenden Geheimrat: »Ah, Herr von Gordon«, grüßte dieser. »*Les beaux esprits se rencontrent.* Die Gnädigste fühlt sich unwohl: leider, oder auch nicht leider; je nachdem, wie man's nehmen will. Sie wissen, es ist ihr ewig Weh und Ach ...«

Und er lachte, während er unter nochmaliger legerer Hutlüftung an Gordon vorüberging.

Dieser war von der Begegnung aufs unangenehmste berührt, und um so unangenehmer, als ihm an dem Dinertage nicht entgangen war, daß Cecile viel Entgegenkommen für ihren geheimrätlichen Tischnachbar gehabt hatte. Sein frivoler Witz machte sie lachen, und was seine kaum die nötigsten Schranken innehaltende Dreistigkeit anging, von der Rosa gesprochen hatte, so hatte Gordon gerade lange genug gelebt, um zu wissen, daß die Dreisten die Vorhand haben.

Und nun war er die Treppe hinauf und zog die Klingel.

»Die gnädige Frau wird sehr erfreut sein«, empfing ihn die Jungfer und meldete: »Herr von Gordon.«

»Ah, sehr willkommen.«

Cecile war wirklich leidend, hatte den Lieblingsplatz auf dem Balkon aber nicht aufgegeben. Die kleine Bank mit den zwei Kissen war fortgeräumt, und statt ihrer stand eine Chaiselongue da, darauf die Kranke ruhte, den Oberkörper mit einem Schal, die Füße mit einer Reisedecke zugedeckt, in die das Wappen der St. Arnauds oder vielleicht auch das der Woronesch von Zacha eingestickt war. Auf einem Tischchen daneben stand ein phiolenartiges Fläschchen samt Wasser und Zuckerschale.

Gordon, als er sie so sah, war tiefbewegt, vergaß alles und wollte Worte der Teilnahme sprechen. Sie ließ es aber nicht zu, nahm vielmehr ihrerseits das Wort und sagte, während sie sich mit Anstrengung an dem Rückenkissen höher hinaufrückte: »So spät erst. Ich habe Sie früher erwartet, Herr von Gordon ... Hat unser kleines Diner so wenig Gnade vor Ihren Augen gefunden? Aber setzen Sie sich. Dort unten steht noch ein Stuhl. Werfen Sie das Tuch beiseit; oder nein, geben Sie's her, ich will es noch über den Schal decken. Denn offen gestanden, mich friert.«

»Und doch haben Sie sich hier ins Freie gebettet, als ob wir Juli statt Oktober hätten.«

»Ja, der Geheimrat, der eben hier war, war derselben Meinung und tadelte mich, ja, drang in dem ihm eigenen Ton darauf, mich persönlich umbetten zu wollen.«

»Ein Ton, den ich höre. *C'est le ton, qui fait la musique.*«

»Freilich. Und bei niemandem mehr als bei dem Geheimrat. Und doch amüsiert er mich; ich gestehe es, wenn auch vielleicht wenig zu meinem Ruhme. Man hört so viel Langweiliges, und er ist immer so pikant. Aber warum ich hier in dieser Oktoberfrische liege, das macht, daß ich einfach keine Wahl habe. Denn laß ich mich in die Vorderzimmer bringen, so hab ich, so hoch sie sind, keine Luft, und so kommt es denn, daß ich das Frösteln und schlimmstenfalls selbst ein Erkältungsfieber vorziehe. Von zwei Übeln wähle das kleinere. Nun aber fort mit dem ganzen Thema. Nichts ist langweiliger als Krankheitsgeschichten, wenn nicht zwei zusammenkommen, die sich untereinander überbieten. Und zu diesem Rettungsmittel werden Sie nicht greifen wollen. Erzählen Sie mir also lieber von Rosa. Wissen Sie, daß ich schon eifersüchtig war. Immer sprachen Sie leise miteinander, wie wenn Sie Geheimnisse hätten, und als der alte General seinen letzten Trumpf ausspielte, gab es ein verständnisvolles Händedrücken. O, mir ist nichts entgangen. Und dann zuletzt noch das Chaperonnieren bis an die Pferdebahn. Nun, das klingt freilich ebenso harmlos wie nah, ist aber doch schließlich ein ziemlich weiter Begriff und reicht, wenn es sein muß, bis an das Engelufer. Beiläufig, wie kann man am Engelufer wohnen, eine Künstlerin und eine Dame.«

»Ach, Sie haben leicht spotten, meine gnädigste Frau. Wissen Sie doch am besten, wie's liegt. Rosa! Mit Rosa könnte man um den Äquator fahren, und man landete genau so, wie man eingestiegen. Ich habe sie bis an ihre Wohnung geführt, und wir haben eine Welt besprochen und bewitzelt. Und doch, wenn ich statt ihrer selbst eines ihrer Bilder unterm Arm gehabt hätte, so wär es dasselbe gewesen. Um es kurz zu sagen: ihr Charmantsein ist ohne Charme, und ich kenne Frauen, deren zustimmendes Schweigen mir mehr bedeutet als Rosas witzigstes Wort.«

Cecile lächelte und verschmähte es, sich das Ansehen zu geben, als ob sie Sinn und Ziel seiner Worte nicht verstanden habe. Zugleich aber schüttelte sie den Kopf und sagte: »Sie werden besser tun, mir von meinen Tropfen zu geben. Da, das Fläschchen. Es ist ohnehin schon über die Zeit. Aber zählen Sie richtig und bedenken Sie, welch ein kostbares Leben auf dem Spiele steht. Es ist Digitalis, Fingerhut. Entsinnen Sie sich noch der Stunden, als wir von Thale nach Altenbrak hinüberritten? Da stand es in roten Büscheln um uns her, kurz vor dem Birkenweg, wo sich die Turner gelagert hatten und dann aufsprangen und vor uns präsentierten.«

»Vor *Ihnen,* Cecile …«

»Ja«, fuhr diese fort, ohne der Unterbrechung zu achten, »damals glaubte ich nicht, daß der Fingerhut für mich blüht. Seit gestern aber ist mir auch noch eine Herzkrankheit in aller Form und Feierlichkeit zudiktiert worden, als ob ich des Elends nicht schon genug hätte. Fünf Tropfen, bitte; nicht mehr. Und nun etwas Wasser.«

Gordon gab ihr das Glas.

»Es schmeckt nicht viel besser als der Tod … Nun aber setzen Sie sich wieder und erzählen Sie mir von Ihrer eigentlichen Tischnachbarin. Interessante Frau, die Baronin. Nicht wahr? Und so distinguiert!«

»Jedenfalls mehr dezidiert als distinguiert. Den Zweifel, diesen Ursprung oder Sprößling aller Bescheidenheit, haben die Götter beispielsweise nicht in ihre Brust gelegt; dafür aber den Haß, wenigstens den redensartlichen. Gott, was haßte diese Frau nicht alles! Und dazu welch ein Appetit! Und jedes dritte Gericht ihr ›Leibgericht‹; pardon, sie brauchte wirklich diesen Ausdruck. Ach, Cecile, wie kommen Sie zu diesem Mannweib, zu solcher Amazone, *Sie,* die Sie ganz Weiblichkeit sind und …?«

»Und Schwäche. Sprechen Sie's nur aus. Und nun elend und krank dazu!«

»Nein, nein«, fuhr Gordon in immer wärmer und leidenschaftlicher werdendem Tone fort. »Nein, nein; nicht krank. Sie dürfen nicht krank sein. Und diese dummen Tropfen; weg damit samt der ganzen Doktorensippe. Das brüstet sich mit Ergründung von Leib und Seele, schafft immer neue Wissenschaften, in denen man sich vor ›Psyche‹ nicht retten kann, und kennt nicht mal das Abc der Seele. Verkennung und Irrtum, wohin ich sehe. Ach, meine teure Cecile, Sie haben sich hier in bittere Kälte gebettet, um freier atmen zu können. Aber was Ihnen fehlt, das ist nicht Luft, das ist Licht, Freiheit, Freude. Sie sind eingeschnürt und eingezwängt, *des*halb wird Ihnen das Atmen schwer, *des*halb tut Ihnen das Herz weh, und dies eingezwängte Herz, das heilen Sie nicht mit totem Fingerhutkraut. Sie müßten es wieder blühen sehen, rot und lebendig wie damals, als wir über die Felsen ritten und der helle Sonnenschein um uns her lag. Und dann abends das Mondlicht, das auf das einsame Denkmal am Wege fiel. Unvergeßlicher Tag und unvergeßliche Stunde.«

Sie sog jedes Wort begierig ein, aber in ihrem Auge, darin es von Glück und Freude leuchtete, lag doch zugleich auch ein Ausdruck ängstlicher Sorge. Denn ihr Herz und ihr Wille befehdeten einander, und je gewissenhafter und ehrlicher das war, was sie wollte, desto mehr erschrak sie vor allem, was diesen ihren Willen ins Schwanken bringen konnte. Sie hatte sich gegen sich selbst zu verteidigen, und so sagte sie denn: »O, nicht so, lieber Freund. Sehen Sie die roten Flecke hier? Ich fühle wenigstens, wie sie brennen. Glauben Sie mir, ich bin wirklich krank. Aber, wenn ich auch gesund wäre, Sie dürfen diese Sprache nicht führen. Um meinetwegen nicht und auch um *Ihretwegen* nicht.«

Es war ersichtlich, daß er diese Worte nicht recht zu deuten verstand, und so wiederholte sie denn: »Ja, auch um Ihretwegen nicht. Denn diese Sprache, soviel sie bedeuten will, ist doch nur Alltagssprache, Sprache, darin ich jeden Ton und jede kleinste Nuance kenne. *Das* wenigstens hab ich gelernt, *darin* wenigstens hab ich eine Schule gehabt. So spricht herkömmlich ein Mann von Welt zu einer Frau von Welt, und es fehlen nur noch die Herabsetzungen und Verkleinerungen – ich sage nicht, wessen – und die versteckten Anklagen – ich sage nicht, gegen wen –, um das Herkömmliche dieser Sprache vollkommen zu machen. Ein Glück für mich, daß Ihr Taktgefühl mich vor diesem Äußersten wenigstens zu bewahren wußte.«

Sie schob, als sie so sprach, sich abermals aufrichtend, den Schal zurück und setzte dann in wieder freundlicher werdendem Tone hinzu: »Nein, Herr von Gordon, nicht so. Bleiben Sie mir, was Sie waren. Ich finde Sie so verändert und frage vergebens nach der Ursache. Aber was es auch sein möge, machen Sie mir mein Leben leicht, anstatt es mir schwer zu machen, stehen Sie mir bei, helfen Sie mir in allem, was ich soll und muß, und täuschen Sie nicht das Vertrauen oder – wozu soll ich es verschweigen? – das herzliche Gefühl, das ich Ihnen von Anfang an entgegenbrachte.«

Gordon schien antworten zu wollen, aber sie wies nur auf die Karaffe, zum Zeichen, daß sie zu trinken wünsche, trank auch wirklich und fuhr dann aufatmend fort: »Es drückt mich mancherlei. Sie haben gesehen, wie wir leben; es ist so viel Spott um mich her: Spott, den ich nicht mag, und den ich oft nicht einmal verstehe. Denn die großen Fragen interessieren mich nicht, und ich nehme das Leben, auch jetzt noch, am liebsten als ein Bilderbuch, um darin zu blättern. Über Land fahren und an einer Waldecke sitzen, zusehen, wie das Korn geschnitten wird und die Kinder die Mohnblumen pflücken, oder auch wohl selber hingehen und einen Kranz flechten und dabei mit kleinen Leuten von kleinen Dingen reden: einer Geiß, die verloren ging, oder von einem Sohn, der wiederkam, das ist meine Welt, und ich bin glücklich gewesen, solang ich darin leben konnte. Dann, ich war noch ein halbes Kind, wurd ich aus dieser Welt herausgerissen, um in die große Welt gestellt zu werden, und ich habe mich, solang es galt, auch *ihrer* Freuden gefreut und an ihren Torheiten und Verirrungen teilgenommen. Aber jetzt, jetzt sehne ich mich wieder zurück; ich will nicht sagen, in ›kleine Verhältnisse‹ – die würd ich nicht ertragen können –, aber doch zurück nach Stille, nach Idyll und Frieden und, gönnen Sie mir, es auszusprechen, auch nach Unschuld. Ich habe Schuld genug gesehen. Und wenn ich auch durch all mein Leben hin in Eitelkeit befangen geblieben bin und der Huldigungen nicht entbehren kann, die meiner Eitelkeit Nahrung geben, so will ich doch, ja, Freund, ich *will* es, daß diesen Huldigungen eine bestimmte Grenze gegeben werde. Das habe ich geschworen –

fragen Sie nicht, wann und bei welcher Gelegenheit –, und ich will diesen Schwur halten, und wenn ich darüber sterben sollte. Forschen Sie nicht weiter. Es ist hier mehr Tragödie zu Haus, als Sie wissen. Und nun verlassen Sie mich, ich bitte Sie. Der Arzt kann jeden Augenblick kommen, und ich möchte nicht, daß mein Puls ihm verriete, wie sehr ich seine Vorschriften mißachtet habe.«

Vierundzwanzigstes Kapitel

In großer Bewegung hatte Gordon Cecile verlassen, und erst auf dem Heimwege kam er wieder zur Besinnung und überdachte sein Benehmen. Er hatte sich wirklich dem Augenblick überlassen und war, als er sie krank und schmerzlich resigniert sah, nur voll herzlicher Teilnahme gewesen. Aber dies Gefühl reiner Teilnahme hatte nicht angedauert. Aller Krankheit und Resignation unerachtet, oder vielleicht auch gesteigert dadurch, war etwas Bestrickendes um sie her gewesen, und diesem Zauber aufs neue hingegeben, war er schließlich doch in eine Sprache verfallen, die zu mäßigen oder gar schweigen zu heißen er nach dem Inhalt von Klothildens Briefe nicht mehr für geboten gehalten hatte. Worte waren gesprochen, Andeutungen gemacht worden, die vor einer Woche noch unmöglich gewesen wären. »Ja«, schloß er seine rückblickende Betrachtung, »*so* war es, *so* verlief es. Und dann antwortete sie so dringend wie nie zuvor und zugleich so demütig wie immer.«

Unter solchem Selbstgespräche war er bis an das Tiergarten-Hotel und gleich danach bis in die unmittelbare Nähe der Lennéstraße gekommen. Aber zu Hause, zwischen Alltagsmöbeln und bei nichts Besserem als zwei Schweizerlandschaften in Öldruck, die schon unter gewöhnlichen Verhältnissen eine Qual für ihn waren, sich einzupferchen, widerstand ihm heute doppelt, und so ging er an seiner Wohnung vorüber und auf eine

Bank zu, die, trotzdem die Oktobersonne einladend darauf schien, unbesetzt war.

Er lehnte sich, den Arm aufstützend, in eine der Ecken und sann und rechnete, bis allmählich eine Bilderreihe, darin es auch an grotesken Gestalten nicht fehlte, die Reihe seiner Gedanken ablöste. Vorauf erschien die schöne Frau von Zacha, ganz in Krepp mit großen schwarzen Jettperlen dreimal um Brust und Hals und an den Perlen ein Kruzifix bis auf den Gürtel. Und dann sah er Cecile, wie sie die Straße hinaufsah. Und dann kamen die, auf die sie wartete: erst ein Alter in Jagdjoppe, rüstig und jovial und mit grauem Backenbart, englisch gestutzt und geschnitten, und dann ein Junger in Reisekostüm, fein und durchsichtig und hüstelnd, und dann ein Dritter in Uniform, mit hohen Schultern und Gold am Kragen. Und er mußte lachen und sagte: »Marinelli. Ja, Kleinerfürsten-Hofmarschall ... Und in *der* Welt hat sie gelebt. Traurig genug. Aber was beweist es? Soll ich daraus herleiten, daß sie mir eine Komödie vorgespielt, und daß alles nichts gewesen sei wie der Jargon einer schönen Frau, die sich unbefriedigt fühlt und die langen öden Stunden ihres Daseins mit einer Liebesintrige kürzen möchte. Nein. Wenn dies Lug und Trug ist, dann ist alles Lüge, dann bin ich entweder unfähig, wahr von unwahr zu unterscheiden, oder die Kunst der Verstellung hat in den sieben Jahren meiner Abwesenheit wahre Riesenschritte gemacht, solche, daß ich mit meiner schwachen Erkenntnis nicht mehr folgen kann.«

Er wollte sich losmachen von diesen und ähnlichen Betrachtungen, aber es brodelte weiter in seiner Seele. »Die Welt ist eine Welt der Gegensätze, draußen und drinnen, und wohin das Auge fällt, überall Licht und Schatten. Die dankbarsten Menschen überschlagen sich plötzlich in Undank, und die Frommen, mit dem seligen Hiob an der Spitze, murren wider Gott und seine Gebote. Was hat nicht alles Platz in einem Menschenherzen? Alles verträgt sich; man rückt mit gut und bös ein bißchen zusammen, und wer heute sittlich ist und morgen frivol, kann heute gerade so ehrlich sein wie morgen. Klothilde hatte recht, als sie mich ermahnte, das Kind nicht mit dem Bade zu verschütten. Und was sagte Rosa: ›Die arme Frau!‹ Sie muß also doch Züge herausgefunden haben, die Teilnahme verdienen. Und das sagt viel. Denn die Weiber sind untereinander am strengsten, und wo sie pardonieren, da muß Grund für Gnade sein.«

In diesem Augenblicke kam eine Spreewaldsamme mit einem Kinderwagen und nahm neben ihm Platz. Er sah nach ihr hin, aber die gewulsteten Hüften samt dem Ausdruck von Stupidität und Sinnlichkeit waren ihm in der Stimmung, in der er sich befand, geradezu widerwärtig, und so stand er – übrigens zu sichtlicher Verwunderung seiner Bankgenossin – rasch auf, um weiter in die Parkanlagen hineinzugehen.

Als er nach einer Stunde müd und abgespannt nach Hause kam, übergab ihm der Portier einen Brief und ein Telegramm. Der Brief war von Cecile, soviel sah er an der Aufschrift, und die Frage, woher die Depesche komme, war ihm deshalb, momentan wenigstens, gleichgültig. Er stieg hastig in seine Wohnung hinauf, um zu lesen; oben aber überkam ihn eine Furcht. Endlich erbrach er den Brief. Er lautete: »Lieber Freund. Es geht nicht so weiter. Seit dem Tage, wo wir das kleine Diner hatten, sind Sie verändert: verändert in Ihrem Tone gegen mich. Ich sprach es Ihnen schon aus und wiederhole, daß ich darauf verzichte, nach dem Grunde zu forschen. Aber was der Grund auch sei, fragen Sie sich, ob Sie den Willen und die Kraft haben, sich zu dem Tone zurückzufinden, den Sie früher anschlugen und der mich so glücklich machte. Prüfen Sie sich, und wenn Sie antworten müssen ›nein‹, dann lassen Sie das Gespräch, das wir eben geführt haben, das letzte gewesen sein. Es gilt Ihr und mein Glück. Die zitternde Handschrift wird Ihnen sagen, wie mir ums Herz ist, das in allen Stücken nicht will, wie's soll. Aber ich beschwöre Sie: Trennung, oder das Schlimmere bricht herein. Über kurz oder lang würde Sie der Beruf, den Sie gewählt, doch wieder in die Welt hinausgeführt haben – greifen Sie dem vor. Ich vergesse Sie nicht. Wie könnt ich auch! Immer die Ihrige Cecile.«

Er war bewegt, am bewegtesten durch das rückhaltlose Geständnis ihrer Neigung. Aber er ersah eben daraus auch den ganzen Ernst dessen, was sie nebenher noch schrieb; sie hätte sich sonst zu solchem Geständnisse nicht hinreißen lassen.

»Ob ich den Willen und die Kraft habe, fragt sie. Nun, den Willen: ja. Aber nicht die Kraft. Vielleicht, weil auch der Wille nicht *der* ist, der er sein sollte. Woher sollt ich ihn auch nehmen? Ich kann hier nicht leben und an ihrem Hause Tag um Tag gleichgültig vorübergehen, als wüßt ich nicht, wer hinter den herabgelassenen Rouleaus seine Tage vertrauert. Und so hab ich denn *beides* nicht, nicht die Kraft und nicht den Willen.«

Als er so sprach, überflog er noch einmal die letzten Zeilen und griff dann erst nach dem Telegramm. Es kam aus Bremen und enthielt die kurze Weisung, herüberzukommen, weil sich dem Unternehmen seitens der dänischen Regierung neue Schwierigkeiten in den Weg gestellt hätten.

»Ohne den Brief wäre mir das Telegramm ein Greuel gewesen, jetzt ist es mir ein Fingerzeig, wie damals der Befehl, der mich aus Thale wegrief. Nur daß die Situation von heute pressanter und das Glück im Unglück ersichtlicher ist. Es bleibt ewig wahr, man soll nicht mit dem Feuer spielen. Trivialer Satz. Aber die trivialsten Sätze sind immer die wahrsten. Und so denn also Rückzug! Es wird mir leichter, als ich's vor einer Stunde noch gedacht hätte, denn alles, was gut und verständig in mir ist, stimmt mit ein und kommt mir zu Hilfe. Sich düpieren lassen oder Spielzeug einer Weiberlaune zu sein, widersteht mir. Aber hier ist nichts von dem allen, nicht Düpierung, nicht Weiberlaune, nicht Spiel. Arme Cecile. Dir ist die höhere Moral nicht an der Wiege gesungen worden, und Oberschlesien mit Adelsanspruch und Adelsarmut war keine Schule dafür. Nur zu wahr. Aber es war ein guter Fond in ihr, ein ästhetisches Element, etwas angeboren Feinfühliges, das sie gelehrt hat, echt von unecht und Recht von Unrecht zu unterscheiden. Etwas aus der Zeit, wo die ›Pilzchen‹ mit dem *Roi Champignon* auf dem Tisch standen, ist ihr freilich geblieben und wird ihr bleiben, aber sie will aus dem alten Menschen heraus, aufrichtig und ehrlich, und sie daran hindern zu wollen wäre niedrig und geradezu schlecht. Also weg, fort! Leben heißt Hoffnungen begraben.«

Er sprach es in gutem Glauben vor sich hin. Aber plötzlich besann er sich und lächelte: »Hoffnungen – ideales Wort, das für meine Wünsche, wie sie nun mal sind oder doch waren, nicht recht passen will. Aber müssen denn Hoffnungen immer ideal sein, immer weiß wie die Lilien auf dem Felde? Nein, sie können auch Farbe haben, rot wie der Fingerhut, der oben auf den Bergen stand. Aber weiß oder rot: weg, weg!«

Und er klingelte nach der Wirtin und gab Ordres für seine Abreise.

Fünfundzwanzigstes Kapitel

Den andern Morgen war er in Bremen und nahm Wohnung in Hillmanns Hotel, einem entzückenden Gasthause, das er schon aus früheren Aufenthalten kannte. Die Fenster in seinem Zimmer standen auf, und er sah abwechselnd über die die Vorstadt von der Altstadt trennende Esplanade hin in die buntbelebte Sögestraße hinein und dann wieder unmittelbar auf eine neben der ganzen Hotelfront hinlaufende, mit Kies bestreute Rampe, darauf die Gäste saßen und eben ihren Frühkaffee nahmen. Denn es war noch milde Luft, und die mächtigen Bäume des benachbarten Wallgangs bildeten einen Schirm, der die ganze Rampe zu einer windgeschützten Stelle machte. Hier wollte er auch sitzen, und als er sich umgekleidet hatte, stieg er treppab und nahm an einem der Tische Platz. Das Treiben, das vorüberwogte: Rollwagen, die nach dem Hafen fuhren, Mägde, die zu Markt, und Kinder, die zur Schule gingen, alles tat ihm wohl und gab ihm ein stilles Behagen wieder, das er seit dem Tage, wo Klothildens Brief eintraf, nicht mehr gekannt hatte. Dabei sah er Cecile beständig vor sich, die, wie ein hinschwindendes Nebelbild, ihn aus weiter Ferne her zu grüßen und doch zugleich auch abzuwehren schien. Das war die rechte Stimmung, und er ließ sich Papier und Schreibzeug bringen und schrieb:

»Hochverehrte gnädigste Frau, liebe, teure Freundin. Als ich gestern nachmittag Ihre Zeilen empfing, empfing ich auch ein Telegramm, das mich hierher berief. Es hätte mich noch vierundzwanzig Stunden vorher unglücklich gemacht, jetzt war es mir willkommen und half mir, wie schon einmal, über Schwanken und Kämpfe fort.

Ich soll mich zurückfinden in den Ton unserer glücklichen Tage, so schrieben Sie mir gestern. Mit Ihnen am selben Orte, dieselbe Luft atmend, würd ich es *nie* gekonnt haben; aber in dieser Trennung werd ich es können oder es lernen, weil ich es lernen muß. Es ist noch früh am Tag, und ich habe noch niemand aus dem Kreise meiner Auftraggeber gesprochen, aber wenn sich mir erfüllt, was ich von Herzen wünsche, so brechen alle Verhandlungen ab, die mich an diese Küste fesseln, und an ihre Stelle treten wieder Missionen, die mich aufs neue weit in die Welt und in die Fremde hinausführen. Denn in der Fremde nehmen wir, zurückblickend, das Bild für die Wirklichkeit, und die Sehnsucht, die sonst uns quälen würde, wird unser Glück. Über lang oder kurz hoff ich wieder über die Schneepässe des Himalaja zu gehen; überall aber, und je höher hinauf, desto mehr werd ich der zurückliegenden schönen Tage gedenken, an Quedlinburg und Altenbrak und das Denkmal auf der Klippe ... Träume nur und Visionen, aber man nimmt seinen Trost, wie und wo man ihn findet. Liebe, teure Freundin, Ihr innigst ergebener Leslie-Gordon.«

Gordon sah einer Antwort entgegen; aber sie kam nicht, was ihn anfangs halb beunruhigte, halb verstimmte. Die geschäftlichen Verhandlungen indes, die den Oktober über andauerten und ihn zu Vermessungen und sonstigen Feststellungen erst nach

Schleswig und dann hoch hinauf bis an den Limfjord führten, ließen eine Kopfhängerei nicht aufkommen. Erinnerungen erfüllten sein Herz, aber jedes leidenschaftliche Gefühl schien begraben, und er freute sich der Wendung, die diese Lebensbegegnung, deren Gefahren er wohl einsah, schließlich genommen hatte.

So war seine Stimmung, als er ganz unerwartet die Weisung erhielt, abermals nach Berlin zurückzukehren. Er erschrak fast, aber die Verhältnisse gestatteten ihm keine Wahl, und an einem grauen Novembernachmittage, dessen Nebel sich in dem Augenblicke, wo der Zug hielt, zu einem Landregen verdichtete, traf er in Berlin ein und stieg in dem Hotel du Parc ab, in demselben Hotel also, darin er während seines Septemberaufenthaltes täglich verkehrte und seinen Mittagstisch genommen hatte.

Das Zimmer, das ihm angewiesen wurde, lag eine Treppe hoch, nach der Bellevuestraße hinaus und hatte den Blick auf das von Bäumen umstellte Podium, auf dem er ehedem, wenn er vom Hafenplatze kam, manch glückliche Stunde verplaudert hatte. Das lag nun zurück, und auch die Szenerie war nicht mehr dieselbe. Die Kastanienbäume, die damals, wenn auch schon angegelbt, noch in vollem Laube gestanden hatten, zeigten jetzt ein kahles Gezweig, und vom Dach her, just an der Stelle, wo man den ganzen sommerlichen Tisch- und Stühlevorrat übereinandergetürmt hatte, fiel der Regen in ganzen Kaskaden auf das Podium nieder.

Gordon überkam ein Frösteln.

»Hoffentlich ist das nicht die Signatur meiner Berliner Tage. Das würde wenig versprechen. Aber am Ende, was kann man von einem Novembernachmittag erwarten! *›Some days must be dark and dreary‹* – ich weiß nicht, sagt es Tennyson oder Longfellow, jedenfalls einer von beiden, und wenn etliche Tage dunkel und traurig sein *müssen*, nun denn, warum nicht dieser? Ein Feuer im Ofen und eine Tasse Kaffee werden übrigens die Situation um ein erhebliches verbessern.«

»Er zog die Klingel, gab seine Ordres und tat einige Fragen an den Kellner.

»Was gibt es im Theater?«

»Störenfried.«

»Etwas antik. Und im Opernhause?«

»Tannhäuser.«

»Haben Sie Billetts?«

»Ja, Parkett und ersten Rang. Niemann singt und die Voggenhuber.«

»Gut. Erster Rang. Deponieren Sie's beim Portier.«

Kurz vor sieben hielt die Droschke vor dem Opernhause, und der allezeit bereitstehende Wagenschlagöffner sagte mit der ihm eigenen und bei Glatteis und trockenem Wetter immer gleichklingenden Fürsorge: »Nehmen Sie sich in acht.«

Gordon freute sich des voll und glänzend besetzten Hauses und ließ von seinem Umschauhalten erst ab, als der Taktstock sich erhob und die Ouvertüre begann. Er kannte jeden Ton und folgte mit Verständnis und Freudigkeit, bis er plötzlich in einer ihm gegenüberliegenden Loge Ceciles gewahr wurde. Sie saß vorn an der Brüstung, neben ihr der Geheimrat, der ihr, während der Fächer sie halb verdeckte, kleine Bemerkungen zuflüsterte, wobei beider Köpfe sich berührten. So wenigstens schien es Gordon. Und nun ging der Vorhang auf. Aber er sah und hörte nichts mehr und starrte nur, während er Kinn und Mund in seine linke Hand vergrub, nach der Loge hinüber, ganz und gar seiner Eifersucht hingegeben und von einem prickelnden Verlangen erfüllt, lieber zu viel als zu wenig zu sehen. Es schien aber, daß beide dem Spiele nicht nur oberflächlich, sondern aufmerksam und mit einem gewissen Ernste folgten, und nur dann immer, wenn eine leere Stelle kam, beugte sich der eine zum andern und sprach abwechselnd ein kurzes Wort, das von seiten Ceciles meistens mit einem Lächeln, von seiten des Geheimrates aber Mal auf Mal mit einem komisch gravitätischen Kopfnicken beantwortet wurde.

Gordon litt Höllenqualen, und über seiner Rache brütend,

war er nur darüber im Zweifel, ob er sich im gegebenen Moment (und der Moment *mußte* sich geben) lieber als »böses Gewissen« oder als »Mephisto« gerieren solle. Natürlich entschied er sich für das letztere. Spott und superiore Witzelei waren der allein richtige Ton, und als ihm dies feststand, fiel zum erstenmal der Vorhang.

Drüben aber leerte sich die Loge, darin nur Cecile mit ihrem Hausfreunde zurückblieb.

Und nun stürmte Gordon hinüber, um sich der gnädigen Frau vorzustellen.

Der Geheimrat hatte sein Glas genommen und musterte den Vorhang. Als er sich eben wieder wandte, vielleicht um seiner Freundin und Nachbarin eine kunstkritische Bemerkung über Arion und noch wahrscheinlicher über die badelustige Nereidengruppe zuzuflüstern, sah er den inzwischen eingetretenen Nebenbuhler, der, mit halbem Gruß ihn streifend, sich eben gegen Cecile verneigte.

»Welches Glück für mich, meine gnädigste Frau«, begann Gordon in seinem spitzesten Tone, »Sie schon heut und an dieser Stelle begrüßen zu dürfen. Ich hatte vor, mich Ihnen morgen im Laufe des Tages zu präsentieren. Aber es trifft sich günstiger für mich. Darf ich mich nach Ihrem Befinden erkundigen?«

Cecile zitterte vor Erregung und fand in dem Krampf, der ihr die Sprache zu rauben drohte, nichts als die mit höchster Anstrengung gesprochenen Worte: »Die Herren kennen einander? Geheimrat Hedemeyer ... Herr von Gordon.«

»Hatte bereits die Ehre«, sagte Gordon, während er sich auf einem der freigewordenen Plätze niederließ. Gleich danach aber, sich leger auf eine Seitenlehne stützend, fuhr er im Tone forcierter guter Laune fort: »Ein volles Haus, meine Gnädigste, jedenfalls voller, als man bei einer Oper glauben sollte, die nun schon dreißig Jahre spielt und jeder auswendig kennt. Es muß der Stoff sein oder die glänzende Besetzung. Ich vermute, Niemann. Er ist doch der geborene Tannhäuser, und kein anderer reicht da heran. Wenigstens nicht auf der Bühne. Für mich sind es Auffrischungen aus Tagen her, in denen ich noch des Vorzugs genoß, mit der silbernen Gardelitze, deren sich, einigermaßen überraschlich, auch das Regiment ›Eisenbahn‹ erfreut, hier sitzen zu dürfen, halb als Kunstenthusiast, halb als militärisches Hausornament. Übrigens empfange ich den Eindruck, als ob Kamerad Hülfen immer noch seine Gnadensonne über Gerechte und Ungerechte scheinen lasse. Sehen Sie da drüben, meine Gnädigste! Die reine *Levée en masse,* wie gewöhnlich mit Regiment Alexander an der Tete.«

Cecile hörte den spöttischen Ton nur halb heraus, desto deutlicher der Geheimrat, der denn auch, ersichtlich um den draußen in der Welt von »Europens übertünchter Höflichkeit« frei gewordenen »Kanadier« zu markieren, mit der ihm eigenen Ironie replizierte: »Sie waren nur sieben Jahre fort, Herr von Gordon? Ich dachte länger.«

Gordon, der den Wert einer gelungenen maliziösen Bemerkung auch dann noch zu schätzen wußte, wenn sich die Spitze derselben gegen ihn selber richtete, fand sich momentan in eine leichte, gute Stimmung zurück und antwortete: »Zu dienen, mein Herr Geheimrat; leider nur sieben Jahre, weshalb ich vorhabe, die Zahl baldmöglichst zu verdoppeln, und zwar um meiner weiteren Ausbildung willen. Natürlich Charakterausbildung. Glückt es, so hoff ich einen richtigen Naturmenschen zu erzielen, an dem nichts Falsches ist, auch nicht einmal äußerlich. Aber ich sehe, die Loge fängt an, ihre früheren Insassen wieder aufzunehmen und mich an den Rückzug zu mahnen. Ich darf mich doch der gnädigen Frau recht bald in Ihrer Wohnung vorstellen?«

»Zu jeder Zeit, Herr von Gordon«, sagte Cecile. »Lassen Sie mich nicht länger warten, als Ihre geschäftlichen Obliegenheiten es fordern. Ich bin so begierig, von Ihnen zu hören.«

All das wurd in Hast und Verlegenheit gesprochen, und sie wußte kaum, was sie sagte. Gordon aber empfahl sich und ging in seine Loge zurück.

In dieser angekommen, gab er sich das Ansehen, als ob er dem zweiten Akt mit ganz besonderem Interesse folge, und wirklich nahm ihn der Wartburgsaal und das Erscheinen der Sänger eine Weile gefangen. Aber nicht auf lang, und als er wieder hinübersah, sah er, daß Cecile die Loge verließ und der Geheimrat ihr folgte.

Das war mehr, als er ertragen konnte; tollste Bilder schossen in ihm auf und jagten sich, und ein Schwindel ergriff ihn. Als er es mühsam überwunden, sah er nach der Uhr: »Halb neun. Spät, aber nicht zu spät. Und sie sagte ja: ›zu jeder Zeit willkommen‹.«

Und damit erhob er sich, um dem flüchtigen Paare zu folgen. Fand er sie, schlimm genug, fand er sie *nicht* ... Er mocht es nicht ausdenken.

Sechsundzwanzigstes Kapitel

»Ah, Herr von Gordon«, sagte die Jungfer, als der zu so später Stunde noch Vorsprechende mit aller Kraft – vielleicht um sein schlechtes Gewissen zu betäuben – die Klingel gezogen hatte.

»Treff ich die gnädige Frau?«

»Ja. Sie war im Theater, ist aber eben zurück. Die Herrschaften werden sehr erfreut sein.«

»Auch der Herr Oberst zugegen?«

»Nein, der Herr Geheimrat.«

Gordon wurde gemeldet, und ehe noch die Antwort da war, daß er willkommen sei, trat er bereits ein.

Cecile und der Geheimrat waren gleichmäßig frappiert und das spöttische Lächeln des letzteren schien ausdrücken zu wollen: »etwas stark.«

Gordon sah es sehr wohl, ging aber drüber hin und sagte, während er Cecile die Hand küßte: »Verzeihung, meine gnädige Frau, daß ich von Ihrer Erlaubnis einen so schnellen Gebrauch mache. Aber, offen gestanden, im selben Augenblicke, wo Sie die

Loge verließen, war mein Interesse hin und nur noch der Wunsch lebendig, den Abend an Ihrer Seite verplaudern zu dürfen. Als Antrittsvisite keine ganz passende Zeit. Indessen Ihr freundliches Wort ... Und so verzeihen Sie denn die späte Stunde.«

Cecile hatte sich inzwischen gesammelt und sagte mit einer Ruhe, die deutlich zeigte, daß ihr unter diesem unerhörten Benehmen ihr Selbstbewußtsein zurückzukehren beginne: »Lassen Sie mich Ihnen wiederholen, Herr von Gordon, daß Sie zu jeder Zeit willkommen sind. Und die späte Stunde, von der Sie sprechen ... Nun, ich entsinne mich eines Plauderabends mit dem Hofprediger, wo Sie später kamen. Auch aus dem Theater. Es war ein ›Don-Juan‹-Abend, und Sie hatten den Schluß abgewartet.«

»Ganz recht, meine gnädigste Frau. Man will immer gern wissen, was aus dem Don Juan wird.«

»Und aus dem Masetto«, setzte Hedemeyer hinzu, während er sich von dem Fauteuil, auf dem er eben erst Platz genommen hatte, wieder erhob.

»Aber Sie wollen doch nicht schon aufbrechen, mein lieber Geheimrat«, unterbrach ihn Cecile, der in diesem Augenblick ihre ganze Verlegenheit zurückkehrte. »Schon jetzt, schon vor dem Tee. Nein, das dürfen Sie mir nicht antun und Herrn von Gordon nicht, der ein gutes Gespräch liebt. Und was hat er an dem, was ich ihm sage? Nein, nein, Sie müssen bleiben.« Und sie zog die Glocke ... »Den Tee, Marie ... Hören Sie doch, lieber Freund, wie draußen der Regen fällt. Ich erwarte noch den Hofprediger; er hat es mir zugesagt. Noch einmal also, Sie bleiben.«

Aber der Geheimrat war unerbittlich und sagte: »Meine gnädigste Frau, der Klub und die Lomberpartie warten auf mich. Und wenn es auch anders läge, man soll nie vergessen, daß man nicht allein auf der Welt ist. Es wär ein Unrecht, Herrn von Gordon so benachteiligen zu wollen. Er hat viele Wochen hindurch Ihrer Unterhaltung entbehren müssen und Sie der seinigen; nun bringt er Ihnen eine Welt von Neuigkeiten, und ich bin nicht indiskret genug, bei diesen Mitteilungen stören zu wollen. Wenn Sie gestatten, sprech ich morgen wieder vor. Vorläufig darf ich vielleicht dem Herrn Obersten einen herzlichen Empfehl bringen. Auch von Ihnen, Herr von Gordon?«

Gordon begnügte sich damit, sich kalt und förmlich gegen den Geheimrat zu verneigen, der, inzwischen an Cecile herangetreten, ihre Hand an seine Lippen führte. »Wie gerne wär ich geblieben. Aber es ist gegen meine Grundsätze. Nennen Sie mir nicht den Hofprediger: Hofprediger stören nie. Wer berufsmäßig Beichte hört, steht über der Indiskretion. Übrigens ist er noch nicht da. Bis morgen also, bis morgen.« Und er ging. Im selben Augenblicke brachte Marie den Tee. Sie wollte den Tisch arrangieren, aber Cecile, die das, was in ihr vorging, nicht länger zurückdämmen konnte, sagte: »Lassen Sie, Marie«, und wandte sich dann rasch und mit vor Erregung und fast vor Zorn zitternder Stimme gegen Gordon. »Ich bin indigniert über Sie, Herr von Gordon. Was bezwecken Sie? Was haben Sie vor?«

»Und Sie fragen?«

»Ja, noch einmal: was haben Sie vor? Was bezwecken Sie? Sprechen Sie mir nicht von Ihrer Neigung. Eine Neigung äußert sich nicht in solchem Affront. Und in welchem Lichte müssen Sie dem Geheimrat erschienen sein.«

»Jedenfalls in keinem zweifelhafteren als er mir. Lassen Sie das meine Sorge sein.«

»Aber in welchem Lichte lassen Sie *mich* vor ihm erscheinen. Und Sie begreifen, mein Herr von Gordon, daß *das* meine Sorge ist. Ich habe Sie für einen Kavalier genommen oder, da Sie das Englische so lieben, für einen Gentleman und sehe nun, daß ich mich schwer und bitter in Ihnen getäuscht habe. Schon Ihr Besuch in der Loge war eine Beleidigung; nicht Ihr Erscheinen an sich, aber der Ton, der Ihnen beliebte, die Blicke, die Sie für gut fanden. Ich habe Sie verwöhnt und mein Herz vor Ihnen ausgeschüttet, ich habe mich angeklagt und erniedrigt, aber anstatt mich hochherzig aufzurichten, scheinen Sie zu fordern, daß ich immer kleiner vor Ihrer Größe werde. Meiner Tugenden sind nicht viele, Gott sei's geklagt, aber eine darf ich mir unter Ihrer eigenen Zustimmung vielleicht zuschreiben, und nun zwingen Sie mich, dies einzige, was ich habe, mein bißchen Demut, in Hochmut und Prahlerei zu verkehren. Aber Sie lassen mir keine Wahl. Und so hören Sie denn, ich bin nicht schutzlos. Ich beschwöre Sie, zwingen Sie mich nicht, diesen Schutz anzurufen: es wäre Ihr und mein Verderben. Und nun sagen Sie, was soll werden? Wo steckt Ihr Titel für all dies. Was hab ich gefehlt, um dieses Äußerste zu verdienen? Erklären Sie sich.«

»Erklären Cecile! Das Rätsel ist leicht gelöst: ich bin eifersüchtig.

»Eifersüchtig. Und das sprechen Sie so hin, wie wenn Eifersucht Ihr gutes und verbrieftes Recht wäre, wie wenn es Ihnen zustände, mein Tun zu bestimmen und meine Schritte zu kontrollieren. Haben Sie dies Recht? Sie haben es *nicht.* Aber *wenn* Sie's hätten: eine vornehme Gesinnung verleugnet sich auch in der Eifersucht nicht; ich weiß das, ich habe davon erfahren. Sie konnten Schlimmeres tun, als Sie getan haben, aber nichts Kleineres und nichts Unwürdigeres.«

»Nichts Unwürdigeres! Und was ist es denn, was ich getan haben? Was sich erklärt, ist auch verzeihlich. Cecile, Sie sind strenger gegen mich, als Sie sollten; haben Sie Mitleid mit mir. Sie wissen, wie's mit mir steht, wie's mit mir stand vom ersten Augenblick an. Aber ich bezwang mich. Dann kam der Tag, an dem ich Ihnen alles bekannte. Sie wiesen mich zurück, beschworen mich, Ihren Frieden nicht zu stören. Ich gehorchte, mied Sie, ging. Und der erste Tag, der mich nach langen Wochen und – Gott ist mein Zeuge! – durch einen baren Zufall wieder in Ihre Nähe führt, was zeigt er mir? Sie wissen es. Sie wissen es, daß dieser spitze, hämische Herr von Anfang an mein Widerpart war, mein Gegner, der ein Recht zu haben glaubt, sich über mich und meine Neigung zu mokieren. Und eben er, er mir vis-a-vis in der Loge, sichrer und süffisanter denn je zuvor, und neben ihm meine vergötterte

Cecile, lachend und heiter hinter ihrem Fächer und sich ihm zubeugend, als könne sie's nicht abwarten, immer mehr von seinen Frivolitäten einzusaugen, von all dem süßen Gift, darin er Meister ist. Ach, Cecile, meine Resignation war aufrichtig und ehrlich, ich schwör es Ihnen; ich kam nicht wieder, um Ihre Ruhe zu stören, aber einen andern bevorzugt sehen und so, so, *das* war mehr, als ich ertragen konnte. Das war zu viel.«

All das wurde gesprochen, während beide heftig erregt über den Teppich hinschritten; das Flämmchen unter dem Wasserkessel brannte weiter, und der Dampf stieg in kleinen Säulen zwischen den beiden Bronzelampen in die Höh. Alles war Frieden um sie her, und Cecile nahm jetzt seine Hand und sagte: »Setzen wir uns, vielleicht daß wir dann ruhigere Worte finden ... Sie suchen es alles an der falschen Stelle. Nicht meine Haltung im Theater ist schuld und nicht mein Lachen oder mein Fächer, und am wenigsten der arme Geheimrat, der mich amüsiert, aber mir ungefährlich ist, ach, daß Sie wüßten, wie sehr. Nein, mein Freund, was schuld ist an Ihrer Eifersucht oder doch zum mindesten an der allem Herkömmlichen hohnsprechenden Form, in die Sie Ihre Eifersucht kleiden, das ist ein anderes. *Sie* sind nicht eifersüchtig aus Eifersucht; Eifersucht ist etwas Verbindliches, Eifersucht schmeichelt uns; *Sie* aber sind eifersüchtig aus Überheblichkeit und Sittenrichterei. Da liegt es. Sie haben eines schönen Tages die Lebensgeschichte des armen Fräuleins von Zacha gehört, und diese Lebensgeschichte können Sie nicht mehr vergessen. Sie schweigen, und ich sehe daraus, daß ich's getroffen habe. Nun, diese Lebensgeschichte, so wenigstens glauben Sie, gibt Ihnen ein Anrecht auf einen freieren Ton, ein Anrecht auf Forderungen und Rücksichtslosigkeiten, und hat Sie veranlaßt, an diesem Abend einen doppelten Einbruch zu versuchen: *jetzt* in meinen Salon und schon vorher in meine Loge ... Nein, unterbrechen Sie mich nicht ... ich will alles sagen, auch das Schlimmste. Nun denn, die Gesellschaft hat mich in den Bann getan, ich seh es und fühl es, und so leb ich denn von der Gnade derer, die meinem Hause die Ehre antun. Und jeden Tag kann diese Gnade zurückgezogen werden, selbst von Leuten wie Rossow und der Baronin. Ich habe nicht den Anspruch, den andre haben. Ich will ihn aber *wieder* haben, und als ich – *auch* ein unvergeßlicher Tag – heimlich und voll Entsetzen in das Haus schlich, wo der erschossene Dzialinski lag und mich mit seinen Totenaugen ansah, als ob er sagen wollte: ›*Du* bist schuld‹, da hab ich's mir in meine Seele hineingeschworen, nun, Sie wissen, *was.* Und ob ich in der Welt Eitelkeiten stecke, heut und immerdar, *eines* dank ich der neuen Lehre: das Gefühl der Pflicht. Und wo dies Gefühl ist, ist auch die Kraft. Und nun sprechen Sie; jetzt will ich hören. Aber sagen Sie mir Freundliches, das mich tröstet und versöhnt und mich wieder an Ihr gutes Herz und Ihre gute Gesinnung glauben macht und mir Ihr Bild wiederherstellt. Sprechen Sie …«

Gordon sah vor sich hin, und um seinen Mund war ein Zucken und Zittern, als ob die Worte, die sie so warm und wahr gesprochen, doch eines Eindrucks auf ihn nicht verfehlt hätten. Aber im selben Augenblicke trat das Bild wieder vor seine Seele, davon er, vor wenigen Stunden erst, Zeuge gewesen war, und verletzt von seiner Eitelkeit, gequält von dem Gedanken, ein bloßes Spielzeug in Weiberhänden, ein Opfer alleralltäglichster List und Laune zu sein, fiel er in sein kaum beschwichtigtes Mißtrauen und, schlimmer, in den Ton bittren Spottes zurück.

»Sie sind so beredt, Cecile«, sprach er vor sich hin. »Ich wußte nicht, daß Sie *so* gut zu sprechen verstehen.«

»Und doch ist es nicht lange, seit ich Ihnen Ähnliches und mit gleicher Eindringlichkeit sagen mußte. Schlimm genug, daß mir Ihr Wiedererscheinen eine Wiederholung nicht ersparte. Was Sie Beredsamkeit nennen, nenn ich einfach ein Herz.«

»Und ich habe diesem Herzen geglaubt!«

»Sie *haben* ihm geglaubt. Also in diesem Augenblicke *nicht* mehr! Und was glauben Sie *jetzt?* Was glauben Sie *noch?*«

»Daß wir uns beide getäuscht haben … Wir bleiben unsrer

Natur getreu, das ist unsre einzige Treue ... *Sie* gehören dem Augenblick an und wechseln mit ihm. Und wer den Augenblick hat ...«

Er brach ab, verbeugte sich und verließ das Zimmer, ohne weiter ein Wort des Abschieds oder der Versöhnung gesprochen zu haben. Im Vorzimmer schoß er, mit allen Zeichen äußerster Erregung, an Dörffel vorüber, der einen Augenblick später in den Salon eintrat.

Als Cecile seiner ansichtig wurde, stürzte sie dem väterlichen Freund entgegen und beschwor ihn unter Tränen um seinen Bestand und seine Hilfe.

Siebenundzwanzigstes Kapitel

Cecile kam spät zum Frühstück, und St. Arnaud, das Zeitungsblatt aus der Hand legend, sah auf den ersten Blick, daß sie wenig geschlafen und viel geweint hatte. Sie begrüßten sich und wechselten dann einige gleichgültige Worte. Gleich danach nahm St. Arnaud die Zeitung wieder auf und schien lesen zu wollen. Aber er kam nicht weit, warf das Blatt fort und sagte, während er die Tasse beiseiteschob: »Was ist das mit Gordon?«

»Nichts.«

»Nichts! Wenn es nichts wäre, so frug ich nicht, und *du* wärst nicht verwacht und verweint. Also heraus mit der Sprache. Was hat er gesagt? Oder was hat er geschrieben? Er schrieb in einem fort. Ewige Briefe.«

»Willst du sie lesen?«

»Unsinn. Ich kenne Liebesbriefe; die besten kriegt man nie zu sehen, und was dann bleibt, ist gut für nichts. Übrigens sind mir seine Beteuerungen und vielleicht auch Bedauerungen absolut gleichgültig, aber nicht sein Auftreten vor Zeugen, nicht sein Benehmen in Gegenwart anderer. Er hat dich beleidigt. Der Hauptsache nach weiß ich, was geschehen ist; Hedemeyer hat mir gestern im Klub davon erzählt, und ich will nur die Bestätigung aus deinem Munde. Das in der Loge mochte gehen, aber dich bis hierher verfolgen: unerhört! Als ob er den Rächer seiner Ehre zu spielen hätte.«

»Sprich dich nicht in den Zorn hinein, Pierre. Du willst von mir hören, was geschehen ist, und ich sehe, du weißt alles. Ich habe nichts mehr hinzuzusetzen.«

»Doch, doch. Die Hauptsache fehlt noch. All dergleichen hat eine Vorgeschichte und fällt nicht vom Himmel. Am wenigsten vom Himmel. Gordon ist ein Mann von Familie, von Welt und Urteil, und ein solcher Mann handelt nicht ins Unbestimmte hinein. Er befragt die Situation. Und diese Situation will ich wissen, will ich kennen lernen. Schildre sie mir; ich denke, daß du sie mir schildern *kannst,* und zwar ohne sonderliche Verlegenheiten und Verschweigungen. Ein paar Ungenauigkeiten mögen mit drunterlaufen, meinetwegen; ich ereifre mich nicht um Bagatellen. Im übrigen – ich gestatte mir, das vorläufig anzunehmen – kann nichts vorgekommen sein, was das Licht des Tages oder meine Mitwissenschaft zu scheuen hätte. Denn man fordert mich nicht heraus, niemand, am wenigsten meine Frau, die, soviel ich weiß, eine Vorstellung davon hat, daß ich nicht der Mann der Unentschiedenheiten und Ängstlichkeiten bin. Aber du kannst das uralte Frau-Eva-Spiel, das Spiel der Hinhaltungen und In-Sicht-stellungen über das rechte Maß hinaus gespielt haben, gerad unklug und unvorsichtig genug, um mißverstanden zu werden. Liegt es so, so werd ich meine schöne Cecile bitten, in Zukunft etwas vorsichtiger zu sein. Liegt es aber anders, bist du dir keines Entgegenkommens bewußt, keines Entgegenkommens, das ihm zu *solchem* Eklat und Hausfriedensbruch auch nur einen Schimmer von Recht gegeben hätte, so liegt eine Beleidigung vor, die nicht nur dich trifft, sondern vor allem auch *mich.* Und ich habe nicht gelernt, Effronterien geduldig hinzunehmen. Über diesen Punkt verlang ich Auskunft, offen und unumwunden.«

Cecile schwieg. Aber wahrnehmend, daß es vergeblich sein

würde, ihn durch halbe Worte von seinem Vorhaben abbringen zu wollen, sagte sie: »Was ich zu sagen habe, ist kurz. In Thale waren wir unter deinen Augen, und kein Wort ist gesprochen worden, das sich nicht gleichzeitig an alle Welt, an dich, an den Emeritus, an Rosa gerichtet hätte.«

St. Arnaud wiegte den Kopf und lächelte, während Cecile, die des Heimrittes von Altenbrak gedenken mochte, nicht ohne Verlegenheit vor sich hinblickte.

»*Dann*«, fuhr sie fort, »sahen wir uns hier. Es blieb, wie's gewesen. Er war voll Rücksicht und Aufmerksamkeiten, und nichts geschah, was den Respekt gegen mich auch nur einen Augenblick verleugnet hätte. Seine Konversation war leicht und gefällig, mitunter übermütig, aber trotz dieses Anfluges von Übermut hört ich aus jedem Wort eine große Zuneigung heraus: ein Gefühl, das mir wohltat und mich beglückte. So waren seine Worte; so waren auch seine Briefe.«

»Laß die Briefe.«

»Du darfst mich nicht unterbrechen. Ich sage, so waren auch seine Briefe. Dann kam das kleine Diner, wo wir Rossow und die Baronin zu Tisch hatten, und von dem Augenblick an war er ein andrer. Die Hergänge jenes Tages können ihn nicht umgestimmt haben, aber unmittelbar danach müssen Dinge zu seiner Kenntnis gekommen sein – ich brauche dir nicht zu sagen, welche –, die sein Auftreten und seinen Ton veränderten.«

»Erbärmlich. Eine Infamie.«

»Nein, Pierre.«

»Gut. Weiter.«

»Ich empfand auf der Stelle diese Veränderung und wies in einem Gespräche, darin ich mich ihm offen gab und zugleich Scherz und Ernst zu mischen suchte, darauf hin, daß er diesen veränderten Ton nicht anschlagen dürfe, weder als Mann von Ehre noch als Mann von Welt, und ich hatte den Eindruck, daß er mir selber zustimmte. Wenigstens entsprach dem sein unmittelbares Tun. Er verabschiedete sich in ein paar Zeilen und verließ Berlin. Erst gestern ist er zurückgekehrt. Das andere weißt du. Du mußt es als einen Anfall nehmen.«

»Ich versteh, als einen Anfall von Eifersucht. In der Tat, er geriert sich, als ob er legitimste Rechte geltendzumachen hätte; Prätension über Prätension. Aber, mein Herr von Gordon, Sie sind in der falschen Rolle.«

Dabei schoß sein Auge heftige Blicke, denn er war an seiner empfindlichsten, wenn nicht an seiner *einzig* empfindlichen Stelle getroffen, in seinem Stolz. Nicht das Liebesabenteuer als solches weckte seinen Groll gegen Gordon, sondern der Gedanke, daß die Furcht vor *ihm,* dem Manne der Determiniertheiten, nicht abschreckender gewirkt hatte. Gefürchtet zu sein, einzuschüchtern, die Superiorität, die der Mut gibt, in jedem Augenblicke fühlbar zu machen, das war recht eigentlich seine Passion. Und dieser Durchschnitts-Gordon, dieser verflossene preußische Pionierleutnant, dieser Kabelmann und internationale Drahtzieher, *der* hatte geglaubt, über ihn weg sein Spiel spielen zu können. Dieser Anmaßliche …

Cecile las in seiner Seele, und Angst und Sorge vor dem, was jetzt mutmaßlich kommen mußte, befiel sie. Sie nahm deshalb seine Hand, mit der er auf dem Tischtuch in nervöser Unruhe hin und her fuhr, und sagte: »Pierre, versprich mir eins.«

»Was?«

»… Dich nicht zu Gewaltsamkeiten fortreißen zu lassen. Alles, was geschehen ist, ist natürlich und, weil natürlich, auch verzeihlich. Es ist keine Beleidigung darin, wenigstens keine gewollte Beleidigung.«

»Ich werde nicht mehr tun, als nötig, aber auch nicht weniger. An dieser Zusage mußt du dir genügen lassen.«

Bei diesen Worten erhob er sich von seinem Platze, ging in sein Arbeitszimmer und nahm hier, wie wenn er vorhabe, sich's bequem zu machen, zunächst eine Zigarre. Dann schritt er ein paarmal auf dem türkischen Teppich auf und ab, setzte sich an seinen Schreibtisch und malte langsam und mit sorglicher Handschrift die Adresse: »Sr. Hochwohlgeboren, Herrn von Leslie-Gordon ...«

»Aber wo?« unterbrach er sich, während er auf einen Augenblick die Feder wieder aus der Hand legte. »Nun, er wird sich ja finden lassen ... Wozu haben wir Zeitungen und die Rubrik ›Angekommene Fremde‹. Unterschlagen wird er sich doch nicht haben.«

Und nun schob er das Kuvert zurück, nahm einen Briefbogen mit Wappen und Initiale und schrieb:

»Über den Doppelbesuch, den Sie, mein Herr von Gordon, gestern abend der Frau von St. Arnaud erst in der Loge, dann in der Wohnung derselben abgestattet haben, bin ich unterrichtet worden, übrigens *nicht* durch Frau von St. Arnaud selbst, die vielmehr – wie mir gestattet sein mag, in pflichtschuldiger Berücksichtigung Ihrer Gefühle hinzuzusetzen – in einem eben mit mir gehabten Gespräche nicht Ihre Anklägerin, sondern Ihre Verteidigerin gemacht hat. Aber gerade diese Verteidigung richtet Sie. Daß Sie, mein Herr von Gordon, unmittelbar vor Ihrer Abreise von Berlin einen Ton angeschlagen und ein Spiel gespielt haben, das Sie besser nicht gespielt hätten, verzeih ich Ihnen. Ich finde mich darin zurecht, denn ich kenne die Welt. Daß Sie dies Spiel aber trotz Abmahnung und Bitte wiederholten und vor allem, *wie* Sie's wiederholten, *das,* mein Herr von Gordon, ist unverzeihlich. Frau von St. Arnaud, als sie rückhaltlos ihr Herz vor Ihnen offenbarte, begab sich dadurch in Ihren Schutz, und einer Frau diesen Schutz zu versagen, ist unritterlich und *ehrlos.* Dies habe ich Ihnen, mein Herr von Gordon, aussprechen wollen und gewärtige durch General von Rossow das Weitere.

v. St. Arnaud.«

Achtundzwanzigstes Kapitel

Gordon saß in dem Glaspavillon des Hotels, als St. Arnauds Brief eintraf. Er las und verzog keine Miene. Daß sich etwas derart vorbereiten würde, war ihm von dem Augenblick an wahrscheinlich, wo der Geheimrat, um in den Klub zu gehen, den Salon Ceciles verlassen hatte. Das Wahrscheinliche war nun da. Nichts von Furcht überkam ihn, und wenn etwas davon ihn angewandelt hätte, so würd ihn der unendlich hochmütige Ton des Briefes dieser Anwandlung rasch wieder entrissen haben. War er doch selber ein Trotzkopf und von einem Selbstgefühle, das dem seines Gegners unter Umständen die Spitze bieten konnte. »Gemach, mein Herr Oberst; Sie halten nicht vor Ihrer Front, und ich bin nicht Ihr jüngster Leutnant. Oder glauben Sie, daß ich devotest um Entschuldigung bitten und mich vor Ihnen klein machen soll, bloß weil Sie das Totschießen als Geschäft betreiben. Sie täuschen sich. Ich hab auch eine feste Hand und den ersten Schuß dazu, wenn die Gesetze der Ehre noch dieselben sind. Der Ehre. Was sich nicht alles so nennt! Nu, sei's drum … Aber wen schick ich an Rossow? Ich werde nach der Villa hinausfahren … Der Bruder der jungen Frau …«

Die Dinge regelten sich in der Tat innerhalb weniger Stunden, und weil beiden Parteien daran lag, allerlei Weiterungen und Hemmnisse vermieden zu sehen, wie sie nicht wohl ausbleiben konnten, wenn Cecile davon erfuhr, so kam man überein, an demselben Abende noch den Dresdner Schnellzug benutzen und am andern Morgen in einem in der Nähe des Großen Gartens gelegenen Wäldchen den Handel ausfechten zu wollen.

Cecile, so gut sie St. Arnauds ungestümen Charakter kannte, gegenwärtigte keinen unmittelbaren Zusammenstoß und war deshalb nur verstimmt, aber nicht eigentlich geängstigt, als sie den andern Morgen hörte, der Oberst, dessen Unregelmäßigkeiten sie kannte, sei tags vorher nicht nach Hause gekommen.

»Er ist der Mann der Exzentrizitäten. Was wird vorgekommen sein? Ein Sport, eine Klublaune, vielleicht ein Wettritt neben dem Eisenbahnzuge her. Und dann Nachtquartier in einer Dorfschenke mit der Devise: ›Je schlechter, je besser.‹«

Sie nahm ein Buch zur Hand und versuchte zu lesen. Aber es ging nicht, und als auch ein Gespräch mit dem Papagei versagte, zog sie sich in ihr Schlafzimmer zurück, um hier früher als sonst Toilette zu machen.

»Ich will zu Rosa. Freilich am Ende der Welt. Aber seit Wochen hab ich ihr einen Besuch versprochen, und ich sehne mich nach einem guten Menschen.«

In ihrem Schlafzimmer war ein eleganter Kamin, vor dem die Jungfer sich eben beschäftigte. Diese warf Kohlen und Tannäpfel auf und suchte mit einem kleinen Blasebalg das halb ausgegangene Feuer wieder anzufachen.

»Ah, das ist gut, Marie. Mach es uns warm; ich friere. Du könntest mir noch den Schal bringen.«

Während dieser Worte ging draußen die Klingel, und Cecile hörte, wie des Obersten Diener ein längeres Gespräch hatte.

»Sieh, was es ist!«

Marie ging und kam mit einem Briefe zurück, der eben abgegeben war. Er trug nur die Aufschrift: »Frau von St. Arnaud, Hafenplatz 7a.« Und Cecile sah, daß es Gordons Handschrift war.

»Geh, Marie … nein, bleib.«

Und mit zitternder Hand riß sie das Kuvert auf und las.

»Verzeihung, gnädigste Frau, Verzeihung, liebe Freundin! Ich hatte wohl unrecht, nein, ich hatte *gewiß* unrecht. Aber der Sinn war mir gestört, und so kam es, wie es kam. Ein berühmter Weiser – ich weiß nicht, alter oder neuer Zeit – soll einmal gesagt haben: ›Wir glaubten und vertrauten nicht genug, und das sei der Quell all unsres Unglücks und Elends.‹ Und ich fühle jetzt, daß er recht hat. Ich hätte, statt Zweifel zu hegen und Eifersucht großzuziehen, Ihnen vertrauen und der Stimme meines Herzens rückhaltlos gehorchen sollen. Daß ich es unterließ, ist meine Schuld. Ich werde Sie nicht wiedersehen, *nie,* was auch kommen mag. Sehen Sie mich allezeit so, wie ich war, ehe die Trübung kam. Immer der Ihre. Wieder *ganz* der Ihre.

v. G.«

Das Blatt entglitt ihrer Hand, und ein heftiges Schluchzen folgte.

Marie sprang herzu, ließ die halb Ohnmächtige in den Fauteuil nieder und griff nach dem Kölnischen Wasser, das auf dem Kaminsims stand. Aber Cecile richtete sich mit Anstrengung wieder auf und sagte: »Laß. Es geht vorüber. Weißt du, Marie ... Herr von Gordon ...«

»Jesus, Maria, gnädige Frau ...«

»Da. Lies. Das sind seine letzten Worte.«

Und die Jungfer bückte sich nach dem auf den Kaminteppich gefallenen Brief, um ihn Cecile zurückzugeben. Aber diese schüttelte nur den Kopf und sagte, während sie nach der Konsoluhr zeigte: »Merk die Minute ... Er ist erschossen ... *jetzt.*«

Neunundzwanzigstes Kapitel

Am anderen Morgen brachten alle Zeitungen folgende gleichlautende Notiz:

»Wie wir aus Dresden erfahren, hat gestern um neun Uhr früh in Nähe des Großen Gartens ein Duell zwischen dem Obersten a. D. von St. Arnaud und dem früher ebenfalls der preußischen Armee zugehörigen Zivilingenieur von Leslie-Gordon stattgefunden. Herr von Leslie-Gordon fiel, während von St. Arnaud nur leicht an der linken Seite verwundet wurde. Herr von Gordon wird, einer letztwilligen Verfügung entsprechend, nach Liegnitz, wo zwei seiner Schwestern leben, übergeführt werden. Herr von St. Arnaud hat Sachsen unmittelbar nach dem Renkontre verlassen. Über die Veranlassung zu dem Duell verlautet nichts Bestimmtes, da die Sekundanten jede Auskunft verweigern.«

Vier Tage danach traf unter der Adresse der Frau von St. Arnaud nachstehender Brief in Berlin ein:

»*Mentone,* den 4. Dezember. Meine liebe Cecile! Was geschehen ist, wirst Du mittlerweile durch Rossow erfahren haben, und über meinen persönlichen Verbleib gibt Dir der Poststempel Auskunft. Ich habe hier im Hotel Bauer (es findet sich überall dieser Name) Wohnung genommen und genieße der Ruhe nach all den Vorkommnissen und unruhigen Bewegungen der nun zurückliegenden Woche. Selbst von einer gewissen Herzensbewegung darf ich sprechen, zu der ich mich, *Dir* gegenüber, gern bekenne. Der Ausgang der Sache machte doch einen Eindruck auf mich, und so bot ich ihm die Hand zur Versöhnung. Aber er wies sie zurück. Eine Minute später war er nicht mehr.

Ich hoffe, daß Du das Geschehene nimmst, wie's genommen werden muß. ›*Tu l'as voulu, George Dandin.*‹ Sein Benehmen war ein Affront gegen Dich und mich, und er hätte mich besser kennen müssen. Übrigens bin ich seinem Mute Gerechtigkeit schuldig und mehr noch seiner unsentimentalen Entschlossenheit, die mir beinah imponiert hat. Denn er *wollte* mich treffen, und seine Kugel, die mir die Rippen streifte, ging nur zwei Finger breit zu weit rechts. Sonst wär ich da, wo er jetzt ist. Daß Du mit ein paar Herzensfasern an ihm hingst, weiß ich und war mir recht – eine junge Frau braucht dergleichen. Aber nimm das Ganze nicht tragischer als nötig: die Welt ist kein Treibhaus für überzarte Gefühle.

Daß ich mich den Langweiligkeiten einer abermaligen Prozessierung entzogen habe, wirst Du natürlich finden. Ich werde mit nächstem sechzig und fühle keinen Beruf in mir, abermals ein Jahr lang (oder vielleicht noch länger) um den Juliusturm spazieren zu gehen. So zog ich denn die Riviera vor.

Empfiehl mich Rossow. Er hat sich in der ganzen Affäre brillant benommen und teilte nach seinen Verhandlungen mit Gordon ganz meine Meinung über diesen. Gordon täuschte durch glatte Formen; anfangs auch mich. Im Grunde seines Herzens war er hochmütig und eingebildet, wie die meisten dieser Herren. Er überschätzte sich, weil ihm das Weltfahren zu Kopfe gestiegen war, und mißachtete die gesellschaftlichen Scheidungen, die wir diesseits des großen Wassers, vorläufig wenigstens noch, haben.

Wenn Deine Gesundheit es zuläßt, erwart ich Dich spätestens in nächster Woche. Die Luft hier ist entzückend, keine Spur von Winter, alles noch in Blüte oder schon wieder in Blüte. Komm also. Der Pflicht der Abschiedsbesuche sind wir ja, Gott sei Dank, überhoben; jede Situation hat ihre Meriten. Im übrigen wird es gut sein, wenn Dich Marie begleitet, die hier, was ihr den Abschied von Fritz vielleicht erleichtert, das Katholische näher und bequemer hat als in Berlin. *Au revoir!* Dein St. Arnaud.«

Drei Tage nach Eintreffen dieses Briefes richtete der Hofprediger Dörffel das folgende Schreiben an den Obersten von St. Arnaud:

»Mein Herr Oberst. Es liegt mir die Pflicht ob, Sie von dem am 4. dieses erfolgten Ableben Ihrer Gemahlin in Kenntnis zu setzen und mich dabei der mir seitens derselben gewordenen schriftlichen Aufträge zu entledigen.

Ich bitte, zunächst chronologisch berichten zu dürfen.

Ihre Frau Gemahlin war schwer leidend seit dem Tage, wo die Zeitungsnachricht eintraf; sie wollte niemand sehen, folgte widerwillig den Anordnungen des Arztes und sah von den Bekannten nur Fräulein Rosa und mich. Ich sprach täglich vor, in der Regel in den Mittagsstunden. Vorgestern, bei meinem Erscheinen, fand ich die Jungfer in Tränen und erfuhr, die gnädige Frau sei tot.

Als ich in das Zimmer trat, sah ich, was geschehen.

Frau von St. Arnaud lag auf dem Sofa, ein Batisttuch über Kinn und Mund. Es war mir nicht zweifelhaft, auf welche Weise sie sich den Tod gegeben; ihre Linke hielt das kleine Kreuz mit dem Christuskopf, das sie beständig trug. Der Ausdruck ihrer Züge war der Ausdruck derer, die dieser Zeitlichkeit müde sind. Auf dem Tisch neben ihr lag ihr Gebetbuch, in das sie, zusammengekniffte und nach Art eines Lesezeichens, einen an mich adressierten Brief gelegt hatte. Dieser Brief, das Beichtgeheimnis eines demütigen Herzens, ist mir unendlich wertvoll, weshalb ich bitte, den Inhalt desselben Ihnen, mein Herr Oberst, nur abschriftlich und nur in seinem sachlichen Teile mitteilen zu dürfen. Es heißt in diesem letzten Willen:

›Ich wünsche nach Cyrillenort übergeführt und auf dem dortigen Gemeindekirchhofe, zur Linken der fürstlichen Grabkapelle, beigesetzt zu werden. Ich will der Stelle wenigstens nahe sein, wo *die* ruhen, die in reichem Maße mir *das* gaben, was mir die Welt verweigerte: Liebe und Freundschaft und um der Liebe willen auch Achtung ... Vornehmheit und Herzensgüte sind nicht alles, aber sie sind *viel.*

Mein Vermögen erhält meine Mutter, mein Gut St. Arnaud. Nach seinem Tode fällt es an die fürstliche Familie zurück.

Über die Dinge, die mich täglich umgaben, bitt ich St. Arnaud Verfügung treffen zu wollen und bestimme meinerseits nur noch, daß die Konsoluhr und der türkische Schal an Marie, das Gebetbuch mit den Aquarellinitialen an Rosa, das Opalkreuz aber, das mir beistehen soll bis zuletzt, an *Sie,* mein väterlicher Freund, fallen soll. Ihre hundertfach erprobte Milde wird nicht Anstoß daran nehmen, daß es ein katholisches Kreuz ist, und auch daran nicht, daß ich, eine Konvertitin, meine letzten Gebete an ebendies Kreuz und aus einem katholischen Herzen heraus gerichtet habe. Jede Kirche hat reiche Gaben, und auch der Ihrigen verdank ich viel; die aber, darin ich geboren und großgezogen wurde, macht uns das Sterben leichter und bettet uns sanfter.‹

So, mein Herr Oberst, die Bestimmungen der gnädigen Frau, denen ich meinerseits nur noch hinzuzufügen habe, daß in Gemäßheit derselben verfahren werden und heute nacht noch, und zwar von mir persönlich begleitet, der Kondukt nach Cyrillenort stattfinden wird. Dort werden wir die Tote morgen um die zehnte Stunde zur Ruhe bestatten. Die Vorbereitungen dazu sind bereits getroffen.

Der Friede Gottes aber, der über alle Vernunft ist, sei mit uns allen.«

Die Texte der Romane »L'Adultera« und »Cecile« folgen dem zweiten Band der Fontane-Jubiläumsausgabe, Berlin 1920. Die Orthographie (Groß- und Kleinschreibung, Zusammenschreibung) entspricht weitestgehend der Vorlage. Nur wo es uns für das leichtere Verständnis unabdingbar erschien oder es darum ging, sinnentstellende Fehler zu tilgen, wurde in den Text eingegriffen. Dies betrifft jedoch nur ganz wenige Stellen.